PALACE
of DEVOTION

大宋宫词

唐蓉 著

长江出版社
CHANGJIANGPRESS

图书在版编目（ＣＩＰ）数据

大宋宫词：东京梦华 / 唐蓉著．
—武汉：长江出版社，2021.4
ISBN 978-7-5492-7617-2

Ⅰ．①大… Ⅱ．①唐… Ⅲ．①长篇历史小说—中国—
当代Ⅳ．① I247.5

中国版本图书馆 CIP 数据核字（2021）第 054669 号

大宋宫词：东京梦华　唐蓉著

出　　版	长江出版社	
	（武汉市解放路大道 1863 号　邮政编码：430010）	
选题策划	天河世纪	
市场发行	长江出版社发行部	
网　　址	http://www.cjpress.com.cn	
责任编辑	罗紫晨	
印　　刷	三河市腾飞印务有限公司	
版　　次	2021 年 4 月第 1 版	
印　　次	2021 年 4 月第 1 次印刷	
开　　本	710mm×1000mm 1/16	
印　　张	18.5	
字　　数	320 千字	
书　　号	ISBN 978-7-5492-7617-2	
定　　价	45.00 元	

目录

楔子·蚕斯羽

毒辣的日头炙烤着大地，热浪翻滚，层层迎面扑来，夹杂着尘土。

刘娥喉头如烈火在灼烧，几近喘不过气来，恍若置身蒸笼之中，她抿了抿干裂的嘴唇，艰难地一步步缓缓挪动着。

这是一条乡间的土路，方圆数里内的河流、水井都干了，久旱让农田开裂，草木枯槁，热风拂过那东倒西歪打着卷的麦秆，起了阵阵洪浪般的沙响，便是灾荒年月的吟诵之声。

撕心裂肺的蝉鸣应和着四起，聒噪且焦灼。

刘娥头疼欲裂，眼前有光斑晃动，心头突突地跳，她知晓自己约莫是中暑了，僵硬的双脚时不时地传来阵阵抽痛，那脚底的脓疱该是又磨破了。

刘娥十指紧紧地扣着肩上包袱的带子，拼力地让自己保持清醒。

她前后还零星地走着几个流民，衣衫褴褛，形容憔悴。有那么须臾，刘娥想向谁求助，可她清楚无甚用处，无关于人心善恶，逃难躲灾让生存变成了一种随机事件。半月前，或者说几日之前，身边熟悉的面孔，有的走丢了，还有很大一部分，倒在了路上，再也没起来。

刘娥不想倒下，她深吸一口气，咬住舌尖，直到发疼。

忽而，前方有流民骚动。

刘娥顺着众人的目光瞧去，远处岔路口一棵巨大的歪脖子枯树后，似乎隐约是个村落。

有村落就有人家，有人家就能讨口水喝。

对于这些在山野间流落了多日的流民，便如同沙漠中长途跋涉的旅人，望见了绿洲，纷纷跟跄着急奔向前。刘娥正欲提步跟上，砰！一个流民或许是奔得急了，一个倒插葱栽倒在地，扬起一片尘土，四周的流民恍若未见，更可能是习以为常了，眼风也不带扫一下地从其身旁而过。

刘娥拖着步子上前，吃力地扶起倒地的流民，那是一个枯瘦的女人，面色蜡黄，

眼珠混浊，鼻翼轻轻翕动着，显然已是进气少出气多。刘娥轻轻揩去她沾了满面的泥土，拽下腰间一个小水囊，翻转使劲儿地倒了倒，早便是半滴水也倒不出了。

女人嘴唇微微嚅动，似乎有话要讲。

刘娥附耳细听。

"孩……儿……"女人艰涩地吐出两个字。

"孩儿？你的孩儿吗？"刘娥一愣，四下望了望，并未瞧见任何孩子，也没有任何看上去和女人熟识，关注这一方的人。

"你的孩儿在哪……"刘娥话音未落，却见女人那空洞的眼神定格在天际某处，没了动静，绝气了。

刘娥的眸子猛地缩了缩。

一动不动地沉默了片刻，刘娥面无表情地将女人的尸体拖到路边，抓过旁侧的枯草，盖在了其脸上。她浑身上下那股难受劲儿，好像更浓烈了，日头越发烘烤得厉害，她想撑着起身，眼前一阵天旋地转，她若有所感地摸了把襦裙，一手刺目的红，惊恐骤然蔓延过四肢百骸，她脱力得软倒在地。

一股浓血沿着那裙摆，流进了泥土里。

疼痛的迷糊之中，恍惚有嘶哑的吟唱声自遥远的远方传来，一个佝偻的身影不太真切地浮现在模糊的视野里，下一瞬，刘娥彻底陷入了黑暗。

刘娥的意识混沌一片，仿若陷入那难以挣脱的沼泽里，四周光怪陆离地闪过许多画面……蜀川低矮的小茅屋，龟裂的河床和田地，铺天盖地的蝗虫如黑云压境，本就稀稀拉拉的庄稼须臾被啃噬得精光。面黄肌瘦的流民，四散逃难……

遽然一阵刺痛，刘娥浑身抽搐，睁开了眼，意识还未彻底回笼，只见先前那个佝偻的身影坐在床边，是一个老妇。

昏黄的烛火摇曳，映着老妇那张沟壑纵横的脸，惨白得瘆人。她口中念念有词，手里正不停地杵着一只土陶碗，将里面片片草叶捣成了浆。

老妇见刘娥疼得惊醒，拿过湿布帕擦去她额角的汗珠，掀开被褥，见那襦裙又被血洇湿。

刘娥双眉紧紧蹙在一起，面色痛楚，浑身轻颤，她攥紧了老妇的手，声音低哑而隐忍："求你……救……救救我的……我的……孩儿！"

老妇解开刘娥的衣裙来，将那草药浆液涂抹在她的小腹之上，又用被褥裹紧。

刘娥不停地抽动，逐渐没了气力。

十余日后。

刘娥坐在半开的棱花窗前，着了一身素白的麻衣，整个人显得清瘦羸弱，那细致的眉眼间俱是憔悴。

老妇为刘娥简单地绾了个发髻，又用艾蒿在她周身挓了又挓。

"你小产伤了经脉，须得好生养一养。"

刘娥神色间有着几分木然，只是听着，未出一言，那眼角却是滚下了泪。

老妇宽慰道："没有孩儿，也不要紧。娘和孩儿，本就是一场宿缘，有的孩儿，生来便是留不住的……"

刘娥唇角溢出一丝苦涩："是……战乱、天灾，生下来，也未必能活下去！"她闭了闭眼，"婆婆家中可有其他人？"

老妇摇头："本来有丈夫、儿子、儿媳和孙子。丈夫出去打仗，三十年了还没回来，如今儿子又去了，儿媳便带着孙儿跑了。何时打完仗，天下太平了，兴许便能回家了吧。"

刘娥看向老妇，心口一时酸涩发堵。老妇神色倒是无半分异常。

"婆婆吟唱的那支曲子，能教教我吗？"半晌，刘娥喑哑地又开口道。

老妇看了刘娥一眼，将艾蒿挂回门框上，苍老而低沉的吟唱声缓缓响起：

"月儿弯弯照九州，几家欢乐几家愁，几家夫妇同罗帐，几家飘零在外头……"

第1章　应似飞鸿踏雪泥

"我出我车，于彼牧矣。自天子所，谓我来矣。召彼仆夫，谓之载矣。王事多难，维其棘矣。

"我出我车，于彼郊矣。设此旐矣，建彼旄矣。彼旟旐斯，胡不旆旆？忧心悄悄，仆夫况瘁……"

琅琅的读书声自一方小院飘出，院门前那青石台阶之下，一个女子蹲在一口水井旁，正浣洗着一大堆衣物。她从水井里打上来一桶水，小心地倒进木盆，尽量一次多清洗几件衣物，再将用过的水蓄在一只大缸里。

女子荆钗布裙，身形纤细，她将脸颊旁一缕垂落的发丝别到了耳后，时不时地回首望上一眼小院内，那眼底浸透了暖意，漾起层层清浅细碎的柔光。

女子不是别人，正是刘娥。

三个多月前，刘娥逃难到了此地。这村子四周种满了槐树，故名槐花村，是村东头的闵婆婆救了刘娥，她养好身子后，见闵婆婆一人孤苦无依，便暂时安顿了下来。

槐花村靠近边境，距离最近的州府是保州，保州防御使杨延昭将军骁勇善战，数次将辽人击得溃不成军，辽人断定其乃是北斗七星之中的"第六颗星"将星转世，专克辽人，是故深以为惧。因而若无大的战事，保州一带还算风平浪静。

刘娥起初还有些担忧村子会受到辽兵滋扰，然这几月过得安稳平顺，她也便慢慢放下了心。且仲夏那场席卷宋境大部州府的旱灾，仿佛已经相去遥远了，朝廷赈灾的政令颁布，各州府积极地调粮赈灾，安置流民。保州有杨将军坐镇，令行禁止，赈灾的各项举措是立竿见影。

如今已是深秋时分，百姓希图靠着救济粮撑过这个严冬，等着来日春回大地，重新开耕播种。只是，见过那哀鸿遍野、饿殍满地的人，该是难以忘却。

那个未出世便殒命的孩儿，于刘娥心底刻下了一道永远难以磨灭的伤疤。

闵婆婆喜爱小孩，村子里有一所慈幼居，孩子们的日常起居，皆由闵婆婆照看。刘娥来了后，便帮衬着几乎都分担了。

这所慈幼居并非朝廷所建，最初是村子里一个姓曾的老夫子，捡回了一些逃难中被丢弃，或是走失的孩子，后来收留得越来越多，还有不少战乱的孤儿，曾老夫子干脆把自己住的几间青瓦房拾掇了出来，设了所慈幼居。

村子里有不少关于曾老夫子的传言，有人说他本出身于钟鸣鼎食之家，乱世家道中落，流落至此地；还有人说他曾在北汉封侯拜相，后来北汉覆灭，他改名换姓择了槐花村隐居；也有人说其实他就是一个寻常的读书人，只是中过举人，差一点儿入仕为官。

众说纷纭，大抵绕不开三点，一则曾老夫子祖居不在槐花村；二则他有学问，还是大学问；再则他家底不菲，不然也不会盖了村子里唯一的几间青瓦房了。

传闻真假难辨，曾老夫子除了做学问，不是个爱与人打交道的性子，这些也都仅仅是村民们茶余饭后的谈资。

倒是刘娥，在看了曾老夫子为慈幼居小院门扉上题的那块匾额，"慈幼居"三字古朴苍劲，走势游龙惊凤，绝非一般人能写出，她觉得传闻里那些越是匪夷所思之处，越是接近事实。尤其是她来了慈幼居后，闲暇无事便喜欢去学堂上听曾老夫子讲学，老夫子对文章的见地、对时局的剖析，更是肯定了刘娥心中所想，她虽不欲去求证，倒也是不敢怠慢。

刘娥洗净所有衣物，已是日薄西山，她端着木盆进院门前，又抬首看了看那块匾额，"慈幼居"三字在夕阳里，泛着金光，越发气势逼人。

刘娥手不得空闲，以手肘推开院门，方一转身，一个小身影火速冲了过来，撞在了木盆边缘，摔倒在地。刘娥忙放下木盆，将其扶了起来。

"丰儿，你跑这般快作甚？！"刘娥细致地拍了拍其身上的泥土，"可有摔到哪里？撞到了没有？"

那是一个眉眼方正的瘦弱小男孩，名唤李载丰，据捡他回来的曾老夫子说，他的爹娘都饿死在逃难途中了，当时的李载丰也是奄奄一息，依照他自己的记忆，如今他该有十三四岁的年纪，然由于长期的颠沛流离，他体质弱，发育迟缓，看上去不过年仅八九岁。刘娥因此格外地怜爱他，对他照顾颇多，他对刘娥亦甚是亲近。

"我无事，娥姐姐，好着呢。"小载丰冲刘娥露齿一笑，忙不迭地从怀里掏出一个小油纸包打开，里面是大半块压得有些扁的豆糕，他献宝般地："这是夫子昨日去镇上买给我们的，一人一块，很好吃呢，我特意留给你的。"

刘娥心中一暖，将小载丰衣襟处甩出来的半块玉佩塞了回去，替他整理好衣裳，

道："好吃，丰儿都吃了。"

小载丰强调："我吃过了，娥姐姐也要尝尝！"

小载丰的小脸上满满的都是坚持。

刘娥捏了一小块放进口里。

小载丰瞪大了眼，期盼地紧盯着刘娥。

"很香！好吃！"刘娥肯定地道。

小载丰的眸子一下子便亮了："我没骗娥姐姐吧，你快都吃了。"

"我们一起吃。"刘娥又捏了一小块糕点喂到小载丰口边。

小载丰迟疑了下，到底是没忍住，张口吃了。

这时，刘娥注意到孩子们纷纷在回居所，不由得奇怪："今日这是下学了？怎生这般早？"

小载丰答道："夫子让我们回去收拾行囊，明日一早进山。"

刘娥一怔："进山？作甚？"

小载丰茫然地摇头。

"防患于未然！"

一道衰老却洪亮的声音响起，一个鹤发白须的老者行了过来，那袖袍翻动，颇有几分仙风道骨之姿，正是曾老夫子。

小载丰显然很敬畏夫子，忙端正地行了个礼，又低声告诉刘娥，他要去收拾行囊，便匆匆告退了。跑开前，他将油纸包塞到了刘娥手里。

望着那个跑远的小身影，刘娥握紧了手中的油纸包，这才开口询问："夫子方才言'防患于未然'是何意？"

曾老夫子远眺着那余晖里朦胧而连绵的群山："快入冬了，又是辽人打草谷的时节。昨日老夫在镇上打听到，边境好几个州府都吃了战事。"

刘娥蹙眉："保州有杨延昭将军镇守，以往辽人不是都不敢轻易进犯吗？！"

"那是往岁，今岁许多州府都遭了灾，边境的日子并不好过，保州虽未能幸免，然杨将军和刘知州赈灾及时，保州地带的百姓有足够的口粮过冬，辽人在其余州府收获不大，自然会盯上保州。狼饿急了，对持兵械的猎人也是敢反扑的。"

"夫子所言极是！"刘娥忧心地点点头，"就是不知山里过冬的日常用物可备下了？"

"姑娘放心，老夫早有安排。"曾老夫子答道，"姑娘也回去收拾收拾，明日和闵婆婆，随我们一道入山吧。"

"也好，到时大伙儿还能彼此照应。"刘娥应下，又问道，"那其余村民也都入山吗？"

曾老夫子有些无奈地："老夫让村长挨家挨户去知会了，只是附近一带几年没见辽兵了，没有官府下令，进不进山，看个人抉择了。"

刘娥很是理解，冬日山里冷，还有野兽出没，若是村子里安然，何必进山讨那个苦吃？不过既然孩子们去了，她和闵婆婆怎生都要跟去照看的。

曾老夫子赶着要去安排孩子们转移事宜，离开前忽而想到甚，随口问道："午后姑娘在学堂上小坐了半个时辰便离开了，是今日老夫的讲学，姑娘不喜？"

刘娥怔忪了下："夫子哪里话，只是……这《出车》一篇，我以前读过。"

曾老夫子并不信："姑娘未言实话。"

刘娥微微避开曾老夫子的目光，随即坦然一笑："与先生讲学无关，诗中内容让我有些不喜，也不是不喜，有些难受罢了。"

"此话何解？"曾老夫子追问。

"诗中讲，周宣王征讨猃狁，大获全胜，统帅南仲战功赫赫，君臣建功立业，彪炳史册，足以为后世所称道，然……"刘娥似叹了口气，"天子高坐明堂，要千秋功业，将军枕戈待旦，数年征战人难还，多少新妇红颜等成了白发，多少爹娘再也等不到儿团圆……昔我往矣，黍稷方华。今我来思，雨雪载途。王事多难，不遑启居……丰功伟业，累的，到底是苍生百姓！"

曾老夫子深深地看着刘娥："姑娘胸中有沟壑！"

刘娥颇有点儿难为情："山野村妇胡言乱语，让先生见笑了。"

曾老夫子倒没有半分取笑之意，反而慎重地道："老夫那里有几本古籍，还有一些平日的阅文札记，姑娘若是有兴趣，待会儿可到老夫屋里取了带走。"

刘娥惊喜不已，忙施礼道谢。

曾老夫子又问道："还有一事，老夫一直都想问姑娘，你可入过学堂？"

刘娥诚恳地答道："不曾，不过家中以前有个兄弟，诗词文章都写得好，十里八乡颇有点儿才名，我时常会看到、听到一些。"

这日，刘娥回去得比平日要早，她将进山的事儿与闵婆婆说了，闵婆婆自然是应允的。两人遂动手收拾，决定匆忙，没备下甚用品，闵婆婆也家当简单，是以包

袱很快便拾掇好了。最后，刘娥将从曾老夫子那处取来的书籍和札记细致地裹好，放在了包袱的最下层。

夜里，刘娥一直都睡得不怎生安稳，除了记挂第二日入山之事，还有她离开慈幼居前，曾老夫子又不无忧心地告知她，他夜观星象，恐又有大灾发生，这一趟入山，是福是祸，实属难料。

至凌晨时分，刘娥好不容易迷迷糊糊地睡了过去，梦里大地猝然震动，有尖厉的惨叫声，一声更比一声凄厉地传来，刘娥猛地惊醒，大地确实在动，那是急促密集、隆隆的马蹄声所致！

那棱花窗格被火光映得通红，哀号、哭喊，此起彼伏！

刘娥赤脚奔到窗前，推开窗子一看，肝胆俱裂。

髡发左衽，是辽人！他们进村了，在放火！在屠村！

不过须臾，那嘈杂屠杀便至跟前，雪亮的弯刀无情斩落，一蓬血雨洒在墙角，马蹄践踏过尸体。

"砰！"刘娥一把关上窗子，心狂跳不止，胡乱地套上绣鞋，拽过床头的包袱，便朝闵婆婆那屋奔去。

刘娥方从卧房奔出，来到堂屋，大地乍然剧烈颠簸，她脚下踉跄，根本站不稳，死死地抓住那门框，才没摔倒。

木桌之上的黑瓷茶具，柜子顶上的土陶罐子，砸落在地，摔得粉碎，那墙上挂着锄头、镰刀、铲子等农具，纷纷掉下，屋内陈设东倒西歪，大片墙皮轰然剥落，扬起的灰尘迷蒙了双眼。

难道是地动？！老夫子预测的大灾？！

刘娥来不及细想，朝闵婆婆的卧房大喊："婆婆！婆婆！您快出来！婆婆，您听见了吗？！"

刘娥欲冲过去，稍一挪步，差点儿被那倒下的柜子砸中。

紧跟着，大力的拍门声响起，辽兵竟然要在此刻破门而入。

刘娥脸色大变，左右是在劫难逃了吗？

这时，闵婆婆顶着一身的灰尘自卧房蹒跚而出，直冲到木门后，紧紧地抵住。

"快走！"闵婆婆嘶哑地冲刘娥喊道，"从后门走！"

"我们一道走！"刘娥奔了上前，去扶闵婆婆。

"别管我！"闵婆婆不知哪里来的气力，一把将刘娥推出去老远，一根横梁砸

落在二人之间，她拼死抵住那摇摇欲坠的木门，为刘娥逃走赢取时间。

"走啊！"闵婆婆双目赤红，那皱纹密布的脸因激动而显得狰狞。

刘娥心神巨震，仓皇地直摇头。

"唰！"锋利的弯刀自门缝凌厉地插了进来，直刺入闵婆婆腹部，殷红的鲜血喷涌而出！

闵婆婆最后望向刘娥那混浊的眼中，有着一丝解脱。

刘娥刹那四肢冰凉，僵立在了原地。

乌云密布的天际一道蓝光闪过，山崩地裂。

天灾无情，那山体不断地滑落，树木摧折，天地间的一切仿若要被吞噬。

大批的百姓尖叫着自林间仓皇地逃窜而出，面色苍白的刘娥奔在其中，她鬓发凌乱，绣鞋跑掉了一只，看上去甚是狼狈。他们身后是穷追不舍的辽兵，领头的是一个身材魁梧的辽将，他胯下坐骑矫健，手中那狼牙棒上的尖刺，闪着森冷的寒光，挥过之处，脑浆迸溅。

刘娥抹了把脸颊上那黏稠之物，愣了一阵，才明白过来，那是脑浆！

她顿时手脚发软，跌扑出去。

这几个时辰，刘娥从闵婆婆家跌跌撞撞地逃出，去了慈幼居，那里已是一片火海，遍地的残肢断臂，横七竖八的尸体，那浓重的血腥味让她当场作呕。刘娥根本找不见曾老夫子和小载丰，辽兵杀至，她不得不跟着村民们奔逃出村，地动山摇，无处可藏，毫无希冀、毫无生机可言地不停地向前跑。

至此一刻，巨大的恐惧几乎令刘娥窒息，身下石头尖锐，那刺痛狠狠地戳过五脏六腑，头顶有黑影逐渐放大，她绝望地闭上了眼。

"锵！"一柄长枪飞来，将当头砸下的狼牙棒撞歪。

刘娥一震，扭头望去，只见一骑白马飞驰而来，马上之人身披银甲，如神祇天将，转瞬便冲到了她的身侧，赶在那辽将再次砸落狼牙棒前，将插进泥土里的长枪拔出，正面迎了上去。

棒枪交并，火星四溅。

这时，林中喊声大作，一队宋兵杀了出来。

两军混战在一处。

有宋将冲上来，替那银甲将军挡下了辽将的攻势。

"手给我！"护着刘娥的银甲将军方一能喘息，立刻朝她弯腰伸手，那一声虽是低喝而出，声音却是清润悦耳。

刘娥下意识地将手放了上去，一只温暖干燥的手将她拉上了马背，将军铁甲覆面，她瞧不清模样，只眼前闪过一双格外明亮坚定的眼睛，随即落入了一个坚硬厚实的怀抱。

"别怕！"银甲将军用披风裹紧了刘娥。

刘娥重重点头，抓紧了披风边缘。

辽军势猛，宋军且战且退。

刘娥很快发现，宋兵是在引辽兵远离村民，可他们后退的这条山道，再往上便没路了，是悬崖。

刘娥正欲开口示警。

天地间轰隆隆地传来巨响，顷刻之间，地更为之动，山更为之摇。

天际线也随之倾斜了，那灰褐的土地撕开巨大的口子，山体塌方，马失前蹄，刘娥和银甲将军，连人带马被裹了进去。

第2章　与君初相识

不知晕过去了多久，可能几个时辰，亦有可能仅是一瞬，刘娥睁开了眼，眼前黑影重重，她一动，细碎的沙沙声直响，吃力地拂开眼前的遮挡物，竟是片片枯树叶。

意识和身体的感觉逐渐回笼，她趴在生冷的铁甲之上，腰间一条手臂如铁箍般地将她锁住，刘娥蓦地反应过来，赶紧刨开面前的枯树叶，那铁甲覆面的将军紧闭双眼，垫在她身下。

大地动中，那惊险下坠的一幕，飞速闪过脑海。

天崩地坼，刘娥和银甲将军一被卷进去，银甲将军便眼明手快地抓住了她的胳膊，将人带进怀里，紧紧护住。上方冲到塌方边缘未掉下来的宋兵和辽兵连连后退，有宋将惊惧万分地嘶吼了句甚，那辽将猛地朝下坠的二人掷来了狼牙棒，刘娥惊恐地瞪大了眼，银甲将军一把将她的头按进了怀里，"砰！"狼牙棒砸在铁甲上，刘娥感觉到对方胸腔猛地震动，她倏地抬起头，铁甲罩着，她不知他是否喷出了大口血，只是更近距离地对上了那双眼，那是一双很好看的眼睛，形似桃花，眼睫很长，眼尾还有些许上挑，墨色的瞳仁如大海般深邃。

刘娥小心地探了探银甲将军的鼻息，稍稍松了口气，勉强坐了起来，方看清他们掉入了一堆枯叶里，这些枯叶在崖底经年累月，积攒了一层又一层，该有数十尺之高，救了他们一命。此刻他们深陷其中，只能看见上方那参天古树参差不齐的断枝，及那千仞峭壁。

大地又是一阵晃动，二人差点儿再次被枯叶淹没，头顶还有泥土、断枝砸落。

必须即刻远离这危崖底。

刘娥颇费了一番气力，才将自己和银甲将军弄出了枯叶堆。

峡谷幽长，前后都望不到头，他们所处之处，是较为狭窄的一段，旁边有一条小溪流，不过早已干涸。

银甲将军自始至终都昏迷着，刘娥犹豫了下，抬手取下了他的铁面罩，眉眼清俊，轮廓分明，那是一张即使闭着眼，瞧上去也甚是温润的脸，看模样也就弱冠之龄。刘娥意外地怔了怔，见其脸色苍白如纸，不放心地又摸了摸他的脉搏，再将那厚重铠甲给卸了。

悬崖两边因余震，一直不时地簌簌地往下滚落碎石、土块。

刘娥也来不及为银甲将军做更多的查看，得先寻一处稍微开阔安全之地，这时她才意识到自己一只脚始终光着，那脚底脚背沾满了泥土，横七竖八地被划出了不少血口子，倒是疼得麻木了，只是肯定很难再走路。

刘娥看了眼银甲将军脚上的靴子，没甚迟疑地脱下，给自己穿上，然后费劲儿地背起银甲将军，凭直觉选了一方，艰难地行去。

断崖处，之前那护卫在银甲将军身侧的宋将，如热锅上的蚂蚁般，焦灼地来回踱着步。附近有几个宋兵在打桩，尝试将绳子垂下悬崖。

片刻，副将奔上来："将军，余震不断，兄弟们下不去，"犹豫了下，又忍不住嘀咕，"崖下深不见底，这掉下去……"

宋将一个激灵，大声呵斥："下不去也要下！这里不行，便去别处！总要寻到路下去！"

"是！"副将挺直了身子，"四周都派出去人找了！相信，会找到的！"

这时，一阵马蹄声响起。

一名手持长枪的将军纵马疾驰而来，他的身后跟着十几名亲兵，人人战袍浴血，显然刚经历了一场激战。

"杨将军！"宋将看到来人，面色缓了少许，"辽人退了？"

长枪将军不是别人，正是杨延昭。

杨延昭点点头，跳下了马："潘将军这边进展如何？"

被称作潘将军之人，乃是当朝检校太保潘伯正之子，云麾将军潘良。

潘良苦笑，沉痛地摇头，望着那幽深的崖底："若是寻不到人，杨将军，你我都得陪葬！"

银甲将军是在一阵颠簸中渐渐醒来的，他五脏六腑刺痛，浑身如散了架般，足足缓了好一阵，方有些许气力睁开眼，发现自己的身子被几根藤条牢牢地固定在一副由几截树干绑成的简易担架之上，一道纤弱的身影，逆着光，绑着担架的藤条挎在那削薄的肩上，正一点儿一点儿，吃力地向前拖曳。

一块尖石猝然划过银甲将军的背心，他不由得轻哼了声。

刘娥立刻发现他醒了，一下子扔了手中的藤条，奔过来在担架旁蹲下。

"你醒了！"

刘娥满面的惊喜和激动，看得银甲将军怔了怔："姑娘是……"

"你不记得了？辽兵屠村，你救了我，后来大地动，我们一起掉下了悬崖。"

银甲将军看了眼来路："姑娘拖着本……咳咳咳！"他一开口便是一阵撕心裂肺的咳嗽，呛出了一口血沫，吓得刘娥手忙脚乱地解开了他身上的藤条。

"你受了很重的伤对不对？！"刘娥半扶起银甲将军，用衣袖揩去他嘴角的血沫，忧心不已，"伤到哪里了？是不是很疼？！"

银甲将军闭了闭眼，忍过去那一阵阵钻心的疼，缓缓地摇头："还好。姑娘拖着我，走了很远吗？"

"我们掉下来那处很是狭窄，太危险了，且说也不能坐以待毙，只是……"刘娥发愁地望了望前方，"这峡谷太长了，也不知何时能走出去，你的伤……你受了那辽将一记狼牙棒，该是伤着内里了……"若不能尽快得到医治，怕是会很麻烦，刘娥咽回去了后面的话，不安地抿紧了唇角。

银甲将军明白刘娥想说甚，冲她安抚地笑了笑："姑娘不必过于忧心，我的部将，会来救我们。"

刘娥并未被这句话安慰到，也未追问话里的内容，她鬓发凌乱，紧盯着银甲将军的眸子里除了忧虑，还有着几分隐隐的惶然无助，银甲将军轻易便捕捉到了，语气不自觉地更为软了许多："现下天色也不早了，入夜这峡谷根本没法走，姑娘也该累极了，我们先在此歇息一晚吧。"

刘娥犹豫了下，点头答允。

刘娥环顾四周，见不远处有一片小树林，那前方地势平坦，倒是适合过夜，于是要将银甲将军扶过去，哪知银甲将军伤得甚重，略微一动，便浑身抽痛，腿脚根本使不上力。最后，还是刘娥又花了小半刻的时间才将他拖过去，安置好。

一番折腾，刘娥彻底没了气力，靠在一块石头上直喘气，先前还不觉得，这会儿一坐下来，才感觉手、肩，还有脚底，皆是火辣辣地疼，不用看也知晓，必定是磨破了。

半晌，没见旁边动静，刘娥转过头去，只见银甲将军正目不转睛地、静静地盯着她，那眸光幽深难测。

刘娥愣怔了下，很快顺着银甲将军的目光注意到了自己脚上的靴子，不由得窘迫："我的绣鞋丢了，换了将军的靴子好走路，我这便脱下来给将军……"脱到一半，发现自己的脚伤痕遍布，不堪入目，刘娥顿时更为难堪了。

银甲将军也看到了，目光微动："姑娘穿着吧，反正我也动弹不了。"

刘娥讪讪地笑了下，将靴子穿了回去。

"还未请教姑娘芳名。"银甲将军善解人意地转了话题。

"刘娥。"

"娥？如何书写？从女旁？"

刘娥点头。

银甲将军赞道："娥媌靡曼者，好名字。"

"敢问将军名讳？"

"我姓赵，"银甲将军顿了一瞬，"在家行三。"

刘娥见这位赵三将军并未再言其他，估摸着是不愿透露真实名讳，只怕这姓氏也未必是真的，然她倒不欲追究，淡淡一笑："赵将军。"

赵三见刘娥的模样，知她必定是误会了，想要解释几句，却又不知从何说起。

刘娥倒是复开了口："赵将军身上可有引火之物？"见赵三一时有点儿没回过神地看着她，刘娥不禁微勾了下唇角，补充道："夜里谷中冷，我想生些火，且还不知这林子里会不会有野兽之类，明火能驱赶一二。"

赵三忙探手入怀摸了摸，好在火折子还未丢。

刘娥去林边捡了些树枝和枯叶，将火生了起来。

此时天色已暗了下来，那林中光影斑驳，刘娥并不敢进去。赵三也不赞同，虽然没有吃食和水，但他们二人该是还能撑上一夜，刘娥绝不能一人冒险进树林。

为了省上一些气力，二人商定好轮流守夜后，便没再过多地交谈，只是围着火堆，静静地烤着火。

四周万籁俱寂，除了偶尔的余震带来的那碎石滚落声，在赵三的请求下，刘娥坐得离他近了些。

上半夜是赵三守夜，许是累坏了，不过片刻，刘娥便沉沉地睡了过去。

呼吸清浅，那跳跃的火光，映红了刘娥精致的五官，她眉尖轻轻地蹙着，似在睡梦中也未彻底放松，整个身子蜷缩成小小的一团，瞧去甚是单薄。

赵三看了片刻，吃力地脱下外袍，轻轻盖在了刘娥身上。

刘娥再次醒来的时候，天已大亮，她没想到自己能在这般情形下，睡得如此之沉，赵三竟守了一夜，没唤她起来。

刘娥一骨碌坐了起来，身上滑落的外袍让她怔了下，回头见赵三闭着眼靠在一侧，方舒了口气，然很快她便发现不对劲儿，赵三呼吸急促，面色潮红。

刘娥心中一紧，上前一摸赵三的额头，甚是烫手，他在发热。

"赵将军！"刘娥急了，轻轻拍了拍赵三，"赵三将军，你醒醒，赵将军！赵三！"

赵三混混沌沌地睁开眼，见刘娥满脸的慌张，宽慰道："我无事，就……就迷糊了一小下。"

"你在发热！"刘娥显然不信，咬着唇望了望四周。

"你等着！"刘娥捡过外袍盖在了赵三身上，撂下三个字，起身便朝前一日怎生都不敢进去的树林，奔了过去。

"刘姑娘！"赵三在后面根本没有叫住她，刘娥的身影很快消失在重重树影间，赵三欲起身，一动便牵动了全身的伤，疼得跌坐了回去，直喘气。

赵三其实没骗刘娥，他确实是在守了一整夜后，实在撑不住，刚睡去一小会儿，固然有些发热，但还不至于晕过去。

赵三望着那幽深寂静的林子，突然很懊恼自己怎生伤得这般重，若是里面有野兽，刘娥对付不了怎生办？！若是再有大地动，刘娥跑不出来怎生办？！

便在赵三胡思乱想，越发张皇之际，那道纤细的身影终于出现在了视野里，赵三心中一松。

刘娥一奔近，赵三便一把紧紧握住了刘娥的手腕："你没事吧？！"

刘娥摇头，那眉间有喜色，并未怎么注意赵三的动作，而是欣喜地将手中的野草拿给他看。

"这是车前草，能降温，还有这些伸筋草，可化瘀止疼，我不太懂药理，它们或许不能一起服用，先服降温的，隔几个时辰，再服止疼的。对了，我还找到了野果子，你先吃几个，以免猛地嚼这些草药，伤脾胃。"

说着，刘娥将草药小心地收起来，倒出衣兜里的野果子，挑了两个表皮坑坑洼洼的，在衣袖上细致地擦干净，递给赵三。

赵三没有动，只是目光深邃地看着刘娥。

刘娥愣了下，旋即一笑："这种果子长得越丑的，越好吃，你尝尝，可以吃的，我吃过了，没毒。"

"我不是那意思……"刘娥明显又误会了赵三的意思了。

刘娥直接将野果子塞到了赵三的手中。

赵三无奈地挑眉，拿起野果子咬了一口，一股清甜的汁水流入喉间。

刘娥状似不动声色地盯着他。

赵三肯定地道："甜！"

刘娥难掩一点儿得意地冲他挑眉了回去，嘴角弯了弯，从野果子里挑了个表皮光溜的，随意擦了擦，吃起来。

赵三看了看刘娥。

赵三吃完手里的，也拿了个表皮光溜的。

果然，长得好看的，涩多了。

二人你一个我一个，抢着拣那好看的吃，不消一会儿，分食完了一兜子野果。

刘娥又让赵三嚼了车前草降温。

随后，二人商议是否继续上路，依照赵三之意，峡谷不知晓还有多长，他动不了，刘娥体力难支，他们干脆原地等待救援。然刘娥不赞同，赵三的伤太重了，他们多向前走一步，便能早一点儿和救援的人会合。

刘娥的坚持终是说服了赵三，她重新将赵三固定在担架上，一点儿一点儿地向前拖去。

这一日后来，赵三终是因高热晕了过去，刘娥又找了车前草及一些旁的有降温之效的草药给他服用，热度时高时低，却到底未彻底降下去，赵三也一直未醒来。

夜里，他们还是歇在峡谷里，刘娥将火堆烧得很旺。

赵三在昏迷中，时有呓语。

刘娥紧紧盯着他，低语安抚，精神紧绷了一夜，直至天明，才靠着赵三打了个盹儿。

第二日，第三日，赵三的情形没有丝毫的好转。

刘娥只能靠不断地给他喂食草药和野果，来给自己些许慰藉，至少赵三还能咽下东西！这也给了她一步步坚持下去的勇气，即使她现下的每一步，皆如踩在刀山，钻心刺骨地疼。

第三日的夜里，赵三因伤重抽疼，短暂地醒过来了片刻。

刘娥为了分散他的注意力，道："我给你唱支曲子吧。"

赵三精神不济，虚弱地点了点头。

"月儿弯弯照九州，几家欢乐几家愁，几家夫妇同罗帐，几家飘零在外头……"

那清越婉转的吟唱，带着淡淡的愁绪，在寂静的峡谷里悠悠回荡。

"真好听！"赵三不甚清醒地喃喃，"像莺啼。"

刘娥闻言，那剪瞳里暖意融融："我的小字，唤作莺儿。"

半晌，身畔没有动静。

刘娥回头，赵三已昏昏沉沉地再次晕了过去。

刘娥愣愣地看着赵三良久，眼眶逐渐通红，两滴清泪滑过脸庞，砸进了那烧尽的灰烬里。

第四日，刘娥觉得快到她的极限了，她艰辛无比地跋涉了许久！许久！

一日过去，回首望去，似乎才行了数丈之远。

刘娥终于崩溃，再等不来救援，她和赵三便真的走不出去了！

那般千辛万苦地一番挣扎，最终难道还是要长埋此地？！

这一夜，刘娥抱着赵三的手臂，痛哭出声，至后来身心疲惫不堪，哭得浑浑噩噩，睡了过去。

刘娥是在一片嘈杂之中，猛然惊醒的，她一睁眼，便瞧见几个宋兵激动无比地

跪在她身前。他们身后，那怪石嶙峋的峡谷里，一大队的宋兵正群情激昂地先后奔来，跑在最前面的，也是最显眼的，是两名宋将。

其中一名，刘娥见过，是他们掉崖时，那喊得撕心裂肺的将领。

将领自然便是潘良，他身旁的，正是杨延昭。

潘良和杨延昭，几乎踉跄地奔近，"扑通"一声，双双跪在了乱石之上："殿下，臣等救驾来迟，万望恕罪！"

"二位将军言重了。"

一道暗哑的声音自头顶响起，刘娥浑身一凛，倏地抬头，朝开口的赵三看去，同时后知后觉地发现，她正被赵三抱在怀中。

第3章　宫门何峥嵘

残阳泣血，将那远近的山脉、村庄、树林，皆染成了一片血红。

曾老夫子的青瓦房被焚烧殆尽，村民们于废墟之上，搭了个祭台。

烈火熊熊燃烧，村里的白须长者手执引魂幡，绕着火堆，吟诵着古老的歌谣。村民们跪在祭台下方，手里捧着逝去亲人的衣物或是物件，洒酒祭奠。

那凄惨的啜泣呜咽声绵绵不绝，萦绕在山间。

不远处的小山坡上，刘娥一袭素襦裙，迎风而立，腰间系着一条同色毫无杂饰的缎带，衬得整个人越发身姿单薄，纤腰不盈一握。

山风徐徐，拂面而过，却吹不散那眼底、眉梢的哀思。

阵阵马蹄声响起，一队禁军护着一骑，自山道飞驰而来。

禁军在半山坳停下，那一骑驰近，停在了刘娥身后。

来人下马，上前立在了刘娥身畔，与她一道望向那古朴的祭奠场面，村民们正在白须长者的引导之下，轮流依次登上祭台，将亲人的衣物或物件抛入烈火，诵祷哀辞。

"此乃当地的一种祭奠仪式，百姓相信在亲人们离世后，为他们吟诵引魂曲，能引导他们的灵魂尽快去往地府，转世投胎；黄泉路冷，将衣物或是物件焚烧，能免他们受寒。"

刘娥闻言，似叹了口气："魂归来兮……所有的孤魂，真的都能寻到往生之路吗？！若是，他不愿呢……再若是，他走得太远，听不到这引魂曲呢……"

赵三，现下该是赵元侃，当今的第三位皇子，封号襄王，回首看向刘娥，神色间有着几分歉然："我让士兵们把村里村外都找了一番，没寻到你说的曾老夫子，还有小载丰模样的人，或许……当日他们见辽兵进村，逃走了。"

"那时地动山摇的……"刘娥后面的话没道完，彼此间都明白，即使二人躲过了辽兵的屠杀，一老一幼想要在大地动之中活下来，亦太难了，如今村子里还有大部分的房屋被山石掩埋，近半数的村民未被寻到。

赵元侃一时无从宽慰于她，沉吟片刻，复道："我已和刘知州商议，会重建慈幼居，以后归属知州府管辖，再收养孤儿，他们的起居，会派专人照看，亦会给他们请夫子教学。"

刘娥点点头："殿下有心了。"

赵元侃嘴唇一动，欲言又止。

从峡谷出来，已半月有余，刘娥自从知晓了他的身份，便是这般恭谨客气，仿佛那个绝境之中抱着他痛哭，那个揶揄地笑着说野果子长得越丑越好吃的女子不是同一人。他借着养伤，几次寻借口想与刘娥独处叙话，皆被刘娥搪塞躲了过去。

身为皇子，赵元侃自是天之骄子，却第一次生了挫败之感。若是因着身份，他再也看不到眼前女子的喜怒哀乐，人生何来趣！

赵元侃又从马鞍上取来一个包袱："这是从闵婆婆家坍塌的屋子下挖出来的，里面有几身衣裙和一些书籍……"

"是曾老夫子赠我的古籍，还有他的阅文札记！"刘娥连忙接过，里面的物事均在，她不由得舒展了眉眼，"多谢殿下！"

"不必！"赵元侃顿了下，还是忍不住微微地加重了语气，"你我之间，不必如此生疏。"

刘娥不置可否，垂着眼细致地查看物事后，复都裹好，转身面朝那边山冲里的一座新坟，双手合十，拜了下去。

那坟前简陋的墓碑之上，刻着"闵婆婆之墓"几字。

刘娥感念闵婆婆之灵在天庇佑。

少顷，赵元侃斟酌着开口："边境事定，过两日，我要启程回开封了。"

刘娥缓缓睁开眼。

"莺儿，你可愿随我一道回去？"赵元侃眼底含着希冀，却是难掩忐忑，紧盯着刘娥清秀的侧颜。

"我……"刘娥心中一动，"你如何知晓我的……"

赵元侃扬眉，舒朗的笑意染透了那清俊的眉眼："那夜在峡谷里，你亲口告知我的。"

朱红大门森严，两座威武的石狮子雄踞在两侧，那门楣之上挂着一块镏金牌匾，上书"襄王府"三个大字，龙飞凤舞，高高在上。

刘娥望着眼前的高阔门厅，一时有些恍惚。

"莺儿，下马。"赵元侃立在马下，朝刘娥伸出了手。

刘娥未彻底回过神，依言将手交给了赵元侃。

赵元侃抱刘娥下马。

这时，王府大门骤然洞开，脚步声急切，裙裾浮动，一个女子在众绯衣婢子的拥簇下，奔了出来。

女子云鬓斜簪，那周身气度华然，端庄高贵。

"殿下！"女子方切切地唤了一声，眼神触到赵元侃怀中的刘娥，声音滞了滞。

刘娥忙挣脱赵元侃的怀抱，退到了一旁。

女子正是襄王妃郭氏，郭清漪，当朝太师郭贤之女。

襄王突归，郭清漪明显心绪激荡，却依旧红着眼眶，礼数周全地率众迎接。听闻刘娥乃是襄王的救命恩人，更是握着刘娥的手，好一番情真意切的感激，仿佛方才那一瞬她眼底晦暗不明的光，只是错觉。

进退有度，举止得体，不愧是高门士族培养出来的女儿，亦摆足了王府主母的风范。

刘娥端端地生了几分自惭之感，局促地只说是襄王救了她。

郭清漪对二人之间那点暗暗的相互维护，恍若未见，体贴地吩咐婢子带刘娥去安置歇息。

赵元侃本想亲自陪同，这时，奶娘将一个襁褓抱了出来，里面是出生不过月余的襄王嫡子，降生于大地动之中。

赵元侃托着那柔弱的婴孩，初为人父的喜悦和激动表露无遗。

这一幕刺疼了刘娥心中某些隐秘的伤痛，她离开的步伐更快，隐隐地，还是有只言片语传了来。

"麟儿诞于大灾之中，王妃九死一生，本王感念在心！"

"殿下，你我夫妇一体，何须说此见外之言？"再多的矜持，在夫君的温言软语中也放下了，郭清漪泪垂双颊，依偎进了赵元侃怀中。

稍晚些时候，襄王妃又安排了人前来伺候刘娥沐浴。

其中一名唤作李婉儿的婢子，十六七岁，皮肤白皙，那模样俏生生的，见到刘娥便睁大了眸子好奇地打量，也不懂得掩饰，被同来的老嬷嬷不悦地瞪了好几眼，方才知收敛。

老嬷嬷是襄王的奶娘王氏，刘娥哪敢让她伺候？也的确不习惯这么多人在侧，好不容易撑到宽衣进了那红沐浴桶，便坚持要自己沐浴。

王氏倒也不勉强，带着一众人等退了出去，只留下了李婉儿听从使唤。

李婉儿坐在木桶旁，一边不时地帮刘娥浇上些热水，一边口里便没停过："姑娘初来乍到，不知府中详情，我们襄王的皇亲国戚太多了。先从近的讲，襄王有两个哥哥，大哥楚王，二哥许王，当今官家皇子众多，封王的呀，如今就这三位。对了，东京城里还有一位鼎鼎大名的王爷，那是官家的御弟，秦王，也是咱们襄王的亲叔叔……"

"婉儿，"刘娥忍不住打断，"你道了这许多，我也分不清啊。"

李婉儿眨眨眼："那便只说咱襄王府吧。我们殿下就快要做太子了，王妃现管着襄王府，日后入宫母仪天下。所以这王府呢，也便相当于一个小皇宫，王妃为尊，后面再来多少人，也越不过娘娘去。"

小丫头边说，边偷偷地观察刘娥的神色，见刘娥似乎没怎生听进去，又微微加重了语气："王妃出自名门，才当得了这王妃。尽孝官家、掌管王府、辅助殿下，哪一件是容易的？换作寻常女子，且不说她没有这般能耐，即使暂时笼络住殿下的心，待欢喜劲儿过去了，也难免被冷落一边。"

刘娥有些好笑地瞧着小丫头，喋喋不休，看似伶牙俐齿，却明显地照本宣科，知她肯定是得了授意，来给她一个下马威。可是，此若是王妃之意，她倒要对那位高贵得体的女子，重新评估一番了。当然，也有可能不是，偌大的王府，兴许就有人看不得她这新面孔出现，兴许也有人想借此向王妃邀功呢。

刘娥一声叹息，侯门幽深，更何况此乃正宗的皇家。

当时她应承赵元侃进京，一则确实身似浮萍，她无处可去；二则想入京寻人。

现下看来，还是冲动了。想到此处，刘娥唇角不由得划过一丝自嘲的笑意。

"姑娘，姑娘，"李婉儿察觉刘娥神色有异，小心翼翼地，"奴婢言错了甚，惹您不高兴了吗？"

刘娥一笑："没有，你讲得很好，很……细致。"

李婉儿无甚心机地笑开："对嘛，和襄王相关的，姑娘肯定喜欢听。"

刘娥不置可否，转了话锋："你方才说襄王快做太子了，是怎么回事？"

"此前官家颁下旨意，众皇子之中，率先诞下皇孙者，立为储君。我们王妃即将临盆，大伙儿都心知肚明，官家是选中了襄王做储君！"李婉儿甚是引以为傲，"虽然后来殿下去了战场，又恰逢大地动天灾，幸而天佑咱们襄王府，王妃顺利诞下皇孙，如今殿下也平平安安地回来了！待不久后殿下入主东宫,阖府上下自与以往不同,咱们做奴婢的，也跟着沾光呢。"

刘娥听得挑了挑眉，欲言又止。

李婉儿问道："姑娘想言甚？"

"我……"刘娥本不想言，见小丫头一双清亮纯净的眸子瞅着她，倒没了戒备，于是坦言道，"只是有点儿疑惑罢了。"

李婉儿不解："疑惑？"

刘娥道："你言官家的旨意是率先诞下皇孙者，立为储君。然，若是王妃诞下的不是皇孙呢，那又如何能说，官家中意的储君，一定是襄王？！"

"这……"李婉儿蹙眉，"不是襄王，还能是谁？！其余皇子府中，并没有皇孙，也没有哪位夫人传出有孕在身啊！"

"你言得也有道理。"刘娥笑了笑，只是她总觉得当今的这道旨意，另有深意罢了，"可是，王妃临盆在即，官家怎生又让襄王上了战场？"

李婉儿答道："是襄王自己请的旨。"

"这样啊……"刘娥越发觉得蹊跷，一时也想不透，又觉得许是自己多想了，随口又问道，"襄王现在何处？"

李婉儿一愣，望了望窗外浓郁的夜色："姑娘是想请殿下过来安歇吗？今夜只怕不行，毕竟王妃和殿下分开许久，才回来第一夜……"

刘娥脸一红："我并无此意！"

李婉儿放下心来，又怕刘娥不痛快，安慰道："入夜前，宫里来人，宣殿下进了宫，似乎还没回来呢，若是官家召见殿下到很晚，殿下也是有可能歇息在宫中的。"

刘娥顺着她的话道："看来如你所言，官家确实宠幸襄王。"

李婉儿肯定地："那是当然，听王妃说，大地动后，官家辍朝多日，任何朝臣、皇亲国戚都不见，可咱们殿下这才一回来，官家便把人叫去了，这还不是盛宠在身吗！"

刘娥看着小丫头一脸的骄傲，微微失笑。

水雾氤氲，罩着那雕梁画栋，朦朦胧胧地看不透，刘娥觉得仿若自己的前路，从她踏入这深宅大院那一刻起，有许多事都不同了。

御书房内，烛火明灭，那点金狻猊瑞兽香炉之上，龙涎香丝丝缕缕萦绕。

宋太宗赵光义一身红色常服，坐于龙案之后，手执一份奏疏，正缓缓地翻阅着。他已到了知命之年，身子骨看似依旧硬朗，只是那眉宇间有着几分沉郁之气。

赵元侃静静地跪在下方。

半晌，太宗淡淡地开了口，那语气听不出任何情绪："杨延昭在战报里为你请功，保州一役，你身先士卒，骁勇抗敌。"

赵元侃语气平淡无起伏："儿臣在大地动时，掉下了悬崖，辽虏能退，全仗杨将军指挥有方，率领士兵们英勇杀敌。"

太宗掀起眼皮看了看赵元侃，又道："你在战场上，与辽军第一大将萧挞凛交手了？"

赵元侃答道："当时并不知。"

太宗问："若何？"

赵元侃想了想，坦诚地："儿臣不是他的对手。"

"哈哈哈！"太宗开怀大笑，甚是愉悦，"不居功，不自傲，看来这一趟战场之行，你学到了很多，不愧是朕的儿子。"看着下方挺拔俊朗、不卑不亢的儿子，太宗是越发欢喜，"起来吧，叫你来，是咱们父子叙话，不是来罚跪的。"

赵元侃却没有动，犹豫了下："父皇，储君之事……"

"你想言甚？"太宗不耐地打断，脸上的笑容隐去，"元侃，君无戏言。"

赵元侃皱眉："可儿臣自觉才疏学浅、德行不足，不堪储君之才！更何况还有两位兄长在前，元侃怎敢僭越？"

太宗的脸色难看了："这些话，朕不想再听！你此前便百般推诿，要上战场，去立甚战功，朕由着你了，可你就没有想过，若你有个万一，朕将失去最优秀的儿子，你即将出世的孩儿将见不到自己的亲爹一面！"

赵元侃神色一顿。

太宗续道："如今你有嫡子，朕有了皇孙，你更有战功在身，是我大宋当之无愧的储君，这便是天意！天意不可违！"

赵元侃神色复杂："父皇……"

太宗失去了耐心，低声呵斥："元侃，朕是你的君父，君在前！"

君命不可抗！

一股压抑沉闷的气息蔓延开来。

"起来。"少顷，太宗复沉声道。

赵元侃沉默地起了身。

太宗冷觑着规矩立着的儿子，语气稍稍缓了几分："你带了个女子回来？"

赵元侃立刻将与刘娥同坠悬崖，刘娥如何对他不离不弃，用心照顾，事情前后详细地禀告给了太宗。

太宗问："你想收了她？"

赵元侃回答："儿臣要纳她为妃，请父皇成全。"

太宗面无表情地看着一脸郑重的赵元侃，房内一时寂静得异样，那烛火忽而细微地"噼啪"一声，炸开点点火星。

太宗道："地动之后，宫宇修葺，朕多日未视朝，连皇孙亦未能见上一面。这样，即日起，宫内外一切恢复秩序，你回府好生休养，过两日你和你王妃抱皇孙入宫来见朕，顺便带上那女子，她叫……"

"刘娥。"

"朕见见这刘娥。"

赵元侃知晓太宗言下之意是许了他纳娶刘娥之事，不禁喜形于色："多谢父皇！"

"哼！"太宗不满地一声轻哼。

赵元侃立时敛了敛神色："儿臣此前接报，地动之时，父皇和四叔被埋在了坍塌的大庆殿之下，受了惊，不知父皇龙体可恢复如初了？"

"总算想起关心你这个爹了。"太宗复从鼻子里哼了声，有点儿赌气地，"朕已无恙。"

"那四叔……"

太宗一下子又火了："你到底是关心朕，还是记挂着你四叔？！"

太宗的喜怒无常弄得赵元侃也有些无奈了："儿臣是听闻四叔在那之后，便染了风寒，卧床不起，一直闭门谢客，想着他是否那时受了伤。"

太宗这才神色稍霁，然那阴鸷的眼眸里幽深一片。

"你两个哥哥救我们出来之时，他无碍！谁知道他回去又招惹了甚风邪，还给朕上了一封请辞奏疏，要辞去开封府尹一职。"

太宗边抱怨边从龙案之上那一堆奏疏里抽出一封，扔给赵元侃。

赵元侃接过一看，不由得诧异。

"你这几日寻个空，代朕去瞧瞧他，将这东西还于他，便说朕不允，让他尽快养好身子，去府衙办差。"太宗吩咐道，顿了顿，又补充了句，"至于他想卸掉皇城那两支禁军的管辖之权，便由你暂时接管过来吧。"

第4章　万里帝王家

宫墙崩裂，琉璃瓦片片砸落，那鳞次栉比的巍巍殿宇岌岌欲塌。

宫人们慌乱地四散奔逃，哀号声连成了一片。

大地在脚下震颤，太宗踉踉跄跄地踏上那殿前云阶，望着眼前摇摇欲坠的大殿，他脸色难看到了极点。

长剑划过碎裂的地砖，发出瘆人的低吟。

暗色蟒袍包裹着昂藏的身躯，秦王赵廷美提着长剑，自廊下一步三趔趄地靠了过来，他目光凶悍，犹如饿狼看见了猎物般，死死地盯着太宗。

"廷……美！"

太宗浑身一凛。

"皇兄，大殿快塌了，此处留不得，四弟来救你！"

赵廷美一字一句仿若从齿缝中挤出。

随着两人距离的拉近，赵廷美身材高大，如山岳般的气势压下，他那眼底克制压抑的一丝兴奋的残忍暴露无遗，太宗当下心中警钟大响，不自觉地步步后退。

两人一个紧逼，一个后退，竟双双入了那晃动的大庆殿。

便在此时，又一波余震袭来，"轰隆"，大庆殿轰然陷落。

昏暗之中，赵廷美猛地睁开眼，腾的一下坐了起来，直喘着粗气。

"夫君！"一道轻柔的声音响起，带着刚睡醒的嘶哑，秦王妃，楚国夫人张幼安跟着坐了起来，见那朦胧的阴影里，赵廷美眉宇间一道很深的纹路，额前汗珠密布，她抬手轻轻为其拭去，"做噩梦了？"

赵廷美未答，兀自沉浸在那恐惧之中，一把掀开冰绡幔帐，下床行至榻前，端起案几上的凉茶，饮下了大半盏，方稍稍平缓了气息。

张幼安紧蹙着眉尖，正欲唤人来掌灯，赵廷美转身拉开卧房的门，出了去。

"夫君，如此深夜，你去何处？"张幼安不无忧心地在后面问道。

书房内，赵廷美取下墙上挂着的那柄当日他提着入皇宫的长剑。

"铿锵"一声，长剑出鞘，一股锐利之气扑面而来，赵廷美眯了眯眸子，那雪亮的剑锋之上，映出他一双狠厉泛红的眼睛，脑海中有些挥之不去的画面，接踵而至……

赵廷美肩上一暖，一件外袍披在了他肩头上。

一双柔荑环上了他的腰身，张幼安将脸贴于他背上："夫君有心事，可与妾身说说？"

赵廷美犹有几分恍惚，自嘲地："人之将死，其言也善！"

"夫君，何……何出此言？"张幼安悚然一惊，谨慎地窥着赵廷美的神色，心思百转，还是忍不住试探地又问了一句，"当日，夫君与官家同埋在大庆殿之下，可是发生了甚？"

赵廷美瞳孔微缩了下，彻底回过神来，还剑入鞘，复挂回了墙上，揽住惊慌不定的张幼安："惊着夫人了，本王无事，我们回房吧。"

张幼安却没动，依旧打量着赵廷美，斟酌道："卢大人来了，夫君可要见上一见？"

赵廷美面色一滞："他何时来的？本王不是言过……"

"夫君勿要动怒！"张幼安忙解释，"卢大人是来送消息的，妾身见入夜了，近日皇城不是宵禁？他出去反而惹人注目，是以妾身便擅作主张，留他宿一宿，明日再寻个时机混出去。怕夫君心烦，便没告知于你。"

赵廷美皱了皱眉："他送来了甚消息？"

"襄王回来了。"

赵廷美眸子微动。

"夫君……"

赵廷美道:"着人去看看,卢大人若是没歇下,请他来书房一趟。"

"莺儿!"随着一声急切的呼唤,那半掩的厢房门被推开,赵元侃的身影匆匆出现在门口。他的身后跟着气喘吁吁的李婉儿。

阳光倾泻而入,洒了那立在榻前的清秀人儿一身,衬得她光洁白皙的面庞如一块上好的软玉凝脂。

"殿下!"刘娥唤了声。

赵元侃定了定神,转眼见那案几之上一个红木托盘里盛着手镯、玉佩等饰物,还有不少银两,刘娥正将其一一装入包袱,他脸色当即沉了下去。

"姑娘,你要走吗?"李婉儿忍不住脱口而出。

刘娥看了看主仆二人的神色,心领神会,唇畔勾起一抹弧度,未答。

赵元侃的身子微微绷紧,冲李婉儿挥挥手:"你先退下。"

李婉儿应了声,担忧地复望了望刘娥,退下了。

赵元侃缓步上前:"你……"临出口的询问却拐了个弯,"你不是要寻你逃难途中走失的兄弟吗?"

刘娥意外:"殿下这般快便寻着了?!"

赵元侃一噎:"尚未……不过,我已安排人手去寻访了,只是可能需要些时日。"

刘娥很是理解:"其实我也仅是猜测,他许是来了东京,亦有可能流落到了别处。"

赵元侃立刻道:"无论他人在何处,我都会替你寻到。"

刘娥见赵元侃的模样,忽而眼底划过一抹狡黠:"殿下,你该不会以为我当日应允与你回来,面皮薄,不好意思,方寻了个找人的借口吧?"

"喀喀!"赵元侃顿生被看穿的窘迫,"自然……自然不会!"

刘娥嘴角噙着笑意:"那殿下寻到人了,定要及时告知于我。"

"本王会第一时间相告!"赵元侃一脸郑重地保证,见刘娥将那些物事皆纳入包袱收好了,还是不由得问道,"你这是要?"

刘娥道:"我听闻东京东华门外商铺林立,甚是繁华热闹,想去瞧上一瞧,顺便把这些手镯、玉佩,拿去当了。对了,殿下,我是可以自由出入王府的吧?"

"当然可以。"赵元侃觉得这不是重点,怀疑听错,"不,不是,你要去当这些物件?"

刘娥点头:"殿下不是让人在槐花村重建了慈幼居吗?我想着用这些首饰换点

儿银两，给送去。慈幼居有殿下照拂，必定甚也不缺，只是便当我一点儿心意。"微顿了顿，续道，"当然，这些首饰皆是王妃所赏赐，实乃王妃的一番功德。"

"你！"赵元侃的神情逐渐愉悦，"是以，你没有要走？！"

刘娥道："我不是还等着殿下为我寻人吗？"

赵元侃轻笑出声，松了口气般地坐到了榻上；抬指虚点了点刘娥，方觉察手心已经微湿。

其实，襄王妃为何要赏赐她这些银钱首饰，彼此间皆是心知肚明，虽说名义上是感激她救了襄王，然而话里话外无不透露出一个信息，要入襄王府，须得是清清白白的女儿身，至那时刘娥才反应过来，此前专门来伺候她沐浴的嬷嬷原来是给她检查身子的，当即心头有一股无名火蹿起。

她有过婚配，还小产过一个孩儿，她流落漂泊，在泥泞里挣扎求生，无论从哪一方面，她，刘娥，确实与"清白"二字无关。

然而，在那个橘色霞光染透了层林的山间，她将身世、经历，一切的一切，悉数相告，以一种平静，甚至带着几分漠然的神色掩饰压抑着，一抬首，没有想象之中等来的鄙薄、排斥，撞上的却是那一双清俊眼眸里浓浓的疼惜。

"如此，你便更得跟我回去，我不放心你的身子，须寻大夫好好为你调养！"

刘娥怎生也没想到，赵元侃的反应会是这般，仅这般！

赵元侃见刘娥瞬间怔忪的模样，难掩的可爱，抬手自然地顺了顺她的额发："你说，你是浮萍无根，我愿做流水，追逐你，让你依靠，给予你一方天地。"

山盟海誓的话语，用最寻常语气道了出来，刹那滚烫地熨帖一颗孤寂的心。

刘娥努力维系着神色间的淡定，心中已是金戈铁马，最后只能以进京寻人为借口，笨拙地转移话锋，搪塞了过去，不过到底是应承了赵元侃所邀。

是的，她要寻人，不是托词，没有撒谎。

只是有甚东西，在她那心底历经波折已逐渐坚硬的土地里，欲破土而出，她就像是在严冬的漫漫寒夜里跋涉了太久，而赵元侃是那一捧温暖的篝火，她不自觉地想靠近。

为着那一丝弥足珍贵的暖意，她忍下了襄王妃近乎羞辱的举动。

此时，望着眼前人紧绷又放松的神色，还有那眼底不易察觉的一丝小心翼翼，刘娥心中那点儿不快去了个一干二净，反之倒是一片酸软。

刘娥抿了下唇："殿下，今日可清闲？我初来乍到，人生地不熟，殿下能否陪我去市集？"

赵元侃道："今日怕是不行，改日吧，改日我好生地陪你逛一逛东京城。"

这时，一名婢子来到门外："殿下，王妃着奴婢来请殿下，说宫里已派人来催了，请殿下和王妃尽快入宫。"

赵元侃挥手以示知晓了，起身冲刘娥道："走吧，你随我一道进宫。"

刘娥一愣："我也要去？"

赵元侃道："官家要见你。"

刘娥更是诧异："为何要见我？"

赵元侃见刘娥些微紧张的模样，到嘴边的话又咽了回去，带着几分调侃："你救了他的儿子，当爹的要见见你，情理之中吧。"

刘娥蹙眉："你怎生又……"

赵元侃故意地道："官家召见，可不能拒绝。"

刘娥嗔怪地横了赵元侃一眼，刹那福至心灵："你爹不会也要赏赐于我吧！"

赵元侃额角一跳："官家所赐之物，不能典当。"

"噗！"刘娥亦带着点儿故意地，"这点儿规矩，民女还是懂的。不过入宫面圣的规矩，民女可不懂。"

"先出发，路上本王说与你听。"

刘娥和赵元侃来到前院，入宫的两辆华盖马车已备好。郭清漪恰好自正厅出来，奶娘王氏抱着皇孙跟在后面。

郭清漪今日换了身赭色长裙，袖口和裙摆以银丝勾勒了牡丹图样，那如云的青丝绾了个朝天髻，朵朵珠翠点缀，她背颈挺直，气质庄矜，一如她的身份。

郭清漪瞧见二人相携而来，神色间无一丝异样，甚至在分配马车之时，以要照顾皇孙为由，选了与王氏同车，让刘娥跟着赵元侃一辆。

刘娥直觉如此不太妥当，然而到底是入皇宫面圣，她难免有些不安，有赵元侃在身旁，自是最好，且那场赏赐的暗暗交锋后，她再刻意与赵元侃保持距离，倒是矫情了。

赵元侃虽本就打算与刘娥同车，但郭清漪主动做出这般的安排，他因其赐银钱于刘娥积攒的那点儿火气，倒是不宜发作出来。相敬如宾，是自郭清漪入王府以来，二人的夫妻相处之道，既如此，他就会给她应有的体面。

是以，郭清漪登车之时，赵元侃轻扶了下，后再与刘娥上了另一辆马车。

一路之上，赵元侃细细地讲了不少宫中规矩，见刘娥神色逐渐放松，便又挑了些京中有趣的见闻，说与她听。

马车外人声喧嚣，刘娥好奇地挑了车帘一角瞧去，到底是都城，摧城断墙的大地动过去不过月余，街面之上酒肆茶楼、各色商铺，纷纷已是重新开张，只是那来不及修缮的龟裂墙体、残瓦破檐，以及街角巷落偶尔行过的蓬头垢面的难民，默默诉说着一场天灾造成的创伤，繁华的复原并非一朝一夕之事。

行了约莫小半个时辰，襄王府车驾来到了宫门口，当值禁军循例盘查后，便放了行。

车轮辘辘，穿过那恢宏的宫门。

从纱帘的缝隙，刘娥瞧见了宫门上方深嵌的"宣德门"三个大字，古朴遒劲，透着一股威严庄重之感，凛然不可侵犯，宫门后那甬道狭长，两侧城墙高耸入云，其上隐约可见披甲持枪的禁卫军默然矗立，气势迫人，再放眼朝远处望去，飞檐斗拱，殿宇楼阁错落，一座座宫殿的金顶在阳光下闪耀着夺目的光芒，一时令刘娥眩晕，她仿若做了一场浮生大梦。

数月之前，她还在颠沛流离，为了半只冷硬的馒头低落尘埃，那水疱叠水疱的脚趾至今还有未消除的疤痕，她本以为自己会和大多在战乱天灾中的流民一般，在某个路口倒下，悄无声息地死去，命贱若蝼蚁。可如今她竟遍身罗绮，走进了这天下至尊之地，眼前的璀璨华丽与她过往的生命截然不同，冥冥之中似乎有什么正发生着改变。

刘娥手心一暖，那宽大的袖袍之下，赵元侃轻握了她的手，她回过神来，此时他们一行已入了据说官家处理家事，可接见外臣命妇的垂拱殿。

日头西斜，自高大的殿门外投来一道淡金色的光，映得那蟠龙柱上的龙纹栩栩如生。

随着内侍的一声宣喝，刘娥只匆匆瞥见一个高大威严的身影自屏风后行了出来，她便垂眸敛目，跟着赵元侃跪拜下去。

太宗见到新生的皇孙，甚为开怀激动，并未第一时间注意到刘娥："平身吧，把皇孙抱过来，让朕好生瞧瞧。"

郭清漪连忙将皇孙递给太宗。

太宗满心欢喜地接过，哪知皇孙方一到太宗怀里，便啼哭起来。太宗有些手忙

脚乱地哄着皇孙："朕是你皇爷爷，为何哭啊？"

无论太宗如何轻声细语，皇孙半点儿停止哭泣的迹象都没有。

殿内的气氛压抑了下去，那响亮的啼哭，衬得周遭越发沉寂。

郭清漪和奶娘王氏见状，忙上前帮着轻哄，然而皇孙却是越发号哭得厉害，太宗脸上的喜色逐渐消失了。

太宗沉声道："皇孙见了朕便哭成这般，莫非有何不祥之兆？！"

赵元侃的心头一跳。

"殿下！"郭清漪声音微微发颤地嗫嚅，暗暗地攥紧了赵元侃的衣袖。

"官家，"突然，一直静跪在侧的刘娥开了口，"皇孙啼哭许是路上坐轿颠着了，可否让民女试试？"

太宗犹疑地上下打量打量了刘娥。

刘娥不卑不亢，镇静地回视着太宗。

太宗终是示意了下，刘娥上前接过皇孙，轻轻哼起了歌谣。

那是一首蜀地小曲，调子软糯，刘娥神情如水温柔，整个人似笼罩着一层莹澈的光泽，清润柔软，还有一丝淡淡的哀伤。

皇孙竟渐渐止住了哭声，寂静的大殿之中，唯有刘娥浅浅的吟唱声。

太宗盯着刘娥的目光中，多了几分探究。

半晌，刘娥停下了歌声，将已睡过去的皇孙抱给了郭清漪。

太宗眯起眸子："你是……刘娥？"

刘娥复跪下："回官家，正是民女。"

太宗道："听元侃说，你在大地动中，救了他一命。"

刘娥道："襄王殿下言过其实了，是殿下救了民女。"

"父皇……"

赵元侃方一开口，便被太宗抬手打断了，他端详着刘娥："你想要何赏赐？"

刘娥答道："民女未有功，不敢讨赏。"

太宗看了眼赵元侃，不动声色地："如今天灾刚过，四处还有流离失所的灾民，此时皇家不宜操持任何大的庆典。"

赵元侃一下子皱紧了眉，豁然抬头，与太宗对视，父子俩隐隐对峙，他没想到太宗会临时食了前言。

一句话听得郭清漪绷紧了神色，她自然听出了太宗之意，再看赵元侃的反应，果然，襄王是要纳娶刘娥。

倒是刘娥，一时没明白太宗怎生就说到了别处。

太宗微微撇开眼神，避开了赵元侃迫人的目光，续道："不过，方才见刘娥安抚皇孙，朕倒是生出一念，大灾后，人心浮动，朕想为皇孙举行一场初生礼，元侃，你和王妃，抱着皇孙到宣德门外，与民众祈福祝愿。"顿了顿，"之后再议其他。"

"父皇！"

赵元侃还未开口，郭清漪已是变了脸色，皇孙不过月余婴孩，怎能抱去百姓之中？大灾之后，疫病本就容易肆虐。

太宗语调危险地："怎么，你不愿？"

郭清漪十指陷入了掌心，求救地看向赵元侃。

赵元侃道："父皇，皇孙出生不过月余，身子骨尚弱……"

"一派胡言！"太宗厉声打断，"皇孙乃我赵氏皇族血脉，自有天佑，岂是你们想的那般柔弱！此事便这么定了。"看了眼亦是满面忧色的刘娥，"到时，刘娥同去。"

第5章　一生真伪复谁知？

襄王府一行回了府，气氛沉滞。

郭清漪再也无心思追究赵元侃要如何安置刘娥，一入府便着人去请了御医，要御医配置预防疫情的药丸，商议如何在初生礼之时，尽量避免皇孙受到感染。

赵元侃去了书房，召集府中幕僚议事。之后得了圣旨的礼部官员也赶来了王府，向襄王禀报初生礼之各礼仪规制的安排。

一时，王府内气氛紧绷，人人谨小慎微，不敢有丝毫懈怠地做着各种准备，倒是刘娥闲了下来，她见自己也帮不上甚忙，便回了小院。

至晚膳时分，素来无论多忙，都要陪同刘娥进晚膳的赵元侃没有出现，不过还是专门着人将刘娥每日必用的药膳端了来。刘娥一个人在小院用了晚膳，问伺候的婢子，知晓赵元侃一直未出书房，礼部的官员刚离开，负责皇城巡逻的禁军统领又来拜访了。

刘娥一直有些心绪不宁，想等赵元侃忙完后，见他一见，但她不想打扰到他，于是只让婢子盯着书房那边，哪知等到深夜，书房里还是灯火通明。

刘娥问清了王府小厨房的位置，便打发婢子去歇息了。她想着此前婢子打听到的，襄王没怎么用晚膳，打算去做些消夜，给赵元侃备着。

烛光荧动，影影绰绰。

刘娥一进小厨房，便被窸窸窣窣的一阵响动骇了一跳。

"姑娘！"蹲在角落的人听见动静，回过头来看见刘娥，甚是惊讶。

那声音嘶哑，一张面容隐在暗处不甚清晰，刘娥辨了辨，方识出竟是李婉儿，亦大感意外。

"婉儿，你这是在作甚？"走近几步，刘娥看清李婉儿满脸的憔悴，披着一件单薄的外衣，正蹲在火炉旁熬药，"你患病了？在……熬药？"

李婉儿以手抵唇，压抑地咳嗽了几声："奴婢自小身子便不太好，每岁一入冬，就会犯上一阵咳嗽，也不是甚大病。"

刘娥关切道："没找大夫给瞧瞧，到底是何缘故？"

李婉儿答道："就是身子骨弱吧，小时候家里穷，吃住都不好，落下的病根，"虚弱地冲刘娥笑笑，"这些年在王府，好多了，只是偶尔会犯病。管事的特意找府里大夫给奴婢开的药，也很管用。"

那稀薄的火光里，李婉儿微微蜷缩着，刘娥更是心生怜惜："这时候也过了用药的时辰吧，你怎生自己在熬药呢？"

李婉儿沉默了一瞬："白日里没怎生咳嗽，想着撑一撑便过去了，哪知夜里实在咳得厉害，起来熬药，还吓着姑娘了。"

刘娥自然地："你到一边歇着，我来吧，或者你回去躺着，我熬好了给你端去。"

"这如何使得！姑娘，不可……"李婉儿连连摆手。

"听我的！"刘娥不容拒绝地将李婉儿扶了起来。

李婉儿深为感动："那……那我在这里陪着姑娘吧。"

"也成。"刘娥掀开药罐盖子看了看，已熬干了一半，"是要熬成一碗吗？"

李婉儿应了声。

刘娥娴熟地往火炉里加了柴，又将李婉儿身上的外衣给她披好。

李婉儿望着刘娥温柔细致的模样："姑娘，你真好！难怪襄王殿下那般中意你。"

刘娥一笑："小小年岁，你懂得倒不少。"

李婉儿认真地："过了冬至，奴婢就满十六了。"

刘娥爱怜地捋了捋她乌黑的发丝。

李婉儿抿了下唇角："王妃此前还安排过奴婢去服侍殿下。"

这倒是有些出乎刘娥的意料。

李婉儿幽幽地叹了口气："但在殿下眼里，奴婢就是个小丫头，为了此事，殿下还和王妃置了气，后来殿下更是连正眼也没再瞧过奴婢，直到姑娘来了，王妃让奴婢伺候了姑娘几次，殿下才和奴婢说了话，不过也都是问姑娘的。"

刘娥见她唉声叹气的样子，有点儿好笑，还是忍不住问道："那……你可心悦殿下？"

"不！不！"李婉儿头摇成了拨浪鼓，"姑娘，你可千万别误会，奴婢说这些不是……不是要……"急得抓住了刘娥的衣袖，"奴婢是想说……想说……"看了眼药罐，"从那以后，王府里的人便……便……反正，从没有……没有人像姑娘这般对奴婢好，当然，王妃对奴婢也好，只是……只是……"

刘娥瞬间便反应过来，一个被安排去服侍襄王的婢子，不管襄王有没有碰她，中意不中意，在其他下人眼中，她自是不同了，虽如今还做着婢子，可难保不会有一日成为主子，也就难怪半夜一个人在此处熬药了。

刘娥问："你饿吗？"

"啊？！"李婉儿愣了愣。

刘娥又道："你该是晚膳也未用吧，我要做面条，不管有没有胃口，你多少吃一点儿，待会儿要喝药。对了，面粉放在何处呢？"

李婉儿忙将放面粉的缸子指给刘娥。

刘娥取了面粉，开始和面。

李婉儿问："姑娘是做给殿下的吗？"

刘娥点头。

李婉儿当即有些惶然："那奴婢怎生能……就，就不麻烦姑娘了。"

"一人份是做，两人份也是做，有何麻烦的？"刘娥回头冲李婉儿笑了下，眼底蕴含着温柔。

一股暖意胀满李婉儿的心田，她不由得喃喃道："姑娘，你好像奴婢的姐姐啊！"

刘娥微微意外："你还有个姐姐吗？"

"嗯，我们是三姐弟，除了姐姐，我还有个小弟，我身子差，小弟年幼顽皮，家中甚活计都是姐姐帮着爹娘分担，照顾我们，"李婉儿追忆着往事，唇角扬起一抹柔和的弧度，忽而想到甚，那弧度滞了滞，"我们老家的村子离晋阳城不远，那年，官家带着兵北征，城里城外的兵打作一团，还有辽人浑水摸鱼，许多人都死了，阿爹和姐姐为了保护我们娘仨也……都没看清是被哪一方的兵，杀的。"

"婉儿！"刘娥心口难受得紧，握住了李婉儿微凉的手。

李婉儿虚弱地笑了笑："奴婢没事，都过去快十年了吧，奴婢那时也就几岁，许多事都记不清了。"

其实，她都记得，记得那时他们娘仨一路乞讨向南，记得阿娘的身子一日比一日差，小弟几乎饿死，记得她自卖入大户人家做婢子，却因为体弱被赶了出来，碰上了人贩子，差点儿被卖入青楼，是当时不过总角之年，第一次办差的赵元侃破获了案子，救下了她。其余的小姑娘皆有处可去，她没人要，没地儿可去，赵元侃便把她带回了王府，还着人给她瞧病，后来她便成了赵元侃的贴身婢子，直到襄王妃入府，将她要了去。

李婉儿知晓，救她，于赵元侃而言，不过举手之劳，于她，却是再造之恩。

"殿下和姑娘，都是一般心善之人，后来殿下还替我寻过阿娘和小弟，不过……人海茫茫……"李婉儿苦笑着叹了口气，"我小弟今岁该也到总角之年了，该上学堂了呢。"

看着李婉儿眼里那点儿脆弱的希冀，刘娥又是阵阵心疼，将李婉儿轻拥入怀："婉儿，你若是不嫌弃，可唤我一声姐姐，从此以后，我会像你姐姐般待你。"

刘娥在小厨房忙活了近一个时辰，又看着李婉儿吃面、用了药，将其安顿好，方提着食盒给赵元侃送去。没想到在书房院落拱门处被护卫拦了下来，原来王府有规矩，任何人未经襄王允许，不得进入书房。

恰在这时，"吱呀"一声，书房门开了，三名武将陪着赵元侃出来。

赵元侃注意到这边情形，当即走了过来，见到刘娥，神色间露出几分诧异："莺儿，你怎生过来了？这么晚还没歇息。"

刘娥见有外人在，不欲说明来意，迟疑了下。

"想来刘姑娘是给殿下送消夜来了。"其中一武将倒是似笑非笑地开了口。

刘娥转眼望去，这武将她认得，竟是潘良。

潘良又冲刘娥抱了下拳："见过刘姑娘。"

刘娥忙还礼："潘将军，民女有礼了。"

"殿下，那末将们便不多打扰，回去安排布防事宜。"潘良很有眼力见儿地告辞。

"几位将军辛苦了。"赵元侃叮嘱管家将潘良几人送出府，上前接过刘娥手中的食盒，引着她朝书房行去，"我正好饿了，莺儿带了甚好吃的来呢？"

软榻之上，赵元侃有点迫不及待地打开食盒，里面是一碗热气腾腾的汤面，那面条是刘娥亲手做的，细嫩顺滑，上面铺了翠绿的青菜和一个煎得金黄的鸡蛋，面汤里还搁了一大勺臊子，臊子是用肥瘦相间的猪肉切成细末，佐以鲜香麻辣的调料炒制而成，甚是美味可口，令人食欲大动。

刘娥取了底部的箸子递给赵元侃："这是我们蜀地面条的一种做法，也不知殿下吃不吃得惯。"

赵元侃端起汤碗喝了一大口，只觉一股暖流淌过四肢百骸，又连着吃了好几口面条，方抬眼笑看向刘娥，眉宇间尽是温柔："好吃！太合我的胃口了！莺儿这厨艺，比我寒舍里的厨子可是好多了，便是连宫里的御厨，怕是都要差上几分。"

刘娥道："殿下夸大其词了。你喜欢便好。"

赵元侃道："喜欢！但愿日后能常吃到莺儿亲手做的吃食。"

刘娥一笑，不置可否，见赵元侃埋着头吃得很香，烛光轻漾，映得那侧颜越发柔和俊朗，她心底忽而一片祥和宁静，只觉得以后若都是这般的日子，那也是很好的，正欲开口接赵元侃前话，目光无意之中扫到书案之上成堆的奏疏，愣了愣。

赵元侃刚好抬头，瞧见了刘娥的神色，很是自然地道："那全是宰执们梳理出来的不太紧要的奏疏，送来由我处置，父皇不喜大事小事都过问。前些日子我不在，奏疏积压得多了些。"

皇子代帝批阅奏疏。

刘娥想到了李婉儿此前说过的，当今官家有意立襄王为储，看来是确有其事了。

"难怪甚？"赵元侃忽而问道。

刘娥想得出神，竟嘀咕出声了"难怪"二字，引得赵元侃询问，她犹疑了一瞬，还是坦诚地说出了心中所思："官家让殿下和王妃将小皇孙抱去民众之中祈福，原来是要为殿下立威。"

赵元侃没想到刘娥会这般说，眼底微微一亮："何解？"

"听……闻，官家曾下旨，诸皇子中，率先诞下皇孙者为储，"刘娥看了赵元侃一眼，目光通透，"殿下非长非嫡，因皇孙得了储君之位，虽说有官家旨意，可必定有人不满，然而殿下带着小皇孙为大灾后的百姓祈福，立德立仁，且殿下有军功在身，殿下为储君，则令天下臣民信服。"

赵元侃看着刘娥的目光越发明亮："好一番玲珑剔透的心思。"

刘娥的脸微微一红："我不过是爱看戏本子，那里面帝王将相、王侯公卿，莫不如是。"

"是啊！帝王、皇家……从来如是，"赵元侃的神色沉肃下去，"你说得对，我非长非嫡，大哥与我一母同胞，他既是长子，又是嫡子，且宅心仁厚，若为君，定是一位宽容仁厚之主；二哥姿貌雄毅，骁勇善战，在军中颇有威望。他二人都比我有资格坐储君之位。"

刘娥听得直蹙眉："殿下妄自菲薄了，官家既然有心立殿下，定是殿下身上有更适合这个位置的才干。"

赵元侃却是轻摇了摇头，嘴角弯起一抹嘲讽的弧度："父皇或许有立我之心，可这个时机……便如此赶着，偏巧，在清漪诞下皇孙之前，立下那般的旨意，更多的约莫是因为……一个人。"

刘娥不解："因为一个人？！"

赵元侃目光复杂："四皇叔。"

"秦王？！"

"你可听过……'金匮之盟'？"

"金匮之盟"，刘娥自然是听过的，民间的戏本子里多有传唱，说是那英明神武的太祖赵匡胤，也便是先帝，驾崩之时，诸皇子年幼，昭宪太后以为幼儿难治天下，嘱太祖传位于皇弟，晋王赵光义，所谓"四海至广，能立长者，国家之福也"。于是，太祖书下了立赵光义为帝的诏书，藏于金匮之中，是以此传位之约称为"金匮之盟"。

不过，还有一种说法，言太祖并未立下那般的诏书，当时太祖病重，本要召其第四子赵德芳入宫商议后事，奈何被晋王知晓，抢先一步入宫，篡位自立为帝。为堵天下悠悠众口，晋王假托昭宪太后之名，立下了所谓的"金匮之盟"。

自古皇家多秘事，当年的真相到底如何，想来除了太祖和当今圣上，谁也无从知晓。

此时，赵元侃提及，好奇之心驱使，刘娥很想问一句，这世上到底有没有"金匮之盟"？念头方起便被压下了，如今当今圣上稳坐龙椅，这"金匮之盟"无论如何，都该是有！且此时她身处襄王府，即使面前的是赵元侃，这话亦绝不该问出口！

可若赵元侃并不是要和她论"金匮之盟"的真假，那用意是……

赵元侃的声音再次响起："'金匮之盟'乃是一份'兄终弟及'之约。"

心念电转，刘娥惊觉："你是说，官家是要用立你为储这事，破了'金匮之盟'，破了'兄终弟及'之约。"

赵元侃意味深长地道："四皇叔近几年风头很盛，他身为开封府尹，颇有建树，从来差事也办得漂亮，得到过许多臣工的赞誉，他……在朝中的拥趸者不少，"微顿了顿，轻叹了口气，"父皇当年北伐留下的旧伤，近几月频频复发，他的身子大不如前……"

刘娥心中一凛，已经猜到了赵元侃想言甚："可是，'金匮之盟'难道不是独传之约？！秦王即便有心，也名不正言不顺。"

"独传？！父皇倒是一直这般说的，赵相也坚持，"赵元侃神色间的讽刺更浓，眉宇间透出一股疏狂，"'金匮之盟'便名正言顺了？！"

这话就极为大逆了！

刘娥一震，低呼了一声"殿下"，不小心碰翻了茶盏，茶水溅到了她的手背上。

"可有烫着？"赵元侃忙执起刘娥的手查看。

刘娥摇头："茶水不烫，没事。"

赵元侃取了丝帕，细致地给刘娥将那茶水拭净，他身上的张狂愤懑已尽数敛去，恢复了一贯的温润，只是多了几分清冷淡漠。

刘娥对目前的形势已彻底了然，那"金匮之盟"的真假本就在世人的心中留下了疑惑，其独不独传，立下此约的太祖和昭宪太后已离世多年，作为受益者的当今圣上无论拿出怎生有力的证据，皆会被有心之人猜疑，那么，"兄终弟及"既然有了先例，为何不能再来一次？！只是……刘娥望着眼前人清癯的身影，心中泛起阵阵不熟悉的酸涩，当今的反击也好，未雨绸缪也罢，一道立储旨意，确实将襄王推至了前台，旋涡的中心，那两位皇子她虽未见过，可身处皇家，若说对那个位置毫无想法，岂不荒谬？！还有为当今所忌惮的秦王！襄王未正式入主东宫，该是已成为众矢之的。

"那初生礼……"刘娥脱口而出，又压下去了后面的话。

赵元侃询问地看来。

刘娥脑海中一时思绪纷乱，她想说为赵元侃立威的初生礼恐怕没那般顺利，她也想问赵元侃可做了周密的安排，然而看到赵元侃眼下那青黑，她又甚都不想说、不想问了，她能猜到的，赵元侃自然也能估到，看样子也是殚精竭虑，她不想再为他多添烦扰。

赵元侃的声音却响了起来："莺儿，初生礼你便不要去了。"

"那怎生可以？官家亲下的旨意，我一定要去！"刘娥语气急迫而坚持。

赵元侃看了看她，似有点无奈地："那到时莫要离了我左右。"

刘娥点头，欲言又止。

赵元侃问道："你还想言甚？"

刘娥斟酌了下："我，想问殿下，当初殿下去边境战场，是逃跑吗？"

赵元侃怔了怔，随即爽朗地笑开，似乎心情也跟着好了起来，他明白心思聪慧如刘娥，为何会有此一问："是，是逃跑，也是赌气，"顿了顿，目光深邃了几分，"本王……无意于那个位置，奈何！"

是啊，奈何！

本来是逃避的行为，却换来了军功，更是锋芒外露，亦更招人嫉恨。

第6章　等闲平地起波澜

夜色深，赵元侃提着一盏八角玲珑宫灯，送刘娥回厢房，那微黄的烛光缥缈摇曳，映着天际一弯弦月如钩，周遭显得分外静谧。

两人各有心思，一路无言。

至厢房门外，赵元侃终于开口唤住了刘娥："莺儿，以后便留在我身边，可好？"

刘娥正欲推门的动作一顿，回身望向赵元侃，清辉洒了他一肩，他脸上的神情朦朦胧胧的，瞧不太真切，只一双眼睛明亮异常，让刘娥想到了当日两人坠崖时，赵元侃拼死护住她，那一双近在咫尺的眼。

"就算找到了你想找的人，也不要离开了，好吗？"赵元侃又切切地跟了一句。

刘娥的心尖颤了颤。

"其实，我已向父皇禀明，我要娶你为妃，行正式册封之仪，入赵氏族谱。"赵元侃见刘娥没应，有点急切又忐忑地解释道，"此事我应先与你商议的，可我有些等不及，回来那夜，父皇召见我，我便……"

"殿下，我嫁过人。"

刘娥心中惊涛骇浪，却努力让自己语调保持平静，她想过留在赵元侃身边，以

任何的身份，却不敢，也不奢望，是以嫁娶的形式，遑论册封，入族谱。

"我不在乎。"

"我……有过孩儿。"

"我也不在乎。"

"可，你是皇子，你……官家不会允许，宗室朝臣也不会答应你娶一个不清不白……"

"不许这般说自己！"赵元侃握住了刘娥的双手。

刘娥只觉自己微凉的手指落入了一双温暖干燥的大手。

赵元侃眼神炙热："我珍爱的是你这个人，不是身世，我不管你过去如何，我要的，是你的现在和将来，以后的每一日都在我身边，都属于我！"

"殿下！"刘娥指尖颤抖，本能地欲抽回手。

"莺儿！"赵元侃几乎是有着几分执拗地攥紧了刘娥的手，从掌心到指尖，严丝合缝地紧密贴合。

刘娥垂下眼睑，睫毛簌簌。

赵元侃声音暗哑："我心悦你。"

一语出，斩钉截铁。

心头刹那滚烫，蒸得刘娥即使在月光下，脸颊也生了显而易见的薄红。

他心悦她。

他真的心悦她？！

一个长在锦绣堆里的皇子，一个众星拱月的天之骄子，会心悦她，一个平淡无奇的民女，一个命如草菅的蜀地孤女，一个身世不清白，有过婚配、有过孩儿的女子？！

心悦？！

何为心悦？！

诚然，刘娥以前是不懂情爱的。

刘娥自小与爹爹相依为命，住在成都府偏西南的一个小山村里，她十多岁便跟着爹爹在酒肆茶楼里做歌女卖唱，爹爹拉二胡，她唱小曲，后来爹爹年迈病重，上不了台，于是刘娥一个人边播鼗边唱。可前些年蜀地大乱，她赚不到什么银子，难以维持生计，是同村一个叫龚美的银匠，对父女二人多有接济，爹爹去世后，也是龚美拿出了二两银子，帮着刘娥将爹爹安葬了。为了报答龚美，也是为了遵从爹爹临终前将她许给龚美的遗嘱，不久后，刘娥嫁给了龚美。

龚美待刘娥很好，刘娥也尽力地去做一个妻子该做的，洗衣缝补，烧饭做家务，照顾丈夫，还有丈夫的兄弟。他们相敬如宾，和周遭许许多多的夫妇一样，到了适婚的年龄，便依媒妁之言、父母之命，娶了或是嫁了一个自己根本不熟识的人，按部就班地过日子，为了家族，为了后代，或许两个人过了一辈子也不知情爱为何物。

有时夜深人静，刘娥会倚窗，望着山间那一轮明月，想眼下的日子便是她想要过的吗？她自小走街串巷，看多了人情世故，且她好读书，尤其是龚美那个兄弟苏义简，写得一手好文章，见她喜欢，便常讲些书中文章给她听。她心思玲珑，文章之意往往领略得很快，还能举一反三。是以，刘娥想，蜀地崇山峻岭之外的天地该是很大，以前爹爹还说要她去东京城呢；她也想，她和龚美之间好似还缺少些什么。当时她青春少艾，于情爱一事还未开窍。刘娥读"青青子衿，悠悠我心。纵我不往，子宁不嗣音？"她明白那是写女子对心上人的思念之苦，却无法体味；她亦不能感同身受"风雨如晦，鸡鸣不已。既见君子，云胡不喜？"那种困顿之中陡然见到最思念之人的欣喜。

然而，此一刻，在赵元侃越来越灼热的注视之中，在紧贴的掌心那滚热潮湿的温暖之中，她似乎听见了心底花开的声音，曾经那些诗词文章里不懂的有关情爱的词句，似乎须臾间她心领神会了。

疯狂震颤的心慢慢平复，刘娥感受到两人相握的掌心汗涔涔的，赵元侃的指尖亦有轻颤，他也在紧张。

刘娥缓缓抬眸，望向赵元侃，那眼眸如一泓明净澄澈的秋水，波光流转，荡漾着令人心动的光，却也有着明显的慌张和茫然。

"殿下真的……心悦我吗？"

赵元侃执着刘娥的手按在了他的心口处，他目光深邃温润："感受到了吗？它此刻的跳动，只为你。"

那泓秋水倏地掀起层层涟漪，刘娥顿时心慌意乱，指尖一颤，便要再次抽回手。

赵元侃却是攥得更紧，不允许她有半分退却："我，赵元侃，心悦刘娥。"

不知怎的，刘娥的眼尾有些微红，她没有想到，她那般的命运亦不敢希冀期望，可眼前人，眼前如切如磋如琢如磨的君子，说，心悦于她。

"那你呢？"赵元侃声音很轻，似乎怕惊了刘娥，有着难以掩饰的紧绷和期待，"你是否心悦我？"

"我……"刘娥方一开口，便觉得面颊火烧火燎地烫，也不知哪里来的气力，一下子抽出去了手，别开了脸，她唇角紧抿，一个字也道不出来了。

赵元侃看着刘娥娇靥羞红似火，连耳根都红透了，他心头一荡，再次伸手抓住了刘娥的指尖，那指尖战栗了下，却终是没有再躲。

十指交扣，复紧握住。

刘娥的脸别得更开，面颊更是云蒸霞蔚。

赵元侃小心翼翼地，也是不容迟疑地，如珍宝般地温柔地将刘娥拥入了怀中。

刘娥的身子有一瞬的绷紧，她薄唇微抿，试探地倚靠上眼前坚硬宽厚的胸膛。赵元侃的身上没有时下富贵公子们爱熏的馥郁浓香，反倒是一股清冽的味道，带有雨后青竹的气息，让刘娥想到了当日两人坠落的峡谷里那些草木，她逐渐放松了。

片刻后，刘娥轻抬手，环住了赵元侃的腰身。

赵元侃知晓，他的莺儿，也是心悦他的。

端拱元年，十二月十四，冬至前两日。

刚下过一场大雪。

皇宫里，回廊御苑、红墙黛瓦，各处皆被那一片银白覆盖，显得静谧庄重。宫人将甬道上的积雪扫了，又结了一层薄薄的冰，走上去直打滑。各寝殿的门房早已挂上了厚厚的布帘子，那丝丝缕缕的寒风还是见缝插针地往屋里钻。

福宁殿，是太宗的寝殿，日常起居之所，地龙烧得甚是旺盛。

此时，太宗将龙袍褪去了半边，闭目跪于龙榻之上。

四周青烟缭绕，那是同平章事赵普正为太宗艾灸。赵普的长袖挽起，由太宗的颈侧灸穴至其股间。

太宗不时地哼哧，豆大的汗珠滑过他那似老虎般方阔的面颊。

内侍总管王继恩跪在地上，将冰块用布帕包住，举在手中备用。

猛然间，太宗发狠般号叫了一声，股侧的脓血喷涌而出，将那白绢染得殷红。王继恩赶忙递过冰帕让太宗咬住。

良久，一切停当。

王继恩服侍太宗更衣。

赵普拭了拭额间的汗："官家箭伤已波及经脉，切勿再焦心操劳才是。"

太宗推开要为他整理衣襟的王继恩，敞着外袍，随意地坐在了榻前的氍毹上："爱卿可知太祖也曾亲手为朕艾灸？"

赵普回道："臣有所耳闻。"

太宗眸子微眯，似在追忆："皇兄听朕叫声不忍，便取艾自灸，替朕分担病痛。"

赵普道："太祖为人宽厚，极重兄弟情谊。"

太宗眼底精光微闪，沉沉地打量着赵普。

赵普眼观鼻鼻观心，对太宗探究的视线恍若未觉。

"皇孙的初生礼快开始了吧？"太宗忽而话锋一转。

赵普望了眼那计时的漏壶："还有一刻钟。"

太宗又状似随意地问道："爱卿以为朕的三儿如何？"微顿了顿，又补充了句，"比之老大和老二。"

赵普答道："楚王有仁，然失之优柔寡断；许王有勇，却易冲动鲁莽；至于襄王，文武皆备，进退有度，颇有官家当年之风范。"

太宗意味不明地嗤了下："他和朕像吗？朕看他不愧是和老大一母所生，做起事来犹犹豫豫，少决断之气魄。廷美交出来两支禁军，朕让他去接管，他竟只接收了一支。"

太宗越说越气，冷哼一声。

赵普却笑了笑："那两支禁军，一支辖着皇城的巡防，一支负责金明池修建的监工之责，襄王收回的，是巡防的禁军，依老臣看来，襄王此举，既达到了官家要他处理此事的目的，又不会让人觉得朝廷是要趁秦王病重夺了他的军权，堪为两全，甚是妥当。"

太宗神色稍霁，口里还是不满道："他难道不是对朕阳奉阴违，在偏帮他四叔？"

赵普道："官家与襄王骨肉至亲，旁人谁也比不了！更何况，襄王重情，并非坏事，能外爱黎民、内惜亲眷，此朝廷之幸、大宋之福也。"

太宗眸色难测地瞪着赵普半晌，倏地大笑开，指了指赵普："老狐狸。"

冬雪初霁，寒意越发凛冽。

御杖高举，侍卫列队有序，蟠龙旗帜迎风飘扬，彰显皇家威严。

赵元侃率一队仪仗，自那雄伟的宣德门内缓缓行出，后方马车之中是抱着小皇孙的郭清漪，还有刘娥。

潘良带着甲胄鲜明的禁军护卫在侧。

仪仗乐师击打编钟和小鼓，鼓乐齐鸣，引得百姓纷纷注目、围观。

仪仗队停于宫门之前，监官以长腔宣读圣旨："昊天明命，皇帝若曰：盛德开保世之祥，衍庆恒由于祖泽。今皇族喜得皇孙，江山有继。初生大礼，与民同庆，万众祈福，共沐皇恩……"

马车内，襁褓之中的小皇孙酣睡正甜，那细嫩的小脸蛋吹弹可破，郭清漪爱怜地轻轻抚了抚。

"该一切都顺当吧？！"郭清漪似在自语，又似在询问。

刘娥宽慰道："殿下做了周密的安排，该是无事。"

郭清漪看了眼刘娥："可我这心从一早便跳得厉害，那些流民百姓，他们……"欲言又止，拢了拢小皇孙的襁褓，微低头闻了闻，"襁褓熏过药草了？"

刘娥道："熏过了，小皇孙里里外外的衣裳，民女和奶娘用药草熏了三遍，民女身上还带了些药草，以备不时之需。"

"有劳你了，"郭清漪轻声道了声谢，语气是从未有过的诚恳，她手指抚上小皇孙胸口挂着的一个平安结，那是以绳结编织的缠枝纹环着一古朴繁复的图腾，"这平安结是你亲手编的？以前倒是没见过这般的图样。"

刘娥道："是民女老家的一种编织法。"

郭清漪问："灵吗？"

所有的祈福祝愿其实都是一种寄托。

刘娥看着郭清漪眼底隐隐殷切的光，想到了自己那不幸未降生的孩儿，心口微窒，道："有人戴着它，挡过灾。"

"那就好！"郭清漪点点头，如同又安心了一层，顿了顿，忽而又道，"你喜欢孩儿？"

刘娥道："小皇孙冰雪可爱，人人都喜欢。"

郭清漪看刘娥，带着几分探究。

刘娥垂眸，掩去一切情绪，自然地拿过一床小棉被，罩在了小皇孙的襁褓外。

这时，外面那监官的圣旨宣读完毕。

马车帘子掀起一角，赵元侃的身影出现在车旁。

郭清漪的心一颤，不自觉地抱紧了襁褓。

"王妃。"赵元侃朝她伸出了手。

郭清漪缓缓地吸了口气，所有的忧虑、忐忑退去，她神色沉静，浑身肃穆，转眼之间，她又是那个举止得体、进退适宜的襄王妃。

郭清漪就着赵元侃的手下了马车，刘娥跟在后面。

赵元侃的目光并未在刘娥身上做过多的停留，只是转身之际，有低低的叮嘱传来："紧跟着我。"

刘娥闻言抬眸，赵元侃已扶着郭清漪朝那边早已等候的妇人们走去，她跟了上去。

宫人们已在布施、诵经。

襄王夫妇将抱皇孙至宫门举行初生之礼，自当今下诏后，近些天已传遍了东京城，甚至附近的州府，是以许多的妇人，尤其是在大灾之中丧子丧女，希冀上天再赐予一个孩儿的母亲，今日都赶来参加这初生礼，祈愿能得天命皇族庇佑，能借皇孙降生之喜，带来孕育新生之机。

母亲们排队走近，隔着一层轻纱，逐一抚摸皇孙的额头，以接受祝福。

皇孙被那冷风一吹，醒来了，却并未哭闹，睁着眼睛滴溜溜地看着周遭，很是新奇的模样。郭清漪看得心底一片柔软，微笑着朝妇人们一一回礼。

赵元侃和刘娥护在郭清漪身侧。

一妇人走近，用手轻触皇孙，皇孙忽而笑了。

妇人惊喜不已："笑了笑了，你们看，皇孙对我笑了呢。"

妇人激动得流下了泪水。

郭清漪一直有些紧张戒备的心情，暗暗地也随之放松了不少。

变故却陡生。

毫无征兆地，一支狼牙羽箭自暗处凌厉地飞射而来，发出刺破长空的尖锐之声。

一侍卫惊觉，飞扑上前保护那箭尖所指的赵元侃，被射穿后背。

"唰！"

剑光微闪，元侃拔剑在手，护住了郭氏和刘娥，警惕地寻找目标。

禁军们利落地拔刀，挡在了元侃几人身前。

数名黑衣蒙面人自四面八方冲杀出来。

百姓们顿时大乱。

一时，哭喊声、尖叫声、求救声不断，混乱一片。

场面很快失控。

赵元侃率着禁军和刺客们战在一处，难以照顾周全，郭清漪、刘娥皆被冲散。

刘娥紧紧跟着郭清漪，一心要替郭清漪护住怀中的皇孙。

忽而又一支羽箭射来，正中郭清漪腿部，她一声惨叫，应声倒下。刘娥连忙扶住了郭清漪，用身体挡住她。郭清漪疼得脸色惨白，难以支撑，眼看周遭越来越乱，她当机立断，一把将皇孙塞到了刘娥怀中。

郭清漪道："快！你带皇孙先走！"

刘娥迟疑，潘良带着四五名禁军护住他们，郭清漪见状，朝潘良大喊："护着刘娥，护着皇孙！"又冲刘娥断喝："走！回宫！护好我的儿子！"

刘娥望了眼周遭情形，一咬牙："王妃保重！"

说罢，刘娥抱起皇孙，起身便朝宫门口奔去，哪知数十步的距离，却是步步险象环生，护着她的禁军不到片刻便被刺客斩杀，刘娥脚下一趔趄，差点儿摔倒，余光瞥见一道剑锋凛凛，直刺而来。

刘娥心头一紧，本能地侧身，以背迎了上去，护紧了怀里的皇孙。

意料之中的疼痛没有袭来，"砰"的一声，刺客倒在了刘娥的脚边。她倏地回头，见是危机之中赵元侃远远地掷来一剑，救了他们，不过那边厢的赵元侃却被另一名刺客在肩膀砍了一刀，就地一滚，才堪堪避过从另一个方向刺来的另一刀。

"殿下！"刘娥面色发白。

"跑！"赵元侃以口型道了一个字，下一瞬又被无数的刀剑包围。

刘娥的四周又有刺客杀到，幸好潘良及时赶了过来，一边为她挡下了攻击，一边大吼："刘姑娘，不要回宫，过不去！"

刘娥明白了，刺客的目标是赵元侃，还有她怀里的皇孙，刺客既然敢在宫门口行刺，想来实力不容小觑，必定是容不得他们进入宫门。她抬头一看，果然，宫门口处的刺客特别多，尽管宫内当值的禁军已闻讯赶了出来，可混战之中，刀枪无眼，她实在不敢再朝宫门方向跑。略一思忖，刘娥用力地撕下布裙的下摆，将皇孙捆在自己胸前，趁着潘良一长枪横扫倒几名刺客的间隙，她转身朝百姓们四散奔逃的方向奔去。

四周嘈杂不断。

刘娥拼命地跑着。

她朝深巷里跑去，随处可见惊慌逃窜的陌生面孔，周围似乎处处潜伏着未知的危机，她深感忧惧，不敢回头，亦不敢进屋躲藏，仿佛每一扇门都是通往那冥府。她有些慌不择路，努力地回忆着去往襄王府的路。

皇孙终于开始啼哭。

刘娥跑得气喘吁吁，眼看着奔过前方那一座青石板桥，她便离襄王府近了。

便在这时，桥对面一宫装女子一步步踏上石阶，迎面走了过来。刘娥本来见其装扮，心中一喜，继而发现女子轻纱覆面，露在外面的一对眸子，阴沉狠厉，刘娥心神微凛，不由得将一声求救卡在了喉间，还未来得及做出任何反应，宫装女子已靠近，一抹雪亮的剑光闪过，女子手中的匕首狠狠地刺入了襁褓。

皇孙的哭声戛然而止，瞬间没了声息。

刘娥顿时骇在了原地，眼看着那女子举起匕首，又要刺向她，这时深巷里喊声震天，女子稍一犹豫，飞快地转身消失在桥头。

刘娥迟钝地回过神来，满手刺目的鲜血，心神俱震。

不远处巷子口，赵元侃一身血污地杀了出来，瞧见此一幕，脸上的血色瞬间全部褪去。

第7章　终知君家不可住

凌乱仓皇的脚步，压抑发颤的啜泣。

文德殿，臣工们日日上早朝，与官家议事的大殿前，以青石板铺就的广场之上，髻钗罗裙，跪满了皇宫里各个宫殿的宫女。禁军侍卫和内侍们，还不断地从宫内各处将宫女们押来。

那积雪已被践踏得乌黑，宫女们跪在冰冷石板上的身子瑟瑟发抖，是怕的，也是冻的。

刘娥亦是浑身僵冷，她大半身的衣裙都染了血迹，尤其是胸前与两只衣袖，犹如被血水浸泡过，现下成了大片大片的红褐色，触目惊心。两名侍卫一左一右地抓着刘娥的手臂，半扶半押地拖着她，穿过那一排排的宫女，认人。

内侍毫不留情地掐着一个宫女的下巴，让她抬起头，对上刘娥的视线，宫女的身子抖得厉害，脸上的神情是不知所措，更是恐惧惶惑。刘娥努力地凝神，定定地瞧着那宫女的眉眼，半响，她缓缓摇头。

两侍卫随即将刘娥拖到下一个宫女面前，内侍复伸手去掐低垂的下巴。

如此，循环往复，已四五个时辰。

天际，那乌云渐渐聚集，黑沉沉地弥漫开来，似又有一场暴雪在酝酿。

皇孙被刺杀，太宗龙颜大怒，当即颁下圣旨，封城、封宫。

赵元侃带着潘良与禁军，正在皇城里挨家挨户、各处角落，搜索盘查。

刘娥则被押回了皇宫，太宗下令把宫内所有宫女集中起来，让刘娥一一辨认。

然而，宫外一直未有消息。

宫内，刘娥压着巨大的惶恐与不安，尽力地、拼力地，去辨别、去寻找，然而一双双的眉眼看过去，她根本寻不到那仓皇一瞥的阴狠眸子，时间一点点儿地流逝，她四肢在冰寒之中渐渐失去知觉，变得麻木，头脑也昏沉混乱起来，寻不到，她根本寻不到！

那远处的王阶之上，太宗一身肃冷地立于宽阔高大的殿门之前，赵普和王继恩伺候在侧。

望着下方广场之上的纷乱，赵普深皱着眉头，几次欲言又止。

王继恩敛声屏息，以眼神示意小内侍取来一只暖手炉，接过，奉给太宗："官家，天寒地冻……"

"砰！"

王继恩方一开口，太宗狠狠一挥手。

骨碌碌，那提梁紫铜暖手炉滚下王阶，镂空的盖子散开，里面烧红的炭饼掉进了积雪里，转瞬便灭了。

太宗的耐心彻底告罄。

这时，广场下长阶脚步声急促，衣摆翻飞，赵元侃匆匆奔了上来，他还穿着先前打斗时那身满是血污的衣裳，尽管在外面又罩了件狐狸毛大氅，依旧难掩其形容狼狈，还有眉宇间那浓烈的哀伤。

赵元侃甫一踏入广场，便瞧见了那边被拖着辨人的刘娥，他大步冲上前，不由分说地从侍卫手中夺过刘娥，解下大氅，紧紧地裹在了她身上。

大氅里犹带的体温一焐，刘娥本已有些消散昏沉的意识清醒了几分，她瞧清楚眼前人，下意识地猛抓住赵元侃的手腕："殿下，你们可抓到了女刺客？"

"还在搜寻。"赵元侃反手包裹住刘娥冰凉的十指，搓了搓，"四方城门皆封锁了，她逃不掉。"

刘娥闻言，心却沉冷下去。赵元侃显然是在宽慰她，城中混乱，那女刺客转身便可换装遁走，仅凭她的几句描述，根本不可能抓到人，更何况，她也未看清对方的面容，尽管她相信那一双狠厉的眸子，她再见到，必定能认出，可是……刘娥抬眼环顾，黑压压的人群，丝丝缕缕的绝望蔓延心头，那女刺客若真是宫女，敢那般明目张胆地穿着宫装行刺吗？！

刘娥那冻得青白的嘴唇直发颤："我反复辨认，第二遍了，没有，她有可能，根本就不是宫女！"

"我明白，"赵元侃望了眼王阶那处，便要站起来，袖口却被刘娥拽住。

"殿下，"刘娥目光切切，在赵元侃垂眸望来之时，又微微避开，"对不住！是我……是我没有护好小皇孙，我……愿以命相抵，我……"

"不怪你，谁也没预料到会发生这般的事，"赵元侃声音涩然得如同自喉间挤出，"若说责任，一切皆是我的疏漏。"

刘娥心口发室，摇头。

"不是我，你也不会卷入这些，"赵元侃将刘娥的手放回大氅盖好，压了压，"别怕！"

赵元侃起身，穿过惶然纷乱的人群，来到王阶之前。

太宗自赵元侃奔向刘娥，那负在身后的手便紧握成拳，此时浑身积攒的怒火已到了爆发的边缘，寒声一字一句地问道："刺客抓得如何了？"

赵元侃回道："回父皇，刺客共一十九人，死十一，抓了七人，其中有四人重伤，正在救治，全部关押去了大理寺，还有一人在逃。"

"一人在逃？那个所谓刺死皇孙的？"

赵元侃轻皱了下眉："是。潘将军正带人全城搜捕。"

"那你回来作甚？"

"儿臣……"

"哼！"太宗一声冷哼，打断了赵元侃，冲左右厉声道："来人，给朕将刘娥打入大理寺牢房，严加审问。"

"父皇！"赵元侃大惊。

那边厢，立刻便有禁军侍卫上前要抓刘娥。

"你们敢！"赵元侃一声怒喝，禁军侍卫讪讪住手。

"你敢！"太宗更是暴喝一声。

"父皇！"赵元侃情急地道，"此事与刘娥何干？"

"与她何干？"太宗简直怒发冲冠，"朕的皇孙，你的嫡长子，死在了她的怀中！"

赵元侃胸口如遭重击，尽力维持语气平稳："她不是刺客，她也是无辜遭累。"

"无辜？"太宗一步步走下王阶，逼视着赵元侃，"朕看你是被这个女人迷惑了心智，她说有女刺客，就有吗？仅她一人看见，谁信？！搜捕、辨认，乱糟糟地闹了这几个时辰，人又在哪里？朕看她分明就是和刺客一伙的，满手鲜血，她便是杀皇孙之人！"

"不，儿臣信她！她不可能这般做！且她是儿臣带回京的，那些刺客一看便有组织，刘娥与他们不可能有干系！"

"即便如你所言，她难道不会趁机而为？"

"她没有理由。"

"她有。你要纳她，她觊觎王妃之位，她妒忌王妃有了嫡子，生了那不轨之心！"

"父皇！"赵元侃深为无奈亦是焦灼，"您被气糊涂了！好，皇孙死在了她怀中，她脱不了干系，那容儿臣将她带回家中，好好询问，如何？"

"混账！你唯一的儿子死于非命，你可有好好去瞧一瞧？！你可有去宽慰你正承受丧子之痛的妻子？！你放着刺客不管，放着混乱的皇城不理，竟然跑进宫，来庇护这个女人，简直是荒唐！可见她工于心计，将你迷得神魂颠倒、不辨是非！不管她是不是真凶，她都该死！"

"父皇！"赵元侃一震，双膝一弯，跪在了雪里，"儿臣有错，您惩罚儿臣，不要牵累旁人。"

"你！"太宗更是气得发抖，手指捏得咯咯直响，朝禁军们一指，"你们还等甚？将那个女人打入死牢，不必审讯了，赐鸩酒。"

夜里又下起了大雪，纷纷扬扬，将践踏的泥泞覆盖，亦将那刺目的鲜血掩去，皇宫内外银装素裹，又是一片纯白。

王阶之下跪着的人，身上落满了雪花，发梢染霜，远远望去，犹如一尊冰雕。

已是一日一夜了，赵元侃感觉外袍湿透，冷冰冰硬硬的一块贴在身上，很不舒适，然而他依旧挺直了腰背，一动不动地跪着。

头顶飘扬的雪花忽而停了，赵元侃反应有些迟钝地抬头，只见一柄素色的油纸伞撑在了上方，而执伞的，竟是一身麻衣的郭清漪。

郭清漪素着一张面容，未施任何粉黛，那眉尖紧蹙，深锁了哀思，目光复杂地凝视着赵元侃。

赵元侃被瞧得心头愧疚滋生蔓延，张了张口，最终只是道出一句："……清漪，是本王无能，没能护住咱们的儿子。"

郭清漪轻轻合了合眼，两行清泪滑落，她没有接话，而是径直转身，跪在了赵元侃身侧，握住赵元侃的手，将那油纸伞塞到了他手中，随即双手交叠，拜了下去："儿媳叩请父皇，宽恕刘娥。"

赵元侃神思震动，望着眼前俯伏在雪地里的纤细背影，半晌未回过神。而王阶之上，早已有内侍将话即刻传入深宫。

"清……漪，"良久，赵元侃艰难地道，"你，不必如此。"

"妾身知晓，刘娥是殿下想护住之人，"郭清漪并未抬起头，声音苦涩却透着一股坚定，"妾身刚失去了孩儿，犹如剜心，此心同彼心，殿下亦然！妾身不想殿下再经受一次，且你我夫妇一体，殿下的意愿，便是妾身的意愿。"

"好一个深明大义的襄王妃！"太宗低沉的声音响起，继而人自那大殿回廊转角处行了出来，仍旧是一身的冷厉，却在看到下方跪伏的郭清漪时，目光柔和了些许，"你也要为刘娥求情？"

郭清漪道："父皇，皇孙既然是死在刘娥怀中，她一旦死了，真相再难查明，且，她于殿下，有救命之恩，是以恳请父皇三思，留刘娥一命！"

"郭太师果然教女有方。"太宗不动声色地赞了一句，转而睨向赵元侃，"一个淑德良善的妻子在家中，你却不知珍惜，让一个来路不明的女人迷了心窍！"

赵元侃嘴唇微动，欲分辩，却怕再触怒太宗，忍了下来。

"你们不用在此处跪着了，鸩酒已赐下，断无再转圜之余地。"

哪知太宗随即轻飘飘地丢下这般一句，便断然转身离去。

"父皇……"赵元侃惶急得起身要追，却因为在那雪地里跪得久了，四肢麻痹，一动便是一个跟跄，直愣愣地向前扑去，幸好郭清漪及时伸手扶住。

郭清漪道："殿下不必忧急，妾身求了爹爹，他已安排人前去营救刘娥，以防万一。"

赵元侃一把紧抓住郭清漪的手腕，难以置信地道："你……你说的是真的？"

郭清漪点头："妾身和爹爹皆想要一个真相，殿下可信我。"

牢门紧锁，那昏暗的火烛映照出不祥气息。

刘娥身上还裹着赵元侃的大氅，虚弱地倚坐在阴暗的角落，那冻透的身子根本未缓过来，还细密地发着抖，脑袋针扎般地疼，却始终有一丝清明攥着，赵元侃为了她和太宗据理力争的一幕，不停地在眼前闪现。皇孙丧命，帝王的滔天之怒下，说不怕不惧，那是诓人的，可她目下最忧惧的，是赵元侃因着她，再做出出格之事，陷入险地。

前两日月下表白，两心相知，恍若是一场梦，她的命运似乎从来与和顺无关，要挣一份安乐，怎生就那般难呢？！是不是她的不幸，带给了身边人，拖累了赵元侃？！是不是她子嗣缘薄，牵连那个孩儿……幼小稚嫩的生命在她怀中断绝气息，那温热淋漓的鲜血沾了她满手，让她恍若回到了当日小产之时，一股股浓血自她身子里流出，无论如何都止不住……下意识地，刘娥反复在身下的枯草上，蹭着手上早已干涸的血迹，却怎生也蹭不干净。

蓦地，"哐当"一声，牢门被打开。

刘娥恍惚地抬头，便见狱卒端着一只托盘进来，其上放着一只白玉杯，是鸩酒。

君无戏言。

刘娥扶着墙壁，吃力地站了起来，看向那杯中物，一生梦短，她的尽头竟然是一盏玉质杯中的澄澈液体。

狱卒面无表情地道："时辰已到，姑娘该上路了。"

"我不是刺客。"刘娥语调平缓，仿若面对的不是要取她性命的毒酒。

"这是皇命。"

一道尖细的声音于牢门外响起，刘娥凝目瞧去，那阴影里立着三个内侍，为首的正是王继恩，方才开口的便是他。

君要臣死，臣不得不死，何况她一介草民。

刘娥不欲分辩，唇畔划过一抹苦笑："公公，可否给我纸笔？"

王继恩问："你要写认罪书？"

刘娥没应。

王继恩睐了刘娥一眼，挥手示意，很快小内侍取了纸笔来。

刘娥拿起纸笔，伏在地上，凝神画了半晌，后递给王继恩："有劳公公，将此画交给襄王。"

王继恩接过纸张一看，其上画了一蒙面女子，服饰装束、眉眼神情，描得甚是详尽，便是连那女子左边眉尾的一粒小痣也没遗漏，他有些犹疑道："你这画的是？"

刘娥道："是我看到的女刺客，我尽力画了，但愿襄王能按图索骥，寻到杀害皇孙的真正凶手。"

王继恩深深看了看刘娥，将画折起来，仔细地收进了袖中："你，还有何话，需带给襄王？"

刘娥嘴唇动了下，她还能和赵元侃说甚呢？说对不住吗？太轻了！说感激他战场的救命之恩，悬崖下的相护之情；说有劳他帮着葬闵婆婆，大费周章为她寻人；还是说，她其实很欢喜，当他要她留下的时候；抑或是说，看着他为了她顶撞君上，雪地里毅然一跪，她的心犹如被凌迟……够了，若她此生注定短暂，能遇上他，得他如此相待一场，已经够了！

没有多少迟疑地，刘娥端起那白玉杯，一饮而尽。

意识在须臾间变得模糊起来，刘娥只觉昏昏沉沉的，浑身脱力，身子一软，倒在了地上。

酒盏落地砸碎。

第8章　潇湘逢故人

"驾！"

马蹄声急促，一辆马车疾驰过长街。

好在大雪未停，街道上没什么人，不过偶有一两个被惊得仓促闪避的行人，匆匆一瞥，看到那是一辆华贵的马车，精致的璎珞飞扬，其上带有襄王府的标志。

马车内，赵元侃面色紧绷，那搁在膝头的双手紧握着，能看出在尽量地压抑着内心的焦灼。

郭清漪从坐垫旁的储物匣里翻出一件毛领大氅："殿下该回王府换下湿衣裳，爹爹的人救下刘姑娘，会暗中送去王府的。"

"本王等不了了！"赵元侃边说，边掀开车帘子，冲马车夫道，"再快一点儿！"

马车夫回道："殿下，前面便到了。"

郭清漪将大氅给赵元侃披上，整理领子之时碰到了他颈间的肌肤，一惊："殿下，你好烫！"又摸了摸赵元侃的手，更是脸色大变，"你的手又如此冰冷！殿下，你可能染了风寒之症……"

这时，马车一颠簸，停在了一家客栈的后门外。

"本王无碍。"赵元侃丢下一句，便急迫地跳下了马车，三步并两步地拾级而上，推门进去了。

郭清漪拾起赵元侃未系紧，一下马车又掉落的大氅，那眼角、眉梢皆是苦涩与自嘲，深吸了口气，方才抬步跟上去。

客栈二楼，最靠里的房间，郭清漪刚走近，赵元侃便从里面急促地出来，脸色甚是难看。

赵元侃问："人在何处？"

"不是应该……"郭清漪朝房间里看了眼，空荡荡的，不由得愣了下，安抚道，"殿下莫急，或许在送来的路上了；我们且等上一等。"

这时，那边的木质楼梯脚步声急切，李婉儿气喘吁吁地奔了上来，她一见到赵元侃、郭清漪两人，通红的眼眶便滚下泪来，扑跪在赵元侃脚边，重重地磕下头去。

赵元侃迫切又小心翼翼地开口："……人呢？"

李婉儿哭道："殿下，太师安排的人，去迟了一步，没救得了姐，刘姑娘……"

赵元侃身子一晃。

郭清漪亦是神色一滞："你言甚？没……没救得了？！那……那她现下……人呢？"

"刘姑娘饮下了毒酒，宫里的公公亲自验，验看了，已气绝身亡，大理寺的人将她的……她的尸体，拉去了乱葬岗……"李婉儿哽咽不止，忽而想到甚，忙将一直紧攥在手中的纸卷呈给赵元侃，"这是刘姑娘去……去之前，托王总管交给殿下的。"

赵元侃打开纸卷，正是刘娥所绘的刺客画像。

"噗！"

一口压抑的鲜血喷出，赵元侃只觉一阵天旋地转，直直地朝后倒去。

那轻薄的眼皮动了动，随即缓缓掀开，一双眸子里俱是茫然。

刘娥的意识还是一片空白，她有些迟钝地转了转眼珠，轻纱薄帐，她躺在一张竹榻之上，身下的被褥很软绵，丝丝缕缕的阳光透过那小轩窗细密的竹帘洒落在纱帐上，光影潋滟。

她动了动身子，欲坐起来，许是躺得久了，四肢酸软无力，只得放弃，缓了缓，微抬手掀开了纱帐一角，率先映入眼帘的，是榻旁放着的一个火炉，里面的炭火烧得很旺，红通通的。

刘娥再抬眸环顾，看清这是一间竹屋，陈设简单却很雅致。

那窗侧立着一竹橱，上面摆满了书籍。屋中央铺了氍毹，置着一张竹制的矮几，几个藤编垫子散落在旁，几案上有一套青瓷茶具并一只钧瓷罐子，那罐子里插着几株白梅，难怪有淡淡的幽冷梅香萦绕在鼻尖。

这时，外面有脚步踩在竹子上的轻响声传来，随即"吱呀"一声，竹门被推开，一道颀长的身影进了来，又快速地复将竹门掩上，将寒冷隔绝在外。

刘娥的心猛地狂跳，目光紧紧地锁住那熟悉的背影，待来人转身回头，她彻底看清了他的脸，难以置信地睁大了眸子。

"义简？！"刘娥开口，喉头干涩发紧，声音嘶哑得厉害。

"嫂嫂，你醒了！"进来的被唤作义简的青年男子闻言，惊喜不已，忙将手中端着的药碗搁在了矮几上，提起茶壶倒了一杯水，端来榻边。

刘娥靠着男子相扶的力道，半坐起了身，一口气喝下了整杯水。

"可还要？"男子问道。

刘娥缓缓摇头，目光复紧紧地盯着男子，她在生死间走了一遭，犹如浮生一梦，此刻乍见故人，更是恍若隔世。

男子着了身青袍，腰间缀着一只平安结，那绳结处有些磨损了，他一身斯文书生的打扮，却剑眉入鬓仿若刀裁，眉宇间透着勃勃英气，丰神俊朗自成一段风流。

他正是刘娥所寻之人，其亡夫的兄弟，苏义简。

"义简，你怎生……我不是……"太多的疑惑了，刘娥一时不知从何问起，只得道，"这到底是怎生一回事？我睡……晕过去了多久？"

"已有两日。此事说来话长，嫂嫂刚醒，先吃些东西，"苏义简边说，边揭开了火炉上一直煨着的小蒸笼，香甜扑鼻，是一碟看上去有些粗糙但可口的糕点，"再把药喝了，虽说那酒没毒，然而到底是药物伤身，还是得好生调养。"

苏义简将糕点拿给刘娥，她却微蹙着眉没动，欲言又止。

苏义简笑道："这是东京城中一个专卖糕点的婆婆做的，每日只做三笼屉，义简为了买到，今日一早便入了城，嫂嫂多少用一点儿。"

刘娥无法，只得吃了几块糕点，又喝了苏义简端来的药："现下可以说了吧，是你救了我？"

苏义简道："那狱卒是我们的同乡，我暗中托付他换了烆酒。"

刘娥问道："可你怎生知晓关在大理寺的是我？"

"我不确定，是襄王府一名唤作李婉儿的婢子寻到我，我才得了消息，听了名姓，又细致地问了那婢子，猜到十有八九是你。"

刘娥一愣："婉儿？！那……那是殿下……"

苏义简摇头："不，她带来的，是郭太师的令牌。"

"郭太师？襄王妃的父亲？！"刘娥不无困惑地道，"义简，你把我说糊涂了，你又是如何识得这些人物的？你……你现下在作甚？"

"我如今是秦王府的一名幕僚，"苏义简神色清淡，取过茶壶，又倒了两杯水，一杯递给刘娥，"当日我与嫂嫂逃难途中走散后，辗转来了开封府，贫困潦倒之际，遇到了郭太师，他说他爱才惜才，于是资助我了一笔银两，荐我入了秦王府。"

刘娥听得皱紧了眉："他爱惜人才，为何让你去了秦王府做幕僚？"

苏义简一笑："真是甚都瞒不过嫂嫂，我这不是身在曹营心在汉？虽身处秦王府，实则在为郭太师做事，"顿了顿，"也算是报答他的救济之恩。"

刘娥眉间的忧色没有丝毫的消散："你做的事是不是和……储位之争有关？郭太师是襄王的丈人，而秦王据说因着'金匮之盟'，也对储位有心，郭太师他让你做的事，危不危险？这些事，襄王知晓吗？"

苏义简没有立即回答，倒是笑容不减地看着刘娥，还带着几分惊奇："看来嫂嫂这几月经历了不少事啊。"

刘娥道："义简，嫂嫂没和你说笑！夺嫡争储何等凶险！天家之事又岂是你我这等平民能牵涉的？嫂嫂现下不就是最好的例子！嫂嫂很担忧你的安危！"

"能得嫂嫂如此挂碍，义简甚慰！"苏义简敛了敛神色，"不过嫂嫂放心，义简只是帮着传递些消息，不是甚重要角色，核心机密更是接触不到，至于襄王知不知晓这些事，义简确实不知，反正他不识得我，我亦不认得他。"

刘娥依旧皱着眉头。

苏义简宽慰道："我允诺嫂嫂，一定不让自己涉险。"

刘娥知晓现下让苏义简抽身，亦不可能，不由得轻叹了口气。

苏义简也明白刘娥的心思，话锋一转，故意轻快地道："也好在此事郭太师交给了我去办，我才能有机会救下嫂嫂，若换作别人……回头想想，我都还心有余悸。"

刘娥心中一动："郭太师……不是让你救我？难道……"

苏义简嘴角划过一抹讽刺。

刘娥道："义简可如实相告。"

于是，苏义简将赵元侃和郭清漪在宫内为刘娥求情，郭太师将令牌送去襄王府，嘱咐郭清漪派人送给他，这些事的前后，皆详细告知了刘娥。

刘娥听完，神色怔怔："殿下，襄王他在雪地里跪了一日一夜，可还好？"

苏义简的语气淡了下去："我不清楚，得了消息后，我便着手搭救你，没再留意襄王府的事，不过想来他是王爷，自有人好生照料。"

刘娥并未注意到苏义简的异常，点点头："……我没想到襄王妃能入宫为我求情，我还以为……以为她该是怨我的。"

苏义简反问："嫂嫂觉得她不怨吗？"

刘娥一愣。

"她的嫡子死在了你的怀中，还能入宫请官家饶了你，名义上送来一块暗中搭救你的令牌。"苏义简挑了下嘴角，"襄王妃从来给世人的印象，都是温婉淑德，不争不抢，然而如今看来，她不愧是当朝太师的女儿，不愧是襄王府的正妃。襄王是谁？是当今最看好的儿子，是最有可能入主东宫的皇子。"

刘娥机敏聪慧，心念电转间便懂了苏义简言下之意，更敏锐地捕捉到了那几个字："名义上？那不是一块救人的令牌吗？！"

"是。至少郭太师送去襄王府的，是。襄王妃让那婢子送给我的，也是。"

"那……"

苏义简自怀中取出一块半个手掌大小的令牌，其上有一个"郭"字，他在那令牌边缘一个不起眼的微凹处按了下，原本看去完整无损的令牌滑开为上下两层，下面一层的中间，豁然刻着一个"死"字。

刘娥心头一跳，一股窒息之感涌了上来："我，本就被官家赐下了鸩酒……"

苏义简道："可襄王为了此事，在文德殿前长跪不起，和官家据理力争，不惜开罪，他那副架势，是不达目的誓不罢休，谁又能保证官家最终不会改变心意呢？"

"可……可杀害皇孙的刺客只有我看见了，我若死了，他们寻找凶手，岂不是会很麻烦？且……且还怀疑我是凶手，难道他们不想查明真相吗？"

"嫂嫂天真了，你不过是襄王带回王府的一个民女，若说真与那般有组织、有谋划的刺杀有关，别说襄王觉得荒谬，郭太师都不会信。再说就算只有你看见了凶手，可你不是给襄王详细描述过吗？且还详尽地绘了一幅画。对了，听说刺客也抓了活的，就关在大理寺，并不妨碍他们查出真相啊。"顿了顿，苏义简看着刘娥越发灰白的神色，还是狠心地又道了句，"对他们来说，目前置你于死地和查找真相，该是同等紧要。"

刘娥艰难地："是以，襄王妃入宫求情不过……不过……"

"不过是做给襄王看的。郭太师假惺惺地将所谓的救人令牌送去襄王府折腾一遭，亦是同样的目的，"苏义简嘲讽地挑了挑眉，"襄王妃要那个贤惠的名声，也要博得襄王的怜惜，一个失去嫡子的女人，此刻的忍让，将是她日后的凭恃，不管将来襄王做太子，登大宝，有再多的新宠，也断然下不了手去废掉这个正位。"

也由此可见刘娥在襄王心中的地位，竟让太师父女如此费尽心思，欲除之而后快。这句话苏义简未道出口，他望着一时陡然知晓这些阴谋腌臜而神思恍然颓丧的刘娥，一面心生怜惜，一面又止不住地想问一问，他的嫂嫂何时与天家皇子那般亲近了。

"嫂嫂在想甚？"苏义简最终也只问出了这么一句。

"想襄王。"刘娥脱口而出。

苏义简面无表情地看着刘娥。

刘娥一下子回过神来，微窘迫地道："我不是那个意思，我是在想，他作为皇子，看似表面风光无限，其实身处旋涡，多少阴谋阳谋针对他，危机四伏，便是连那身边亲近之人，也是各怀心思。"

一股难言的复杂涌上心头，苏义简的声音冷了几分："嫂嫂还是多操心自己吧。"

刘娥的脸色一红，自嘲地牵了下唇角："是，我都是个被官家赐鸩酒的人了。"

苏义简嘴唇一动，有点愧疚地想道歉，又说不出口。

刘娥倒不以为忤，又问道："你没有告知别人，我还活着吧？！"

"我给郭太师复了命，说你已被鸩杀，襄王府那边，也未透露半分。"苏义简瞧了瞧刘娥的神色，状似随意地继续道，"嫂嫂想要通知谁？襄王？嫂嫂，还想见他吗？"

刘娥垂下眼帘，掩去一切情绪："你不是说我已被鸩杀，是个死人了吗？"

苏义简一噎，继而无奈地笑开："嫂嫂醒来，说了这许多话，想来也累了，至于往后的打算，不着急。你再歇一歇，我去做饭，好了唤你。"

说罢，苏义简将刘娥未吃完的两块糕点重新放回了小蒸笼，收拾了药碗，起身往外走。

"义简，"刘娥唤住苏义简，"忘了问，我们现在何处？这是你的屋子？"

苏义简脸上的笑意更深，道："嫂嫂还真是信任我，现下才问呢。此地在东京城外南郊的一处山中，附近有一座荒废的寺庙。这屋子原本约莫是庙里和尚的精舍，我在那破庙住过一段时日，无意之中发现了这里，便据为己有了，"说着，又朝那满满当当的书橱示意了下，"那些书籍里有不少佛经，还有我后来购置的杂记、文史之类的。嫂嫂不是喜看书吗？若是不想躺着了，可随意翻翻。"

刘娥点头。

苏义简拉开了竹门，能看到外面崇山峻岭，白茫茫的一片，他兴致颇好地扬了扬眉："嫂嫂，雪停了。"

刘娥吸了口气，一股清冽涌入心田，精神也为之一振，转念又想到甚，道："义简，还有一事。"

苏义简道："嫂嫂尽管说。"

刘娥道："我记得，你是想考科举，入仕途的。"

"习得文武艺，货与帝王家，哪个读书人不做这般想呢？"苏义简眺望着那远处山间的云雾缭绕，神情莫测，道，"我现下不也是在为皇家做事？"

"那不一样！"刘娥语气微重，"义简，嫂嫂希冀你有一天，蟾宫折桂，做那个东华门外以状元唱出的第一人。"

苏义简回头看向刘娥，朗目如星，爽快地笑开："好，都听嫂嫂的。"

第9章　千里孤坟，无处话凄凉

地牢阴暗，那插在墙壁上的火烛跳跃，勉强照亮了四周各类狰狞的刑具，其上的血污隐隐约约可见，伴随着常年弥漫的浓重血腥气，令人作呕。

此时，散发着寒气的石地板之上，躺着六具尸体，狱卒们将最后一具尸体也从牢房里拖了出来，摆在了一处，共七具。

潘良上前，探鼻息、摸颈项，一一验看，本就凝重的脸色逐渐冰寒，片刻后，他朝一直森然立在一侧的赵元侃禀道："无一活口，皆是中毒而亡。"

赵元侃披着一件玄色的貂毛大氅，他脸色苍白，透着丝丝病气，闻言未置一词，只面无表情地扫了扫那几个狱卒。

狱卒们面面相觑，骇得不约而同地跪了下去。

一牢头模样的人道："殿下，小的们一直尽心尽力地看管囚犯，不敢有丝毫懈怠……"

"未有丝毫懈怠，人全死了？！"潘良冷冷地截断话头，"昨夜当值的是何人？"

牢头咽了口唾沫，道："是马进，不过……人已吊死在了家中。他上无父母，下无妻儿，此事若真与他有关，只怕……很难追查，"顿了顿，又忙补充道，"少卿大人一得讯，便带人赶去了马家。"

赵元侃语调微扬："少卿大人？"

牢头答道："是寇准，寇大人。"

潘良问："你们的大理寺卿冯大人呢？"

牢头道："冯大人已告病半月有余。"

潘良一声冷哼："他这病倒来得真是时候。"继而看向赵元侃，不无忧虑地续道："殿下，接下来该如何是好？刺客们全死了，若那马进真如这小吏所说，无父母妻儿，只怕也没甚亲朋好友，能被选来做事，背后之人想来考量得清楚。"

赵元侃道："那便要看寇少卿的追查了。"

说罢，赵元侃复看了看地上的几具尸体，撂下一句"尸首别动，交由寇少卿回来处理"，便转身离开。

潘良低声警告嘱咐了狱卒们几句，方快步跟了上去。

牢狱外，那狭长的甬道积了一层薄薄的雪。

狴犴神兽铜环轻响，牢门洞开，赵元侃自内出来，刺骨的寒风一吹，他掩唇低咳了两声。

紧跟上来的潘良立即道："殿下，不如你等在此处，末将去把马车赶进来。"

赵元侃摆摆手，却没动，目光落在不远处一只在雪地里蹦跳的麻雀上，少顷，淡淡道："你怎生看？"

潘良暗暗瞧了瞧赵元侃的神色，又来回掂量了下赵元侃的这句问话，才谨慎地道："大理寺卿冯丞，与兵部尚书卢多逊卢大人，是同年的进士，两人素来交好，"顿了一瞬，又看了眼赵元侃，"而卢大人，朝中臣工皆知，与秦王府走得颇近。"

赵元侃的神色没有丝毫的波动，道："是以你想说，刺客之事与本王的四叔有关？"

潘良眉心一跳，下意识地看了看四周，侍从们皆退得很远，他放下心来，还是压低了些声音，道："此事说复杂也复杂，说简单也简单，刺杀皇孙，说到底或许是缘于官家的那一道圣旨，是要阻止殿下入主东宫，那么，有意于储君之位的人，皆值得怀疑！只是，初生礼的守卫是殿下与末将部署的，按说该万无一失，然而刺杀就在宫门口发生了，刺客如何能在光天化日之下潜伏在皇宫门四周呢？！殿下不要忘了，秦王曾掌管着巡防皇城的禁军，即便殿下已收了回来，可他身为开封府尹，于皇城内经营多年，也是殿下难防的。"

赵元侃终于收回了目光，觑向潘良，眸色深邃难辨。

潘良被赵元侃看得有些忐忑："殿下……末将，说得不对吗？"

赵元侃不置可否，莫名地挑了下眉："潘良，本王现下告诉你，本王根本不想做太子，入主东宫。"

潘良一惊："殿下，这怎生可以？！官家……"

"是啊，怎生可以呢？！"赵元侃自顾地打断，自嘲地扯了扯嘴角，"本王的麟儿出生不足百日，连正名都还未取，他们也忍心杀害，还有……她的性命也搭进去了。"

赵元侃闭了闭眼，掩去一切情绪，神色逐渐恢复了淡漠。

"你今日早些回去吧，请你父亲潘国公与司天监商议下，年前何时是吉日，两府把婚期定一下。对了，本王记得，司天监主簿邢中和大人，是你的舅父吧。"

潘良一时没反应过来，愣了愣："殿下之意是……"

赵元侃道："官家不是下旨，将你们潘府嫡女，你的妹妹玉姝，赐婚于本王吗？"

"可殿下不是不愿，抗旨了吗？"潘良脱口而出，说完又有些后悔，干脆一横心续道，"为了此事，殿下还顶撞了官家。"

"易地而处，你若是本王，刚痛失爱子，心爱的女人也丧了命，此时你父亲以补偿给你一个女人之名，要你另娶，你甘愿吗？"赵元侃的声音发冷。

潘良微微避开了赵元侃犀利的目光："那，殿下现下又改变主意了？"

"圣旨已下，君无戏言。"

"仅此而已？"

赵元侃微敛了敛神色："你们潘府若是不愿，本王不勉强，官家面前，本王会担着。"

潘良暗忖，襄王妃是郭太师的女儿，郭太师曾供职于翰林院，在朝中甚得文官们拥戴，而他们潘家世代为武将，潘国公潘伯正当年在宋对辽的高梁河之战中，对当今圣上有救命之恩，自那以后，甚得当今圣上信重，潘家在军中历来有威信，襄王失了嫡子，官家赐婚于他一个武将的女儿，哪里仅仅是为了补偿他一个女人？分明是给予了他获得武将支持的契机。

潘良想到了他父亲与舅父的剖析，襄王虽一时意气，抗旨不遵，然而这桩婚事于襄王百利而无一害，他迟早会妥协，若是襄王接受了，那便意味着……潘良心中一凛，方才赵元侃的话已说得很明白了，那他们潘家……

潘良的肩头忽然被拍了下，赵元侃难得地眉宇间带了点儿揶揄："你这反应，看来是不想做本王的内兄啊。"

"末将不敢！"潘良忙道，"末将的意思是，末将求之不得！殿下与末将从小一起长大，末将有幸陪着殿下学文习武，末将斗胆，早已把殿下当作友人，不论发生何事，末将都会站在殿下身边。"

说着，潘良按剑，郑重地拜了下去。

"我潘家亦然！愿与殿下结秦晋之好，此后，潘家上下愿为殿下效犬马之劳。"

山风凛冽，吹得那压满枝头的雪花簌簌落下。

一大片杉树林的尽头，有一座新坟。

坟前一青袍男子长身而立，他面对坟茔，一动不动，想来他该是立了许久，那身青袍已被吹落的雪花沾了点点深色的湿印。

陡然间，山脚有隐隐的马蹄声传来。

又过了半晌，脚步踩在积雪上的咔嚓声响起，赵元侃牵着一匹马，自那杉树林里走了出来。远远地，他望见了坟茔，脚下不由得一趔趄，松开了马缰，疾步奔了过来。

那坟前的青袍男子终于转身，他不是别人，正是苏义简。

苏义简神色清淡，看见赵元侃情急的模样，只微微欠身施了一礼："襄王殿下。"

"是你给本王传的书信？"赵元侃边问边自怀中取出一封书信。

苏义简不置可否，上下打量打量了对面之人。

许是要入山，今日赵元侃换了件厚实的雪色大氅，整个人裹得很严实，白狐毛领微遮住了下颌，衬得那本就苍白的面容越发地无一丝血色，他举手投足间，能看见其里面竟穿着一身大红的吉服。

苏义简道："听闻今日是襄王殿下纳娶侧妃的好日子，我还以为襄王殿下不会来了呢。"

赵元侃不欲多费唇舌，径直问道："你信中说，本王来此地，可见到刘娥，她……人在哪里？"

苏义简唇角挑起一抹微讽的弧度："襄王何必明知故问？"

赵元侃心头狂跳："你……你身后的坟茔里，埋的是……是何人？"

苏义简退开半步，露出身后的墓碑，其上豁然刻着"刘娥之墓"四个隶体字。

赵元侃心中一恸，一股窒息感攫住了他，手脚刹那僵直冰凉，如同被钉子钉在了原地，想动却是半步也挪不了。他嘴唇开合，片刻也道不出一言。

冷风灌入喉间，赵元侃止不住低低地咳嗽起来，转眼间咳嗽声越来越重，雪白的面上泛起了不正常的红，他咳得弯下了腰，仿佛要将那心肺咳出。

苏义简的神色微动："你，不要紧吧？"

赵元侃迟缓地摆了摆手，好不容易止住了那撕心裂肺的咳嗽声，深吸了口气，深一脚浅一步地走近坟茔，扶着墓碑半跪了下去。

"里面埋……里面的人……真的是刘娥？"

"若被鸩杀在大理寺牢狱里的，没有第二个唤作此名的人。"

赵元侃狠狠地闭上了眼，心绪汹涌翻滚，竟一时难以自已。

苏义简见状，复杂地道："早知如此，襄王当初何必将她带回王府？"

赵元侃睁开眼，没理会苏义简的指责，修长的手指颤着拂过那几个隶体字，也注意到了墓碑左下方的"苏义简泣立"几字。

"你便是苏义简，莺儿一直要寻之人，她亡夫的兄弟？！"虽是疑问，赵元侃却是肯定的语气。

苏义简讶异地挑眉，一则是因赵元侃对刘娥的称呼，二则是赵元侃对他身份的了解，看来刘娥与赵元侃之间，远比他想的亲近。思及此，苏义简的神色冷了下去："我嫂嫂命苦，丧夫失子，好不容易在劫难中熬过来，却因襄王而丧命！"

"当日郭太师安排的是你，去营救莺儿？"

"襄王此话何意？现下是在对我嫂嫂之死推卸责任吗？"

"本王何敢！"赵元侃喑哑地道，"你很恨本王吧！"

苏义简一声冷哼。

"你对本王有怨气，是应当的。你说得对，莺儿是因本王而死……多谢你传书，让本王还能来看看她。"

苏义简不满地又轻哼了声："若不是襄王殿下满山遍野地寻我嫂嫂的尸首，还三番五次地向太师打听当日之情景，你以为我想让你来祭拜？"

"乱葬岗在城北郊，你将她葬来了南郊，难怪本王怎生也寻不到。"赵元侃涩

然地一声长叹，"本王原本还抱着一丝侥幸……既然当初去救她的人是你……"

至此，赵元侃是彻底信了刘娥已离他而去，更深的绝望将他侵袭，那按在墓碑的五指手指节泛白，手背青筋突出，能看出他在极力地压抑悲伤。

苏义简面无表情地望着赵元侃那沉重的背影，未置一词，良久，方缓缓道："今日我传书给殿下，太师并不知情，他日殿下若见了太师，也请莫要提及。"

赵元侃闻言，从那哀恸的心绪里抽离了些许，回头看向苏义简，带着点儿探究的意味端详了他一番："太师该是也不知你与莺儿的干系吧。"

苏义简道："我都是见了嫂嫂……的尸首，方才知晓，其他人如何得知？"

赵元侃道："放心，此事本王也会保密。"

苏义简嘴唇一动，欲言又止，默了须臾，淡淡地道："随便。"

赵元侃又问道："听太师言，你现下在秦王府做事？"

苏义简仿若没有听出来赵元侃此问的不寻常，道："太师派我去救人，也是为了殿下着想，若真事成，将来追究起来，也牵涉不到殿下那里。"

赵元侃点点头，复望向墓碑，眉宇间又涌上悲苦，道："莺儿常念叨你，言你满腹经纶、才高八斗，能出仕为官，为朝廷效力。在秦王府做幕僚毕竟不是长久之计，若是你愿意，本王可举荐……"

"不愿，"苏义简打断，"襄王的好意，草民心领了。"

赵元侃微微皱眉："为何？"

苏义简答道："我快离开东京城了。"

那山道湿滑，苏义简却是步履轻快，他打发走了赵元侃，亲眼看着赵元侃骑马下山，朝城内方向驰去。

到底是迎娶潘国公府嫡女，即便是皇子，也不能拂了其面子，误了吉时。

苏义简随后又在山中绕了大半圈，才踏上了这条密林小径，不远处竹林掩映的竹舍已隐约可见，他更是加快了步伐。

苏义简未诓骗赵元侃，他拒绝其心意，确实是因他打算离开东京城了。

刘娥已在山中避风头，居住了半月有余，始终没有问及城中的情景，抑或是刺杀案的进展。苏义简知晓刘娥在有意回避，他也不愿刘娥再牵涉进那些事，于是只隔几日送些米面时蔬进山，与刘娥闲话家常，或是探讨文章之意趣。故他也知晓，刘娥在犹豫，至于原因，他不想深究。

然而，前几日，刘娥突然告知苏义简，她想下江南，从来便听闻江南水乡富饶，一直居于蜀地，她倒是想去看一看江南烟雨。

苏义简听到刘娥此言时，莫名地暗自松了一口气，随之一股止不住的欣喜涌上心头。他当时是怎生答复刘娥的？他要刘娥等上几日，他做些安排。说的是实话，不过苏义简未告知刘娥的是，他的"安排"，主要是设法让一直在兴师动众地大肆寻刘娥尸首的赵元侃消停，是以他才给其传了书。

如今，后顾之忧已解。

苏义简准备这两日便寻个借口从秦王府请辞，至于郭太师那边，来日若有时机，他定报答其恩情。

现下，功名利禄抛却，他只想陪刘娥去看一场江南烟雨。

然而，世事变幻无常，此时心情愉悦，满怀憧憬地走向竹舍的苏义简，哪里知晓，这将成为他一生的执念，亦是他一生的奢望。

"嫂嫂，我回来了。"苏义简含笑推开门扉。

竹屋内空无一人。

苏义简走进去，榻边的火炉快烧尽了，屋子里有些冷，竹窗帘子漏开了一条缝，有寒风钻进来，摊在矮几上的一本未读完的古籍，那书页被吹得簌簌作响。

苏义简猜想刘娥可能又去附近拾柴火了，他上前关严了窗子，转身又欲去收拾书籍，忽而发现旁边的钧瓷罐子下压了一张字条，是刘娥留下的。

那字条上是漂亮的小楷：去城中买糕点。刘娥。

苏义简一笑，然而嘴角的弧度刚勾起便凝滞了，他暗叫一声不好，便转身冲出门。

今日，为何偏偏是今日！

第10章 由来歌舞破江山

刘娥戴了个斗笠，那边沿轻垂的白纱遮了面容，她依照苏义简告知的，在一条深巷里，寻到了卖糕点的婆婆，买了半笼屉。婆婆听闻她家住在城外，还特意送了她一只小竹篾篓子提着。

出了巷子，不远处恰好有一座青石板桥，刘娥似又看到了那日小皇孙被刺杀的情景，她呼吸一室，忙转身离开。

不知晓赵元侃有没有抓住那女刺客，她留下的画可有用，还有那些刺客，来势汹汹，赵元侃有没有查出幕后之人，解除危机呢。

稍微地触景便生情，这些时日以来，刘娥已尽量避免去想这些事了，她有愧有惧，当日的那杯鸩酒，给了她一个了断的契机，她也想从此放下，然而……四周嘈杂，刘娥思绪万千，待回过神来，竟不知不觉走到了襄王府所在的街道上。怪不得其余地方格外冷清，原来百姓都涌来了此处。

刘娥挤在人群里，不明所以地随众人翘首张望。

鼓乐喧嚣，禁军开道，那皇家仪仗华贵，仪卫们奉着花烛、香球、交椅、百结清凉伞等物，不一而足，竟是十里红妆，浩荡的迎亲队伍缓缓而来，那由八人抬着的喜轿，雕满了富贵潇湘竹，四周垂下的流苏吊穗火红喜庆。

乃是一场盛大的皇家婚仪。

百姓们七嘴八舌地惊叹，襄王府纳娶侧妃竟如此排场，足可见襄王对这位侧王妃的看重。有自以为勘破内情者立即表示，那是因侧王妃乃潘国公府之嫡女。潘国公是谁？当朝武将第一人，指不定这侧王妃入府，能与襄王妃平起平坐。顿有心生怜悯者道，襄王妃刚失去嫡子不久，襄王便另娶新人，皇家果然是无情。

刘娥耳边嗡鸣，周遭纷纷议论，她听见了，却似乎怎生也未听懂，说的是襄王另娶，那是赵元侃娶亲吗？

似是为了回应她的疑惑，那声势浩大的迎亲队伍在前方停了下来，刘娥凝眸望去，那，不正是襄王府！

朱门红绫高悬，青石台阶锦缎铺陈，欢声笑语一片，甚是喜庆。

赵元侃大红锦服在身，已等候在府门前，今日的天光分外耀眼，他的神情隐匿其中，看不太真切，只一身的卓然清俊，如兰芝玉树。

刘娥蓦地心头刺痛。

那厢喜婆已拉开了轿门，新妇，潘国公之嫡女，潘玉姝销金盖头覆面，大红罗裙裹着玲珑剔透的身段，似水莲不胜凉风的娇羞，一名侍女捧镜倒行引导，两名亲信女左右扶持，踏上青缎。

至玉阶前，赵元侃下了几阶，亲扶过新妇，二人相携入了府邸。

仪官高声唱喏，宾客欢呼。

有王府的管事出来，道是襄王府今日大喜，襄王有赏。端着红木托盘的家仆们将银钱撒向人群，百姓们纷纷上前争抢。

刘娥被挤得踉跄，她神思麻木，怎生都难以置信方看到的一幕幕。

赵元侃竟真的纳娶了侧妃，且不说她现下死了，算是尸骨未寒，便是那小皇孙，赵元侃的嫡子啊，她都这般沉痛难当，不堪承受，更遑论那个娴静隐忍的女子！她忽而生出了一股奇异的同病相怜，皇家真的只有冰冷残酷，充满了算计利益吗？！

"吁！"

马声长嘶。

刘娥一惊，她浑浑噩噩地离开王府门前，走至一条岔路口，差点儿被经过的马车撞上。

好在马车夫及时地拉住了缰绳，不过刘娥还是被骇得摔倒在地，手里提着的小竹篾篓子砸落，竹盖子直直地滚到了那马车车厢旁。

马车夫喝骂一声。

刘娥也无心计较，爬起来捡了竹篾篓子，又去拾竹盖。

这时，马车内响起一道清越的声音，问车夫发生了何事。车夫答曰，有个莽撞的妇人，冲撞了马车。

刘娥拾起竹盖，恰好在马车车窗旁，闻言便有些理亏地道了声对不住。

那马车窗绸缎帘子轻掀，露出了半张芙蓉面，蛾眉横翠，一双犀利凤目流转，只淡淡地睨了眼刘娥，便垂手放下了帘子。

刘娥心中却是猝然间掀起了惊涛骇浪，不为那凤目里流露出的高傲与不屑，而是她瞥到在马车的角落跪着个婢子，那婢子在马车帘子掀开的须臾，抬眼看了过来，那一双眸子凌厉异常。

刘娥想，她绝不可能认错，亦不可能忘记，当日青石板桥上，那双眸子里的阴沉狠厉，与方才那一眼，一模一样！即便她没瞧清其左边的眉尾是否有一粒小痣，她也敢肯定，那个婢子十有八九便是那女刺客！

幸好她头上的斗笠一直在，两人未直接对视上。

马车已调整方向向前行了去，刘娥毫不犹豫地跟了上去。

苏义简快马入城，一路留意道旁行人，他先去卖糕点的婆婆处，问了刘娥确实去过，不过买完便离开了，他又朝襄王府疾步奔去。

王府门前，宾客络绎不绝，百姓仍未散去，依旧一派欢庆热闹。

苏义简在人群中找寻一番，未见刘娥踪影，便心一横，欲登门入内见襄王，他刚踏上那青石台阶，一秦王府的家仆匆匆而来，拦住了他，道是秦王妃让他回府。

苏义简今日本是陪着秦王府的管事前去给襄王送礼，他借口身体不适早早离席，去单独见了赵元侃，打算再好好陪陪刘娥。

此时，张幼安突然召他回府，他多少有些心里没底，状似不经意地向家仆打听，竟是因有亲属到王府投奔他。

苏义简闻得"亲属"二字，便是心头一跳，越发忐忑不安。

当他回到秦王府，看到堂上立着的刘娥，苏义简的不安简直瞬间成了真，差一点儿便失态了，怎生也没想到，刘娥没回襄王府，竟入了秦王府！

"苏先生，这女子言是你嫂嫂，你可识得？"主位上端坐的张幼安轻轻地掀了掀那青玉茶盖，抿了一口茶，不动声色地端详着两人。

"义简，是我，你的嫂嫂，龚牟氏蓁女。"刘娥切切地上前两步，望向苏义简。

张幼安觑了刘娥一眼。

"嫂嫂，你……"苏义简千言万语哽在喉间，终是只余一无声的长叹，面上倒是反应极快地露出欣喜，"你何时来的东京？"

苏义简并不知刘娥都说了甚，不敢多问，刘娥却机敏地娓娓叙来："家乡遭了大灾，你大哥不幸离世，留我一人，他临去前，嘱我到东京投奔于你，我来了后，也是辗转打听，从一同乡处，得知你在秦王府做事，便莽撞地寻了来，幸好遇上王妃心善，让我进了府邸等你。"

苏义简听罢，当即转身朝张幼安长揖到底："多谢王妃。"

"慢，"张幼安微微抬手，"她真的是你嫂嫂？"

"千真万确。"苏义简道，又难掩神伤地看向刘娥，"我与大哥当日一别，不承想竟成永诀！嫂嫂孤苦，义简此后定当照顾好嫂嫂。"

刘娥听苏义简说得情切，亦红了眼眶。

张幼安的目光在二人之间转了转："我记得苏先生是蜀人吧。"

刘娥插话道："王妃，民女曾做过绣娘，会些蜀绣。"

苏义简道："王妃，此事在下无须作伪，亦没有必要，若是王府留不得我嫂嫂，在下自会在外面寻住处，安顿好她。"

刘娥心里着急，又不好表露，只深深地看了看苏义简。

张幼安却道："那倒也不必，既是苏先生的嫂嫂，留在王府也无妨。"

刘娥磕头谢恩："谢王妃恩典，民女愿在王府伺候，洒扫浆洗，民女甚都能做。"

苏义简暗暗地皱了皱眉。

待两人自秦王妃处出来，苏义简带刘娥去下人的院子安置好，终于寻到了两人单独叙话之机。

"嫂嫂这到底是要作甚？"苏义简迫不及待地道，"我们不是言好，过几日便下江南的吗？！"

刘娥自顾自地整理着床铺："我还有几件衣裳在竹屋里，现下我该是不便出府，你哪日得空，烦劳帮我取来吧。"

"嫂嫂！"苏义简忍无可忍地抓住了刘娥的胳膊，"你何须急我！"

刘娥一声轻叹，看着苏义简情急的模样，她很想实言相告。

在大街上，她撞上的是张幼安的马车，一路跟踪到了秦王府外，由于不谨慎被守门的侍卫发现异常，只得谎称前来寻亲。恰又被刚回王府的张幼安得知，要求带人去见，她本还担忧会撞见那女刺客模样的婢子，哪知在王妃身边根本未看到人，便是进王府一路，也不见有相像之人。于是心思电转之间，刘娥便称想投奔苏义简，留在王府做事。

"嫂嫂！"苏义简见刘娥愣神，不由得又唤了声。

"我不想走了。"刘娥轻轻一笑，只是这般答道。

那女刺客的身份现下她不确定，她不想苏义简涉险。

"为何？"苏义简追问，"是……为了襄王吗？"

刘娥避重就轻地道："我现下可是在秦王府做事。"

"嫂嫂，你有事瞒着我！"苏义简犀利地道。

刘娥道："义简，我今日很累了，我们改日再谈可好？"

苏义简的眼睛一动不动地盯着刘娥："……你去过襄王府了？"

刘娥微微避开他的目光："到了该告知你之时……"

"那你便该已知晓，襄王他今日纳娶了侧妃，"苏义简脱口而出，有些不管不顾地道，"我不清楚你这几月与他发生了甚事，可嫂嫂，天潢贵胄，岂是你我这等平民能高攀！你无势可倚，无显赫家族可仗，即便得襄王一时青睐，又如何能在波云诡谲的宫廷斗争里活下来？！且那凤子龙孙，又有几人可托真心？！"

"你言完了吗？"刘娥面色微微苍白，"我很清楚自己是何身份，我没想高攀。"

苏义简心头一缩，不由自主地松开了抓住刘娥的手，嘴唇一动，想赔罪，却开不了口，最终只是作了一揖，转身走了出去。

门扉关上，刘娥脱力般地跌坐到了床上，一时诸般情绪涌上心头。

正堂之上，鼓乐靡靡，推杯换盏之声不绝，有身着红衫的舞姬们曲身展臂，随着那曼妙的曲调不断扭动着腰腹，妖冶异常，充满了挑逗意味。

宾客中大多喝得醉了，不再是正襟危坐，便是连那秦王赵廷美都亲执红漆鼓槌，击打羯鼓为舞姬和曲，更甚者有人左右环抱舞姬，做出种种令人面红耳赤的姿态来。

王府里越发有了一种醉生梦死之感。

刘娥与众侍女捧着茶和酒，鱼贯而入，一幕幕奢靡图景划过眼前，刘娥看得暗自皱眉，不愿多看，然而为了寻人，她还是将那些舞姬、侍茶弄酒的婢子一一瞧去。

入王府已有些时日，虽说作为婢子，能去的地方有限，刘娥还是尽量设法去各院落探查，可没有，至少到目前为止，她没有发现任何长得和那女刺客相似之人。而王府上下，自那位据传卧病在床数月的秦王身子稍微转好后，便是这般日日歌舞升平，尤其是年节将至，王府拜访的朝臣、宗亲络绎不绝，秦王也不避讳，送来的礼照单全收，盛宴款待，务使宾主尽欢，纸醉金迷更甚从前。

刘娥都开始怀疑那日是自己看花了眼，这般的秦王，这般的秦王府，真的会与刺杀襄王之事有干系吗？

前些时日，襄王还曾过府探病，刘娥避开得及时，只远远瞧了一眼，当时襄王正侧身与秦王叙话，他神色清淡，嘴角噙着一抹浅笑，眉宇间是刘娥熟悉的温润模样，却又似乎哪里不同了。叔侄俩瞧去，倒颇为亲近，那日秦王也是罕见地未召舞姬伺候，只两人设了小宴。

刘娥边想，边暗暗四下张望，一时不察，竟将酒斟满溢了出来，酒液飞快地划过那案几边沿，溅落在宾客的衣袍上。

"对不住！"刘娥一惊，忙以衣袖去揩拭。

"无妨。"

熟悉的低沉声音响起，刘娥微怔，抬头一看，宾客竟是苏义简。

刘娥讶然道："义简，你为何在此处？"

"此言该是我问你吧。"苏义简含着几分不满，压低了声音道，"嫂嫂，你不是在后院伺候吗，怎生又到正堂来了？！"

刘娥一听他语气，虽有点儿怄气，还是解释道："侍茶的婢子不够，我来帮忙。"

苏义简毫不留情地戳穿："王府人手皆有安排，你怕是寻借口，故意的吧！你

也不看看这是甚场合……"

刘娥被训得脾气也上来了，冷冷地打断："甚场合？你不也坐在此处吗？！"

"砰！"

便在此时，邻座有人将酒盏重重地搁在了案几之上。

刘娥和苏义简皆是一凛，还以为是他们的话被听了去，谨慎地瞧去。

那是位年逾半百的老者，虽一身锦袍，却是满脸的沉郁，脸颊无肉，那一双眼透着精明，一看便是不好相与之辈，他端坐如仪，与周遭的声色犬马格格不入，此时正满面痛心与愤懑地瞪着与舞姬调笑的秦王。

方才掷杯该是与苏义简、刘娥他们无关。

刘娥亦是方发现，满座红袖招展，也就老者与苏义简这处，没有舞姬。

"那是当朝兵部尚书卢多逊卢大人。"苏义简低声在刘娥耳边提醒道。

温热的呼吸拂过耳郭，刘娥有些诧异地回头，她没想到苏义简会告知她，毕竟方才两人还在置气。

苏义简一开口也有些后悔了，他是见刘娥瞧得专注，不由自主地言了出来，一对上刘娥的眼神便颇为窘迫，哪知刘娥一笑，又真切地问道："这卢大人与秦王关系如何？"

苏义简还未回答，那上座的秦王忽而点名了卢多逊："卢大人整晚枯坐，是要做柳下惠吗？"

卢多逊皱眉："老夫都多大年岁了，不好这些。"

赵廷美又道："那卢大人喜好甚？本王吩咐人……"

卢多逊沉声打断："殿下，你日日这般声色犬马，究竟意欲何为？"

赵廷美眯着那醉眼惺忪的眼睛，挑眉轻佻地睨着卢多逊，似乎根本未听懂。

卢多逊语重心长地："殿下，你难道忘了年少之时的宏愿了吗？"

"年少之时？"赵廷美打了个酒嗝，"说的是何时？在何处？本王为何毫无印象？不是，卢大人之意是本王现下很老了吗？"

"你！"卢多逊气得一噎，深吸了口气，循循善诱地，"人无远虑，必有近忧，还望殿下三思！"

"卢大人，金樽添美酒，笙箫伴佳人，岂容辜负！你此言大煞风景，大煞风景！"赵廷美不甚在乎地摆摆手，端起酒盏，干脆起身踉踉跄跄地行至卢多逊跟前，"自从地动逃脱大难之后，本王已将世事看穿，名利、权力、财富，皆是那，白云苍狗！

前朝诗人有诗云：'人生得意须尽欢，莫使金樽空对月。'谁也预测不到，自己何日便命丧黄泉，不如趁此良辰美景，把酒当歌，其乐何如啊！"

赵廷美说着，亲自执起酒壶，便要给卢多逊添酒。

卢多逊却伸手挡住了酒盏："殿下只管尽兴，老夫告辞！"

说罢，卢多逊恨恨地拂袖而去。

赵廷美不以为忤地一笑，冲其余宾客高声道："卢大人醉了，回府醒酒去了，不管他，来来来，咱们继续畅饮。"

第11章　蛟龙长欲趁风雷

刘娥趁着新一拨的舞姬入内出了来，自然她若是再不出来，苏义简那脸色难看得定会引起秦王的注意。

回廊曲折，这一顿宴饮竟已从午后持续到了暮色四合，那檐下的彩穗纱灯点亮，星星点点蜿蜒，煞是好看。

刘娥端着茶具转过廊下，抬头便瞧见前方不远处卢多逊正与秦王妃张幼安叙话，她还以为这位卢大人已离开王府，不承想他斥责了秦王，看样子倒是与张幼安聊得投契，末了张幼安还郑重地朝卢多逊施了一礼，又吩咐婢子将卢多逊带往书房方向。

张幼安随即转身朝这边行来，刘娥欲回避，张幼安却是已看到了她。

"苏先生的嫂嫂？你怎生在此处？"张幼安疑道。

刘娥端正地行礼："回王妃，是管事安排婢子到正堂侍茶的。"

这时，张幼安身边的一个婢子插话道："王妃，这位綦女姐姐甚是精于茶道，连王府的点茶姑姑都自叹不如呢。"

"哦，"张幼安意味不明地笑了下，"不愧是苏先生的嫂嫂，会得很多呀。"

刘娥道："王妃莫要听萍儿乱讲，婢子那点儿手艺，哪敢和王府的姑姑做比较？仅是粗通罢了。"

张幼安看了看刘娥，又望向丝竹声声不绝的正堂那边："堂上情形如何？"

刘娥不知张幼安要问甚，只得斟酌答道："王爷还在宴宾客。"

张幼安沉默须臾："你既善茶道，那待宴饮毕，便由你去给王爷点醒酒茶吧。"

刘娥应了声。

张幼安复望了望正堂方向，转身离去，没走两步又停了下来，问刘娥道："我记得你言过，你还会蜀绣对吧？"

刘娥点头。

张幼安道："年节将至，今岁我想要一身蜀绣的衣裙，也交由你去置办。"

刘娥领了命，回到王府专门侍茶的侍茶室，备好醒酒茶的一应器具，一直等到月上中天，方有婢子奉了管事之命，来领刘娥去点茶，却不是去正堂，而是往书房方向。

管事等候在书房门外，见了刘娥，嘱咐了几句小心伺候之类，便让刘娥独自进去了。

书房里燃着熏香，刘娥分辨了下，是沉水香之味，其中夹杂着淡淡的酒气，并不浓郁。

"婢子奉命来为殿下点醒酒茶。"刘娥俯身拜道。

房内安静如许，半晌未有任何回应。

刘娥又候了须臾，忍不住稍稍抬眸瞧去，只见榻上赵廷美面朝里，斜卧着一动不动，看似睡着了，而房内再无其余人。

刘娥复唤了声"殿下"，赵廷美还是没有反应，她便直接起身，端着茶具走至榻前，刚跪下放好，"唰"的一声，剑光微闪。

一柄寒意森森的剑刃架在了刘娥的颈边，那森冷的杀意瞬间将她笼罩。

刘娥顿时浑身僵硬，舌头微微打结地道："殿……殿下，婢子是奉命……来为您点醒酒茶的。"

赵廷美微眯着眼，觑着她。

刘娥示意了下茶具，鼓足勇气与赵廷美坦然对视。

赵廷美虽身上染了些酒气，却是眼神清明，哪里有半分醉意？此前那堂上荒唐不羁的模样，也与此时的阴沉狠厉，截然不同。

刘娥心中暗惊，这般的赵廷美是世人所不熟稔的，然而似乎他本该如此。她明白自己此刻的命在赵廷美的一念之间，那掩在衣袖里的手指紧紧地握住，嵌入了掌心，她面上却越发平静。

"你点吧。"半晌，赵廷美终是收剑入鞘，随意地整理了整理衣袖。

刘娥暗暗地呼出一口气，跪坐至榻前，她用那小巧精致的银质夹子，取出茶饼，于炭火上炙烤干燥，放入茶磨细细碾磨，至粉末状，再以罗筛将茶粉过筛三遍。小火炉上，黄金质地的汤瓶内煎水，待听得那水沸二道，如泉涌连珠，便提起汤瓶熻盏，后抄入茶粉，注入适量的沸水，将其调成融胶状，接着连续地注汤，以茶筅击拂，使茶粉均匀地融入汤里，汤花渐细，密布汤起。茶汤表面最终浮起匀细的乳白汤花，紧咬那盏沿，聚而不散。

赵廷美看着刘娥那行云如流水的一套动作，眼中兴味渐浓。

"殿下，请用茶。"刘娥将点好的一盏茶奉给赵廷美。

赵廷美接过茶盏，品了一口，眉头微挑："你这一套点茶的手法，耐看；茶，也值得一品。"

"谢殿下夸赞。"

"以前在家中似乎未见过你。"

"回殿下，婢子刚入府不久。"

"你唤作何名？"

"婢子贱姓牟，名蓁女。"

"蓁女？！桃之夭夭，其叶蓁蓁，名字倒是雅致。那你这点茶技法，自何处习得？"

"老家。"

"你老家在何处？"

"蜀地。"

"蜀地，"赵廷美轻轻咀嚼着这二字，"蜀人也这般吃茶？"

"也就富贵人家吧，寻常百姓大多以沸水冲茶叶，粗汤饮之，没那么多讲究。"

"那你学得如此之精，便是去参与东京城里那些文人士子的斗茶大会，亦能拔个头筹，倒是颇费了一番心思。"

刘娥暗自皱了皱眉，不卑不亢地道："婢子当初与家父流落茶楼，为了能入上等房伺候，多赚些银钱，婢子确实尽心学过。"

赵廷美目色深沉地端详刘娥须臾，身上那股无形的压制彻底撤去，一挥手："再点一盏吧，以后你便到本王身边，侍茶。"

刘娥伺候赵廷美饮毕醒酒茶，又将茶具端回侍茶室洗净，再回到住处之时，都过三更天了。

方一入婢子们所居的小院，便见廊下有一道黑影，似坐了一个人。

刘娥微惊，一声轻呼还未出口，那黑影听见脚步声，自阶上跳下，清亮的月光映着俊颜，竟是苏义简。

"义……简！"刘娥一愣，"你怎生在此处？"

"我……"苏义简一时有点儿窘迫，欲言又止。

刘娥看了眼四周紧闭的房门，还有那檐上未消融的积雪在月下泛着清冷的光，无奈地："你不冷吗？先随我进屋再说。"

刘娥推开自己房间的门扉，苏义简顿了下，才跟了进去。

刘娥去榻上摸了摸一直煨在火炉上的茶壶，幸好那炭块未烧尽，还是热的，她提壶给苏义简倒了杯茶："你在等我吗？等了很久？"

苏义简接着喝茶的动作掩饰了下："听闻你去给秦王点醒酒茶了，我不放心，便来瞧瞧。"

刘娥不认同地："明日也可问我，何须等上半夜？"

"我……"一抹几不可察的自嘲划过嘴角，苏义简讪讪道，"这不是怕嫂嫂还生着我气吗？亦是专程来给嫂嫂赔罪的。今日堂上我态度不好，还有前些日子也言得过重了，还请嫂嫂……"

"我未放在心上。"刘娥径直打断。

苏义简有些怔忪地看着刘娥。

刘娥笑了笑，转身从榻上的一个竹筐里翻出一双布鞋："我见你脚上的布鞋都穿旧了，是以新做了双给你。"

苏义简惊喜："多谢嫂嫂。"

刘娥道："试试。"

苏义简立刻脱了旧布鞋，换上那新鞋，还来回踱了几步。

"很合适，亦很舒适！"苏义简不禁道，"没想到嫂嫂还记得我脚的尺寸。"

"自家兄弟，为何不记得！"刘娥看着苏义简满意，她也很欢喜。

苏义简越发愧疚起来："义简言了那般不当的话，嫂嫂不但不计较，还对我如此之好，义简甚愧之。"

刘娥道："你大哥不在后，逃难途中你又走散了，就剩我一人，那些时日我总是过得惶恐不安，现下我能在秦王府做事，咱们常见面，相互照应，你大哥在天有灵，也该有些许安慰了。"

苏义简听得甚是感叹，点点头，却又忍不住咕哝了句："若仅是如此，便更好了。"

"你言甚？"刘娥未听清。

苏义简摇头，话锋一转："嫂嫂去给秦王点醒酒茶，还顺当吧？"

刘娥沉吟了下，便将此前在书房内发生的一切详细言给了苏义简，末了，斟酌道："我总觉得秦王此人，与外面言说的，不大一样。义简，你以为呢？"

"外面言说的……"苏义简莫名地调了下嘴角，"世人眼中的秦王，上有两个雄才伟略的哥哥，他却因此而活得任性恣意，太祖和当今官家对自己的这个弟弟，那皆是盛宠、包容。官家听闻秦王病愈，在府中宴饮，前两日还赏赐了数十名舞姬、珍宝字画等玩物呢。"

刘娥听得皱眉："这是纵容吧，刻意地纵容！"

苏义简敛了敛神色："嫂嫂，凡事涉皇家，颇多凶险，义简不愿看到你再以身犯险。"

尽管知晓你留下并不仅仅是为了与我相互照应，我不欲探究，也缺乏一点儿勇气追问，是不是真的为了那人！这些话断在了苏义简喉间，只在心里想了想，又叹了一口气。

哪知刘娥思忖片刻，却毫不避讳地说了苏义简避免提及之人："义简，那你又觉得襄王如何？"

苏义简闻言，神色淡了下去："也盛宠在身，当今官家看好的储君人选吧。"

"你的看法？"

"没接触过，不知晓。"

"我以为襄王他文武双全，堪当储君大任。义简，嫂嫂知晓你有报国之志，亦信你有治国之才，秦王府绝非你久留之地，至于郭太师，我不甚了解，然而从他设计除我，亦可见此人心胸，你跟着他，也不是长久之计，何不另择明主而佐？"

苏义简看着刘娥眼中那殷切的光，想到了当日赵元侃向他示好，两人的想法竟是不谋而合，不由得复杂地道："嫂嫂言的明主，是襄王？嫂嫂这是在替襄王拉拢我？"顿了下，又忍不住轻轻地刺了一句，"我还以为，嫂嫂再也不想提及此人了呢。"

刘娥神色微滞，目光转了开去："我也只是随便言上两句，事关你的前程，自然你自己做主。"

"好，嫂嫂今日之言，我记下了。"苏义简正了几分神色，"只是，义简也有一事。"

"何事？"

苏义简眼巴巴地："义简许久未吃到嫂嫂点的茶了，嫂嫂都点茶给秦王了，不知何时能给我点上一盏啊？"

刘娥唇角紧抿，忍了忍，还是没忍住翘起了弧度。

那马蹄声急促，两队禁军侍卫策马扬鞭自密林飞驰而过，领头之人分别是一身暗红劲装的太宗和随意穿着素淡便服的秦王赵廷美。

灌木丛中，一头雄鹿仓皇窜走。

太宗和赵廷美紧追不舍，弯弓搭箭，眼看着赵廷美便要得手，却是陡然持弓无力。

“嗖！”太宗后发而至，一箭射穿雄鹿的脖子。

太宗毫不掩饰地大笑起来：“仰首摧月支！四弟好功夫！”

“皇兄谬赞了！缠绵病榻数月，腕力虚浮，弓都快握不稳了！”秦王伏靠在马背之上，大口喘着粗气，“俯身散马蹄！皇兄才是好眼力。”

太宗斜睨着赵廷美，瞧他模样不像作伪：“那些御医皆是些浪得虚名之辈，竟让四弟身子亏虚成这般！待朕回去，唯他们是问！”

赵廷美摆摆手：“臣弟自己的身子不争气，怨不得旁人，皇兄无须动怒，只是今日免不得扫了皇兄的兴致，早知晓便该叫上元侃、元佐兄弟几人，听闻近日元侃常去军中与诸位将士切磋，想来武艺大有精进。”

太宗的脸色不自觉地沉了几分：“今日你我兄弟狩猎，提他们作甚？”

赵元侃自纳娶侧妃后，虽多去军中，却始终没有入宫，亦没有上朝，朝中上下皆知襄王是在与官家置气。那道先诞下嫡子者为储君的圣旨，在赵元侃失去嫡子后，使得很多有心之人免不了意动。赵廷美此时提及，不免有几分故意。

“皇兄，元侃毕竟年轻，”赵廷美劝道，“他那性子，你也知晓，外柔内刚，自小心里便有主意，勉强了他不愿做的事，且得犟上一阵子呢。”

太宗冷哼：“他犟！朕作甚不是为了他！”

“他心里必定是清楚的，只是这刚为人父，便痛失爱子……”赵廷美言及此，太宗的脸色更阴沉了，他连忙话锋一转，“前几日他去我寒舍，还嘱我多进宫陪陪你呢。”

太宗却听得心里越发不是滋味：“他去你府上了？”

赵廷美点头：“给我送了些年节礼。”

“嘿！”太宗讽刺地一声轻嗤，“他对你倒是孝顺。”

“皇兄这……”赵廷美看去甚是无奈地，“你这味儿吃的，臣弟惶恐啊，元侃是你的儿子，要孝顺自然皇兄是首位。”

太宗冷冷地瞥了瞥赵廷美:"不要老是言他,你呢,也老大不小了,府里除了王妃、侧妃、美人也不少,至今无可继承你爵位的子嗣,你在作甚!"

赵廷美霎时神色微僵。

太宗继续道:"老四,子孙昌炽,则姓氏繁衍,你也是老赵家的一分子,切勿忘了肩上之责啊!"

"皇兄教训得是!"赵廷美垂首,不无难堪地回道。

这时,有禁军侍卫将那射中的雄鹿抬了来,竟是一箭穿喉。

太宗颇为自得地一挑眉,看向赵廷美。

赵廷美勉强扯了下嘴角:"皇兄箭术精湛,此鹿该是无论如何都逃脱不了的。"

太宗龙颜大悦,吩咐侍卫将鹿抬下去炙烤,复冲赵廷美道:"再陪为兄跑上一圈。"

赵廷美低低地咳嗽两声:"臣弟舍命相陪。"

落日如金,为山川镀上了一层金色的光晕,连日的晴好之天,倒是让山中积雪消融了不少。

王帐设于一天然湖边上,内侍们凿开薄薄的冰面,取了那甘冽的雪水烧煮,洗物冲茶,颇得野趣。一日的狩猎,太宗和随侍的臣工们皆乏了,正在茶歇,席间有乐队相随,琴瑟不绝于耳。

侍卫们将炙好的鹿肉分食给各案,臣工们对太宗的箭术又是一番礼赞。赵普和卢多逊亦在其中,只是相较于其他人的直白,两人皆有着几分深藏不露,尤其是卢多逊,深深地看了赵廷美好几眼。然而赵廷美却恍若未见,只管大快朵颐。

君臣围坐的中央处,一宫廷画师在作画,那人看去甚是孱弱,笔下的一双蛟龙却极尽汹涌澜翻,仿若真要跃出那云雾,一争高低。

太宗见第一条蛟龙的雏形时,本十分欢喜,待画师画出了第二双龙眼,便显出了愠色。

"啪!"赵普突然发难,将手中的茶盏摔在了地上。

赵普怒道:"哪里来的狂妄之徒,竟如此不懂规矩!"

画师惊得慌忙离席,跪地认罪。

其余臣工亦皆神色凝滞起来。

画师回道:"臣……臣董羽,于翰林……翰林画院奉职。"

赵普有意无意地扫了眼自在饮茶,似对眼前之事不甚关心的赵廷美。

赵普做恍然大悟状："董羽？！那个口齿不清的画师，人称董哑子，当初还是有幸得了秦王举荐，方能入翰林院，你不思报谢君恩，竟画出这般一幅双蛟龙缠斗图，意欲何为？"

赵普的一番话竟将矛头直指赵廷美，周遭的气氛一下子降至冰点。

那董羽似被吓傻了，面如土色地道不出话来。

一片沉寂当中，赵廷美猛地跪了下去。

赵廷美朗声道："皇兄明鉴，真龙自然只有一条，另一条那不过是水雾之下的真龙倒影罢了。蛟龙戏水，翻云覆雨，因其天下无双，所以见了自己的影子，也要缠斗一番。此画道出了帝王之不易，也应了江河一统，盛世欢腾之象。"

赵廷美神色恭敬，语气坚定恳挚。

太宗眯眼睨着赵廷美半晌，一哂："好一幅蛟龙戏影，朕甚是满意！四弟起来吧。"

太宗上前亲自扶起了赵廷美，两人对视，一个谨小慎微中满是真挚，一个亲切随和中透着信赖，倒有了几分兄友弟恭的意味。太宗大笑着拍了拍赵廷美的手臂，众臣工亦配合地发出了笑声。

那琴瑟悠悠复渐起，莫不欢愉，仿若方才的一切并未发生。

第12章　长恨人心不如水

秦王府的花园有一座单檐四角亭，冬日里为了遮挡寒冷，三面皆挂了竹帘子。这日刘娥得了空闲，便置了火炉在亭中，取来布料和针线，打算画图裁样，开始为秦王妃制衣。

不少不当差的婢子皆前来围观，便是连秦王妃身边的萍儿也来了。刘娥平素待人做事温和热心，和婢子们相处甚是融洽。一大群年轻姑娘围着刘娥，叽叽喳喳，说得正热闹，忽而回廊传来一阵惶急的脚步声，众人循声望去，只见管事带着几个家仆，满脸惊慌地跟在疾步朝前的赵廷美身后，欲拦不敢拦，而赵廷美一身的冷肃，手中竟握了把长剑。

"殿下！"管事一副视死如归的模样，跪在了赵廷美身前，"不可！不可啊！"

"滚开！"赵廷美森冷地吐出两个字。

管事一个劲儿地摇头，口里大呼着"殿下息怒"，扑上去欲抱住继续往前走的赵廷美的腿。

"砰！"赵廷美一脚将管事踹开，"唰"地拔出长剑，横扫指向那些家仆："谁敢再阻本王，本王要了他的命。"

家仆们惊骇地跪了一地。

赵廷美执着寒光凛冽的长剑，身影很快消失在了那回廊尽头的拱门处。

"坏了！坏了坏了！"萍儿煞白着脸连声低呼，转身急切地朝秦王妃居处奔去。

"到底发生了何事？"刘娥皱眉问道，却是无人应答，她回头，看到的是战战兢兢跪在地上的家仆们，人人似吓得魂不附体，不敢多言。

刘娥略一忖量，便抬步去追赵廷美，追过了几道拱门，跟着赵廷美来到了一处甚是偏僻的院子。

院子里杂草丛生，别无他物，看上去已荒废了许久。刘娥心中疑窦横生，不知赵廷美何故怒发冲冠地来了此处，随即便见他脚步未停，径直穿过杂草，绕到了角落一株芭蕉树后，一脚踹开了一扇门走了进去，那后面竟是别有洞天。

刘娥不由自主地悄然继续跟上，过了那扇隐秘的门扉，后面竟还有一处小院，里面未种植任何花草树木，仅矗立着一幢三层的飞檐式阁楼。

刘娥更是惊疑不定，便在此时，一阵"哐哐哐"声自阁楼里传来，跟着便响起了如幼兽般的咆哮。

刘娥心中一悸，深吸了口气，才放轻了脚步，忐忑地走进了阁楼，待转过两层木质楼梯，那"哐当"声和嘶吼声，声声振聋发聩，如在耳畔。她也看清上方阁楼顶层的楼梯口处，木门紧闭，门上挂着铁链和铁锁头，赵廷美浑身杀气四溢，正一剑剑砍在那铁锁头上，而门里则有甚东西在抓挠、狂号。

眼前之情景，让刘娥也难免心惊胆战，她迟疑着要不要出声，能不能上前。蓦地，楼下阁楼口处传来响动，裙裾翩飞，萍儿扶着张幼安匆匆而来，待飞快地上了楼梯，张幼安看到刘娥在此处，也没多少反应，她的注意力全都在那疯狂砍锁的赵廷美身上。

"殿下！"张幼安甩开萍儿的手，面青唇白地奔上去，扑倒在赵廷美的脚边，拽住了他的长袍，"不要啊夫君！不要杀宝儿，妾求你，求求你……"

"殿下！"萍儿也扑了上去，被暴怒的赵廷美抬脚踹下了楼梯，刘娥忙上前扶起了她。

上方，张幼安见萍儿被踹了下去，却更是豁出去般地抱住了赵廷美持剑的手臂。

"松手！"赵廷美咬牙切齿地道。

张幼安涕泗横流，却只是坚定地摇着头："夫君，宝儿也是我们的儿……"

"住口！"赵廷美怒声呵斥，"甚儿子？这里面的，就是一个怪物！一个我赵廷美的耻辱！留着他，让旁人借此羞辱于我吗？今日，本王非除了这祸根不可！"

"不要！"张幼安死死地拖住赵廷美的胳膊，"夫君，宝儿他没有做错甚，他是无辜的！你杀了他，便也是要了妾身的命啊！"

"你威胁本王！"赵廷美双目猩红，已近失去理智，"你想和她一起死吗？"

赵廷美狠狠地一用力，推开了张幼安。

张幼安哭喊着再次扑上前，挡在门前："殿下便连我们母子一同杀了吧！"

"你！"赵廷美怒不可遏，一剑砍了下去。

"殿下不要！"刘娥见状不妙，已奔了上来，此刻见赵廷美举剑，情急之下未做任何思考，猛地扑上前抱住了张幼安。

"哐！"一剑砍在了刘娥耳边，剑尖深深刺入了门扉。

刘娥耳郭微凉，一缕发丝被削断，飘落。

她浑身僵硬，心怦怦怦地狂跳不止，身下的张幼安紧紧地闭着眼，身子惊惧地发着颤。

一瞬间，门外一直的抓挠嘶吼都骇得静默了。

"下一次，本王绝不会放过他！"赵廷美声音冰寒得如同隆冬飞雪，不善地扫了眼刘娥和张幼安，转身一步步走下了楼梯。

待脚步声远去，刘娥方呼出一口气，而张幼安一下子瘫倒在她怀中。

刘娥找了婢子送萍儿去看府医，亲自将张幼安扶回了房中，又去熬了参汤，给萍儿和张幼安各送了一碗。

张幼安饮下参汤，精神好了些。刘娥本不欲多问，然而她泪水涟涟，也是需要倾诉。

原来，那阁楼中关着的，竟真的是秦王夫妇唯一的儿子，小名唤作宝儿。世人都道秦王无子，那是因此子出生之时便有些异常，赵廷美为了能将其养活，便未对外公布得子，暗中寻访了名医医治，哪知宝儿的情形非但未有任何好转，更随着一日日长大，变得更糟了，他一直不会说话，后来是时常狂躁不安，听得一点儿动静便大喊大叫，还抓人咬人。至六七岁时，宝儿变得危险起来，每每狂躁之症发作，他总会伤到身边人，在一次他用剪刀刺伤张幼安后，赵廷美大怒之下，下令将其关

了起来。从此，不管张幼安如何求情，赵廷美都没再将宝儿放出来，渐渐地，王府里除了少数几个老人，都不知晓还有这样一位小殿下的存在。

"王爷一直将宝儿视作不祥之兆！"张幼安凄楚地道，"也不知是不是我秦王家真的受了上天的诅咒，宝儿之后，我与王爷一直未再有子嗣，家中的其他妃妾也未有所出。"

刘娥听得大惊，她以前只知秦王府无子嗣，却不晓得还有这般一段秘事，再思及当今官家那道得嫡子者立储君的圣旨，无疑是在秦王心上扎刀啊！

张幼安未察觉刘娥的异常，自顾地自嘲道："王爷每每在外受了气，尤其是与子嗣相干的，回府便要杀宝儿，一次次地，我也拦得累了，何时他杀了宝儿，我也便跟着去了。"

"王妃！"刘娥担忧地握住了张幼安的手，"宝儿毕竟是你和王爷亲生，血脉相融，王爷不会当真下手的！且此事并不是一点儿解决之道都没有啊！"她努力地设法宽慰张幼安，"至少宝儿还活着的，活着便有希冀，指不定哪一日寻访到国手圣医，能治好宝儿呢！"

"是！"张幼安眼中逐渐流露出热切的神采，带了点儿狠劲儿喃喃道，"会有解决之道的！我一直都信，绝处能逢生！定有那解决之道！"

刘娥微微蹙眉，她从张幼安的神情和话语之中听出了异样，张幼安似在回应她方才所言，又不似。

窗外寒风呼啸，刘娥忽而觉得有些冷，她望着张幼安那变幻莫测的神色，心中越发惊疑不定。

东京城大梁门，巍峨高耸，那城楼上守卫禁军甲胄鲜明，甚是威严。

那朱红城门厚实，车辚辚马萧萧，商贾百姓络绎不绝，自是一番都城繁华景象。

城门外，数十名文武官员组成了甚是壮大的迎接队伍，分位而站，井然有序地候着，引得来往行人纷纷侧目。

那队伍之前，有两骑并排而立，马上各坐了一个青年男子。两人皆是气质卓然，一人身着赭色锦袍，手腕上扣了副黄金质地的护臂，他高鼻深目，五官凌厉，尤其是那眉骨压得很低，蕴含着股桀骜不驯。另一人则面如冠玉，着了身象牙白锦袍，其上以金丝银线勾勒了牡丹暗纹，浑身上下透着一股贵气，细致瞧去，他那温润的眉眼，倒与赵元侃有几分相似。

这二人不是别人，正是赵元侃的两位兄长。与赵元侃肖似之人，是当今官家之长子，楚王赵元佐；另一位自然是次子，许王赵元僖。

日头渐渐偏西，赵元僖紧了紧护臂，脸上浮现烦躁的神情："日子是不是弄错了？"

赵元佐没有丝毫的不耐，不疾不徐地道："各处驿丞每日皆有呈报，按照脚程算，便该是今日抵京。"

赵元僖哼了声，扫了眼那些文武官员："父皇可真有意思，一个郡王归京，竟下旨让半数朝臣都来出城恭候，还得你我兄弟二人亲自带着迎接队伍，干甚不再安排点儿鼓乐、爆竹呢……"

"你胡说甚！"赵元佐轻轻皱眉打断，"日新皇兄乃太祖之子，现掌管京兆府，封武功郡王，在朝会之时，他和四叔那是列班宰相之上，此次为着太祖祭典归京，父皇做此安排，也是以示重视。"

"重视，是该重视，"赵元僖阴恻恻地道，眼底划过一抹精光，"大哥，要是太祖还在位，日新皇兄指不定现下便是太子呢。"

"二弟慎言！"赵元佐低低地呵斥道。

赵元僖不甚在乎地耸了下肩："大哥，莫说你从未这般想过。"说着，微抬颔，示意了下后方的文武官员，"便是那些老狐狸，即使是有父皇旨意，肯这般乖乖地陪着你我兄弟在此候了这许久，难道没有点儿别的心思？！"

赵元佐皱紧了眉头："真是越言越荒唐了！"

赵元佐还待训斥赵元僖几句，那前方官道之上，马蹄声阵阵，一行五骑飞驰而来，当先一人即便是坐于马上，也能看出其身材高大挺拔，甚是英武。

"啧，够轻车简从的呀，"赵元僖挑了挑眉，"武功郡王，就这排场？！那我们这许多人候在此，岂不是像给人下马威？！"

"你又在胡言……"赵元佐方开口，赵元僖陡然一提马缰，纵马向前。

"大哥，二弟我替你先向武功郡王问候一声。"

话落，赵元僖已纵马奔出数丈。

转眼间，武功郡王的坐骑也驰近了。

马蹄翻飞，赵元僖结实的手臂绷紧，眼睛逐渐眯成了一条细缝，脚跟微踢，马鞍侧挂着的长枪直飞起来，赵元僖一手抓过，枪尖锃亮，直刺向那武功郡王的面门……

当今官家自"兄终弟及",承了兄长赵匡胤的皇位,身登大宝之后,为追思兄长,缅怀太祖平定天下、恩加黎庶之精神,除了平素大小节日的祭典,每隔三年,便要在太祖皇陵,举办一次隆重的大祭典仪式。

今岁正好又是一个三年,本来通常仪式是在太祖忌日前后举行,然而今岁干旱地动,天灾频发,边境不稳,又遭逢皇孙遇刺,典仪一拖再拖,至此年节将至,司天监总算是占卜出了适宜举行祭典的日子,呈报了上去。

很快,官家的旨意便下来了,今岁的典仪由楚王赵元佐负责,许王赵元僖相辅。这般的安排自然在朝中引起了一番揣度,襄王赵元侃对官家一再地顶撞,是否终让官家厌弃,储君之位另做考量了呢。

另一番值得揣测的圣意则是,官家又下旨,让两位皇子带着文武官员,亲自出城恭迎太祖亲子,武功郡王赵德昭。依例,每逢大祭典,赵德昭皆会归京,然而以前从未有过如此殊遇,莫说赵元僖会多想,便是皇宫内外、朝廷上下,人人亦揣摩,太祖长子早夭,次子德昭,实则对皇位也有继承之权,甚至较之秦王,更为名正言顺。当今官家之后,这皇位到底是要传给自己的皇子,还是依照"兄终弟及"之例,归给秦王,抑或是传回太祖一脉?如此掂量一番,赵德昭此番回京,便变得微妙起来。

赵德昭身为凤子龙孙,若说对那至尊之位毫无想法,约莫是诓骗世人的。当年高梁河兵败,乱军之中,当今官家与众将士走散,久无音信,军中诸将拥立赵德昭为帝,他应了下来,后官家归来,虽表面上未对此事有任何说辞,然而在赵德昭为将士们请功时,将他一番申斥,接着便收回了他手里的兵权,将他迁往了京兆府。那时赵德昭才后知后觉地反应过来,他是犯了官家的大忌,也方明白,即便他身为太祖子嗣,皇位约莫是不要想了。自那以后,他一直克己安分,只管做好京兆尹,不作他想。

京中现下的局势,赵德昭多少也了解一些,他也不是蠢人,明白自己的归来,不知晓有多少明枪暗箭,多少尔虞我诈的心思,正等着他,便如此时赵元僖明晃晃刺来的长枪。

"锵!"赵德昭举起随身的佩剑,挡下了赵元僖的一枪。

赵元僖轻喝一声,并不停手,连刺数枪。

赵德昭剑不出鞘,堪堪避让过。

"武功郡王,你这是瞧不起谁呢?!"赵元僖沉声喝道,手底招式更狠,"拔剑!"

眼看着赵德昭再不拔剑还击,便有可能伤在赵元僖手里。

后方有马蹄声响起,还有人声趋近,似在呵止,然而赵元僖可不予理会,他瞅准了一个空当，一枪迅猛地朝赵德昭胸口刺去。

周遭有惊呼声顿起。

"叮！"便在那枪尖堪堪刺近，一支白翎羽箭裹挟着劲风，于千钧一发之际飞来，打偏了长枪。

"刺啦！"长枪刺破了赵德昭肩头的衣裳。

赵元僖怒目看向羽箭飞来的方向，只见赵元侃一身暗色劲装，面色冷峻，手挽那把长弓，正纵马而来。

赵元侃上得前来，未瞧赵元僖一眼，径直关切地询问赵德昭："日新皇兄，可有伤着？"

赵德昭摇摇头，拨了拨被刺破的衣裳，带着些许自嘲地道："还得多谢元侃你及时出手，否则我今日只怕要出丑了。"

"日新皇兄，"赵元僖不善地插话道，"你也曾是出入沙场的将军，何须如此自谦？元僖不过是要讨教一二，你也不肯赐教？"

"你闹够了没有！"赵元佐终于带着文武官员，赶了过来，呵斥了赵元僖，又冲赵德昭道，"日新皇兄见谅，元僖不过是好武。"

"是啊，我不过是好武，"赵元僖竟还不肯罢休，"兄弟见面，切磋一下，有何不可？！"

"你……"赵元佐见赵元僖如此不给他面子，也被气到了。

"二哥，"赵元侃淡淡地插话道，"切磋可以，然你方才那一招，可是杀招。"

"枪法你懂多少？！"赵元僖怒哼一声，"避不过那才是杀招，避过能算吗？！"

赵元侃道："你这是强词夺理。"

"好了好了！"眼见着三兄弟要因他吵起来了，赵德昭忙出来打圆场，"都是自家兄弟，莫伤了和气！元僖，不是皇兄不与你切磋，确实是近几年在京兆府，我武功已荒废，接不住你的招式，这佩剑，不过是个饰品，你若是喜欢，我赠予你。"

赵元僖怀疑地端视着赵德昭："我今日若是拿了你的佩剑，父皇能捅我一剑。"

"你也知晓！"赵元佐凉凉地道。

赵德昭有些窘迫："是我考虑不周了。"

如此闹将一番，该有的迎接礼仪章程全乱了，文武官员们更是提心吊胆，还得防着几个皇子打起来，大气都不敢出地围在那里，还是赵元侃打破了尴尬僵持的气氛。

"日新皇兄，我陪你入城吧。"赵元侃道。

赵德昭点头，与赵元侃并驾朝城内驰去。

"这些时日，日新皇兄打算住在何处？"

"听闻宫里已有了安排，官家让我住以前的寝殿。"

"那寝殿久未住人，要不皇兄还是住去我寒舍吧，你我兄弟许久不见，可得好生叙话。"

"……也好，听你安排。"

这边厢，文武官员们总算是松了口气。

赵元僖却又阴阳怪气地冲赵元佐道："大哥，这趟迎接武功郡王的差事，父皇是交给你的吧，元侃这算甚？"

"你还是想想你自己，今日之事如何向父皇交代吧。"赵元佐瞪了他一眼，拂袖而去。

第13章　前波未灭后波生

那冷月孤寂，夜色清寒。

一道人影四下张望后，飞快地穿过那芭蕉后的门扉，来到了阁楼之前，悄无声息地推门走了进去。

木质楼梯上的脚步声几不可闻，竟是刘娥提着一个食盒，蹑手蹑脚地拾级而上。

自从刘娥知晓了宝儿的存在，给其做了几次吃食，宝儿很喜欢，张幼安便命刘娥专门负责宝儿的饮食，也改由她每日三次来阁楼送饭。不过送饭的时辰是固定的，刘娥也不能长待，还有侍卫跟着，宝儿似乎很怕侍卫，每次都缩在角落。刘娥也是后来才知晓，这方小院其实是有守卫的，那日她之所以能顺利进来，约莫是当时秦王发了疯，喝退了守卫。她一直想好好看看那孩子，每次过来便多留了个心，逐渐摸清了守卫换班的规律，这个时辰正是守卫换夜班之时，于是刘娥趁机溜了进来。

"宝儿。"刘娥将那拴着铁链的门推开一条缝，轻声唤道。

门缝里黑黢黢的一团，无任何声响，亦看不清甚。

刘娥从食盒里取出一碟糕点，又凑近门缝："宝……"她方一开口，一双黑亮的眼睛陡然出现在门缝里，刘娥骇得差点儿跌坐在地。

"宝儿！"刘娥吐出一口气，温和地笑了笑，"你吓到姑姑了，饿不饿？姑姑给你新做了几样糕点，要不要尝尝？"

"啊！"宝儿急切地嘶喊着，伸手自门缝来够。

刘娥连忙示意他噤声，将糕点递给他。

宝儿一把抓过去，狼吞虎咽。

"慢点儿吃，别噎着，"刘娥边说，边又从食盒里取出几碟，"还有好多呢，你现下吃的，是糖糕，这个是栗子糕，这个呢，叫松黄糕……"

刘娥很会哄孩子，她给宝儿每类糕都尝了些，还很认真给他讲解，又拿出特意备好的蜜水，从门缝里一点儿一点儿地喂给宝儿喝。

宝儿吃饱喝足，便扒在那门缝处，眼巴巴地盯着刘娥。其实宝儿年岁也不小了，估摸着该有十二三岁，虽发狂之时看着吓人，然这般安静下来，眼里是纯粹的懵懂无知。

"你，喜欢吃姑姑给你做的糕点吗？"刘娥试着与宝儿沟通。

宝儿只是盯着刘娥，没有反应。

刘娥倒是有耐心，连比带画地："糕点，你喜欢吃，以后姑姑——我，做更多的，更好吃的，给你，好不好？"

宝儿看了看那些碟子和食盒，又望向刘娥，最终轻点了下头。

刘娥见状，惊喜不已："你听懂我在言甚，对不对！你听得懂的，宝儿真聪明！"顿了顿，试探地，"宝儿，姑姑能摸摸你吗？"

说着，刘娥缓缓地伸出手："不怕，姑姑只是想摸摸你，"一寸寸地，刘娥的手伸进了门缝，"宝儿不怕啊，姑姑喜欢你，不怕……"

最终，刘娥的手落到了宝儿的头顶。

"真乖！"刘娥轻轻揉了揉手下毛茸茸的脑袋。

宝儿甚是乖顺地闭眼，还在刘娥的手里蹭了蹭。

"锵。"倏地，一声金器相击之声在静谧里响起。

刘娥一凛，宝儿也猛地睁开了双眼。

"嘘！"刘娥忙以食指抵在了唇上，示意宝儿不要出声，再侧耳聆听，半晌未闻任何响动，便在刘娥怀疑方才听错了之时，那细微的响声又破空传来，她仔细辨了辨方向，似乎是自下一层传来的。

刘娥思忖了片刻，复摸了摸宝儿的小脑袋，以示安抚，然后轻手轻脚地往下而去。之前刘娥便注意到，阁楼的楼梯建得较为奇怪，这边厢的楼梯是直通三层的，若要去往二层，得下到一层，绕过中央搁置的一口大钟，从另一侧的楼梯上去。

刘娥走上通往二层的楼梯，那声响便逐渐清晰起来，听上去似刀剑相交，然堂堂秦王府，如此深夜，一个偏僻无人的小院阁楼里，怎生会有刀剑之声？！

刘娥的心头沉重起来，待步上二层，能看到前方那紧闭的屋子门缝里透出隐约的烛火，刀剑之声正是从里面传来的。

刘娥按捺住紧张的心绪，敛声屏息地靠近，自那门缝隙向里瞧去。

一众舞伎正于屋中训练，人人头戴假面具，手持阮琴，模样甚是怪异。那水袖翻飞，玉臂舒展，身形交错间，她们自阮琴底抽出长剑，铿锵相交，击杀。一个舞伎面具被刺掉，跳跃的烛火照映下，那左边眉尾的一粒小痣清晰可见，抬眸间，那眼神狠辣异常。

刘娥惊骇地掩住了唇，那舞伎正是当日青石桥上，当着她的面，一匕首将小皇孙毙命之人。

寒风呼啸，吹得那明黄蟠龙旗帜猎猎作响。

太祖永昌陵，禁军披甲持枪，全副武装严实地围在四周，外围还有那弓箭手零星散在各处，挽弓搭箭，严阵以待。

鼓锣阵阵，一半舞者戴着神像面具，另一半则戴着鬼面面具，于陵前跳那神秘的"傩舞"，以娱神，祭祀亡灵。

太宗率文武百官、宗族亲眷，四跪十二拜，行大祭之礼。

后按照次序上前焚香，插入祭坛。

太宗身侧紧跟着的是皇后李氏，她乃马军都指挥使、大宋名将李继隆之妹，李穆清，如今不过三十余岁，正值风华正茂的年纪，即便素服裹身，仅薄施粉黛，也难掩其艳冶妩媚之姿。

太宗久久跪伏在陵前，最后是李皇后上前，将其扶了起来。太宗眼眶通红，只不知方才他与那故去多年的兄长言了甚，李皇后低声软语，宽慰。

待太宗下了祭台，赵氏族亲登台祭拜，赵德昭、赵元侃皆在其中，只是相较于太宗和族亲们的哀戚动容，身为亲子的赵德昭倒反而显得冷静了，他规矩地上前焚香，复跪拜，并未多言一句，很快礼毕，退下了祭台。

蓦地，一声号哭在祭台上响起。

所有人皆是一震。

赵德昭回首望去，只见族亲们皆已祭奠完退了下来，那高高的祭台之上，唯余秦王赵廷美一人，正放声恸哭。

"二哥，你天纵雄才，一生南征北战，平定天下，救苍生于水火，安黎庶以民生，奈何，奈何啊！年不逾不惑，竟英年早逝！四弟我每每念及，皆痛心疾首，不堪承受！二哥啊！"

赵廷美那声声泣血的陈情，让在场之人无不动容，想到了那一代雄主短暂的一生，是何等的英豪，文治武功盖世，如今也只余身后名，一抔黄土。

赵德昭心有戚戚然，不由得潸然泪下，赵元侃也红了眼眶，二人不约而同地返回祭台，跪在赵廷美身侧劝慰。

哪知赵廷美心绪激荡，哭得越发难以自已。

"二哥啊二哥，四弟知晓你去得不甘，你还念着你的黎民，顾着你的江山，还有未竟之业啊！那燕云十六州，是你的心结，是你未了之愿，我汉人疆土，岂容蛮夷霸占践踏！四弟恨自己平庸碌碌，不能为兄分忧！更恨苍天寡情薄幸，竟那般早地结束了你辉煌的一生！二哥啊二哥，都道是帝王千秋，四弟多希冀你能再活上几十载，恩泽天下苍生，佑我赵氏皇族啊……"

赵廷美的痛诉一句更比一句摧心肝，却也让周遭的气氛一寸寸凝滞下去，谁都知晓当今官家多次对辽发动战争，便是要收回那燕云十六州，然高梁河战败，雍熙三年北伐失利，燕云十六州依旧受辽人管辖，中原大地北方门户至今袒露大开。

赵廷美的这些陈诉无疑是在太宗心上扎刀，太宗的脸色难看到了极点，朝臣宗亲们，人人敛声屏息，大气都不敢出。

祭台上的赵廷美丝毫没有收敛之势。

太宗终于忍无可忍，重重地冷哼一声，拂袖朝步辇疾步而去，一众内侍忙跟上。

"官家起驾！"王继恩一声高喝。

太宗竟丢下所有人，龙颜不悦地起驾回宫了。

朝臣宗亲们面面相觑，一时不知做何反应。

那祭台之上，赵廷美还在号哭。

赵元佐趁着其余人不注意，走近了同样被丢下、神色难堪的李皇后。

"皇后娘娘，儿臣送你回宫。"赵元佐轻声道。

李皇后那剪水秋波轻轻地在赵元佐身上一转，淡淡地道："多谢楚王。"

"哗啦啦！"清亮的酒液倒入两只钧瓷酒碗。

两只酒碗形状相同，颜色却各异，一只淡青，一只则是深褐色。

榻上，赵元侃斟好酒，将那只深褐色的酒碗递给对座的赵德昭："皇兄，请。"

烛光稀薄，映着赵德昭那惨淡的形容，他还因白日里秦王的那一场哭灵而黯然神伤，闻言抬眼，瞧见那酒碗，倒是微微一怔。

"你竟还留着！"赵德昭接过酒碗细看。

赵元侃端起那只淡青色的："这两只酒碗我一直珍藏着。曾经，你我二人用它们，喝过多少酒啊！只怕比那汴河的河水还要多呢。"

赵德昭听得微微笑了起来，与赵元侃对饮了一碗。

"记得这酒碗还是皇祖母赐给我们的，"赵德昭边说，边取过酒壶，复为两人斟上，"那时你不过幼学之年，还没学会饮酒呢，一次宫宴，我为了捉弄你，给你灌得酩酊大醉，自己也醉得差点儿掉进御苑的池子里，父皇知晓后，大怒，狠狠地打了我一顿，"顿了顿，"三叔也责罚了你，哪知晓隔天皇祖母竟派人专门烧制了这两只酒碗给你我，还言……"

"言，赵氏皇族男儿，岂能不会饮烈酒？"赵元侃接口道，"否则以后如何抗衡蛮夷，征战天下，收复疆土！"

赵德昭感慨地望着赵元侃，一笑："是，皇祖母当时是这般言的。"

二人再次对饮一碗，同时叹了口气。

赵德昭看了看赵元侃的神色，犹豫了下，还是忍不住道："今日祭典，四叔哭得尤为痛心。"

赵元侃想了想道："他……似乎有甚心事，无处倾诉。对了，前几日，你不是去拜见过他吗，没听他提起甚？"

"你难道一无所知？"赵德昭脱口而出。

赵元侃不解："我该知晓甚？还请皇兄明示。"

赵德昭质疑地盯着赵元侃。

赵元侃的神色却半点儿不像作伪，赵德昭终是摇了摇头。

赵元侃微皱眉："皇兄！"

"四叔在皇陵那些话，估计会让三叔，让官家不快了。"赵德昭不经意地转了话锋。

赵元侃道："……父皇，不至于！四叔不过是追忆二伯。"

赵德昭不置可否，只是闷头喝酒。

赵元侃欲再言点儿甚，然他也知晓那"兄终弟及"是横在太宗和秦王之间的一根刺。自太宗下旨拟立储君，一场风波便开始了，眼前坐着的赵德昭亦身处旋涡，不然赵元侃也不会冒着激怒太宗的风险，让赵德昭住进他的府邸，他不过是想更周全地保护赵德昭在京的安危。

"元侃，"赵德昭忽而嘶哑地道，"若有一日你登基为帝，皇兄不求其他，只会尽力辅助你。"

赵元侃神色一动，赵德昭这竟是在向他婉转地陈情，对皇位无心，他陡然间明白了，他们再也不是昔日纵马斗酒的少年了，皇位、权势，将他们推至了今日这般不能自控的尴尬境地。

"皇兄！"赵元侃不无苦涩地道，"这碗酒，没有当初你骗我饮下去的那碗甘冽呢。"

赵德昭已有了醉意，闻言，只装作未听懂，冲赵元侃嘿嘿一笑。

赵元侃心中苦闷，干脆弃了酒碗，拿过了酒坛。

"这次祭典，我就不应该回来啊……"赵德昭醉醺醺地咕哝了一句。

赵元侃却是听见了，正欲喝酒的动作一滞，随即对着酒坛灌下去一大口。

那月影摇曳，映得榻侧的纱窗斑驳点点。

两人渐渐喝得大醉。

赵元侃伏在案上昏昏欲睡，还不忘招呼赵德昭今日不醉不归，却似乎半晌未听到对面的动静，他正暗自得意如今酒量总算是胜了赵德昭，随手一探，还待再取酒来，不承想却摸到了一手的黏湿。

赵元侃搓了搓手指，酒水洒了？他睁开迷离的双眼，瞧去，不像酒液啊，怎生是……红色的？像……血？！

赵元侃猛地一惊，酒醒了一半，一下子抬起头来，当看清眼前之景，瞠目结舌。

赵德昭倒在案边，七窍流血，已绝了气。

第14章 黑云压城城欲摧

秦王府，刘娥居所处。

刘娥来回踱着步，显得有些焦灼不安，不时地朝门口处望上两眼。

片刻，敲门声响起。

刘娥立刻上前拉开了门扉，见到门外之人，神色微松："义简，你可算是来了。"

"嫂嫂见谅，义简近些时日去了趟外地。"苏义简进屋，"听闻嫂嫂寻了我好几次，可是有事？"

刘娥谨慎地看了看外面，随即将门扉关上。

苏义简见状，不由得疑惑："嫂嫂？"

刘娥回身正待开口，忽而念及苏义简方才所言，问道："你不是秦王府的幕僚吗，不在府中做事，为何去了外地？"

"府里采办年节之物，其中有几件瓷器是秦王府打算除夕夜宴进献给官家的，管事怕下面的人采买的品相不够上乘，我略懂一些，他便托我跑了一趟。"苏义简答道，"嫂嫂急着寻我是？"

刘娥道："有一个紧要的消息，必须尽快让襄王知晓，我出不了秦王府，还烦劳你设法帮我，"微顿了下，"或者你可先传给郭太师，由他转告给襄王。"

苏义简心中一动："紧要的消息，你是指？"

刘娥看了眼门扉处，压低了些声音："我在秦王府看见了杀害小皇孙的女刺客。"

苏义简一惊："你可看清楚了？"

刘娥肯定地点头："错不了！她的眼神我不会忘记，且那左边眉尾一粒小痣，一定是她！"

继而，刘娥便将她为何入秦王府，及在阁楼里发现女刺客，事情的前后详细告知了苏义简。

"是以，这便是嫂嫂你一直瞒着我的事！"苏义简皱紧了眉，"嫂嫂，你可知晓，你这般做，有多危险！若是那女刺客当日在秦王妃的马车里便认出了你，若是在秦王府她先撞见了你，后果……"

"然这些都未发生啊。"刘娥接口道。

"是，嫂嫂心里主意可大了，"苏义简越想越后怕，见刘娥还未意识到事情的严重性，不由得沉下了脸，"是我多虑了。"

"我知晓你是担心我，下不为例！"刘娥语气软了几分，"可眼下紧要的，是将此事尽快通知襄王，刺客是秦王府安排的，得让他有所防备。"

苏义简绷着神色，未回应。

刘娥又道："义简，我做这些，不仅是为了襄王，更是为了自己，我不能担负着杀害皇孙的罪名，即便我已是一个被官家赐死之人，然而一生隐姓埋名，东躲西藏，我不想过那般的日子！我要一个清白，襄王府要一个真相。"

苏义简眼神复杂地看着刘娥，长叹了口气："怕是襄王如今已自顾不暇。"

刘娥一愣："此言何意？"

苏义简道："今日我入城之时，听城中人人都在议论，太祖之子，武功郡王赵德昭，昨夜死在了襄王府上，当时只有襄王一人在场，官家已下旨，将他关入了大理寺牢狱。"

大理寺狱，从未有过的戒备森严，不只牢狱外围满了面色沉肃的禁军，便是连那牢房过道，也是每五步一哨。

这一隅的一排牢房，并不关押普通囚犯，而是专为犯下重罪的王公大臣而设。此时，其余几间皆光线昏暗，没有人，唯有最里侧，一豆烛火，忽明忽暗地映照出一方干净的囚室，那石床之上竟还放了套洁净的被褥，赵元侃依旧穿着那夜的一身素白常服，靠坐在床头，微合着眼，神色寡淡。

外面过道脚步声轻响，一身着绯色官服的身影来到牢门前，他手微挥了下，守卫撤出去几丈，远离了这处。

赵元侃闻得动静，稍睁开眼看了过去，只见牢门外之人年仅而立之年，其眉目端正，身姿挺拔，却浑身上下透着一股玩世不恭的公子哥儿气息，那身官服生生地让他穿出了几分洒脱倜傥。

赵元侃不由得暗自皱了皱眉，面无表情地看着他。

那公子哥儿却一脸的兴味，扫了眼那桌案之上原封不动的饭菜："这里的饭菜不合襄王的口味？"

"你是谁？"赵元侃开门见山地道。

"大理寺少卿寇准，见过襄王殿下。"说着，寇准微微施了一礼。

"你便是寇少卿？！"赵元侃怀疑地上下打量了他一番，"久闻大名。"

寇准未理会赵元侃话里淡淡的讽刺，径直道："襄王殿下杀害武功郡王一案，官家交由了下官主理。"

"本王没杀人。"赵元侃微微不耐地道。

"是吗？"寇准轻飘飘地反问道，"武功郡王是在与殿下饮酒之时遇害的，在场的只有殿下一人，此其一也。其二，仵作已验明，武功郡王是中毒而亡，而所中之毒在他用来饮酒的那只酒碗边沿验了出来。"

赵元侃听到此处，皱紧了眉头。

寇准继续道："下官询问了襄王府上下，两只酒碗乃专用，一直由殿下亲自保管，其余人很难动手脚。"

"很难动手脚，并不表示不能。"赵元侃道。

寇准道："那殿下有何怀疑之人？"

赵元侃思忖了下，摇头，却又沉痛地道："日新皇兄是本王敬重的兄长，自小本王与他甚为亲厚，本王根本没有害他之由。"

"你有，"寇准的语气咄咄逼人，"殿下本是官家中意的储君人选，然此番武功郡王回京，深受官家殊遇，且他是太祖之子，若承继大宝那也是名正言顺，殿下惧他风头太盛，怕他夺了你的太子之位，是以下此毒手。"

"荒唐！一派胡言！"赵元侃气得从石床上跳了下来，怒瞪着寇准，"这便是你们大理寺查来查去的结果？便是你寇少卿的结论？"

两人对峙。

寇准道："然，殿下拿不出自证清白的证据。"

赵元侃道："本王若真要杀人，会蠢得留下那般直接明显指向自己的把柄？！"

寇准不置可否，紧紧地盯着赵元侃："殿下真的没有杀人？"

赵元侃一声冷哼，根本不想再多费唇舌，转身走回到石床边坐下，不再搭理寇准。

寇准不以为忤地扬了扬眉，自袖中取出一卷起来的字条："或者殿下看看这个，再决定认不认杀人之罪。"

赵元侃不耐烦地看过来："是甚？"

寇准只是伸手，举着字条。

赵元侃忍了忍，不情不愿地走过来，拿过字条展开一看，脸色大变。

秦王府，刘娥独自一人坐于四角亭里，手里正缝制着那秦王妃要的衣裙，她忧心忡忡，魂不守舍，一不小心便一针扎了手指。

"哟。"刘娥猛地回过神来，低头一瞧，纤细的手指冒出了一点血珠。

便在这时，细微的寒风送来阵阵幽香，张幼安自那花园石径款款而来。

刘娥忙起身行礼。

张幼安瞥了眼刘娥飞快擦去血珠的手指："远远地便瞧见你心不在焉的，有心事？"

刘娥搪塞道："回王妃，许是坐久了，冷得有些木。"

"这般冷的天儿，不在秀房里做活儿，偏你要寻清静，怪得了谁？"张幼安似乎心情甚好，打趣了句刘娥。

刘娥淡淡地笑了下，不置可否。

"这便是你给我做的衣裙吧。"张幼安边说，边拿起那衣裙，展开，顿时眼前一亮。

赭红色的衣料，其上以绛紫的细线勾勒了海棠花卉，颜色虽不十分鲜亮，却胜在其分色丝缕清晰，有层次，且针脚细腻工整，瞧去甚是紧密柔和，花纹简练精致，较为集中，留白不少，倒是应了蜀绣那句"花清地白"。

整身衣裙样式简约却不单调，清雅至极又不失华贵，处处透着匠心。

张幼安身边的几个婢子看得是惊叹连连。

张幼安亦甚是惊喜："难怪常言道，蜀地是'家家女红，户户针工'，綦女你如此炉火纯青的上乘绣功，怕是连那宫里的绣娘，都比不了。"

刘娥道："王妃谬赞了，你满意便好。"

"满意！我很满意！"张幼安轻抚过那栩栩如生的海棠，越发喜欢，她又看了看静立一侧的刘娥，姿容清丽，如空谷幽兰，倏地心头一动，"綦女，听王爷言，你点的茶甚合他的心意，近来一直是你在伺候茶水。"

刘娥不知张幼安为何突然提及此事，谨慎地道："是王爷恩典。"

张幼安意味深长地道："你绣活儿也是一绝，像你这般心思玲珑的女子，我倒是许久未见了，"微顿了顿，"不如我再向王爷请个恩典，让他收了你，咱们做姐妹如何？"

"王妃！"刘娥一下子跪了下去，"婢子命贱，万万不可！"

张幼安道："你倒也不必如此妄自菲薄，你容貌……"

刘娥猛地将髻间的木簪拔了下来，对准了咽喉处："婢子不过是个寡妇，入不得富贵家，若王妃执意相逼，綦女唯有一死。"

张幼安大惊，倒没想到刘娥反应会如此之大："这是干甚！快些把簪子放下，不愿便不愿，就当我说笑几句。"

其实，刘娥近几日一直为赵元侃担着心。张幼安此言不管是试探，还是真心，她心里挂着事，不愿多做周旋，是以才用了最直接，亦是最有效的法子。

"萍儿愣着做甚，还不快扶綦女起来。"张幼安又冲吓傻的萍儿斥道。

刘娥这才把木簪缓缓放下，又向张幼安拜了下去："多谢王妃体谅。"

萍儿将刘娥扶了起来，气氛一时有些尴尬。

张幼安讪笑了下，忽而想到了甚："瞧我，见到你的绣活儿爱不释手，差点儿把正事都给忘了，今日我来寻你，主要是想问问，这衣裙的尺寸还能改否？"

刘娥一愣："修改尺寸？婢子给王妃量过的，不会错啊！"

张幼安道："自然是换一个人穿，且现下我见到你如此绣功，这衣裙更该给身份更为尊贵之人。"

刘娥困惑。

张幼安也不欲多解释，示意了下，萍儿将一张写有新尺寸的压花笺纸递给刘娥。

刘娥道："改是可以改的，只是需要点儿时日。"

"两日如何？"

"两日？！只怕是有些困难。"

"好蓁女，此事对我甚是紧要，求你帮我一回。"

"……好吧，婢子尽力而为。"

张幼安得了刘娥的允诺，更为欢喜，又给她言了不少体己话，还有意无意地为方才的收房之言，复赔了罪，才心满意足地离开。

接下来的两日，刘娥可忙坏了，几乎是足不出户地在房中修改那衣裙的尺寸，还得完成最后几处刺绣，然不管多忙，她每日皆会去向苏义简打听，襄王的案子审得如何了，只是一直得到的答复，都是在审理之中。

两日后，刘娥将终于完工的衣裙呈给张幼安。

张幼安赞不绝口，当即赏了刘娥，还特许她歇息几日。

刘娥一闲下来，便更为挂心赵元侃的近况了，她甚至想干脆设法离开秦王府。然苏义简言，襄王的案子，大理寺主审，襄王府如今已被禁军围得似铁桶，人人禁足在府中，接受审问，刘娥去了又能作甚，且她也根本进不了大理寺，见不到襄王。

刘娥情知苏义简所言有理，襄王身陷囹圄，郭府、潘府，定在全力施救，她一个已死之人，也不了解案子内情，自然帮不上甚忙，可据闻证据确凿，却审了这许久，更不知襄王在狱中情形如何，她是越发地寝食难安了。

如此又过了三日。

刘娥是不知外面日月如何了，秦王府里，倒是一切如常，甚至因主家近日心情不错，上下氛围格外轻松。

刘娥却已是成天惶惶不安，她想着是否可以旁敲侧击地从秦王或者是秦王妃处打探点儿消息，于是这日告知管事她歇息好了，备了点茶的茶具，去书房给秦王点茶。

刘娥方行至书房门外，里面的秦王便传来一阵愉悦的笑声，似乎还有秦王妃的声音，她心中一动，不由得顿住了脚步，侧耳细听。

书房内。

张幼安看着赵廷美开怀的模样，不禁也笑意融融："夫君，你不是言今日官家在朝堂之上龙颜大怒？他若是知晓你这般幸灾乐祸，该降罪于你了。"

"难道本王甚也不做，他便会放过本王了！"赵廷美一声微哼，"看着他被自己最宠幸的儿子气得当殿失态咆哮，本王就痛快！谁让他时常言我子……皆是报应！"

张幼安心疼地握住了赵廷美的手，又不无担心地道："襄王真的认了罪？妾身还以为……"

"铁证面前，由不得他不认！"赵廷美沉声道，"案子审了这般久，该是郭、潘两家在其中作梗，然大理寺寇准，莫看着是个爱飞鹰走狗的公子哥儿，那可是茅坑里的石头，又臭又硬，以往办案是谁的情面都不给，铁面无私得很哪。"

张幼安依旧不是很放心，道："那官家便真的将襄王贬黜了？"

"死的是太祖之子，他若还想稳稳当当，当他的官家，岂能徇私？且这般做给世人看的举动，本王的好三哥，可是最为擅长！"赵廷美讽刺地道，"元侃被贬为庶人，流放夜郎，圣旨已下，现下约莫已传遍京师了。"

张幼安点点头："如此便好！"

赵廷美宽慰地拍了拍张幼安的手背："本王会安排人看着他离京，不管此事后面还有何变数，只要现下他能走，便足矣！"

夫妇二人对视一眼，交换了只有彼此才懂的眼神。

赵廷美又道："对了，皇后今日召你进宫，所为何事啊？"

张幼安一笑："官家不是因武功郡王被杀一事，下旨取消了今岁的除夕夜宴？王府提前将年节之礼进献入宫，妾身顺道送了皇后一身衣裙，她甚是喜欢，今日召妾身前去，便是言这事儿，于是妾……"后面的话，张幼安凑近了赵廷美耳边，低声相告。

赵廷美听得喜形于色，眼神逐渐亮了起来。

而书房门外，刘娥却是浑身如坠冰窖，她握着托盘边沿的手指，那指尖因用力而泛白，唯有死死地抿紧双唇，才不让自己发出半点儿声响。

第15章　图尽擢匕首

苏义简大步穿过小院，来到刘娥居处，便见刘娥正在收拾包袱。

"嫂嫂，你在作甚？"苏义简连忙问道。

刘娥却似未听见，自顾自没甚章法地将几身衣裙自衣橱里扯出来。

"听闻你去寻我了，到底发……"苏义简上前欲问清楚，在看到刘娥脸色那瞬，口里的话便是一顿。

刘娥神情恍惚，整个人看上去惶惶然不知所措。

"嫂嫂！"苏义简一惊，轻握住了刘娥的胳膊。

刘娥似才回过神，见是苏义简，虚弱地一笑："义简来了。"

"你！发生了何事？"苏义简惊疑不定，"你怎生在收拾包袱？！你这是要……"

"我要离开秦王府，"刘娥接口，有些语无伦次地道，"义简，你帮我想法子给管事说说……还是算了，我自己去找秦王妃……"

"为何忽而想要离开？"苏义简皱眉问道，倏地想到甚，试探地，"你是不是知晓了……"

不用再问，刘娥的神色已给了答复。

"夜郎远吗？"

苏义简心头涌上一股复杂的情绪，看了看收拾得乱七八糟的行李，缓缓松开了握着刘娥手臂的手。

"你要去寻他？！你也言过，你乃是一个已死之人，去到了他身边又能如何？！你不是还言，要为自己洗刷冤屈，不想一生隐姓埋名，东躲西藏！现下这，又是要作甚？跟着襄王，流放夜郎，在他身边藏着？一个遭到贬黜无权无势的皇子，一个死而复生的钦犯，过一世朝不保夕的日子，还随时有性命之忧！"

苏义简的话一句重过一句，最后却是将自己说出了一股颓丧之气。

刘娥那纷乱惶恐的思绪也终是清醒冷静了不少，她面色微微发白，无力地跌坐到了榻上。

两人一立一坐，无声的静默蔓延开去，唯有那外面的寒风偶尔吹动窗棂的细微响动。

"义简，"良久，刘娥哑声道，"你是不是……不喜欢襄王？"

"他害得你差点儿丢了性命，难道我还要喜欢他不成？！"苏义简脱口而出。

刘娥目光微动，原来苏义简还一直为前事耿耿于怀，她心下感动，唯有至亲之人，才会永远地维护于你。

"那你信他会杀人吗？"刘娥口里还是这般又问了句。

苏义简嘴唇一动，还未回应，刘娥便肯定地言了句"我不信！"随即竟转身打开包袱，将衣裙取了出来。

"你不走了？"苏义简一愣。

"不走了。"刘娥像下定了甚决心，"你言得没错，且我忽然想到……"最后一句声音有些低，并未言完。

"想到甚？"

刘娥摇头，继而话锋一转："此前请你代为传递的消息，可传出去了？"

苏义简道："你言女刺客之事，已告知了郭太师。"

刘娥点点头，未再言语，只是将包袱里的物事一一放回原处。

望着刘娥忙碌的身影，苏义简亦有千言万语凝在胸口道不出来了，最后只涩然地开口："嫂嫂……娥姐姐，"忽而唤了声刘娥成婚前，他对她的称呼，"大哥不在后，你便是义简最为亲近之人，义简想……代为好好照顾你！但凡……但凡你所想，义简必定勉力玉成。"

此言何意？

刘娥的思绪又是一乱，她还未反应过来，好生问上一问，身后的脚步声已然远去。

她回身，望着苏义简站立过的地方空空荡荡，门扉半掩，那刺骨的寒风灌入，刘娥打了个哆嗦，她不知晓苏义简究竟意欲何为，她也未告知苏义简，她之所以突然改变主意，是想到了秦王妃送皇后衣裙之事，虽此前未完全听清秦王夫妇言语，然那二人必定在谋事，既然他们那般希冀襄王离京，指不定探查清楚了这秦王府里的底细，于解襄王之困有奇效呢，更甚者，能帮襄王翻案！

这底细她还未探得一二分，自然以她一个婢子的身份，所见亦有限，难以清楚秦王夫妇的动向，却在两日之后，撞上了一个契机。

秦王府内暗中蓄养的那群舞伎，刘娥通过多次暗中观察，已知晓其领首，即杀害小皇孙的女刺客，名为千芝。千芝是个冷血暴戾的女子，对其余舞伎常有打骂，训练甚是严苛。

那日，一名舞伎被千芝刺伤了腿部，独立一人回居处处理，刚给宝儿送完饭的刘娥装着无意撞上，帮了那名舞伎，原本她是想趁此机会，与舞伎套近乎，徐徐图之。哪知舞伎不经意间透露，包扎好伤口不能歇息，她必须尽快回去阁楼，因今日要出府一趟。虽舞伎当即意识到自己失口，欲搪塞过去，刘娥却是听得心怦怦跳，她毫不犹豫地砸晕了舞伎，换上其衣裳和面具，混入了她们当中。当初千芝一个人出去，便刺杀了小皇孙，如今一群舞伎皆要出动，怎可能只是去跳场舞？定然谋了更大的事。

然，跳舞却亦是真的。

金明池，东京城里有名的皇家园林，于五代后周显德四年便开始凿建，直至太平兴国三年凿成，引金水河河水入内，当今官家亲赐名"金明池"。

金明池原供演习水军之用，当今官家便曾幸其池，阅习水战，平素则是官家与后妃们的游乐之所。不过每岁三月，金明池里，垂杨蘸水，烟草铺堤，会允许百姓入内郊游，以示官家恩爱子民，与民同乐。

金明池作为皇家园林，里面不仅有重殿玉宇、雄楼杰阁，更有奇花异石、珍禽异兽、战船龙舟等，可供赏玩游乐。近些年官家几次下旨，扩建殿宇，收罗奇珍异宝入园，此事一直由秦王负责，是以在此负责守卫和监工的禁军，皆为秦王所辖。即使前次秦王要辞官卸兵权，官家也未收回他手里的这支禁军。

金明池周围九里十三步，池形方整，四周有围墙，设门多座。其北岸建有一座龙奥，乃停放大龙舟之处。正对的南岸，建有五殿相连的宝津楼，是官家与后妃们游乐之时的起居所在。从南岸至池心，有一架仙桥，那桥面三虹，朱漆阑楯，下排雁柱，中央隆兴，谓之骆驼峰，若飞虹之状。

此时，那骆驼峰之上，衣袂翩然，腰肢若扶柳，舞伎们戴假面具、执阮琴，正和着泱泱韶乐，婆娑而舞。刘娥亦在其中，好在她多次去偷看舞伎们训练，记住了些舞步，且恰好有腿伤做掩护，虽不娴熟只勉强跟上，一时之间倒也未露出破绽。

然，令刘娥困惑的是，她们为何要在此而舞？

刘娥是跟着众舞伎直接从秦王府被送来金明池的，路上并无异常，只是千芝叮嘱了一句，让她们记好自己要做之事。刘娥很想询问要做何事，然其余舞伎应了声便沉默不语，她也不好再多嘴，以免引起怀疑。入了金明池后，刘娥仔细留意四周，然除了守卫森严，并无其他动静。

约莫又跳了一刻钟，刘娥越发疑惑，难道她们真是来跳舞的？若如此，跳给谁看呢？

蓦然回首间，有明黄色的罗伞映入眼帘。

刘娥心头一跳，极目望去，那销金罗伞分立，朱团扇伺候，竟分明是天子仪仗，衣香鬓影，锦衣皂靴，一群人自池北岸远处浩浩荡荡地行了来。

起初还瞧得不甚清楚，待一行人来到了仙桥正对的龙奥，刘娥看清，那被众星拱月拥簇在中间，龙行虎步之人，不是当今官家又是谁！他身侧伴着一个美貌少妇，其身上穿着的，似乎正是刘娥所缝制的那件蜀绣衣裙，刘娥想那便该是秦王妃提到的李皇后，而秦王和秦王妃亦伴驾在侧，至于其余人，刘娥倒是不再认得。

一股强烈的不好预感涌上心头，刘娥似乎猜到了这群舞伎为何而来。当对岸那群人开始登龙舟，她的惊惧几乎化为真的。

她连忙再去看太宗身边的护卫，然或许是为了郊游，随护的禁军甚有限，而随行之人里，多是女眷，有五六个朝臣，看去亦是文官！她又忙环顾四下，十步一哨，守卫的禁军确实不少，然若是有心算计，若这便是一个圈套，一旦事发，这些守卫究竟又听谁的？

刘娥未估错，太宗驾临金明池，的确是为了郊游，至于这寒冽冬日里，为何会出行？细算起来，刘娥缝制的那身蜀绣衣裙倒是功不可没。

宫内外接二连三地出事，太宗心情欠佳，下旨取消了今岁的除夕夜宴。于是，各宗亲朝臣提前将准备在夜宴之上进献给太宗的贺仪，送进了宫。秦王妃送去李皇后处的那身精致华贵由刘娥缝制的蜀绣衣裙，甚讨李皇后之欢心，她召秦王妃前去感谢赏赐。两人一番叙话，秦王妃得知李皇后在为如何哄近来沉郁寡欢的太宗而烦心，便给她出主意，金明池的各品种梅花开得正艳，且秦王刚从各州府搜罗来了不少稀奇物安置进去，李皇后不妨陪着太宗到金明池一游，散心抒怀。太宗对李皇后正宠幸有加，几句温言软语，便应允了。

此时，龙奥处，太宗与众人已登上了龙舟。

随着那皇家船夫的一声哨子，龙舟缓缓启动，向池心驶去。

龙舟共分为三层，最底下一层专门储物，中间一层可做临时的起居之所，顶层一半是露天台榭，能赏景远眺，另一半则建了茶寮，以供品茗歇息。

待上龙舟之后，太宗吩咐诸人随意，自在便可，是以众人三三两两，散到了各处，有的凭栏观景，有的入了茶寮叙话。

太宗陪着李皇后在台榭处立了一会儿，便有些畏寒，去了茶寮。李皇后倒似不惧寒冷，寻了个较为僻静之处，迎风独立。

半晌之后，脚步声轻响，一身披靛蓝大氅的人影走近。

"严寒凌霜，皇后娘娘凭栏独立，好一身风骨。"

李皇后眼波轻转，睨了眼立在身侧仅一臂之远的来人，竟是赵元佐。不过她倒没甚意外表情，只又不经意地扫了扫四周，贴身的宫女已被赵元佐抬手挥退到了一边。

李皇后轻轻撇了撇唇角，意有所指地：" 楚王也是好兴致。"

"皇后娘娘言过了。"赵元佐神色泰然，自袖中取出一只暖手炉，"小王是奉命，特意来给皇后娘娘，送这暖手炉的。"

李皇后伸手去接暖手炉，指尖一暖，贴上了那手炉上。那一双水汪汪的桃花眼里波光流转，明艳动人。

便在这时，那边凭栏处有人高声喝了一声彩，引得所有人纷纷注目。

越来越多的人朝那边聚去，不时有叫好声迭起，便是连在茶寮之中歇息的太宗，都被吸引了出来。

李皇后见状，盈盈地朝赵元佐微施了一礼：" 多谢楚王给我送来暖手炉。"

赵元佐亦还礼。

李皇后抬步离开，在与赵元佐擦肩而过之时，低低地吐出一句：" 我很看好你。"

这句话让赵元佐极为受用，那至尊之位似乎也是可以是他的。

赵元佐不敢明目张胆地跟着李皇后去太宗身畔，在人群外围寻了个位置，顺着众人的目光望去，那频频引得喝彩不断的，正是在仙桥之上翩然而舞的众舞伎。

赵廷美向太宗奏禀，那些舞伎是他自江南州府搜罗来的，由名优教习，本想训练好了，送入宫中，今日便权且先请太宗一观了。太宗看得龙心大悦，且龙舟之上毕竟有些寒冷，便下旨令龙舟靠近仙桥处的渡口，登仙桥，入南岸的宝津楼，亦能让那些舞伎入殿取些暖，再御前献技。

刘娥的确已浑身冻僵了，她和舞伎们身上穿的舞裙，虽非轻纱，却也绝不能抵抗严寒。不知是否因那些舞伎身怀武艺，她们依旧是步履轻盈，姿态从容，根本看不出来她们是否寒冷，然刘娥却绝望地生出了一股快要撑不下去之感。

见那龙舟一直在池中游荡，刘娥惊疑不定，不知晓会不会有其他阴谋针对上面的太宗和诸人，这群舞伎又要用到何处？是以备不时之需，还是有何具体的攻击计划？到底是要对谁下手？看此形势，该是太宗了！不过会不会还有其他的诡计呢？且太宗便如此轻易地入套了吗……

正当刘娥思绪纷乱，手脚已快不听使唤地乱舞之际，那仙桥尽头渡口处，龙舟缓缓驶近，靠了岸。

刘娥心头猝然怦跳，太宗与诸人是要过仙桥，那岂不是……她倏地转首，朝那领首千芝看去，果然，那双隐在面具之中的，她再熟悉不过的阴沉眸子里射出狠厉的光。

继而，乐曲一变。

千芝领着众舞伎踩着节奏，下了骆驼峰，又攀上另一虹，竟是直直地朝那渡口处舞去，看似是去恭迎。

刘娥在队伍里紧张且焦灼，她明白这哪里是去迎驾，分明是去……攻击！

那边厢，龙舟停稳。

李皇后扶着太宗，率先向龙舟下行去，其次是赵元佐和赵廷美，张幼安与其余诸人殿后。

待太宗和李皇后踏上仙桥，一众舞伎也下了最后一虹，来到了桥头。

李皇后见舞伎们还在伸臂扭腰，不由得轻蹙了下眉："都堵在此处，怎生过去？！"

太宗一挥手："皆先停了。"

乐曲一断。

舞伎们的动作一滞。

下一瞬，乐曲骤然复响，如一声惊雷平地而起！

亦如嘹亮号角猝然吹响，拉开了战斗！

刘娥只觉眼前一花，众舞伎们轻斥一声，自那阮琴底抽出雪亮的长剑，齐齐飞身，朝前方的太宗，刺了过去。

同时，后方正下至龙舟边沿的赵廷美，眼底划过一抹狠毒，竟从腰间抖落一柄软剑，也朝前面几步开外的太宗，刺去。

前后夹击，必杀之招！

第16章 犹恐相逢是梦中

"哗啦！"

千钧一发之际，四周无数水声乍响，竟有数十劲装武士自池中破水而出，长刀在握，直砍向暴起的舞伎们。

刀剑相交声不断。

大部舞伎的攻击瞬时被拦了下来。

只是，首领千芝，她距离太宗最近，亦有其余舞伎的掩护，她那铮然一剑，眼看着便刺到了太宗面门。

刘娥一震，她早在舞伎们行进至渡口之中时，便不着痕迹地靠近了千芝，值此危急时刻，她根本来不及多想，合身扑上，抱住千芝，使劲地往旁边扑倒。

"咦！"刘娥耳边有人轻呼了一声，一柄刀刃自她们身侧穿了过去，原来，有武士发现了危机，挺刀来救，却看见了同样身着舞裙的刘娥，奋不顾身地扑向千芝。

几乎同时，赵廷美手中的那剑刃刺来。

慌乱之中，太宗和李皇后根本不知身后情形，齐齐后退，尤其是李皇后，直接吓得连连往太宗身后躲，如此一来，那剑刃立刻刺到的，便是李皇后。

惊呆的赵元佐总算是反应了过来，"唰"地拔出佩剑，堪堪将赵廷美的剑刃荡开。

"刺啦！"李皇后身后的衣裳还是被刺破了一道，她回头一看，吓得花容失色，脚下一趔趄，竟"扑通"一声，掉进了池中。

"皇后！"赵元佐大惊，欲跳水救人。

赵廷美却再次手腕翻转，仗剑刺向太宗。赵元佐只得先顾这头。

那边厢，刘娥抱着千芝滚开，两人狠狠地撞在了那渡口临水的石柱子上。

好在千芝挡在了刘娥身前，她只手臂被撞得剧痛。

千芝却只觉五脏六腑如被击碎，喉头腥甜，差点吐出一口血，她没想到这个舞伎竟如同要和她拼命般撞了过来，怒不可遏，稍一缓过来，便凌厉地一剑抹向了刘娥的脖子。

"闪开！"又是方才那道声音，倏地响起，同时刘娥感到有人抓着她的领子向旁边一扯，刀光微闪，一劲装武士飞身而来，替她挡下了一剑。

刘娥惊魂未定地抬头一瞥，却蓦地愣住了，身姿利落修长，侧颜清俊肃冷，那劲装武士竟然是赵元侃。

这时，四周喊杀声大作。

刘娥错愕地循声环顾，只见那龙舟之上，有两批禁军侍卫在交战，一方保护着那些宗亲朝臣，那领头之人，似乎正是潘良将军，另一方想来是赵廷美的人，只护着秦王妃一个。而仙桥连接着南岸的一端，情形略微复杂，有三路人马在混战，一路是一批黑衣刺客，有的自桥下藏身之处跃起，有的自那宝津楼里蹿出，伙同另一路禁军，共同凶悍地朝仙桥这一端杀来，拦截他们的，也是一路禁军。

刘娥细分辨了下，很快便瞧出，不管是龙舟之上，还是仙桥上下，但凡阻拦刺杀的禁军，人人护臂之上，皆绑了一段蓝色绸缎，以便区分。

然，最让刘娥始料不及的是，那仙桥之上，领着护卫禁军冲杀之人，居然是苏义简。

兔起鹘落，一切都发生得太快。

千芝根本不是赵元侃的对手，没交手两个回合，便被赵元侃一脚踢了开，再次撞上柱子的她，眼前一黑，晕了过去。

赵元侃未多看一眼，折身奔回到了太宗身边。

赵元佐见有赵元侃来接下赵廷美的攻势，他毫不犹豫地撤剑，转身跳进了池水，朝那快扑腾不动的李皇后游去。

潘良自龙舟杀将下来，与赵元侃一起合攻赵廷美。

很快，两人便将赵廷美制住。

"四叔，你输了。"赵元侃手中那寒光凛冽的刀刃抵在了赵廷美的颈边，一双清冷的眸子平静无波地看着他的四叔。

"秦王，卢多逊和他的人马，已被襄王殿下控制了。"潘良冷冷地添了句。

赵廷美牙关紧咬，难以置信地狠狠瞪着赵元侃。

形势发生逆转。

龙舟和仙桥的刺客都节节败退，不是被护卫禁军斩杀，便是被抓了起来。

两名护卫禁军一左一右地将刀架在了秦王妃张幼安的脖子上。

潘良将跌坐在地的太宗扶了起来。

太宗一步步走近赵廷美，目沉如水，神情森然。

"四弟！赵廷美！你果然要反！"太宗指着赵廷美，一字字自齿缝间，冷硬迸出。

赵廷美阴狠地瞥向太宗，不自觉地紧握了手中之剑。

"四叔！放下剑！"赵元侃握刀的手微微用力。

赵廷美充满了恨意地、不甘地在他们父子二人之间来回看了看，终于，"哐当"一声，他松手，软剑掉在了地上。

"哈哈哈！"赵廷美满是嘲讽又狂肆的笑声跟着响起，恨声道，"我反？！赵炅，赵光义，若不是你一再相逼，本王能走至这一步？！是你逼反了我！是你要杀我！从我知晓你的秘密，知晓你弑兄篡位的那一日起，我便料到了今日……"

"住口！"太宗一声暴喝。

赵廷美之言，让在场之人皆神色微变。

赵廷美笑得愈发张狂："你怕了！你敢不敢将当日地动，你我二人被埋在大庆殿废墟下的所谈之言，公之于众？！"

"你疯了！"太宗咬牙切齿地道，"你彻底地疯了！"

赵廷美肆无忌惮地："你不敢言，我帮你言，开宝九年……"

"来人！"太宗断喝道，"将这个疯子的嘴，给朕堵了！拉下去，关进天牢，任何人不得探视！"

立刻有禁军上前，执行旨意。

赵元侃神色复杂地放开了赵廷美，看着他挣扎着被拖了下去。

潘良及其余几个在场的禁军，皆聪明地微垂下了头，恍若未见。

便在这时，晕过去的千芝悠悠转醒，看见此一幕，愤怒不已，只是苦于受伤太重动不了，刚好赵元侃背对她而立，她目光阴毒，摸过掉在地上的一把剑，奋力朝赵元侃掷去。

"元侃小心！"距离千芝最近的刘娥看见，惊呼出声，身子不由自主地拼力扑了上去，欲替赵元侃挡下，然她的速度怎能快过剑速？眼看着这一剑去势甚猛，避无可避，赵元侃便要伤在剑下。

"叮"，一把刀倏地飞出，将剑击飞。

却是苏义简解决完刺客，带人从那桥虹上过来，几乎与刘娥同时察觉了千芝的动作，率先出了手。

惊呆的潘良总算是反应了过来，提刀便砍向了千芝。

"别杀她！"刘娥收势不住，扑倒在地，见状忙飞快地喝止道，"她是杀害小皇孙的凶手！"

一言让在场除苏义简外的所有人，皆愣了愣。

潘良的刀锋堪堪停在了千芝颈边。

第一个回过神来的是赵元侃，他从刘娥高喊他小心那声便陡然转身，满脸匪夷所思地紧盯着她，此刻几乎是急迫仓皇地上前扶起她，目光锁住眼前戴着面具的脸。

"你！"

近乡情更怯。

赵元侃暗哑地道出了一个字，却又似乎陡然害怕了，他不敢相信方才听到的声音，又莫名地怀着隐隐期待，更是紧张万分："你方才……唤我甚？"

刘娥不自在地动了下，赵元侃的双手却是更紧地钳制住了她。

那面具下的一双眸子下意识地躲闪，却在感受到对面之人汹涌的心绪下，逐渐沉静了下来，抬眸盈盈地望着赵元侃。

"你，到底是谁？"赵元侃的声音发颤，那缓缓抬起的手也微微战栗。

这一刻，刘娥浑身紧绷，几乎忘了呼吸，周围的一切如同潮水般退去，似乎天地间只余下了她，和他。

终于，赵元侃抓住了面具边缘，稍顿了下，猛地掀开了面具。

清眸如水，容颜如昔，故人……仍在！

震惊，狂喜，激动，兴奋，难以置信，诸多情绪一一划过赵元侃的眼底，最终归于那百感交集的一声："莺儿，你还活着！"

下一瞬，刘娥被赵元侃紧紧拥入了怀中，抱着她的双手还因紧张激动而颤抖不已，却又是那般用力，用力到似乎要将她嵌入他的身体。

刘娥轻轻闭上了眼，慢慢放松了身子，开口时声音亦嘶哑得厉害："是……我还活着。"

刘娥感到那耳边灼热的呼吸滞了滞，温热的泪液落上了她的颈项。

苏义简面色复杂地看着紧紧相拥的两人。

在场其余人亦是惊愕不已，尤其是太宗，他不可思议地死死盯着死而复生的刘娥。

龙舟那边，池水中的赵元佐和李皇后也终于被禁军救了上去。

李皇后呛水得厉害，差点晕厥，幸好赵元佐在水中一直尽力地托着她，她如同抓住了救命稻草般地紧紧攥着赵元佐的衣襟。

赵元佐大吼一声"宣御医"，用禁军递来的大氅裹住了冻得面青唇紫的李皇后，抱着她便往船舱奔去："皇后撑住！御医很快便到！"

李皇后意识模糊，无力地掀了掀眼皮，望了眼渡口那边似乎从始至终都没回头的太宗，浑身冰冷得厉害，更紧地往贴着她的温热坚实的胸膛靠了靠。

那马蹄声如急鼓，嗒嗒地敲在心坎。

那寒风凛冽，呼啸过耳际。

刘娥被赵元侃拥在胸前，两人一骑策马奔驰，他身上的风氅紧紧将两人裹着，那氅衣边沿的狐狸毛领几乎将刘娥的脸全部埋住。

夕阳的余晖洒落在苍茫大地之上，那远处起伏的山峦，那道两旁高低错落、不断后退的树枝，皆染上了一层稀薄的橘红，如梦如幻，给人一种不太真实的迷醉感觉。

刘娥仰头望赵元侃。

赵元侃亦低头看她，那目光深邃如海，温柔似水，将她紧紧地笼着。

所发生的一切，似乎依旧不太真切。

那鲜血染红了碧水，一场动乱，惊心动魄。

他们终是再见了，重逢了。

刘娥还未想好如何面对赵元侃，面对那向她怒目而视的太宗、那至高无上的皇权，面对那个失去嫡子的尊贵女子……她知晓，她的死而复生，必将又引起一番风波。赵元侃已转身，为她挡下了一切，君王的滔天之怒也好，别人的异样目光也罢，他将她护在身后，隔绝了那些流言蜚语，摒除了那些暗藏机锋的诋毁指责。

出了金明池，刘娥又看到了一番厮杀后的血腥。原来，兵部尚书卢多逊本欲带人包围金明池四门，增援秦王，哪知遭遇了等候多时的寇准，误中计中计，惨败至斯。太宗自又是龙颜大怒，善后事宜皆交由襄王赵元侃处置，摆驾回宫，楚王赵元佐殷勤护送帝后。而此时闻讯才匆匆赶来的许王赵元僖，甚是有点扼腕叹息，只不知他是惋惜四叔秦王怎会弑君谋反，还是叹自己怎生就偏偏今日怕冷，没跟着来郊游，错过了救驾之功。

赵元侃下令查封秦王府，将参与谋反之人，该关的关，该审的审。从始至终，他都没让刘娥离开他左右，本有满心疑惑的刘娥一直未寻到时机与苏义简叙话，后更直接被赵元侃带往襄王府。途中询问起刘娥近些日子以来的经历，当提到那时苏义简将她救下，安置在城南郊的一处山中，赵元侃忽而下令马车停下，竟带着刘娥，骑马出了城，言要去看看那刘娥住过的竹屋。

"为何要去那处？"刘娥不解。

赵元侃但笑不答。

不过途中，刘娥终于知晓，为何本已被贬出京的赵元侃会突然出现在金明池，还似提前获悉秦王计划，设下了伏兵。

"你在秦王府发现刺杀小皇孙的凶手，可谓至关重要，亦是因此一点，才有了后来的计谋。"赵元侃如斯道。

原来，当时赵德昭被害，赵元侃被冤入狱，大理寺少卿寇准以雷霆手段，其实已查出是襄王府中一名侍妾下的毒，而那侍妾乃卢多逊夫人的远房表妹，事发后，侍妾吓得自缢而亡，线索就此断了。虽说事情可能与卢多逊有关，而卢多逊向来与秦王府亲近，但没有确凿证据，也不能凭空给堂堂秦王定罪。恰在此时，苏义简送去消息，秦王府里发现了此前的女刺客，于是赵元侃和寇准一合计，打算将计就计，陷害赵元侃，无非是要他手中控制皇城的兵权，那么，他们便顺了对方的意思，看看将赵元侃赶出京城后，对方还能出何招。

至于为何会确定金明池乃事发之地点，一则，自初生礼当日在宫门发生行刺事件后，赵元侃便对皇城的禁军暗中进行了彻查，处置、调动了一批禁军，自那之后，皇城禁军可说是全部在他掌控之中，只是京城里有一股兵力，他始终未有接触到，那便是负责守卫和监工金明池修建修葺的禁军。二则，赵元侃刚一假意离京，李皇后便因取消了除夕夜宴，提出要去金明池郊游，赵元侃他们当即心生警惕，要知晓皇宫内守卫森严，想要生事并不容易，只是没想到对方这一次想要的是太宗之命。

阴谋诡谲，步步杀机，鲜血淋漓……刘娥一声长叹，这便是皇权之争啊！恍惚间并未注意到上山后，他们没有照着她指示的路去竹屋，而是踏上了另一条山道。

第17章　金风玉露一相逢

"不过，"刘娥微微拧着眉尖，思索道，"有两处，我还是不解。"

赵元侃示意刘娥问。

"你和武功郡王喝酒的酒碗既然是放在一起的，那侍妾为何便仅给一只酒碗下毒，她是如何知晓哪只酒碗属于谁呢？下错了呢？或者你们喝酒之时交换了酒碗呢……"刘娥疑惑地摇摇头，"我只是觉得这般做法麻烦，若要达到目的，为何不……"欲言又止。

"若要达到夺去我手中皇城禁军辖制之权，对付我，确保万无一失，该给两只酒碗都下毒。"赵元侃接口道。

若真是那般，赵元侃也极有可能命丧当场！若那侍妾下毒的酒碗是赵元侃那一只，他又有无可能侥幸活命呢？

思及此，刘娥心中一悸，顿时后怕不已。

"幸好！"刘娥握住了赵元侃的手，呢喃了一句，虽此言对赵德昭很残忍，然她更不愿，亦更不敢想赵元侃遇害的后果。

赵元侃从后面抱紧了刘娥，他自是明白她的心思，轻声道："都过去了。"

刘娥却忽而灵光一闪："会不会那侍妾接到的命令，便是要给两只酒碗下毒，不过她是你的侍妾，舍不得？"

赵元侃嘴角一抽："她虽名义上是我的侍妾，我都不知晓她名姓，似乎也从未注意过她。"

刘娥仰头，看了眼赵元侃。

赵元侃清晰地从她眼神中，读出了"凉薄"二字，不由尴尬地咳嗽了一声："人已死了，一切无从得知，便看后面审讯卢多逊，能不能问出点甚，"顿了顿，话锋一转，"你不是有两处不解吗，另一处？"

正说着，两人身下的马穿过了一片杉树林，赵元侃勒停马，正好停在一座坟茔前。

看清那墓碑上所刻的字，刘娥愣住，这正是当初苏义简为她所立。

赵元侃抱刘娥下马，她几乎还回不过神来，相当之诧异。

"没想到义简竟还为我立了……做了此事！"

"你不知晓吗？"

刘娥缓缓摇头："还是他细心。"

"他是够细心的，"赵元侃莫名地道，上前在墓碑前蹲下，如同前次般，手指寸寸抚过那上面的字，"把我骗得好苦。"

刘娥闻言，微怔了下，她竟从赵元侃平静的语气里听出了一丝危险，怕赵元侃对苏义简心存不满，忙解释道："他也是为了我好，毕竟我是被官家亲下旨赐死的，抗旨逃脱，自然要以防万一啊。"

赵元侃不置可否，沉默。

刘娥便又道："我的另一困惑便是，义简为何会帮你平叛？你们何时开始合作的？是他送去秦王府那个女刺客消息的时候吗，他该是送给郭太师的吧，郭太师把他举荐给了你？"顿了下，"这座，嗯，假坟，也是他带你来的吗？"

赵元侃轻笑了下，回头无奈地看着刘娥："你问了这许多，要我先答复哪一个呢？"

刘娥一噎。

赵元侃立起来，拍了拍墓碑："便从此开始吧。"

于是，赵元侃把当初苏义简传书信，约他来此相见之事叙了一遍。

刘娥道："如此说来，你们从那时起，便是同盟了？"

赵元侃道："哪有那般轻易，当时我确实想要举荐他入朝为官，被他直接拒绝了。"

"那为何……"

"他是后来又突然暗中登府拜访，言他愿为我做事。"赵元侃顿了顿，语气莫名，"他之前虽看似在给郭太师做事，其实一直只传递了些不太紧要的消息，直到他找上我，才道出其实他早已探得秦王府内养有杀手之事，只是他不知那些杀手有没有参与宫门口的刺杀，也不知杀小皇孙的女刺客便是其中一人，幸好你后来认了出来，"又顿了顿，"不过他当时没言是你认出的，我还以为是他看了你留下的画像。"

刘娥隐隐猜到了甚："他是何时又去寻你的？"

赵元侃看了刘娥一眼："其实很快，我与他初见后的第二日。"

初见后的第二日？那不便是……刘娥入秦王府的第二日！

刘娥心绪复杂，苏义简当时极力地反对她留在秦王府，后又接二连三地因她把自己卷入这些事，而与她发生争执，却原来那般早地去谋求与赵元侃合作，他知晓刘娥为何留下，为谁留下！他对郭太师敷衍，该是不想参与任何争斗，独善其身，却终是因刘娥踏出了那一步，他做的一切，不过是为了她！

思及苏义简那句但凡刘娥所想，他必勉力玉成！

刘娥更是愧疚难当，闭了闭眼："义简……"

赵元侃道："你这个……小叔子，对你很好。"

刘娥涩然地道："他是我在这世上，唯一的亲人了！既然他愿为殿下做事，还望殿下以后多加照拂。"

赵元侃道："他是你唯一的亲人，本王自然也认他这个兄弟。"

"多谢殿下！"刘娥微微哽咽，朝赵元侃慎重地施了一礼。

"唰！"赵元侃陡然拔剑，一剑削断了那木头所做的墓碑。

刘娥一惊："殿下？！"

"你既活着，此碑不吉！"赵元侃说着，更是以剑尖彻底画去了墓碑上的字迹，"我更是不愿见到！永远不想看到这般的东西！"自嘲地牵了下嘴角，"你便当是我胆小吧。"

"殿下！"刘娥动容，"你带我来此处，便是为了毁去这碑？！"

赵元侃不置可否，伸手，刘娥自然地将手放了上去，一触便被紧紧握住，赵元侃带着她转了个身。

"你没发现此处，距离一个地方很近？"

"嗯？"

赵元侃伸手指了指："那边，竹林，看见了吗？"

刘娥顺着他的示意看去，才发现杉树林的另一侧后面，似乎……是一片竹林，莫非……刘娥心中一跳，惊讶地回头看赵元侃。

赵元侃淡淡地道："你的小叔子，是不是把我骗得很苦？！"

两人穿过那杉树林与竹林，不到半刻钟，便来到了刘娥住过的竹屋前。

"早知晓我当时便不该那般快地离开……"赵元侃不无后悔地道。

那时苏义简故意在山中绕了大半圈，便是以防赵元侃跟踪，不过赵元侃要赶吉时回城纳娶侧妃，不然还真不一定。

"咫尺天涯！你我真的就差点错过！"赵元侃握着刘娥的手不由收紧。

刘娥不想此事再谈下去，赵元侃难免对苏义简有意见，于是安抚地冲他笑了笑："有缘自会相见！"边言，边拉着赵元侃朝竹屋里行去，"殿下不想看看我当初住过的屋子吗？"

此时，暮色四合，倦鸟归巢，那山间寒风吹拂而过，夹杂着一丝凉意。

刘娥惊喜抬头："殿下，又下雪了。"

两人相携立于屋前竹阶之上，望着那纷纷扬扬的雪花洒落在天地间，山川辽阔，天幕雪帘苍茫，引得人陡生一股豪迈悠远之感，斯人斯景，却又无边旖旎。

赵元侃道："这该是今岁最后一场大雪了，过了年节，便是春暖花开。"

"嗯！"刘娥应了声，依偎进了赵元侃怀中。

这一夜，刘娥与赵元侃没再下山，雪天山路难行，两人亦有意无意地不约而同避免提及，毕竟山下诸事纷乱，而此时此地，仅有他们彼此相对。

竹屋许久未住人，两人合力打扫了一番。

刘娥用存放不多的食材，做了些简单的饭菜，赵元侃倒用得甚香，不住地夸赞。两人围着一张矮几，边用膳，边细聊一些别后的情况，这让刘娥想起了当初在襄王府那段短暂的时日，不管赵元侃有多忙，都会像现下这般，陪着她，两个人坐在一处用膳，便像他们是……一对寻常夫妇，和这世间许许多多的夫妇一样，三餐有彼此陪着，过的是最寻常的日子。

"做甚这般看着我？"赵元侃见刘娥一动不动地盯着他半天，那目光似包含了千言万语，不由心中一动。

刘娥闻言，猛地回过神来，不由讪讪，耳根悄然红了。

"你，你嘴角有一粒米。"

"嗯？"

刘娥说得含糊，赵元侃未立刻反应过来。

刘娥抿了下唇，直接伸手揩去了赵元侃嘴角的米粒。

指腹柔软，擦上去的那男子嘴角亦不遑多让。

刘娥的脸腾地红了，为自己方才不经思索的动作，更是因那指尖的触感。她一下立了起来："灶上还有汤，我去端来。"

望着那匆匆而去的婀娜背影，赵元侃只觉方才被刘娥触碰过的嘴角，酥麻灼热。

竹屋的建构其实很简单，除了一间居室，便只侧面有一个小厨房，以及与居室相连有一甚小的空间可沐浴。

这一日辗转，两人俱是疲惫，身上也少不了血腥和脏污，自然是要沐浴的，饭后刘娥先去了，待轮到赵元侃进去后，刘娥想到了一事，霎时倦怠一扫，精神了。

一间居室，他们如何歇息？

刘娥看了看居室里唯一的床榻，有点想扶额的冲动，环视四下，只有地上那张氍毹，或……可躺一躺？！可赵元侃身高四肢修长，怎生够躺？！

赵元侃从浴室出来，便看见如斯一幕，刘娥正吃力地要从矮几下将那氍毹扯出来。

"莺儿，你在做甚？"

刘娥一惊，回头尴尬地冲赵元侃笑，支吾："那个，你，殿下洗好了，这不是，屋里只有，一张床榻，我把这氍毹弄出来，夜里你睡床榻，我睡……呃！"

刘娥话未说完，便被赵元侃一下拉了起来，跌入一个温热带着潮湿水汽的怀抱，她如受惊的兔子，微微紧绷地看着赵元侃。

"便那般不想和我睡？"赵元侃望着刘娥的模样，心中有些好笑，问出的话却是直白，滚烫。

"啊？！"刘娥怀疑听错，反应过来脸颊顿生一抹红晕，眼帘半垂了下去，清眸不知所措地左右转动。

那窗外寒风萧萧，室内则暖气熏然，这一方空气逐渐变得灼热。

"莺儿，"半晌，赵元侃喑哑地开口，"我带你上山看坟毁碑，来竹屋，有一句话，一直想问你。"

"你，你问。"

"若，没有这些阴差阳错，你是否，是否今生都不会再见我？"

"我……"

"不要拿'缘分'来糊弄我。"

"我……不知晓。"刘娥心中酸涩，抬眸，被赵元侃那灼灼眼神一烫，虽羞窘万分，却再移不开半分。

两人对望，似前世今生缘分早系，似经年如昨。

良久，赵元侃缓缓地放开刘娥，温柔地道："早点歇息吧，你睡床榻，我……"

赵元侃方转身要去弄那氍毹，却被刘娥从后面抱住了，环住他的手臂微微颤抖，如同身后紧贴上来的柔软身子，却很坚定。

"殿下，"刘娥的声音也有些战栗，"刘娥想你，做刘娥的夫君。"

赵元侃神思剧震，猛地回身，握住了刘娥的肩，那手背青筋突起，指下却又不敢使力，如同对待一件易碎的珍宝："你言甚？！你，再言一遍！"

刘娥面颊绯红，整个人像是要灼烧起来般，目光水润透亮，微微偏头，倏地，又转回头，注视着赵元侃的眼睛："我结过亲，还小产过一个孩儿，你是皇子，我知晓我不配……"

刘娥剩余的话被赵元侃落下的吻堵在了唇间。

他密实地吻着她，用力地拥住她。

"你知晓，我从不在乎这些。"灼烫呼吸的间隙，赵元侃的话语情切意浓，"我也只想你，做我的良配！好不好？"

"我愿意！"刘娥如蔓藤般地紧紧攀着赵元侃。

"许了我，便没得再后悔了。"

"不悔！我都给你。"

那火炉里，炭火融融，隔绝了外面的冰天雪地。

屋内一片旖旎缠绵。

两人的发丝散落枕间，纠缠在一处，不分彼此。

这便是她与他的洞房花烛。

大理寺狱，赵元侃此前待过的那间囚室。

如前一般的守卫森严，里面的布置似乎也根本未动过，一般无二。

只是，关押的人不同了。

秦王赵廷美依旧是那一身亲王服饰，不过其上污迹斑驳，高贵骄矜不再，他更没有当初赵元侃身处此地的那份淡然，而是满面的阴郁，一身的戾气。

他的手脚皆被上了枷锁。

外面脚步声响，牢门打开，又关上。

随行而来的赵普，带着守卫，悄无声息地退了出去。

赵廷美微抬起眼皮，看着几步之遥，浑身肃冷的当今官家，他的三哥。

他们的目光一般阴鸷，五官皆是那种犀利深刻，攻击性极强的，相连的血脉，让他们看去是那般地相像，然而这一刻，横亘在他们之间的，是血恨深仇，是因皇权一刀斩落的不可挽回。

"元侃的儿子，是你派人杀的？"

良久，太宗缓缓地先低沉开了口。

赵廷美满脸的嘲弄，不置可否。

"德昭之死，也是你所为？"

赵廷美依旧不语。

"金明池，你还要杀朕？你想做大宋的官家？"

"如果我言，除了杀你，我的好三哥，"赵廷美终于轻飘飘地开口，"其余事皆非我谋划，你信吗？"

"那是谁？卢多逊吗？"太宗顿了顿，"半个时辰前，卢多逊在狱中自戕而亡，死无对证，你怎生言都可。"

赵廷美不甚在乎地道："我知晓你不信。"

"给朕一个信你的理由。"

赵廷美嗤笑出声："信？三哥不觉得此字，于你而言，很荒唐吗？！三哥这一生信过谁？当年的大哥？如今你最宠幸的儿子元侃？抑或者是皇后？还是你的左膀右臂赵普？我断言，你从未信过他们任何一人！"满面同情地看着脸色愈发阴沉的太宗，"你信不信我，有何干系，反正你都是要寻个借口，杀了我。"

"借口？！"太宗一声冷哼，"一个皇孙，一个皇子，两条人命，即便是卢多逊所谋杀，又何尝不是你的指使？！你又如何能把自己摘除干净？！血染金明池，总是你做的。"

赵廷美的神色反而逐渐平静了："我一忍再忍，一退再退，我赵廷美只求做个顺臣，安稳度日，可你执意要将我灭口，我还能退到何处？横竖皆是一死，也只能

放手一搏。也许这正是三哥你的本意，将我逼成一个谋逆的叛臣，给世人一个杀我的理由。"

太宗冷笑："事到如今，你还不肯服罪，还要为自己开脱！看看你手上的鲜血吧，你真的以为自己是无辜的吗？"

"我只是坦陈事实，不是为自己开脱。"赵廷美吃力地扶着墙，慢慢立了起来，朝太宗挪近了些，"地动时，大庆殿坍塌，你我陷于废墟之下，本以为必死无疑，却又侥幸生还，当时我便料定，我这条命，能躲过天灾，终究躲不过人祸，三哥你是不会放过我的。"靠近太宗耳边，轻而讽刺地道，"因为，我知晓了你的所有秘密，不是吗，三哥！"

太宗的脸色顿时变得阴寒无比，怒视着赵廷美。

第 18 章　本是同根生

数月前，地动。

太宗和赵廷美被压在大庆殿废墟之下，二人皆被石缝卡住，动弹不得，而横隔于他们之间的，竟是那张被劈为了两半的龙椅。

赵廷美试着将腿从石缝中拔出，不想上方乍然陷下石块，灰尘四起，二人剧烈地咳嗽起来。

太宗道："四弟，不必徒劳。"

赵廷美恍若未闻，依旧费力挣扎着。

太宗摇摇头："生死有命，今日你我困死在此处，许是天意。"

"天意？"赵廷美发泄般狠推了把面前的龙椅，自是纹丝不动，"三哥竟也有信天意的时候！"

太宗凉凉地瞥了他一眼，不再搭理。

赵廷美却是不挣扎了，忽而莫名地道："今日是天意，那当初二哥之死，难道也是天意吗？"

太宗瞳孔微微一缩，不置一词。

赵廷美伸长了脖子，艰难地紧盯着太宗的脸："当年，三哥杀了二哥，如今可曾后悔？"

太宗怒斥："一派胡言，你如何断定，二哥为朕所害？"

赵廷美冷笑连连："难道三哥你以为无人知晓吗？那一日，皇宫之内，烛光斧影，只有你和二哥在场，二哥死了，不能开口道出真相，莫非三哥要将真相藏在心里，藏一辈子吗？你不怕二哥的在天之灵，在看着你吗？"

又是一阵诡异的沉默，倏地，太宗咳笑了起来。

"也罢，今日你我兄弟二人，估计是再难见天日了。"

赵廷美的心顿时提了起来："当年之事，三哥……愿如实相告了？！"

"那一夜，二哥召见朕，你道是所为何事？"太宗微微闭眼，似陷入了回忆，"朕……差点……那柱斧，好锋利啊……"

赵廷美怀疑地道："你言下之意是，二哥召见你，是想要取你性命，为德昭继承皇位，扫清障碍？！"

太宗微微闭眼，似陷入了回忆："那一夜，二哥召见朕，你道是所为何事？那一夜，朕若不动手……葬身于斧下之人，便是朕！"

赵廷美怀疑地："你所言之意是，二哥召见你，是想要取你性命，为德昭继承皇位，扫清障碍？！"

太宗睁开眼，那眼中俱是厉色，既不承认，也不否认："想当年，若不是朕辅佐于他，他又如何能陈桥兵变，黄袍加身？！没想到功成之后，二哥对朕却愈发忌惮。朕是顺应母后遗愿，兄终弟及，登上皇位而已，如今却落得个弑兄之王的名声……"

赵廷美喃喃地道："你，你在说谎，二哥，二哥他，果真是死在了你的手中？！"

"你又知晓甚？！胡言乱语！"太宗情绪激动起来，紧盯着面前那龙椅："这张龙椅，人人都想据为己有，难道你从未有此念？！难道，你不希冀朕早死？！方才你持剑向朕走来，到底是要救朕……还是要趁乱杀了朕？"

赵廷美避而不答，复追问道："如此说来，兄终弟及，真的是母后遗旨？！还是，你和那赵普，假托母后之名，伪造了'金匮之盟'？"

太宗的目光紧紧黏在那龙椅之上，脸上神色变幻莫测，沉默不应。

赵廷美长叹："三哥，人之将死其言也善，只这一桩，盼你让兄弟我，死得明白！"

这时，废墟又略有塌陷，周围杂物响动，太宗与赵廷美又被深埋了少许。

正待再开口，太宗陡然失声痛哭。

太宗放声哭诉："朕为了皇位，杀了二哥，为了皇位，假托母后之名，伪造'金匮之盟'，现在朕被埋在皇宫之下，都是朕应得之报应……"

赵廷美心中震惊异常，张了张口，半晌才沉痛复杂地道："三哥，你终于……终于肯道出真相了！"

太宗那满是灰尘的脸上被泪水冲出两条白色的沟壑，看着有点滑稽，忽而眼泪一收，诡异地笑开："朕说甚，你就信甚？！朕的四弟啊！"

赵廷美惊疑不定："你，你骗我？！不，不不，你说谎了！不是，你方才说了实话，你说的是真的，你又在撒谎……"

赵廷美越言越激动，一时自己都理不清。

"嘎嘎！"太宗笑得难听又诡异，懒得理会语无伦次的赵廷美，自言自语地道："如若朕还能活着出去，定大赦天下，打开国库，倾朕之所有赈济灾民……"

蓦地，他们头顶上方一声响动，竟漏开一道口子，那明亮的光线倾泻而下，刺得二人遮住了眼。

"父皇！父皇——"

"官家！官家您在下面吗？"

皇子和朝臣们的急迫的喊声自上方传来，太宗与秦王顿时一阵惊喜，下一瞬，两人皆同时想到了甚，转头看向彼此，面面相觑，愣住了。

大理寺狱，囚室。

太宗和赵廷美瞪视着彼此，一个面目狰狞，眼露凶光，如豺狼，一个阴狠，一脸的狡猾，如毒蛇丝丝吐着芯子。

"三哥，卢多逊是不是受你指使？！"赵廷美阴恻恻地道，"你比我更有理由要德昭死呢，当日地动在废墟之下，你可是说……"

太宗轻蔑地打断道："贼喊捉贼！你也是赵氏子孙，能不能有点血性，敢做不敢当。"

"噗！"赵廷美似听到了天大的笑话："敢做不敢当？！我的好三哥，你在说你自己吗？！贼喊捉贼，不是你最拿手之把戏吗？！"

太宗被气得浑身发抖。

"赵光义！"赵廷美骤然一声暴喝，"你烛光斧影弑兄篡位，假托金匮之盟诓骗天下，你以为你伐太原，灭北汉，便能追平二哥，便能比肩他的雄才伟略？！你痴心妄想！二哥是一代雄主，你呢，你私德有亏，阴险狡诈，小人作为……"

"你住口！"太宗额角青筋直跳，"你胡说！你在污蔑朕！"

赵廷美却是愈发歇斯底里："任你如今皇权至上，又如何能堵住天下的悠悠众口，又如何能阻挡后世史官的口诛笔伐，你赵光义不过是个杀人犯，是个欺世盗名之徒，你双手沾满了一母同胞至亲兄弟的鲜血，你必遭后世唾弃，千年，万年……"

"住口！住口！你给朕住口！"太宗目眦欲裂。

囚室外。

赵普和守卫们俱立得很远，并不能听清里面的话语。不过到了后来，有隐隐的争吵声传出。

赵普眼观鼻鼻观心，一脸的漠然，只是那掩在袖子下微微紧扣的双手，泄露了他的紧张。

赵廷美的咒骂声愈发拔高了。

"苍天在上，有朝一日，你必遭天谴……"

蓦地，一声闷响，赵廷美那刻毒的诅咒戛然而止。

赵普不由浑身一颤。

牢狱之中，就此静了下去，陷入一片诡异的安静。

良久，那囚室的门"咣当"一声打开，太宗缓缓地走了出来，他的脸隐匿在阴影里，看不太分明神情。他一步步地朝牢狱外走去，那步伐看似坚定。

赵普朝守卫们打了个手势，忙跟了上去。

待出了牢狱，映着那宫灯里的一点烛火，赵普才将将瞧清太宗龙袍的下摆处，有星星点点的血迹。

忽而有寒风吹过，赵普止不住又微微哆嗦了下。

太宗倏地止步，慢慢转头，面无表情地看着赵普。

"让史官记载，秦王谋反不成，触柱而亡。"

"是，老臣记下了。"

太宗嘴唇又动了下，终是欲言又止，再次抬步朝前行去。这一次，他的步履不复稳健，深深浅浅地踩在雪地上，竟有些许蹒跚，便是连那向来挺直的腰背，也塌陷了下去。

一夜的风雪已停了。

他离去的影子，在那无瑕的雪地之上，拖出了长长的一道。

翌日，天色难得地晴好，天空澄蓝，大地莹白，那明媚的阳光穿透雪后的清冷，洒在身上，暖融融的。

刘娥和赵元侃离开竹屋，回城。

鸳盟即定，两人自是柔情蜜意，缱绻恩爱。

哪知还没入城，两人便在城门口处遇见了等候多时的苏义简，得知秦王和卢多逊皆于前一夜死在了狱中。赵元侃要赶去大理寺，正要嘱托苏义简照看下刘娥。

刘娥却道："三哥且尽管放心去吧，我回襄王府等你。"

刘娥的话让赵元侃和苏义简皆是一愣。

这时，大理寺的人也赶来了，道是寇大人急请襄王。

赵元侃交代了一声，他会尽快把事处理完，回襄王府，便跟着大理寺的人匆匆走了。

苏义简陪刘娥去襄王府，他心绪翻滚，路上终于忍不住问道："嫂嫂，你真的要入襄王府？"

刘娥明白苏义简话里的"入"，不仅仅是登门入府，她颔首应了声："襄王是可托付之人！义简，你是我唯一的亲人，我希冀你能接受。"

苏义简微微垂眸，避开了刘娥那真诚饱含期待的目光，咕哝："你都唤他……我接不接受，有何干系。"

"你言甚？"刘娥未听清楚。

苏义简抬起头，一切情绪已掩去，平静地淡淡道："只要嫂嫂是真的高兴。"

刘娥笑意融融，点头："义简，襄王把事情都告知我了，多谢你为我做的一切！嫂嫂也要在此，慎重地向你赔罪，此前对你多有误会……"

"嫂嫂，"苏义简打断，"你亦是我在这世上，唯一的亲人，亲人之间，家人之间，相互维护、扶持，不必言谢，更不用为了一些小的争执，而心生歉疚，你知义简，义简知你！还是那句，嫂嫂想要做的事，义简定是义无反顾支持的。"

刘娥动容："义简，嫂嫂对你，同样地义无反顾。"

苏义简一笑舒朗："有嫂嫂此言，义简足矣。"

说话间，两人来到了秦王府大门前。

苏义简停下了脚步："嫂嫂，义简便不陪你进去了。"

刘娥微征："你要去何处？秦王府不是已……"

苏义简道："是，秦王府查封了，我在城中暂时寻了一落脚之处，不过我现下不走，便在外面等你。襄王没回来，你这般去见襄王妃，她人我不了解，然再大度的心胸只怕也很难彻底放下失去嫡子之事，难免还在迁怒于你，且若是她得知你与襄王……总之，我在此候两个时辰，若一切顺利，你派个人告知我一声便成，若过了时辰没消息，我则要入府寻你。"

刘娥听得心口酸软，她知晓苏义简这般做都是为了她着想，不想给她添麻烦，又要尽可能地保护她，她张口欲言谢，又想起两人方才所言，且如此情义，又怎是一个谢字足够！

最终，刘娥笑着重重地点了下头："便按你说的办。"

冬日的暖阳映着刘娥纤细却挺秀，似蕴含着无穷力量的身形，苏义简望着她走向王府那高阔门庭的背影，他想，此后他会一直这般看着她吧。

已一个多时辰了。

襄王府，王妃郭清漪的寝房门外。

刘娥一直神色谦和地静立，恭候，然那房门却始终深锁。

周围来往的婢子，皆指指点点，暗中议论。

刘娥恍若未见、未闻，她并不在乎，她来，便预料到会发生这般的事，她来，是欲求得郭清漪一个宽恕，一个原谅。她既然决定跟着赵元侃了，便必须学会和郭清漪相处，且小皇孙之事，她的确有愧于郭清漪。

李婉儿闻讯急急地赶了来，看见刘娥，甚是激动，那眼圈儿红红的，唤了声"姑娘"，想了想，又小心翼翼地改口唤"姐姐"。

当初若非李婉儿送消息，苏义简又哪有机会救下刘娥，不过此时此地也不适宜叙话，刘娥重重地抱了抱李婉儿，让她不必担忧，先离开。

李婉儿却倔强地立着不肯走，刘娥劝阻不得，只得随她。

两人又在廊下立了大半个时辰，"吱呀"一声，那紧闭的房门终是开了，却是奶娘王氏走了出来。

"刘姑娘，您请回吧。"王氏不咸不淡地道。

刘娥道："奶娘，刘娥只请能见上王妃一面，有些话我想当面……"

"姑娘，"王氏打断，"王妃病了，她今日要休养。"

刘娥道："若如此，我愿伺候王妃。"

"你何必……"王氏叹了口气，看着刘娥的眼中划过一丝怜惜。

"我当是谁在此做低伏小呢。"倏地，一道清脆却高傲的声音响起，紧跟着，

寝房里又走出一华服女子，她香腮染赤，耳坠明珰，容貌甚是明艳，那眉宇间骄矜尽显。

女子睨着刘娥："你便是此前王爷从边关带回来的那个妇人，刘娥吧，这是想干甚？赖着不走，是等着王爷回府责怪我们欺负人吗？！"

刘娥轻蹙了蹙眉。

李婉儿小声提醒道："这位是潘夫人。"

女子正是赵元侃纳娶的侧妃，潘府嫡女，潘玉姝。

刘娥微微施了一礼，淡淡地道："见过侧妃娘娘。"

"你！"潘玉姝柳眉一竖，没想到刘娥敢这般看似不痛不痒地刻意点一下她的身份，却又没错可挑，发作不得，厌恶地道，"你快些离开，姐姐不愿见你，在此碍眼，讨人嫌不是。"

刘娥没有接她的话茬，只一脸平静地冲王氏道："既然王妃今日抱恙在身，不便见我，那便等到她何时愿意见我了，我再来。"

说罢，刘娥径直转身离开，李婉儿忙跟了上去。

潘玉姝气得傻了眼。

王氏看着刘娥离去的背影，眼中却是若有所思。

第 19 章　树欲静而风不止

红泥小火炉烫着香醇的米酒，那酒气蒸腾氤氲，驱散了周遭的寒气。

这是大理寺后院一座建于假山之上的石雕亭子，此时，里面有两人围炉而坐。一人身姿挺拔，眉宇微拧，正翻看着手中的一份文书。而另一人则专注地盯着那烧得通红的炉火，右手食指轻缓而有节奏地敲着案几，似在思索，又似一切尽在掌控之中。

此二人不是别人，正是赵元侃和寇准。

前大理寺卿冯丞因受秦王谋逆案牵连，已被罢了官，如今的大理寺卿乃是寇准。

赵元侃没想到这新上任的大理寺卿派人将他急请了来，没去公堂，没去牢狱，反而是来了此处，给了他这份秦王妃张幼安的认罪书。

片刻，赵元侃阅完了认罪书，那小火炉上的酒咕嘟咕嘟已烫好，寇准提起酒壶，给两人各斟了一杯。

看着被推至面前，热气袅袅，酒香扑鼻的杯盏，赵元侃没有动。

寇准也不客气，自顾地执杯，一饮而尽："殿下如何看？"

问的自然是赵元侃手中的认罪书。

赵元侃的手指轻轻地捻着那文书边沿："本王想见见四皇姊。"

寇准道："怕是不能了，今日一早，她得知秦王已死，便撞了墙，没救过来，这认罪书是在她身上发现的。"

"她也……"赵元侃不由微微变色，闭了闭眼，端起酒盏，也是一饮而尽，"本王会入宫向父皇请旨，将四叔夫妇好生安葬。"

寇准示意了下认罪书："那这，殿下也一并呈给官家？"

"刺杀本王的孩儿，谋害日新皇兄，四皇姊竟然供认是她和卢多逊的主谋，"赵元侃皱了皱眉，"本王倒难以预料真相会是这般，四叔难道真是被逼的？！他又有甚逼不得已的理由呢？！不过……"叹了口气，复端起酒盏饮尽，"现下再追究这些，又有何用处呢！"

"是，不管秦王、秦王妃、卢多逊，三人谁是主谋，人已死了，无从分辨追查，且这'主谋'总是绕不过秦王府，"寇准摇摇头，"只是若秦王未死，这认罪书或许可为他开罪一二。"

赵元侃道："倒是可惜了四皇姊的一番心意。"

寇准见赵元侃欲将认罪书收起来，微微眯了眯眼："这份认罪书里，殿下还看到了甚？"

赵元侃一怔。

寇准道："或者言，殿下没觉得少了点甚？"

赵元侃疑惑，看了眼寇准，复展开那认罪书，快速地重新览了一遍，似乎没发现有何不妥。

"还请寇大人赐教。"

"殿下言重了。这份认罪书供认得详尽，很容易便让人忽略掉一些东西。"

"忽略甚？"赵元侃翻了翻认罪书，还是不解。

"殿下，刺杀小皇孙和初生礼宫门口的刺客生乱，可不一定是一桩事。"

"怎会不……"赵元侃心念电转，再细阅那认罪书，"四皇姊交代女刺客千芝是她派的，可她根本没提到宫门口的刺客……"

"那千芝，下官审过了，当日她确实接了秦王妃的命令，去刺杀小皇孙，不过本来她是要利用初生礼的祈愿祝祷，接近小皇孙，不想后来大乱，刘娥姑娘抱走了小皇孙，她便跟了上去。"

"关于宫门口的刺客，她没交代甚？"

"她宁死说不知，当时那些舞伎也仅有她接到了命令，她本是抱着必死之念去的。"

"那，会不会是四皇婶，或者四叔，还另派了人？"

"不排除此种可能，只是若秦王府还有刺杀安排，不和千芝这厢知会一声，以便配合，有些说不过去吧。"

赵元侃目光微凝，盯着寇准："寇大人究竟想言甚？不妨直言，不必与本王打哑谜。"

寇准淡淡地笑了下："殿下可还记得当初宫门口活捉的七名刺客，全部在狱中中毒而亡。"

赵元侃缓缓点头："本王还记得，死了一个狱卒。此事是寇大人在调查。"

"狱卒马进是被人勒死，伪装成上吊自杀的。"

"他杀？！"

寇准点点头，续道："马进无父母妻儿，无亲朋好友，却在勾栏里有一相好。出事前，两人见过，马进告知那相好，他要去做一件大事，做了之后便是尽享荣华富贵，大事该便是下毒了，他离开前，留给那相好一些银钱，言是贵人赏的。那相好胆小，不敢动那些银钱，后来得知马进死了，更是不敢对人言，把银钱都藏了起来，直到大理寺找上门。起初下官也未留意到那些银钱，这东西，人人皆可拥有，不比玉佩、扳指之类有特征之物，然没曾想到那银钱里竟混有两张交引。"

"交引？！"赵元侃目光一动。

寇准道："殿下知晓，这交引由交引铺发行，不同的交引铺，上面印的票号也不一样。"

"是以，寇大人查了那两张交引，由哪家交引铺发行？"

"自然是查到了，"寇准添了两块新炭进小火炉，"两张交引是同一家交引铺发行的，那家交引铺，在许王名下。"

赵元侃的瞳孔几不可见地缩了下。

那小火炉里新炭烧红，有"噼啪"的轻微爆裂声乍然响起。

赵元侃缓缓地饮了几口酒，眼睑低垂，瞧不太清眸中的情绪。

"此事到此为止。"半晌，赵元侃放下杯盏，语调平缓地开了口，听不出任何情绪起伏。

"下官明白了。"寇准只简单地应了声，并未问为何，也未追问任何。

"本王还要入宫向父皇复命，请旨。改日再来叨扰一杯寇大人的红泥煮酒，"赵元侃将那认罪书收了起来。

寇准跟着立了起来："下官送殿下。"

"寇大人留步，"赵元侃自行离去，快出亭子时，又转身朝寇准慎重地深施了一礼，"多谢寇大人！大人辛苦了！"

"殿下折杀下官了。"寇准忙还礼，忽而想起甚，自袖中取出一封书信，"差点忘了一事，秦王妃身上除了那份认罪书，还有一封留给刘娥姑娘的信。"

"留给刘娥的信？！"赵元侃不由几分诧异，接过那信一看，表面只有简单的"刘娥亲启"四字，封口已拆开过了。

寇准解释道："因是秦王妃绝笔，按照章程不得不……"

赵元侃理解地点点头："那……"

"无任何不妥，更与案情无关，只是些私人托付。"寇准道完，顿感自己是不是话太多了，难得有点尴尬地轻咳了一声。

好在赵元侃倒似未在意："信便由本王转交吧。"

端拱元年，这一岁的年节，大宋朝廷上下过得没有丝毫的欢庆气氛。

太宗雷霆手段，秦王谋逆案，但凡牵连其中者，无一幸免，涉事官员轻者申饬贬官，重者获罪流放，一时人心惶惶，人人自危。最后，是襄王赵元侃站了出来，力劝谏太宗，才结束了这一场纷乱，不过也已闹出了正月，年节算是彻底过去了。

宫人们将宫里各处为节庆布置的红灯笼、红绸布等早早地撤了下来，宫里看似一切恢复如常，其实又有些不同。往岁这个时候，出了正月，也正热闹，因李皇后的生辰日是二月初二龙抬头，太宗以往必赐宴前朝后宫以贺，甚至去岁，还带着李皇后出了皇宫，登上东京城里那最繁华街市的高楼，与民同乐。

今岁宫里一直未有任何动静，倒是前两日御书房议事时，楚王赵元佐稍有提及，却被太宗凉凉地看了眼，扔下一句"你倒是挺有孝心"，便没了下文。其余人皆聪明地噤声，明白太宗这是还没过去李皇后提议去金明池之事，尽管李皇后当日回宫便

谢罪坦诚,她是被秦王妃设计了,后来秦王妃的认罪书也证实了此一点,不过太宗对她的冷落是显而易见。李皇后倒似没甚感觉,日日去给太宗请安,嘘寒问暖,殷切伺候更胜从前。

前朝经过一番动荡,官员们升迁贬黜,各衙各司终于慢慢步入正轨,按部就班,各司其职,那一场风波的影响在逐渐减小、消弭。只是有一件看似不太紧要的小事,一直悬而未决,秦王那个患有狂躁之症的傻儿子究竟该如何处置?按说秦王犯的谋逆大罪,子嗣即便不获死罪,也得是个刺字发配,然宝儿那个情况,根本不能这般处置,可若是将其养在皇宫里,太宗是不想看到的,即便是在东京城里,他也忍受不了。

襄王赵元侃再三请旨,太宗才将宝儿从查封的秦王府放了出来,迁到京城近郊的一处皇家别院。没想到,三日之后,圣旨再下,秦王之子迁居房州。而同时跟着下来的另一道圣旨,则让赵元侃措手不及,皇命逐刘娥出京城,永不得归。

刘娥当初被赐鸩酒,活下来算是抗旨,然金明池她救了太宗一命,且能查出刺杀小皇孙的真相,抓住凶手,她也有功劳,太宗之前是默认了赵元侃的不求请功,至少功过相抵的说法,却不知为何圣意会突然更改。赵元侃知晓圣旨之时,正在大理寺与寇准处理一些案件卷宗。如今赵元侃接替了秦王,任了开封府府尹,秦王任职期间懒政严重,有些本该移交大理寺的案子积压在册,新上任的开封府尹着实忙乱了一阵,才厘清了一团糟的内部事务,来做交接。

赵元侃一得知消息,一边派人去拦下给刘娥传旨的人,一边便要入宫面圣。寇准让他少安毋躁,至少要先弄清为何会有这道圣旨,依照寇准的猜测,或许与秦王妃留给刘娥的那封书信有关。

原来,秦王妃的那封书信中,她已知蒹女便是那个襄王雪天里跪在文德殿前,冒死也要救下的刘娥,是以她求刘娥,看在秦王府时,她待刘娥还算宽仁的情分上,多加照拂宝儿。其实,即便秦王妃不留如此遗言,刘娥也不会不管宝儿,毕竟她与那个孩子甚是投缘。宝儿被关在秦王府期间,刘娥就多次设法前去探望,给送些吃食,后来迁居去皇家别院,刘娥请赵元侃代为疏通看守,更是住进去照顾,为此赵元侃还半真不假地吃了醋。

赵元侃认同寇准的看法,紧皱了眉头:"父皇现下,对任何有关四叔之事,反应皆有些过激。刘娥照顾宝儿,该是有心人在父皇跟前乱嚼舌根了,不过,此事可说她是受本王之托,父皇若要因此而降罪于她,委实说不过去。"

寇准不紧不慢地将手中的卷宗收起来:"殿下,你有多久没回襄王府了?"

赵元侃神色一滞，旋即明白了寇准的言下之意。

郭清漪一直拒见刘娥，赵元侃还试图从中调和，不过郭清漪只说了一句，她不干涉赵元侃和刘娥之事，即便赵元侃想将刘娥接入府中，她也无异议，然任何人不能强迫她见刘娥。刘娥几次登门拜访，皆吃了闭门羹，遂也识趣，不再去打扰郭清漪，自然依照她的性子，也不可能就此住进襄王府。她和苏义简在东京城中租了个小院，暂时居住，而赵元侃便成了那里的常客。只是若说赵元侃因此没回襄王府，也有些冤枉他了，秦王案子的善后，刚接手的开封府，让他忙得是通宵达旦，有时便直接在府衙安歇了。只是他到底是会抽时间去探望刘娥，自然便难得回王府了。

赵元侃烦躁且气恼，他知晓郭潘两家皆不好相与，可说到底刘娥不过无背景无身份一弱女子，哪里值得他们如此针对。寇准欲言又止，咽回了喉间那句"襄王的偏爱便是刘娥最大的倚仗"，见拦不住赵元侃，只好叮嘱他，哪怕是为了刘娥好，入宫也切勿再顶撞，惹恼太宗。

然，或许真的是事涉刘娥，赵元侃总会失去素日的冷静。那道圣旨确实是因刘娥照顾宝儿一事，以及郭潘两家的施压。

"父皇，刘娥从未做错任何事！皇孙之死，根本与她无关，然她却被赐下鸩酒，死而复活，她以德报怨，金明池叛乱，她拼死为父皇挡下一剑，当初在保州边境，她也救过儿臣的性命，可我皇家便是这般报答她的救命之恩吗？！父皇便非要逐她出京城，看着她颠沛流离吗？！且不说她不求名分地跟着儿臣，只想在这京城里活下去，她也是大宋的子民，是父皇的子民，父皇这是对自己的子民，赶尽杀绝吗？！"

"你住口！"

"砰！"一块青玉镇纸狠狠掷来，砸向赵元侃，他不闪不避，镇纸砸在了他额头上，瞬间有血涌了出来。

那青玉镇纸掉落在地，染了血迹。

龙案后太宗气得面目狰狞。

御书房内，一时气压极低，王继恩和两个伺候的内侍已吓得跪伏了下去。

赵元侃依旧直挺挺地跪着，那脸上的血珠越来越多，看着有些可怖，他似感知不到疼痛，只一双眼睛愈发雪亮而倔强地回视着太宗。

"父皇让儿臣住口，儿臣也要言！若刘娥所受的这一切，皆因儿臣，父皇以为将她赶出京城，她与儿臣便能一刀两断，儿臣便能放下、忘记？那儿臣在此，也明确地答复父皇，不可能。"

"你威胁朕！"太宗一字一句似自齿缝间挤出，"赵元侃，光凭你这几句话，朕如何惩罚她皆不过分！光凭你因她忤逆于朕，朕便有要她死一千次，一万次的理由。"

赵元侃浑身一震："父……"

"你再多言一句，朕立刻下旨，将她处死！"

太宗缓缓立起来，王继恩即刻爬起来伸手相扶，被太宗挥开了，他一步步走近，那目光沉沉，带着令人心悸的狠辣，俯视着赵元侃。

"你不是言，她是朕的子民吗，她把朕的儿子变成这般，朕便是做一回暴君又如何！"

赵元侃咬紧了牙冠，神色紧绷，胸膛不住地起伏。

"还有，你给朕记住，朕不是只有你一个儿子。"

冷冰冰地扔下一句，太宗大步离去，内侍们忙不迭地跟了上去，很快御书房内，仅余下赵元侃一人。

赵元侃狠狠闭眼，颓丧地跪坐了下去，抹了把快糊住眼睛的鲜血，满手的淋漓黏稠，如同那后背衣衫下出的汗，有风自门外吹进来，他打了个哆嗦，已是三月的气候，他只觉得冷。

第20章　日月如合璧

刘娥终是离开了东京城，君命难违。

不过她并不是一个人走的，她是跟着护送宝儿去房州的队伍一起离开的。说是队伍，一行也就七人，两个护卫，刘娥带着宝儿，还有秦王妃曾经的贴身侍女萍儿，以及李婉儿，外加一马车夫。

刘娥在京城里暂住时，赵元侃为了照顾她，便将李婉儿送了去。对于此事，郭清漪没甚意见，而李婉儿也想跟着刘娥。本来刘娥觉得李婉儿在襄王府，虽可能会受点委屈，但至少比跟着自己吃苦要强，然李婉儿怎生都不回去，还言即便刘娥不带她，她也会跟着。刘娥拗不过她，只得带着两弱一小，上了路。

那十里长亭，新绿崭露。

赵元侃骑马飞驰而来的时候，刘娥他们的马车已在官道上成了一个小黑点，快要消失。他提缰便要追上去，却被长亭里一身青衫的磊落人影唤住了。

赵元侃这才注意到，那孤身一人而立，目光几许惆怅寥落望着官道尽头的苏义简，他不禁一怔，苏义简竟没有跟着刘娥离开。

苏义简收回目光，淡淡地看向赵元侃，似明白他之所想："还有十余日，便是今岁的春试。"

赵元侃道："你要参加？难怪平谋逆案论功行赏，你拒绝了朝廷的赐官。"

苏义简拱手："草民没有任何州府的引荐贴，还望殿下襄助一二。"

赵元侃道："这个简单，本王随后写一封引荐帖，你拿着去礼部即可。"

苏义简作揖："多谢殿下。"

"举手之劳，不必言谢，"赵元侃一直不时地望着官道远处，匆匆道完，便又要走。

苏义简再次拦住："殿下要去追草民的嫂嫂？"

赵元侃看着扯着缰绳的苏义简，默认。

苏义简道："追上了呢？"

赵元侃微皱了下眉："本王不能让她便这般离开。"

苏义简道："殿下，你御书房再次触怒官家之事，已传遍朝野，此时你将草民的嫂嫂追回，只会让她更难堪，更难做。"

赵元侃的脸色难看起来："她回不来，本王跟着她去便是，这东京城，谁爱住谁住，甚荣华富贵，甚天潢贵胄，本王皆可抛却。"

苏义简似是无奈地摇摇头："那殿下便是在将草民的嫂嫂往死路上逼。"

"你！"赵元侃脸色沉到了极致。

"天下之大，莫非王土，草民有言错吗？！"苏义简根本不惧赵元侃的怒气，平静地望着他，"殿下可做情种，带着草民的嫂嫂私奔，可你们能长长久久两厢厮守吗？！天子雷霆一怒之下，你是皇子，为了这点事，怎生都不会被杀，可草民的嫂嫂呢，你的父皇，当今的官家，可还能再容她多活半刻？！"

赵元侃瞪着苏义简，那握着缰绳的手攥得死紧。

两人隐隐对峙。

半晌，赵元侃终是缓缓松开了手，一股疲惫自心底而生。

那官道远处，小黑点已彻底消失在了尽头。

"殿下，"苏义简语气莫名，"你真想她回来，终有一日，她会回来的。"

赵元侃心中一动，转头看向神色莫测的苏义简："你为何留下？"

苏义简知晓，赵元侃要听的不是他刚回复过的答案，不过他也不避讳，坦然地与赵元侃对视。

"因草民知晓，她会为殿下回来，草民为她留下。"

赵元侃微微眯缝了一下眼，他须臾间便明白了苏义简的言下之意，刘娥之所以能这般轻易地被支配命运，只因命如草芥，能因郭潘两家的施压便被赶出京城，只因孤身弱女无依无靠，既然注定她此生会与赵元侃这个天潢贵胄纠缠，那么她还需要很多。

苏义简给不了这个"很多"，然他愿拼尽全力以略尽绵薄之力。

赵元侃心中陡生内疚，他没有苏义简考虑得周全，从来是天之骄子众星拱月，让他忽略了刘娥一介孤女，要走到他身边，需怎生斩荆披棘，怎生跋山涉水！这一次的离开，刘娥又有多少的不舍，多少次夜里肝肠寸断，不敢当面与君别，只余红豆赠相思。

赵元侃深吸了口气，自怀中摸出一个无甚纹样却绣功甚是精致的香囊，那是刘娥留给他的。

"苏先生此后在京中有任何需要本王之处，尽管开口。"

苏义简淡淡地看了眼赵元侃手中的香囊，扬眉一笑，也不推辞："草民会尽力高中，不让殿下失望。"

说罢，苏义简走去一边牵自己的马。

赵元侃复望了望官道远方，一提缰绳，掉转了马头，与苏义简一前一后，朝城中驰去。他轻轻捻了捻香囊，小心地收回了怀中，那里面有两粒红豆，还有一首刘娥以簪花小楷书下的一首诗：红豆生南国，春来发几枝。愿君多采撷，此物最相思。

因一行人里多是妇孺，刘娥他们的行程并不快，起初两个护卫还很不情愿，然没过两日，襄王安排了一支王府的侍卫队来护送，两个护卫再也不敢多言。如此便走走停停，直到四月底，才终于来到了房州。

宝儿虽是叛王的儿子，却是个痴儿，房州的知州自不放在心上，亦不待见，从始至终连面也没露，只安排了个师爷在衙门等候，刘娥他们到了，随便敷衍了几句，便将他们带去了城中一处僻静的宅子，道秦王之子此后在房州便居于此处。

侍卫队的侍卫长凌飞，一直是襄王的贴身侍卫，知晓刘娥在襄王心中的分量，见宅子简陋，甚至有些破败，便要去寻知州讨个理，被刘娥拦下了，且刘娥觉得既然已到了房州，凌飞他们的任务已完成，该回京了。

那两个朝廷派的护卫，与知州府交换了文书，已打道回府了。

凌飞却道："王爷的意思是，我们这些人，以后便跟着姑娘了，姑娘去哪里，我们去哪里。"

刘娥道："这是要，监视我？"

凌飞一下半跪了下去："不敢！王爷是要我们，听凭姑娘吩咐，不是要，没有……"

刘娥打断："难道他没有让你们随时汇报我的行踪？！"

凌飞一噎，二十五六的青年，一时面色涨红。

李婉儿在侧小声道："姐姐，王爷也是关心你才……"

刘娥看了眼李婉儿，她立马噤声。

刘娥思忖，宝儿毕竟是秦王之子，有禁军侍卫在侧也好，伸手虚扶了下凌飞："起来吧，凌将军。"

凌飞窘迫地道："小的不是甚将军，只是王爷的侍卫，姑娘唤我名即可。"

刘娥点点头："好，那我也不与你客气，凌飞，既然王爷让你汇报，我也不为难你，只是有一条，他让你听我的，你也得听。"

凌飞没怎生听懂，迟疑地点了下头："小的……听姑娘的。"

刘娥示意了下甚是寒酸的四周："这事，便不用告知王爷了。"

凌飞愣了下，旋即反应过来："是，姑娘。"

待凌飞退下，李婉儿抿唇一笑。

"姐姐，方才我还以为你生气了呢，原来你是不想王爷担心啊，"说着，李婉儿不由又不满起来，"这个蔡知州也够胆大的，宝儿毕竟是秦王之子，他怎可如此轻慢！且还有姐姐……"

"好了，"刘娥打断，安抚地拍了拍李婉儿的手，"去收拾咱们的行李，把笔墨给我找出来。"

李婉儿道："姐姐要笔墨做甚？"

刘娥道："反正凌飞要传消息给王爷，咱们也到了房州，我该也给王爷亲自说一声。"

李婉儿一脸促狭地瞅着刘娥："姐姐要写甚？相思吗？是该亲自倾诉呢。"

"你找打是不是？！"

两人正闹得欢，隔壁突然传来宝儿的一声惊叫，两人神色一顿。

"去瞧瞧宝儿！"刘娥疾步朝外行去。

宝儿没甚事，只因初到陌生环境，不适应，萍儿要给他换衣洗澡而闹腾。

如今刘娥与宝儿沟通已很顺畅了，她很快便哄得宝儿乖乖听话。只是宝儿狂躁之症发作之时，谁也不认，刘娥被推得撞了下桌角，腹中一时疼痛，想忍忍便过去了。

李婉儿不放心，让凌飞请了大夫来，一瞧之下，刘娥竟然怀孕了。

这对刘娥而言，简直是天大之喜讯，她欣喜激动得眼眶瞬间便红了，纤指微微颤抖地抚上依旧平坦的小腹，她曾小产，闵婆婆言她伤了经脉，受孕很难，没想到……天可怜见啊！或许真的是苍天不负她与赵元侃的这一段情！

然，刘娥在给赵元侃写信之时，却犹豫良久，终是打算暂时不将此事告知赵元侃，还特意叮嘱凌飞，不能透露。

凌飞虽很替他家王爷高兴，甚至还想到了官家那道得嫡子入主东宫的圣旨，可再思及前一个小皇孙之死，便很是理解刘娥的做法，再是密信也难防消息走漏，于是决定等到哪日亲自面见王爷，再把这个喜讯相禀告。

李婉儿和萍儿，也是和凌飞一般的想法，刘娥腹中所怀，很有可能是襄王的嫡子，干系重大，绝不能让有心人生乱。是以，此事只能由他们几人知晓，不能再外传。

刘娥见他们谨慎又小心地如同密谋大事，商议着如何保密，如何更好地照顾她，既觉得有点好笑，又很暖心。其实她不告知赵元侃，有他们顾忌的原因，然更多的，是担忧赵元侃，她太了解至情至性的襄王了，现下是勉强按捺住，若一旦知晓她怀孕了，定不管不顾地奔来房州。

想象着赵元侃知晓这一消息的欣喜模样，刘娥唇角勾起一抹弧度，眼中温柔缱绻，在心中轻轻道："三哥，我想你了！你知晓吗，我们有孩儿了。"

此时的京中，也有两件大事发生。

今岁的殿试放榜，苏义简位列一甲第三名，进士及第，高中探花。

初夏时节，百花次第绽放，那花香暖风熏然，汴河两岸，满楼轻衫薄袖招，文人士子荟萃。

苏义简与同届的状元郎，还有榜眼，头戴簪花，打马御街前，引得东京城里万人空巷争相看，端的是青年才俊，意气风发，一时成为京中多少闺阁女子的梦中郎。

太宗亲赐琼林宴，百官相贺。

苏义简终是凭着自己的能力，正式踏入了仕途，他没有和状元郎、榜眼，同入翰林院，反而请旨去工部做了一名小小的员外郎。他这般不拘泥于诗词文赋，不贪恋安逸富贵，甘心为朝廷办实事，且前还有救驾之功，是以太宗对苏义简甚为赏识。

远在房州的刘娥得闻喜讯，亲酿了一坛花雕酒，快马送入京中以贺。

当夜，苏义简和赵元侃便对酌至月升中天，两人皆是醉意醺然。

"殿下何时出发去边境？"苏义简问道。

"后日吧。"

"这般快？！"苏义简不由诧异，张了张口，欲言又止。

赵元侃看了苏义简一眼："苏先生有话不妨直言。"

苏义简便直接道："可是因京中流言？"

赵元侃微怔了下，旋即一笑："是，也不是吧。"

两人所说的流言，便是因京中发生的第二件大事所起，许王赵元僖的侍妾张氏诊出身怀有孕。张氏是小官吏之女，出身不高，却备受赵元僖宠幸，正室许王妃李夫人入王府几年，一直未有所出，张氏与李夫人素来不睦，这下倒是先有了喜讯，且她也是个机灵的，怀孕始终隐瞒着，直到如今六七个月，胎象稳固，胎儿长大，才公布了出来。赵元僖喜不自胜，当即向太宗请了旨，正式纳娶了张氏为侧妃。此事自然在许王府引起了一番暗流涌动，而更激烈的暗潮汹涌则在朝堂。

太宗那道立储圣旨，早已昭告天下，那时襄王妃即将临盆，太宗想立谁为太子，几乎人人心知肚明。后面一系列的事发生，襄王失去了入主东宫的机会，更因刘娥，与太宗的关系变得微妙，然平秦王叛乱，接替开封府尹，似乎襄王这个皇子并未失去君心，且还有郭潘两家帮衬。可君无戏言，圣旨便是圣旨，若许王府先得了嫡子，许王便是东宫之主，是以朝堂上的风向悄无声息地变了。

许王府近来是门庭若市，不少的臣工都登门以贺许王纳新，侧妃娘娘有喜。前两日张氏去了趟相国寺进香祈福，据说遇上了游方的大师，大师为她卜测一卦，算出她所怀乃男胎之象，此事被大肆渲染，传遍东京城的大街小巷，似乎大宋朝开国以来的第一位太子已诞生。

另一边，襄王的拥趸者们，如郭家、潘家等，自是坐不住了，襄王府的门槛近些日子亦快被踏破，他们一边恳请襄王于嫡子一事上用心，一边急着要襄王未雨绸缪，若许王捷足先登，须得先商议出个对策。赵元侃不胜其烦，不是拖着寇准出去骑马喝酒，便是躲去苏义简的新住处与他博古论今、通辩史事，倒似对争储一事不甚上心。

如此可更是急坏了一众支持者，眼看着朝堂之上，襄王和许王两股势力明争暗斗，日趋激烈。前几日，户部上报有一批粮草要运往北边边境，襄王当即请旨，愿押送粮草北上。此举让不少人错愕，纷纷猜测襄王是否要急流勇退，退出这一场储君争夺。太宗准了襄王所请，又跟着下了一道圣旨，襄王此去边境，不只押送粮草，更要代天巡狩四境。

"此去北边，巡视完边境各州府，至少要耗去两三月，再下南方得到七八月份了，那时正值盛夏酷暑时节，今岁自入夏以来，连着下了好几场暴雨，南方向来多雨水，怕是会有洪涝，本王想早些巡视黄河沿岸的州府，是以尽快出发为上。"赵元侃解释为何会很快北上。

苏义简眯着一双醉红的双眼，端量着赵元侃半晌："殿下，下官忽而想起嫂嫂曾言过的一句话。"

赵元侃微怔："莺儿？"

苏义简打了个酒嗝："嫂嫂言，殿下文武双全，堪当储君大任。"

赵元侃怔了怔，声音发涩地道："她，她是这般以为的！"灌下一口酒，望着那皎洁的明月，"不知她在房州近来可好？！"

"下官还以为殿下……"苏义简莫名地挑了下唇角。

赵元侃并未收回目光看他，却似知晓苏义简要言甚："你以为，本王急着出京，是寻个名正言顺的理由，绕道去房州。"

苏义简自嘲地摇头轻笑，随即踉踉跄跄地起身，朝着赵元侃长身作揖。

"殿下仁善，胸怀天下，顾念黎庶民生，苏义简甚是敬佩，愿追随辅佐殿下，鞍前马后，但凭差遣。"

苏义简醉得腿脚发软，一俯身便跪了下去，他也就伏在了地上，对着赵元侃慎重许诺。

赵元侃见状，忙伸手要去扶苏义简，哪知他亦醉得不轻，摇摇晃晃地一动也跪了下去。

"能得苏先生此诺，元侃幸甚！"

赵元侃说着，也朝苏义简长身拜了下去，同样庄重承诺。

"本王必不负先生。"

那皓月当空，映着亭子一对互拜的知己。

第21章 波涛天，尧咨嗟

端拱二年，四月，襄王赵元侃赴北方边境，巡视各州府，巩固防务，以防辽人入秋后的滋扰。

五月，因襄王不在京中，许王赵元僖暂接替了开封府尹，兼侍中，太宗交予他的几件差事也办得甚是漂亮，再加中书令，许王一时风头无两。而另一位成年皇子楚王赵元佐，再次婉拒了太宗的赐婚，楚王正妃的位置一直空悬，太宗对他是严厉申饬，好在有李皇后从中斡旋。

六月，许王侧妃张夫人终于生产，却是诞下了一女，有人错愕、猝不及防，有人扼腕叹息，亦有人是暗中欢喜。许王整整半月都没上朝，称病在府，谢绝所有访客。

七月，连续一个多月的暴雨，黄河决于龙门埽，淹没村庄良田无数，八百里急报入京，朝野震惊。

黄河决口处。

连日暴雨，黄河暴涨，巨浪咆哮着，如凶猛的野兽，朝两岸横冲直撞而去……沿岸的村庄、田野，须臾间便被汹涌而至的洪水淹没，房屋被冲得七零八落，村民们尖叫四散奔命。

那堤坝的巨大决口处，洪水呈不可阻挡之态，仍在不断地向外蔓延。两侧未冲毁的堤坝，摇摇欲坠，水位一直在持续攀升。更远处，滔天浪潮一波又一波地席卷而来。

阴云密布，暴雨如注。

天地间仿若有一张巨大的网密密麻麻地罩着，随时可将那万物网罗吞噬而去。

堤坝之上，河渠史王禾立在飘泼大雨中，他全身早已湿透，还在声嘶力竭地指挥着。

一行行河工扛着沙袋冒雨冲了上来，将沙袋堵入那堤坝决口处。

一袋袋沙袋丢下去，却仿佛石沉大海，几个漩涡过去，瞬间冲毁淹没，丝毫不起效用。

一河官奔来，大声嚷着甚。

那雨声和洪水声太大，王禾听不清楚，只好更是竭力嘶吼。

王禾道："大声点！"

年迈的河官冻得哆嗦："大人，沙袋、沙袋全都是假的，挡不住大水！"

王禾这回听清了，大惊，他从旁边捡起一支铁铲，挑开沙袋，只见竟是枯草飘了出来，原来那沙袋里一半是石沙一半是枯草。

王禾顿时急得双目赤红，气得说不出话来。

河官惶恐地道："大人，怎么办？"

王禾满脸水痕，也不知是雨水还是泪水，他用力擦了一把脸，强迫自己冷静下去。

王禾断然下令："去，先把人手聚集起来，拆开所有沙袋，杂物剔除，只要石沙，重新装包。"

河官道："如此一来，沙袋的数目可就得减少一半，不够用啊！"

王禾道："能挡一时是一时，快去。"

闪电不断地撕扯着乌云，那雷声轰鸣掩盖了官道之上的马蹄声，只见大片大片被践踏起的浑浊泥水。

一行七人，人人披蓑衣戴斗笠，正纵马疾驰在赶路。

一道锐利雪亮的闪电划过阴沉沉的天幕，映亮那当先一人清俊的眉眼。

他不是别人，正是巡视完北方边境南下，途中接到圣旨，赶往黄河决口治水的襄王，赵元侃。

紧跟在赵元侃身侧的是苏义简，这道旨意也是他带来的。

本来黄河决堤的消息传入京中，身在工部的苏义简便请旨前往，然他人微言轻，工部另有安排。后不知为何，太宗忽而下旨，令三位皇子，楚王、许王、襄王，同往黄河决口治水，以测能力，定夺太子之位。

相较于以嫡子定储君，有能者居之，的确更公平。然这毕竟是治水，关涉民生，关涉数百成千的百姓性命，不少朝臣心中犯了嘀咕。太宗乾纲独断，无人敢多言，为民计的臣工，只能盼着三位皇子能勠力同心了。

"殿下，"苏义简抹了把脸上的雨水，极目眺望，"前方有驿站，可要歇息片刻再赶路？"

赵元侃的声音在大雨中显得清冷："不必，要尽快赶去。"

苏义简道："也对，指不定楚王和许王已快到了。"

赵元侃扫了眼苏义简，欲言又止，大喝一声"驾"，纵马更急地朝前冲去。

十里之外，官道的一条岔路上，一辆马车深陷在泥坑里。

"驾！"马车夫使劲地抽了几鞭马匹。

那马声长嘶，车轮子在泥水里辘辘辘辘转了数圈，却是越陷越深。

一个小丫头自马车窗探出脑袋盯着，差点被溅起的泥水糊了一脸，大声喊道："凌飞大哥，不行，你再用点力，再用点力啊！"

马车夫又试了几次，根本不行，他回头道："萍儿，会赶马车吗？你来我这，我下去推。"

这两人正是凌飞和萍儿，而马车里还坐了两人，便是刘娥，还有总想出去凑热闹，被刘娥按住的宝儿。

萍儿听见凌飞的吩咐，不由迟疑："我，我没赶过马车……"

"萍儿，"刘娥开口道，"你来看着宝儿，我去。"

"这如何可以！"萍儿吓得猛回头，看着刘娥那高高隆起的腹部，头摇得像拨浪鼓，"姑娘有孕在身，不可淋雨，不可大动，伤了胎气怎生是好？！"

刘娥道："只是控控缰，该是不会。"

"不可不可！"萍儿根本不听，已急急地朝马车前奔去，"我试试，我去试试，便是扯着马缰对吧，姑娘我可以的，姑娘你千万不要动！"

凌飞跳下去，从后面推，换萍儿驾马车。

然，大半晌过去，凌飞一身的泥水，萍儿浑身湿透，马车还是陷在原地。

刘娥忍不住推开马车窗："要不，我和宝儿下去……"

"不行！"

刘娥话未道完，两道一般掷地有声的声音同时响起，凌飞和萍儿皆是满脸坚决地瞪着刘娥。

凌飞道："姑娘，你和腹中的小皇孙若有任何闪失，王爷会抽死小的的。"

萍儿道："婉儿姐姐也会杀了我的。"

刘娥嘴角抽了下，有点无奈地看着两人："那依你们之见，现下该如何？！这大雨一时半会停不了，前不着村后不着店，难道我们便这般等在此处？！"

凌飞和萍儿面面相觑。

凌飞为难地："反正，反正姑娘你不能……"

"哇！"萍儿乍然一声哭了起来，"姑娘这趟出来，皆是因我之故，要不是我，姑娘现下还在房州，根本不会困在这里，这么大的雨，姑娘要是，要是出点……"

"萍儿！"凌飞骤然一声打断。

萍儿一下捂住了嘴，依旧一抽一抽地哭着，眼眶通红，那眼泪和雨水混了一脸，狼狈又滑稽。

刘娥轻叹了口气，正待出声安抚。

"嘘！"凌飞示意几人噤声，侧耳细听，"有马蹄声。"

萍儿抽噎了下："有，有吗？"

刘娥揽着宝儿，凝神听了听，轻轻一笑："有些人不用哭鼻子了，有人来救我们了。"

萍儿讪讪。

没过多久，十几骑拥簇着一辆马车，自那雨幕中，不疾不徐地行了来。

待双方距离近了些，凌飞正要上前求助，忽而一凛。

刘娥注意到了凌飞的神色，问道："有何不妥吗？"

凌飞道："姑娘，是禁军。你待在车里不要露面，小的相机行事。"

刘娥点点头，合上了马车窗。

对面的那队禁军侍卫逐渐驰近，凌飞认出了领头之人竟是楚王府的侍卫长符毅，两人相识，他再避已是来不及，且他们的马车陷在道路中央，根本也是避无可避。

"凌飞？"符毅看见他，同样地惊讶，"你怎的在此处？"看了眼马车，"车里是……襄王殿下吗？"

凌飞抱拳，不答只道："符兄，我们的马车陷在泥坑了，能否请你的人帮帮忙？"

"为何停下了？"这时，后面的马车里传来一道温润的声音。

符毅立刻回身答道："回殿下，我们遇上了……"念及凌飞未答襄王到底在不在，只是道，"襄王殿下的人。"

"襄王？"后面那马车帘子挑开少许，露出的正是楚王赵元佐的脸，"这般快便从北地赶来了？"却未看到赵元侃，他冲凌飞问道："你家王爷呢？"

赵元佐说着，目光落向了那一直寂静无声的马车。

凌飞支吾："小的，小的不知。"

赵元佐意外："那马车里是何人？"

凌飞见搪塞不过去，不由大急："是，是……"

"楚王殿下，是民女，"那马车窗再次推开，刘娥平静地看向赵元佐，"民女见过殿下。"

赵元佐这下是彻底惊讶了："刘娥？！"

半个时辰后，刘娥与赵元佐同坐在了一辆马车里。

刘娥他们的马车因陷在泥坑里太久，拖出来时车轮坏了，刘娥只得带着宝儿和萍儿，上了赵元佐的马车。

此时，萍儿抱着宝儿，缩在一隅，宝儿的手紧紧地攥着旁边刘娥的衣袖，浑身紧绷，目光凶悍地瞪着对面一直不断打量他们的赵元佐。赵元佐的身侧还坐着一年过半百，一身朱色朝服的官员，方才赵元佐亦做了引荐，其乃当朝御史中丞李昌龄。

李昌龄蓄着短须，身材有些发福，面目瞧去倒还算和善，只刘娥他们上车之时，简单地打了个招呼，便又合上眼养神去了。倒是赵元佐，那脸色着实是精彩纷呈，从他看到刘娥的孕肚，从他发现宝儿，整个人便处于一种极度震惊、不可思议的恍惚状态。

尽管刘娥告知他，照顾宝儿是受已故秦王妃所托。至于为何出现在此处，是因上月萍儿收到老家消息，家中老父去世，年迈的娘亲无人照顾，她想回乡一趟为老父上坟，接来娘亲到身边。哪知宝儿如今根本离不了萍儿，半个时辰见不到便会大吵大闹，萍儿无法，只得带着宝儿上路。刘娥不放心，便陪同前往。上路之初其实一切顺当，哪知途中却下起了暴雨，好在离萍儿的老家韩村也快到了。

赵元佐根本不信刘娥所说，秦王妃怎会托刘娥照顾宝儿，只怕托付的是他三弟襄王，还有那套寻亲的说辞，天下哪里有这般巧合之事，刘娥要去找的，定也是他的三弟。

刘娥却顾不了赵元佐信与否，她得知赵元侃也来了，本是很欣喜激动，随即知晓竟是三位皇子前来同权治水，不由心底升起一阵隐忧。

"殿下，我们快到了。"

忽而，外面响起符毅的声音，终于打破了马车里有些诡异的氛围。

赵元佐回过神来，推开了些马车窗。

符毅续道："前方顺着官道过去，便是滑州城，往左的道是去决口处的。"

凌飞跟着道："往右是去韩村。"

那大雨依旧滂沱，能看到前方岔路口，确有三条道路通往不同的方向。

符毅又问道："殿下，我们是直接入城，还是？"

赵元佐顿时犹豫，不由自主地朝李昌龄看去。

李昌龄已睁开了眼，两人对视一眼。

赵元佐回头吩咐道："自然是去决口处。"

这时，刘娥插话道："楚王殿下，可否借我们一些雨具？"

"你们要离开？"赵元佐脱口而道，"你真的不是来见三弟的？"

刘娥道："我们还有事要办，马车便在前方停下吧，多谢楚王殿下捎我们一程。"

"这……"赵元佐又是一阵迟疑。

"喀。"李昌龄轻轻咳嗽了一声。

赵元佐当即道："这雨下得如此之大，道路泥泞难走，指不定还有哪处塌方，你便这般离去，三弟知晓了，定会怪罪于本王啊！"

刘娥淡淡地看了看神色不露的李昌龄和一脸恳切的赵元佐，知晓定是不会轻易放他们离开，那便跟着前去看看，再做计较。

刘娥浅笑："等民女见了襄王，定请他好生感谢殿下的相送之情。"

"都是一家人，刘姑娘不必客气。"赵元佐哈哈一笑，倒似真的很坦荡，只是那眼神有意无意地扫了扫刘娥的腹部。

刘娥脸上笑意不减，只作未见。

堤坝的决口又冲开了不少，那巨浪翻滚，有着令人发怵心怯之势，而此时更让人胆寒的是，河渠使王禾，以及众水官被一一绑缚，跪在决口处，对着那滔滔洪流，待斩。

一直忙着堵洪水的河工们，皆满脸惊恐地立在暴雨之中，挤满堤坝上下，他们怎生也未料到，那朝廷派来治水的大官，天家的皇子，风风火火地赶到，没有堵漏挡洪水，却一声令下，绑了一众水官，要治水官们渎职之罪，斩杀以平民愤。

河工们不知晓现下是否已民怨沸腾，他们一直在堤坝上没日没夜地忙活，只是临阵斩将，这天家皇子莫不是以为砍几颗脑袋下去，便能堵上了决口吧。

众人心中嘀咕的天家皇子，许王赵元僖，正一身傲然地立在堤坝之上，朗声地、义正词严地指责众水官。

"治水是朝政大事，每岁朝廷拨出的钱财难以计数，结果却是一到洪汛期，河水便溃堤决口，钱财都花到了何处？你们贪了多少？"

水官们有的义愤填膺，有的因下方的洪流已吓得面如土色，根本没听清赵元僖在喊甚。

赵元僖更是激昂："本王今日便用你们的人头，来祭奠那些冤死的灾民！"

"许王殿下！"王禾实在听不下去了，一声嘶吼，"殿下！今岁水灾乃百年一遇！河道年久失修，修缮的人力物力难以跟上，他们能维系至今已属不易，我们水官，为了治水，吃住都在河堤之上，救灾的银钱并非由我等经手，我们怎会贪了那些银钱？"

赵元僖无动于衷："死到临头还要狡辩。"说着，他满不在乎地朝刽子手挥了下手："斩。"

刽子手当即手起刀落，跪在最边上的水官还没反应过来，脑袋便搬了家，掉进了洪流里，一个大浪就被卷走了。

"啊！"王禾撕心裂肺一声大喊，"殿下！冤枉啊！殿下！"

水官们终于反应过来，纷纷大喊冤枉，疯狂挣扎。

围观的河工们更是战战兢兢。

"殿下，你这是草菅人命！"王禾被两个侍卫死死地按住，脸蹭在泥水里，被碎石泥沙划破，鲜血淋漓，看去甚是狰狞可怖，"我王禾一生治水，兢兢业业，不敢有半分懈怠！不承想到头来竟落个治水不利，贪赃枉法的罪名，许王，你偏听偏信，不查证便治我等之罪，与那些贪官污吏何异……"

第22章　同室操戈钺

堤坝之上正闹得不可开交，蓦地，一阵急促的马蹄声，踏破那雨声，片刻便驰近了，一行七骑，正是赵元侃到了。

堤坝之上，又有三名水官被砍了头。

王禾已是目眦欲裂，几近失去理智："许王，你这是在给真正的贪赃枉法之徒遮掩，我看你们根本就是一丘之貉！你身为皇子，如此行径，官家不会饶过你！老天有眼，河神在上，更不会放过你！枉死的冤魂会日日夜夜纠缠你……"

"唰！"赵元僖被骂得怒火中烧，一把抽出了腰间佩剑，满脸狠厉地步步走向王禾："本王倒要看看，是谁不饶过谁！"

王禾也不知何处来的气力，猛地挣开了禁锢自己的侍卫："不劳你动手，我王禾以命祭祀河神。"

说着，王禾转身便要跳入洪流。

赵元僖却还不放过他，冷血地一剑掷了过去。

"叮！""哐！"两声，又两柄剑飞了来，一柄撞开了赵元僖的剑，一柄插在了王禾脚下，堪堪阻止了他下跃的身形。

众人惊愕地回头，只见赵元侃一行匆匆奔上了堤坝，走在最前的赵元侃面色尤为冷肃。

赵元僖眯了眯眼："元侃？！"

赵元侃大步奔近，见那地上血水和泥水混合流淌得到处都是，几具无头的尸体倒在决口处，余下的水官个个面无人色地被按着，狼狈不堪，河工们敢怒不敢言，场面简直是一团糟。

"二哥，你在做甚？！"赵元侃的脸色极度难看。

赵元僖轻嗤一声："襄王殿下到了，来得可真是时候，没见本王正在惩治贪官吗？"

水官和河工们皆愤怒地瞪着赵元僖，也吃不准这新到的襄王殿下是个甚脾性，因此无人开口。

"待本王杀尽了这些贪官，再与你叙话。"赵元僖随意地挥挥手，示意刽子手继续。

"住手！"

刽子手刚举起刀，苏义简捡起地上方才打掉赵元僖剑的佩剑，直指着他。

"唰唰唰！"一片抽剑之声。

赵元僖的侍卫见状，皆抽出了剑。

几乎同时，赵元侃的人也拔剑护住了他。

双方对峙。

赵元僖阴恻恻地道："你这是何意？"

"此话该我问二哥，你是来治水的，还是来杀人的？"赵元侃强压着满腔的怒意。

赵元僖道："冤死如此之多的百姓，皆是他们治水无能所致！"

赵元侃道："自古以来黄河水患皆没治住，天下同难，为何偏偏他们就有罪？！听闻你一到，便绑了这些水官来问罪，你怎可不问明缘由便滥杀无辜！即便他们有罪，你查证了吗？证据在何处？"

"你！"赵元僖气噎，"你便是要与本王作对是吗？！"

"二哥！"赵元侃沉声道，"治水当前，我们先同心协力堵上了这决口，再论其他，可好？"

"本王一定要先杀了他们呢？闪开。"赵元僖接过侍卫捡起的剑，明晃晃的剑尖指向赵元侃。

"父皇嘱我三人同权，我无权命令你，可你也无权让我闪开。"赵元侃无惧无畏地迎着赵元僖的剑尖。

气氛再一次僵持。

那些河工，有两三个胆大的，悄无声息地站到了赵元侃身后，渐渐地，越来越多的河工站了过去。

赵元僖身边的侍卫，皆微微色变，不断地偷眼瞅他的神色。

这时，那巨浪一个又一个地掀过来，冲击得堤坝隐隐晃动，在场的每一个人都更惶惶然。

"二哥！"到底是赵元侃顾全大局，先退一步，抬手按上了眼前的剑尖，语气恳切地，"先治水吧！若洪灾泛滥，你我二人皆会被父皇治罪。"

赵元侃的最后一句话倒是让赵元僖一个激灵，何况这脚下堤坝似岌岌可危，他也不想死在这。

赵元僖不甘地重重一声冷哼，终是收起了剑："今日便给你一个面子，不过这些贪官，脑袋都是暂存。"

赵元侃道："我会查明事实，给二哥一个交代。"

赵元僖冷冷地环视一周，才带着他的人，转身朝堤坝下走去。

赵元侃上前，拔出插在王禾身前的佩剑："王大人……"

"殿下！"赵元侃方一开口，惊愕在原地良久的王禾终于回过神来，一下跪了下去，痛哭出声，"求襄王殿下为下官们做主，冤枉啊……"

有了这一开始，水官和河工们也纷纷跪倒在地，求襄王昭雪。

赵元侃朗声道："诸位，若有冤屈，本王定会查明，还大家一个公道！现下，还请同心同德，与本王一道全力治水！"

已七日了，天如同被撕裂了一道巨大的口子，难以缝补，那倾盆的暴雨时断时续，黄河之上浊浪排空，已成肆虐之势。

除了先前的那处决口，洪水又冲开了几处。

襄王自上了堤坝，便没回过营帐休息，一直带着水官和河工们四处堵漏塞缺。

楚王是那日午后到的，将刘娥安置在他的临时营帐，倒是上堤坝帮了襄王三日。那时许王也在，两日后便寻由头要查水官们的贪污罪证，入了滑州城，再没出现。紧跟着，楚王以安置灾民为由，退了下来，虽未离开决口前线，却再也没上堤坝。

刘娥带着宝儿和萍儿，七日来一直居在楚王的营帐内，一则是楚王软硬兼施地不准她离开，去见赵元侃；二则她也不想此时让赵元侃知晓她在这危地而分心。

萍儿掀开营帐帘子，自外面进来，脱掉那遮雨斗篷，露出紧紧护在怀中的一只粗碗，里面有三个看去甚是粗糙的菜饼子。蹲在角落玩蚂蚁的宝儿抬头一看，奔过来抢了一个菜饼子，便直往口里塞。

"慢点吃，小心噎着。"萍儿轻轻拍了拍他的小脑袋，哄了两句，随即将剩下的菜饼子端去给案前的刘娥。

刘娥正在研究一幅水系地形图，没怎生注意到萍儿回来。

萍儿将粗碗放到案几之上，咬着下唇顿了片刻："姑娘，我们还是去找襄王吧。"

"嗯。"刘娥看得专注，随口应了声。

萍儿又将那粗碗端回了手中："襄王便在前方的堤坝上，我不信楚王还能真让人拦着，且我们还有凌飞啊，或者姑娘你让凌飞偷偷去给襄王送个信，王爷定会来救你……"

萍儿的絮叨终于引起了刘娥的注意，她一抬头，便见萍儿一张小脸都快皱到一起了，气呼呼地噘着嘴。

刘娥忙道："发生了何事？谁惹你了？"

"姑娘你看，"萍儿委屈地伸手将粗碗捧给刘娥看，"我去领食物，楚王的人便给我这些，你有孕在身，怎能吃，吃这干巴巴硬邦邦的菜饼子，我看楚王明摆着就是故意的，克扣我们的口粮，他居心不良，定是不想姑娘腹中的小皇孙好好长大。"

"小婢子胡言乱语甚呢！"赵元佐不悦的声音陡然响起，紧跟着人便进来了营帐。

萍儿吓得脸色一白，连忙躲去了刘娥身后："见，见过楚王殿下。"

赵元佐轻哼了声，示意了下跟在后面的符毅。

符毅上前，将装着两只白面馒头的碗放到了刘娥面前。

旁边狼吞虎咽吃着菜饼子的宝儿，顿时停止了咀嚼，两眼放光地盯着那白面馒头，却惧于赵元佐的存在，而不敢动。

刘娥拿起一只白面馒头，递了过去："宝儿。"

宝儿立刻欢天喜地地接过，一口咬下了三分之一，直冲刘娥乐。

赵元佐不咸不淡地："你倒是很讨小孩喜欢。"

刘娥不自觉地抚了下高耸的腹部，低头，那眉眼有一闪而过的温柔，她拿过萍儿手中的粗碗，又看了看白面馒头。

刘娥道："这是殿下的口粮吧。"

"灾民太多了。"赵元佐道了句，算是默认了，叹了口气，坐了下来。

刘娥却拿起那菜饼子要吃。

赵元佐一把夺过去，摔在案上，没好气地："让你吃便吃，免得日后三弟知晓了，还道本王不给他的女人饭吃，想饿死他矜贵的儿子。"

萍儿也忙将菜饼子拿开："姑娘别吃这个。"

"哼。"赵元佐又是一声冷笑。

刘娥轻笑了下，倒也不客气，拿起白面馒头，掰了一小块放进口里，细嚼慢咽，又看向攥着菜饼子的萍儿："那便委屈你吃菜饼子，赶紧多吃一点，待会咱们要赶路。"

"哦，"萍儿咬了一口菜饼子方反应过来刘娥言了甚，"赶路？赶甚路？"

"你要去哪里？去找三弟？"赵元佐闻言，皱起了眉，凉凉地道，"上堤坝帮他堵决口啊。"

刘娥淡淡地瞥向赵元佐："殿下今日又没上堤坝吧。"

赵元佐有点讪讪，轻咳了一声："堤坝上有三弟指挥，本王坐镇此处，安置灾民。"

刘娥点点头："官家派三位皇子同来治水，襄王四处冲锋陷阵，堵漏塞缺，七日七夜没下堤坝，楚王安置灾民，许王在城中查贪官，三位皇子分工协作，配合得挺好。"

"你！"赵元佐被噎得脸色青一阵红一阵，"灾民不需要安置吗？都冲到前方去，水堵住了，后方乱了呢！"

刘娥微嗤了下，抬眸看向赵元佐，眼神清亮："冲在堤坝上那个人，随时有可能被洪水夺去性命的人，是你们的三弟，楚王殿下，还有那个一来便杀水官耀武扬威够了，便躲去不知城中哪里找乐子的许王殿下，你们可曾想过，上去把他换下来歇一歇，七日七夜了，他便是铁打的也熬不住吧。"

赵元佐沉了脸色。

刘娥续道："楚王殿下，不要讲甚冠冕堂皇的理由，安置灾民，你每日去了灾民安置区几趟？又有多少时候是赋闲在营帐里的？你若用心做事，灾民又岂会都只能吃硬邦邦的菜饼子了？！"

"你一个女人清楚甚？！"赵元佐怒道，"灾民众多，运来的口粮就那些，本王要保证所有人……"

"是以你为何不去与许王交涉？！与附近州府的知州交涉？！想办法解决口粮问题，还有住处，"刘娥冷冷地打断，"这几日我都有去灾民安置区，很多人还睡在雨里。"

赵元佐的脸色已相当之难看了。

刘娥咽下最后一口馒头，立了起来，气势竟隐隐压了坐着的赵元佐："楚王殿下，你扪心自问，若不是此处靠近决口，一旦襄王堵上了洪水，这份功劳便是你们共有，只怕你早便学许王，寻个由头躲得远远的了。"

说罢，刘娥也不再理会赵元佐，看向因刘娥对赵元佐一番慨然斥责而吓傻的萍儿："我们走吧。"

萍儿愣愣地点头，牵过宝儿便跟着刘娥往外走。

赵元佐终于反应了过来，怒喝："符毅，把他们拦住，本王看谁敢走。"

符毅当即拦在了营帐门口处。

刘娥叹了口气，回身几步走到案几前："不只是我们要离开，楚王殿下，我劝你也尽快走，当然，你若是能带着那些灾民后撤，则更好，此事我已让凌飞去通知了襄王，不过灾民之事，是你楚王殿下负责，该是更熟练。"

赵元佐有点发怔："你，你此言何意？"

刘娥示意了下桌上的水系地形图，又拍了拍旁边的水利志："那决口襄王堵不住的，他把周围冲开之处全堵了，若没有这几日不断的暴雨，或许还可一搏，然按照现下这个降雨量，大决口必被冲开，这里必被淹没。"

"你，你所言，可是真的？！"赵元佐霎时慌了神，忙扯过水系地形图细看，却一时哪里能看明白。

刘娥道："我不知襄王那里堵得如何，他该是有分寸，不过殿下，你早做准备吧，"顿了下，又忍不住加了句，"若楚王殿下你此前多用点心……"

刘娥不无失望地摇摇头，转身复朝外走去，这次符毅没再拦他们，因赵元佐已在那边大喊。

"符毅，快请李大人过来。"

一袋袋的泥沙被扔下去，那大决口的确比先前小了不少。

王禾还扯着嘶哑的声音，在指挥河工们将沙袋一层层铺在堤坝上以加固。

一个披蓑衣戴斗笠的身影蹲在那堤坝边沿，正观测水位。忙乱中的王禾转眼瞥到，忙奔了上前。

"殿下！"王禾激动地喊了声，不由自主地伸手在其身前虚拦着，"您蹲在此处危险啊！"

那身影回头，正是赵元侃，他眼下乌青隐隐，两侧脸颊明显消瘦了下去，倒是眉眼显得愈发锋利了，此时眉峰蹙着，更有一股凌厉锐气逼人。

"让河工们都停下来。"

"啊？"王禾一愣。

赵元侃起身，望着那如受惊的野马群，一次次疯狂地冲击着堤坝的狂潮，似不达目的誓不罢休，断然道："不能再堵了！"

"殿下！"这时，苏义简冒雨冲上了堤坝，他撑着一木柄大黑伞，近了连忙挡在赵元侃头顶，自怀中掏出一幅地图，"水系地形图来了。"

赵元侃展开地形图，飞快地顺着黄河沿岸州府查看："我们现下这里，危及的是滑州和澶州，若再强行堵下去，前两日封住的决口必再次被冲开，那么，韦城、通利、德清，皆会遭殃。"

苏义简道："这几个地方，地势都不高。"

"滑州……和澶州……"赵元侃手指不断在这两个州府间来回滑动。

"是滑州。"

苏义简和赵元侃几乎异口同声地道出，一般沉重的眼神对视了一眼。

王禾也明白了俩人之意："洪水若从此倾泻而下，困的的确是滑州。"

苏义简道："城中百姓上千，一时根本迁不出去！且近来灾民大多入了这两城。"

赵元侃目光沉炽，看了看那乌沉沉的天际，伸出手去，转瞬便是半捧雨水："立刻让所有人停工，带着灾民入……滑州。"

"殿下！"苏义简心中一紧。

赵元侃声音铿然："此处距离滑州最近，没有别的选择！若所有人撤下堤坝，照这雨势，至多两个时辰，我们现下所立之处，将是一片汪洋。"

苏义简忧心忡忡地点点头："灾民里老弱妇孺众多，到不了澶州。"

王禾忙道："殿下，下官立刻传令下去。"

王禾匆匆施了一礼，转身跑去安排河工和水官撤退。

苏义简道："殿下，我去把马牵过来。"

"先去灾民区。"赵元侃随着苏义简一道疾步朝堤坝下走。

第23章　硕鼠硕鼠，无食我黍

赵元侃和苏义简方下了石台阶，一阵马蹄声陡然响起，雨中一人骑马疾驰而来，后面还牵着一匹空马。

"殿下，"那马上之人跳下来，正是凌飞，"卑职参见殿下。"

"凌飞？！"

赵元侃和苏义简皆诧异不已："你为何出现在这里？！"

两人不约而同地问出口，同时不禁看了看凌飞后面。

凌飞道："姑娘让卑职来请殿下，还有苏大人，尽快入滑州城。"

"莺儿来了？！"赵元侃一惊，"她人在何处？"

凌飞道："卑职来时，她还在楚王营帐中，不过现下该是已离开了。"

苏义简不由急了："离开？又去了哪里？"

"这……她未相告，卑职忘问了，"凌飞惭愧地道，"她说大决口堵不住了，让卑职来找殿下，卑职一急，是以……对，姑娘定是已去了滑州的，她让卑职带一句话给殿下。"

"讲！"赵元侃急道。

凌飞道："姑娘说，她在滑州城等殿下。"

片刻的工夫，雨水似落得更急了，那雨雾弥漫，听了凌飞转告之言，赵元侃目光深沉难辨，他大步上前，利落地翻身上马，一扯马缰绳，方向依旧是灾民区。

"殿下！"苏义简唤了声，也忙上了另一匹马，顺手将凌飞也拉了上去。

"先去灾民区。"雨中，赵元侃的声音不容置疑。

苏义简应了声，纵马跟了上去，又冲凌飞道："路上说说，你们是怎生会与楚王在一起的。"

滑州知州府衙，后堂。

那丝竹声声慢，舞姬身段柔软如春风扶柳，水袖裙裾翩然。许王赵元僖斜卧榻上，纯酿佳肴伺候在侧，更有美人捶肩捏腿。

外面急雨如注，洪灾泛滥，他倒是醉卧温柔乡。

蓦地，一阵仓皇的脚步声响起，滑州知州刘庸急切地奔了进来。

"殿下，"刘庸狼狈地绕过那飞扬的水袖，扑跪到榻前，"灾民入城了。"

赵元僖就着美人的纤手饮下一口酒，才睨了刘庸一眼："每日不都有灾民入城吗，有何大惊小怪的？"

"不是，这次不同以往，"刘庸急道，"是襄王下的令，命人将城外所有安置区的灾民，全部迁移入城中，龙门那边堵不住了，洪水很快会淹过来。"

"你言甚？！"赵元僖惊得一下坐了起来，打翻那酒盏。

赵元僖跟着刘庸来到南城门口，被眼前的人山人海着实吓了一跳，而当他们艰难地挤过人群，登上城楼，向外一望，那是人头攒动，灾民从四面八方，如潮水般朝这边涌来。

赵元僖震惊地道："怎，怎会有如此之多的灾民？！"

刘庸抹了把脸上的雨水："五六个安置点呢，该是都听说洪水堵不住，往城中奔命来了。"

"本王的好三弟啊！这便是他堵的洪，治的水！"赵元僖磨了磨牙。

刘庸也满腹抱怨："太多灾民入城，下官这滑州，根本容纳不了啊！不然也不会在城外设那么多安置点了，这吃甚？！住在何处？！灾民可没几个善茬，若是闹将起来……"忽而触到赵元僖不耐烦瞥来的一眼，他便是一噎，咽了咽口水，悻悻不已，"下，下官说的也，也是实……"

"关城门！"赵元僖猝然一声断喝。

刘庸一个激灵，抬头见赵元僖神色有异，忙顺着他的目光转头望去，下一瞬，几乎是腿脚发软。

那远方天地交接处，隐隐可见一条粗壮的黄色波浪沿着地平面，莽莽苍苍，铺天盖地，朝着滑州城迅速移动而来。

波浪之前，七八骑飞奔。

城楼下的灾民已发现了异常，哭天抢地，疯狂地朝城门里挤。

"关门！关城门！"刘庸在城楼上竭力地嘶吼，声音却被雨水和嘈杂淹没。

守卫早被挤到了一边。

一时，城门口乱作一团。

"没用的废物！"赵元僖一把拔出佩剑，便要冲下去。

这时，一骑自长街飞驰而来，马上之人轻袍缓带，竟是寇准。

"乡亲们，不要挤！不要乱！"寇准朗声道，"进来的人向两边散开，让外面的老乡都进来，洪水还没淹过来，咱们不要自乱阵脚，都镇定点！为了自己的命，也为了乡亲的命，快！"

顿时，有不少灾民响应，更有几个年轻力壮的，帮着寇准指挥、疏通人群，将人流引入两边的街道、巷子。

很快，中间的道路空出来了不少，外面的灾民能更快地撤进来。

幸好赵元侃下令得及时，灾民虽众，却也几乎都聚集了来。混乱又被寇准控制，大部分灾民还算有序地短时间内入了城。

寇准见城门外的灾民已不多了，方下令让守卫缓慢地推合城门，而在这之前，城楼上的赵元僖和刘庸已数次大喊关城门，寇准皆充耳不闻。

那洪流的轰鸣声已清晰可闻，令人胆战心惊。

城里的人在焦灼地高呼城外的人快一点！再快一点！

城外的人如被猎犬追逐的稚兔，没命地奔跑，拖着那疲惫不堪的身子，压着那最后一口气，去拼去搏，那一线生机。

最后几个灾民冲过了城门，筋疲力尽地扑倒在地。

"关城门！立刻关上！"赵元僖在城楼上歇斯底里地大吼，以他的位置，能清楚地看见，那滔天的白浪以摧枯拉朽之势，席卷而来。

距离城门，不足十丈。

那纵马飞奔于浪前的，正是赵元侃等人，他们每一人的马上，还载着一两灾民。赵元侃身后坐着的是一瘦骨嶙峋 的少年，紧紧攥着他的衣袍，他怀中还拥着一小姑娘，驰在几人靠后的位置。而落在最后的，是两人一骑的苏义简和凌飞。

此刻，所有人皆绷紧了神经。

那马蹄声似踏在每一个人的心上。

那闷雷般的隆隆巨浪声，排山倒海地压过来，让人恐惧窒息。

"关城门！"赵元僖再次暴喝。

寇准已下马，亲自抓着一边的城门，他的瞳仁紧缩，眉眼犀利，紧紧地盯着那飞腾的马蹄，以及紧随其后压过来的浪潮。

城门一点点地往中间合。

终于，第一骑入了城，紧随其后，第二骑，第三骑……城门只余一点缝隙，仅容一骑通过，赵元侃飞骑入城……苏义简和凌飞奔驰而入。

"吱呀呀！"寇准和守卫，还有冲上来的灾民们，一道用力，厚重的城门终于合上。

"哐当！"门闩落下。

"轰！"几乎同时，外面的巨浪强劲砸到，那城门缝隙，有洪水喷射，地上也须臾间漫了水进来。

"漏水了漏水了！沙袋！沙袋！"有灾民惊慌地大喊。

众人七手八脚把城墙角备着的沙袋扔到了城门前。

寇准，还有刚进来的赵元侃、苏义简等人也二话不说地冲上去，好一阵人仰马翻的忙活，算是堵住了城门，虽还有水渗进来，然到底是威胁不大了。

最后，赵元侃、寇准、苏义简，三人是累得瘫坐到了沙袋上，皆是筋疲力尽，彼此望了望，无不是鬓发散乱，衣着污脏，狼狈万状，三人愣了一瞬，旋即齐齐放声大笑。

此时的滑州知州府衙内，却是一片低气压。

赵元僖和刘庸竟趁着混乱，溜了回来。

堂上，知州府的侍卫正将一只只的木箱抬上来。

赵元僖沉着脸，难掩焦灼地来回踱步。刘庸神情有些惶然，不过还是尽力地赔着笑脸，伺候在侧。

赵元僖不耐地："到底准备好了没有？何时能出发？"

"快了快了！殿下少安毋躁！"刘庸忙小心谨慎地安抚道。

赵元僖想了想，很不放心地："北门当真可通行？"

刘庸道："洪水是从南门卷来的，想来东西两门皆会波及，然北门地势较高，洪水没那般快淹过去。"

赵元僖道："还是要快，本王可不想困死在这滑州城。"

他竟是要临阵脱逃。

刘庸伸手招过旁边的院子（家仆），低声让其再去催促。

院子应了声，快步退了出去。

这时，侍卫长上前向刘庸禀报，箱子全部搬完了。

地上统共摆的有七八只。

刘庸讨好地冲赵元僖道："殿下这一趟治水辛苦，下官为您备了些盘缠，不成敬意，还请殿下笑纳。"

侍卫们将箱子一一打开，里面或是金银财物，或是丝绸布帛，满满当当。

赵元僖的脸色缓和了几分："刘知州用心良苦，本王回到京城，定向父皇奏明，提拔你入京供职。"

刘庸喜不自胜，连连叩谢。

很快，院子便回来了，道马车也已然备好。

刘庸当即吩咐侍卫们将箱子再抬出去装入马车。

"等一下。"赵元僖忽而开口道。

刘庸道："殿下还有何吩咐？"

"本王便这般离去，水患毕竟还未……"赵元僖有些犹疑，欲言又止。

刘庸当即明了他的意思，一脸沉痛地："殿下，滑州的水患，乃是绝症，千百年来无人能治得住。"顿了顿，加了句，"襄王也不行！"

赵元僖目光沉沉地盯着他，心里还在盘算着。

刘庸促凑近，压低了些声音："殿下，您要实在不安心，下官护送您去临近的卫州城暂避，待洪水退后再回来，如此，便无人可挑殿下的疏漏，至于这些盘缠，便着人先送去京中许王府，您看如何？"

赵元僖看了看刘庸，皮笑肉不笑地指了指他，浑身通透地一挥手："出发。"

刘庸连连应是，陪同着赵元僖朝外走去。

"许王殿下要去何处啊？"蓦地，一道不咸不淡的声音响起。

紧跟着，一年近而立之年的人走了进来，身后跟着两个禁军侍卫。其人着一身蓝色粗布袍子，状貌短小，其颈项有附疣，整个人瞧去倒似寻常，只那一双眼睛在扫过那些箱子时，有精光闪过。

赵元僖皱眉："你是何人？"

那人打了个揖："下官王钦若，今岁进士甲科及第，蒙官家隆恩，入翰林院，忝居知制诰一职。"

赵元僖道："知制诰？！你不在宫中伺候父皇，来此做什么？"

王钦若道："回殿下，查案。"

刘庸闻言，忐忑地偷瞟了赵元僖一眼。

赵元僖倒是镇定："是何案子？"

王钦若将一直抱在怀中，用绸缎裹起来的一柄剑亮了出来。

王钦若朗声道："尚方宝剑在此，见剑如官家亲临。"

堂上诸人皆是一震，纷纷跪拜了下去，赵元僖的神色终于有了变化。

王钦若再道："滑州知州刘庸，贪污治水款项，收受贿赂，贻误治水，现已查明其罪证，即刻查办。"

说着，王钦若示意了下，两个侍卫立刻上前，押住了刘庸。

刘庸蒙了下，反应过来顿时大喊："冤枉！冤枉啊！殿下，殿下救命……"

"住手！"赵元僖呵斥了声，不善地觑向王钦若，"王大人，你说刘知州贪污，罪证已查明，拿出来给本王瞧瞧。"

"这……"王钦若犹豫。

赵元僖道："你若拿不出实证，本王决不允你胡乱捉拿朝廷命官，坏了法度。"

王钦若道："殿下，实证下官定是有的，不过此案是官家亲自过问，证据自然也是要呈给官家的。"

赵元僖一声冷哼："那你今日便休想在本王面前拿人。"

赵元僖一个眼神，他的亲兵和知州府的侍卫，团团围住了王钦若他们，抓着刘庸的两个禁军不安地看王钦若。

王钦若心中暗忖，对这蛮横的许王倒是大意了，不过他神色不露半分，淡淡地看着凶煞的赵元僖："尚方宝剑当前，许王殿下也要放肆吗？！"

赵元僖眯缝了眼，目光更狠厉了几分，手竟无声无息地按上了腰间佩剑。

亲兵和侍卫们也握紧了手中剑，眼看着只要赵元僖一声令下，王钦若三人便要血溅当场。

气氛一时紧绷。

剑拔弩张的静默里，院子里那噼里啪啦打在青石板上的雨珠声，密集得让人惶然不安。

忽而，府衙外隐隐地传来几声马嘶，不到片刻，一行人绕过长廊快步行了来，那走在前面的正是赵元侃和寇准。

赵元僖瞳孔微缩了下，放下手，面无表情地冷冷看着赵元侃。

赵元侃见到堂上情景，沉肃了神色。

寇准倒是挑眉一笑："这是在做甚呢？"

亲兵和侍卫们看了看赵元僖，见他未发话，皆迟疑着不知该不该收起手中兵器。

王钦若朝赵元侃施礼："见过襄王殿下，"既是给赵元侃禀报，又回复寇准，续道，"下官得报，滑州知州刘庸有可能弃城逃跑，他的贪污罪证已查实，是以下官便前来相阻，"微顿了顿，"刚好遇上许王也在。"

王钦若未把话挑明，不过在场之人皆是心思通透，自然明白为何会出现眼前一幕。

寇准道："我与王大人同为钦差，王大人可比我心急啊。"

王钦若立马一副惶恐样："寇大人，你可别冤枉了下官，下官来拿人，着实是事发突然，且不是派人去知会你了吗？"

寇准不甚在乎地笑了笑，不置可否。

赵元侃一直未发一言，这时走上前，掀开了一只箱子，里面的金银财宝展露无遗。

堂上的气氛微微变了变。

刘庸心虚地直瞅赵元僖。

赵元侃又随手开了几只箱子，里面皆是一般的银钱珠宝。

堂上气氛愈发凝滞。

赵元侃面色冷凝，开口字字如淬了冰碴："户部每岁皆要申报建设加固黄河沿岸堤坝的款项，然遇上洪涝，黄河还是溃了堤，淹没良田数千顷，无数百姓葬身鱼腹，朝廷又拨款治水赈灾，决口堵不上，灾民食不果腹，那么多银钱到底去了何处？！做了甚用？！一个小小的知州府内，竟敛了如此之多的金银！"回身，他冰寒的目光射向刘庸，"刘庸，你该死。"

刘庸已是面色发白，双腿战栗不止。

"哧，"赵元僖轻嗤了声，"以何为证？如何证实这些钱财是他贪的？空口定罪？"

王钦若看了看赵元侃和寇准的神色，终于自怀中掏出一本账册："罪证在此……"

话未道完，赵元僖已一把夺去了账册。

王钦若复看了眼赵元侃，见其未反对，遂识趣地住了口。

赵元僖翻看账册，脸色逐渐难看。

刘庸心里越发没底："殿，殿下……"

"唰！"剑光微闪。

刘庸方一开口，赵元僖竟陡然拔出佩剑，一把拽过其领子，横剑架在了他的颈项上。

"好你个刘庸，竟敢贪污朝廷治水赈灾的银子！"赵元僖怒道。

"殿……下！"刘庸震惊异常，睁圆了眼瞪着赵元僖。

赵元侃、寇准、王钦若，三人皆皱起了眉。

赵元僖根本不给其余人插话的机会，狠厉地道："证据确凿，你还有何可辩解的？"

"下，下官……"刘庸唇齿哆嗦，猝然间看到赵元僖似无意地瞥了眼就在他脖颈附近，近在咫尺的账册，电光石火之间，刘庸明白他该做甚。

"下官只求祸不及家人！"

刘庸嘶吼一声，猛地抢过赵元僖手中账册，不顾一切地朝外冲去。

"快拦下他！"王钦若大喊。

却，已是迟了。

毕竟堂上赵元僖的亲兵和府衙的侍卫居多，刘庸转瞬冲入外面的院子。

赵元侃跟来的几个近卫倒是反应极快，扑上去，几乎堪堪便要捉住刘庸。

"噗。"剑入肉体的声音。

一剑狠狠掷来，将刘庸当胸而过，他扑倒在不足三步的井边，手中的账册掉进了井里。

"账册！"王钦若痛呼一声，"快捞账册！"

赵元侃倏地回头，瞪向冷酷掷出一剑的赵元僖。

第24章　佳人在何处

滑州知州府府衙，书房。

赵元侃和赵元僖一前一后地走入。

"哐当"一声，赵元僖随意将佩剑扔到了那书桌之上，拿起砚池边的一支狼毫毛笔把玩着："把本王单独唤进来，有何指教啊？三弟。"

赵元侃看着他那漫不经心的模样，眉头越皱越紧。

赵元僖在众目睽睽之下杀刘庸，虽明眼人都能看出不对，然其罪证确凿，且目前二位钦差找到的证据，也不直接牵涉赵元僖，即便将来御前对质，他也能辩个名正言顺。

打捞上来的账册自然是全毁了，王钦若很是自责，是他处事不周，冒进了。赵元侃并未怪罪，只是吩咐人将堂上七八只箱子缴了，又请寇准和王钦若二位钦差去查看府衙粮仓，是否还有存粮，以开仓赈济灾民。

"你哑巴了？！"赵元僖不耐地回头，睨着赵元侃。

"那些箱子里的金银财宝，是刘庸孝敬你的吧，你今日是要带着它们回京城。"虽是疑问，赵元侃却是肯定的语气。

赵元僖面无表情地看着赵元侃。

赵元侃又道："不对，水患未除，你不会这么回京，那你是要躲去附近州府，等水退了，或者干脆淹了滑州城，再回来？！"

赵元僖满不在乎地撇嘴："又是空口定罪？！你指本王受贿，那些钱财进了许王府吗？！你疑本王临阵脱逃，现下立在你面前的是何人啊？！"

赵元侃道："堂上那么多人，你真当无一人敢出来做证？！还有刘庸，他与户部勾结，毁了一本账册，难道便查不到其他一点的人证物证？！户部尚书乃二哥你的岳丈，你能十分确定你可摘除干净？！还是说做过的事，没留下任何蛛丝马迹？！"

赵元僖定定地赵元侃对视片刻，并未从其目光中感受到威胁，是以张狂地一笑："那便等你拿到人证物证，查到蛛丝马迹，再与本王来谈。"

"那便晚了，"赵元侃似有点无奈地道，"二哥，你没忘记王禾此人吧。"

赵元僖心中一动："果然，是你给父皇上了奏疏，才有寇准和王钦若秘密入滑州，查贪污之事。"

赵元侃道："你该庆幸，王禾随我一直在堤坝上抗水患，没来得及与二位钦差见上面。"

"你此言何意？"赵元僖感到了一丝不妙，神色倒是未露半分，"我庆幸？我庆幸甚？"

赵元侃不语，只是静静地，却又难掩几分沉痛地看着赵元僖。

赵元僖倒有点慌了，试探地："王禾给给了你东西？还是，说了甚？"

"二哥，你不必试探于我。"赵元侃轻叹了口气，"父皇派我们三人前来治水，只要你我兄弟和衷共济，治理了水患，只要二哥你自此安分，不再做任何不利于百姓之事，贪污一案便到刘庸止，即便将来牵扯出户部，元侃也会设法为二哥周旋。

这算是今日我私下对二哥的承诺。"

"承诺，我需要你的承诺吗？！"赵元僖怀疑地道，"你如此向我示好，有何目的？你莫不是在诈我？威胁我？你真以为自己抓到了我的把柄？！"

"随你如何想吧。"赵元侃的神色淡了下去，顿了顿，又复杂地道，"二哥，你我虽非一母同胞，但我对你与大哥，一般无二。"

随即，赵元侃不欲再多言，转身朝门口走去。

"你为了太子之位，还真是煞费苦心，一边威胁，一边和我谈兄弟情。"赵元僖在后面不屑地道，"想让我怕了？想让我不争吗？何不明刀明枪地来，只怕你心中恨不得杀了我吧。"

赵元侃正要拉门的动作一顿，确实有些被激怒了，闭了闭眼："二哥，是我想杀你，还是你想杀我啊？宣德门前的那些刺客，到底受何人指使，你该比我清楚。"

说罢，赵元侃拉开门扉，离开了。

赵元僖却是僵在了原地。

良久，赵元僖的贴身侍卫费斌走了进来："殿下，襄王他们查封了知州府的账目，现下去了……"却在看到赵元僖发白的脸色时一愣，"殿下您……发生了何事？"

赵元僖似猛地才回过神来，眼中神色一时变幻不定，最终化为一抹狠辣："费斌，替本王办件事。"

"但凭殿下吩咐。"

赵元侃留下王钦若负责知州府衙的开仓放粮，他和寇准则赶去了城中的灾民安置点。

短短的几条街，他恨不能立时胁生双翼飞过去。其实一入滑州，赵元侃便想去寻刘娥，奈何接报王钦若去捉拿刘庸，他不得不强行按捺，与寇准赶去府衙，只得吩咐苏义简和凌飞安置灾民，寻找刘娥。

此时雨小了些，不过街道上没甚行人，赵元侃几乎是一路纵马狂奔，将其余人远远甩在身后，他先一步赶至。然让他措手不及的是，苏义简他们根本未寻到刘娥。

"殿下不必太过忧心，城中灾民少说也有数千人，民居深巷，地方又大，寻两三个人，一时半会哪有那般容易，"苏义简安抚赵元侃，更像是说服自己，"凌飞还在四下寻找，该很快会有消息。"

赵元侃唯有尽力压下那隐隐的不安，问询了安置点的情形。灾民涌入城的甚众，苏义简倒是指挥有方，腾出了一批民居，又临时搭了些棚子，灾民的安置有序进行着，没生出任何乱子。

赵元侃注意到有侍卫点了草药在那安置棚子的里外到处熏，外面还支了几口大锅，在熬草药，灾民们拿着碗，排队等着药汤。

苏义简解释道："熏的是艾草，熬煮的是青蒿，这两味草药，皆有驱邪避毒之功效。"

寇准赞赏道："大灾之后，往往会有时疫。许多人挺过了水患，却有可能死在那上面。苏兄此举防患于未然，思虑周全啊。"

苏义简却道："平仲兄谬赞了，安置灾民忙乱，在下倒一时未想到此处。"看向赵元侃，"是嫂嫂，让凌飞提醒我们的。"

赵元侃这一刻觉得自己对刘娥的思念到了极致，咫尺天涯，他想立刻见到佳人的笑靥，从此锁入怀中。可眼下之情景，他只能状似从容地点点头。

赵元侃又巡查了另外几处安置点，虽洪水围城，毕竟还有两位皇子在，滑州城的人心还算稳定。

然，还有一个甚是紧要，此时该身处滑州城的重要人物，几乎被诸人遗忘，最后还是寇准心念忽转，问了出来。

"楚王呢？"

是啊，楚王赵元佐呢？

赵元侃和苏义简等人是面面相觑。

苏义简不由迟疑："我与襄王殿下到城外安置点疏散灾民，倒是听侍卫提及，楚王也去过，只是匆匆下令后撤，便离开了，他，他该是也进城了吧。"

寇准却摇了摇头："未必，以楚王的性子，入了城必去府衙。"

赵元侃知晓寇准言之有理，担忧不禁又多了一层，立即招过一近卫，让其传令下去，在城中搜寻楚王踪迹。

这时，有侍卫得了王禾之命，匆匆来请赵元侃速去南城门，那边怕是守不住了。几人闻言，皆是心中一紧。

便在他们疾步从安置点出来，要离开之时，凌飞回来了，却是禀报他几乎寻遍了整个滑州城，也未找到刘娥三人。

赵元侃目光深沉难辨，沉默须臾，只是吩咐凌飞再多带几人去寻。

苏义简欲言又止。

寇准为了缓和气氛，故意轻松道："滑州城有多大啊，你真寻遍了？！挨家挨户敲过门了？！仔细点，好生搜寻一遍，人找到了，再回来向殿下汇报。"

"是，卑职这便去挨家挨户地敲门问，定要把城里的角角落落都搜寻到。"凌飞一脸凝重地保证，过于忧虑，不禁脱口又嘀咕了句，"姑娘不来见殿下，怕不是动了胎气行动不便……"

正要上马的赵元侃和苏义简闻言，皆是动作一滞，便是连寇准也愣了愣。

"你言甚？"赵元侃豁然回头，"动了胎气？谁？莺……儿吗？"

凌飞自知说错了话，紧张得目光躲闪。

苏义简沉声道："凌飞，讲实话。"

凌飞干脆一横心："是，姑娘她……她有孕了，已七个多月，她一直不让告知殿下，是怕您担心。"

赵元侃两步上前，伸手提过凌飞的领子："你！"一开口便带有点咬牙切齿的味道，他的神色一瞬间冷冽得有些骇人，那手指关节捏得咯咯作响。

"混账！"赵元侃低斥了一声，一把推开凌飞。

"卑职该死！"凌飞直直地跪了下去，低头认罚，"任凭殿下责罚。"

"自己记下，"赵元侃难得地厉声道，"还不快立刻滚去找人。"

"义简你也去。"赵元侃又吩咐道，旋即转身上了马，周身都散发着生人勿近的凛冽气息。

苏义简有些犹豫，寇准拍了拍他的肩："我陪殿下去城门便够了。"

苏义简感激地冲寇准抱了抱拳。

那长街雨雾弥漫，夹杂着瑟瑟凉意，两拨人朝着不同的方向奔去。

赵元侃和寇准来到南城门，虽先得了王禾禀报，已心中有数，然真正看到眼前之情形，还是不由吃惊。

外面的洪水以排山倒海之势将那厚重的城门压得微微变形，门缝挤宽了不少，大股大股的水涌进来。周围的城墙，但凡缝隙之处，亦在不断地渗水。城门前填挡的沙袋全被泡湿，有的甚至冲散了去，地上的污水已快没过膝盖。

两人忧心忡忡地对视一眼，飞快地上了城楼，旋即更是脸色微变，波涛如怒，一波又一波地翻涌上来，几乎快与城墙平齐了，放眼望去，入目处皆是一片洪流浑浊。

阴霾的天空压得很低，那天地交接处浓雾凝聚，似乎后面还隐藏着更可怕

的威胁。

王禾仓皇奔来，连日的奔波劳累，他已快支撑不住，一河工跟着相扶。

不必他多言，赵元侃也明白眼前的危机，径直问道："其余三门如何？"

王禾摇头："东西两门最初便淹了，此时比南门好不了多少，下官刚去看过北门，洪水也涌上来了。"

赵元侃面上一片沉肃："四门皆困了？！"

王禾沉痛地点头："本来北门地势颇高，一个时辰前还可出入，然洪水是说涨便涨，也幸好守卫机灵，见势头不对便立马关了城门，不少打算出城避水患的百姓此时都还聚在北城门口，闹哄哄的，不肯散去。"

"去北门。"赵元侃一声令下。

一行人又匆匆赶去了北城门。

果然，如王禾所言，城门前挤满了百姓，摩肩接踵，至少有七八十人，几乎都带着行李，甚至有殷实人家，还赶了马车。

场面岂止是闹哄哄，简直是混乱不堪。

一拨人嚷着要守卫开门放他们出去，洪水围城，困在城中，便是死路一条。而守卫还来不及说话，便有理智者阻止，外面的洪水已快漫过城门一半，城门一开，便是水淹全城，大伙儿都没活路。双方吵得不可开交，闹得人心惶惶，自然有人想到了要去找刘知州，要见两位皇子。

"诸位乡亲，请肃静！"赵元侃勒停马匹，高声道。

部分百姓见状，不由纷纷转头，迟疑不定地看着他，而另一部分则兀自沉湎在争吵里。

"乡亲们，乡亲们，不要吵了，都静一静，"紧跟着赶至的王禾气喘吁吁地道，"这位是襄王殿下，都静下来，听襄王殿下说。"

百姓们几乎都认识王禾，闻言倒是安静了下来，不过也仅是一瞬，随即却更是激动地七嘴八舌开。

"真的是襄王？那我们有救了！"

"是襄王，就能挡天灾吗？！"

"殿下，我们不想困死城中，还请殿下无论如何救大伙儿一命啊！"

"襄王殿下，要不您下令打开北城门，趁现下这边洪水，水性好的指不定可游出去，能活一个是一个。"

“绝对不成，如此，城里的老弱妇孺还有活路吗？！”

“那就等着水淹滑州，全城人都死绝吗？！”

……

“诸位，诸位乡亲！都安静！”赵元侃朗声道，“请你们信本王，朝廷派本王来，便是治水的，不会对乡亲们的死活，坐视不理。本王必设法，尽快退水。”

“如何退？”

“四面城门都淹了，雨还在下，洪水只会越涨越高，还有甚法子？”

……

“水患危急！此时本王只有一言，”赵元侃铿锵地道，“我赵元侃与滑州城的所有百姓共存亡。”

一言掷地有声，霎时给了在场的百姓们一枚定心丸。

赵元侃带着寇准和王禾上了北城楼，留下了几个侍卫安抚、疏散百姓。

“王大人，你方才路上提及的韩村在何处？”赵元侃边走，边问道。

这时，已有水官找来了附近的地形图奉上。

王禾接过，将图上滑州城附近的一点指给赵元侃：“在这里，滑州城的西北方向，十多里之距，韩村原是一个小寨，其地势低洼，因离黄河近，早年间寨民们建了厚达好几尺，高好几丈的寨墙。”

寇准道：“王大人想炸开寨墙？！韩村能泄掉滑州的洪水吗？”细研究着地图，“这寨墙可不只是韩村的庇护啊！”

“是。”王禾皱紧眉，“附近还有两个村子，不过韩村后面有一百丈天坑，可蓄水，即便洪水蓄满漫过去，该只是毁些田地庄稼，威胁不到那两个村子。”

寇准道：“你确定？”

赵元侃亦抬头看向王禾。

王禾道：“殿下，黄河这一段临近的州府，下官近几年都走遍了，不会记错。”

寇准又道：“为保万无一失，殿下，最好是先将韩村和这两个村子的村民，全部疏散。”

赵元侃思忖着看了看两人，又朝城楼下望了望：“来不及了。”

两人自然明白赵元侃何意，不过三人说话的工夫，洪水已以肉眼可见之速度向上涨了些。

王禾不无担心地：“现下赶过去，能将韩村的村民疏散安置妥当，便已是最好

的了。"

"速度必须快！"赵元侃当机立断，"如今设法联络附近州府赶来解困已然行不通，也来不及。王大人，城中该是备有火药，立刻去收集起来，用防水的油布，分量而裹好，"又冲寇准道，"平仲，你去帮王大人。本王去挑选会游水的侍卫，两刻钟后，我们还是此处会合。"

第25章 与子同袍

城中百姓一听襄王要派人出城炸寨墙，以解滑州水困，纷纷响应，有的帮着寻找火药和防水之物，有的自告奋勇要游水出去。

不到一刻钟，九名侍卫，三名百姓，共十二人被挑选了出来，皆是年轻力壮，水性极好之辈，人人身上背了包用防水油布裹了的火药。

北门城楼上，执行任务的十二人在做入水前最后的检查，四周挤满了围观的百姓。

赵元侃拿过一包火药便要绑上，被寇准按住了手臂。

寇准："殿下，你不能去，还是我去吧。"

赵元侃道："你水性可不一定比本王好。"

王禾看了看下方已淹过城门一半的滔滔洪水，亦担忧地劝阻道："殿下，洪流可不比一般的水，光会水可不行，我们挑的人也皆是有经验之辈，您还是留在城中，这里需要您坐镇啊！"

寇准道："王大人言之有理，"边说，边不客气地从赵元侃手中夺过去火药包，"城中还需殿下坐镇，万一我们炸得不及时，洪水淹进来，还得有人控制大局不是，更何况……"倾身附在赵元侃耳边，压低了些声音，"许王还在，也只有殿下能阻他再生乱子。"

赵元侃想了想，还是皱着眉不放心地道："你有在洪流里游水的经验？"

"没有。"寇准扬眉颇有几分张狂地一笑，"不过，熬鹰驯马，我玩过的花样可不少，这点水，难不倒我，殿下不必担心。"

说着，寇准已绑好了火药包，转头冲那十二人道："兄弟们准备好了吗？"

十二人齐齐应是。

寇准道："殿下，那我们去了。"

"愿诸位一切顺当！"赵元侃拱手作揖，朝诸人深施一礼，"本王与滑州城的全城百姓，在此恭候佳音。"

寇准领着十二人还礼，随即他率先毫不犹豫纵身一跃，跳入了那滚滚洪流里，十二人一个接一个，亦无惧地跳了下去，他们拼力地朝远处山坡游去。

浪潮中，寇准他们的身影起起伏伏，紧紧牵动着城墙上赵元侃、王禾和一众百姓的心。

这一瞬莫名悲壮，莫名激励人心。

此时，已是暮色四合，那沉沉黑天如一只巨大的怪兽，要将天地间的所有皆吞噬了去。

赵元侃的心情格外沉重，脚下浊浪翻滚，一尺尺地逼近墙头，寇准他们的身影已快看不清了，不知能否顺利上岸，能否及时疏散韩村的村民，成功炸开寨墙。还有苏义简和凌飞，一直没见前来禀报，想来是还未寻到人。

赵元侃握了握拳，压下去一切情绪，转身下令王禾再组织更多的人手，在城楼上铺沙袋加固，他必须以防任何的万一。

寇准带着勇士们泅渡洪流，上到滑州北城门对面的山坡，除了他，从水里爬出来的只有九人了，两名侍卫和一名百姓被冲走了。众人甚为沉痛，却来不及做任何缅怀，唯有更攒足了劲奔向他们的任务。

寇准一行人疾步来到韩村外，已是人人满身的泥水，甚为狼狈。天完全暗了下来，忽而，他们瞧见前方村口有火把移动，寇准叮嘱诸人小心戒备。

待双方靠近了些，借着那火把的光，寇准才隐约看清对面有几个人匆匆从村里出来，其中三个披蓑衣戴斗笠，举着火把，被拥簇在中间的两人，撑了一柄油布伞，伞沿压得很低，瞧不见面目。

"何人在此？"对面的人也发现了寇准他们，倒是行在最前那个老者率先发了问。

寇准抬手示意身后诸人噤声，提高了声音："你们可是韩村的人？"

那三人彼此看了看，未答，却是像征求意见般朝伞下之人小声说了甚。

"你们到底是何人？此时来韩村做甚？"伞下有人开了口，声音清越，竟是女子声音。

形势急迫，寇准也不欲多绕弯子，且见对方还是女子，开门见山地道："在下寇准，我们皆是官府的人，来此是为了解滑州水困。"

"寇大人？！大理寺的寇大人？！"对方讶然，语气里亦有着几分毫不掩饰的欣喜，伞沿抬起，露出女子清秀的面容，"我是刘娥。"

寇准怎生也想不到他会撞上赵元侃在苦心寻找之人，刘娥。他和刘娥正式的第一次见面，竟会是在这般的情形之下。然当双方见过了礼，互道明了为何出现在此处，寇准才更是出乎意料，更不可思议。

原来，此前在城外灾民安置营地，刘娥待了七日，早已把这一带的地形图研究透了，她当时不只觉得决口堵不住，不应再堵了，更预测一旦洪水冲开堤坝，滑州极有可能被水困。然洪水到底有多大，暴雨还要持续多久，滑州能不能守住，皆是未知之数，必须防患于未然。她看出韩村及附近的两个村子可作泄洪之用，是以她根本未入滑州城，而是直接来了韩村，与保正交涉后，一边说服村民转移，一边遣人盯着滑州的情况。很快得报滑州四门被洪流围困，韩村的村民倒是全部疏散了，却还来不及去其余两村，得亏保正告知她，韩村后面有百丈天坑，洪水淹不去那两村。于是，刘娥当即和保正商议决定，由两名曾在县城爆竹坊里做过工的村民，带着土制火药，和他们一起去炸开寨墙，没想到刚出村口便遇见了，和他们有同样目的的寇准诸人。

雨没有前几个时辰急，天却是黑透了。

幸好刘娥他们带了火把，且老保正和两个村民对地势很熟，寇准带着人，快速有序地在寨墙的薄弱处，安置着火药。

萍儿给刘娥撑着伞，两人不远不近地立在寨墙下。

萍儿小脸快皱成了一团，小心又紧张地扶着刘娥，不时地询问刘娥有没有不适，抑或是小声嘀咕几句，刘娥便不该这般跑来奔去，不疼惜自己，也要顾及腹中的孩儿。

刘娥性子好，也不嫌烦，轻声地抚慰了萍儿几句，不过多少带了点敷衍。她的全部注意力都在寨墙上，不时地与寇准他们讨论安置火药的位置。

那火把的光，在雨夜里显得苍白，映得刘娥的面色甚是憔悴，她那蓑衣下隆起的腹部尤为明显，而她的眼神却明亮而专注。

寇准心中无限感叹，他陡然间明白了为何襄王会为了眼前女子，在京城闹出那一番动静，为何襄王在滑州城寻不到刘娥，素来温文尔雅的人会发那般大的火，流露出骇人的神色。

方才他们一路走来的一幕，不禁划过寇准的脑海，他问刘娥，既然从一开始便没打算入滑州城，为何会给襄王带口讯，说她会在城里等他。

刘娥是如何回答的？

她只淡淡地笑了笑，道："襄王是有分寸之人，不过有时会有点执拗，我只是想让他尽快下堤坝，而滑州城，必须是襄王去做主，不是吗？！"

寇准当时怔了下。

刘娥没再多说甚，他却瞬间觉得刘娥那清浅的眼神看透了太多。

如此女子，不是绝色，却能倾国。

寇准忽而这般想道 。

"殿下！不行啊，水涨得太快！"一水官慌张地喊道。

"殿下，没沙袋了！如何是好？"又一水官仓皇地奔来禀道。

"殿下，堵不住的，再有几个浪头，便得彻底失守！"

"殿下，要不，要不还是下令撤吧！"

"四面都是水，往哪里撤？！"

……

滑州，南城门。

忙乱成了一团。

那洪流已与城墙头平齐，不时地几个浪头打来，冲垮了上面铺垫的沙袋，洪水大股大股地漫进城。

赵元侃带着众水官和河工们奔来跑去，哪里有疏漏堵哪里，还有不少热心的百姓，拿了各式样能挡水的物什往城楼上推。然一切不过是顾此失彼，左支右出，水漫城墙，眼看着便在顷刻之间。

"殿下，殿下，城门，城门快不行了！撑不住了！"又有河工惊恐地边吼，边跟跄奔来。

赵元侃听得心中一紧，神色愈发凝重沉肃，飞步冲下城楼。

城门前，河工和百姓们人叠人地推着、抵挡着，然人力岂可抗衡天灾，那城门被挤得"吱呀呀"作响声，听去尤为清晰可怖，城门已是强弩之末。

赵元侃不由脚下一趄趔，撑着城墙壁才堪堪立稳，心头不由袭上一阵惊慌，水淹滑州，难道势无可避了？！

“殿，殿下，如，如何是好啊？！”紧跟在侧的河工战战兢兢地问。

这时，长街传来一阵马蹄声，夹杂着鼎沸的人声。

赵元侃转头看去，只见苏义简纵马疾驰而来，后面又跟来了一群百姓，有的扛着麻袋，有的抱着油布，还有的拿着木盆水桶，甚至铁锹锄头，群情激昂，高呼着来助襄王殿下守住城墙。

“殿下，”苏义简跳下马，“百姓们皆是自发来襄助的。”

赵元侃勉强扯了下嘴角，冲众百姓高声道：“本王在此，谢过各位乡亲。”

大伙儿不待赵元侃吩咐，已纷纷冲了上去，有的去帮着抵城门，有的上了城楼。

赵元侃接过一百姓肩上的麻袋，扛着也往城头奔去。

不到最后一刻，不能放弃！与全城的百姓共存亡，这是他襄王给出的承诺，他必须为此战至最后一刻。

苏义简紧随其后。

“人寻得如何了？”赵元侃匆匆问了句。

“凌飞还在寻。”苏义简言及此，不由神色暗了暗，“我是见东西两门情况不太妙，想来南门这边更危急，是以赶了来。”

赵元侃点了点头，未多言，只有守住了墙，保下了城，他与刘娥的重逢才不至于是死别。

两人上了城楼，水已过膝，偶有一两个浪头竟席卷过城墙，落入城中。

苏义简脸色微变，他倒没想到，形势已是间不容发：“殿下……寇大人，不知晓他那边进展如何？！”

赵元侃望了眼黑黢黢的远方，面色沉重：“再坚持一刻钟！一刻钟后，你带着这些百姓往北城门撤，那边地势要高一些，能多争取些时间。”

苏义简欲言又止，只是埋头跟着赵元侃四处堵漏。

一刻钟很快便过去了。

城楼里水深之处，快及腰部。几处稍矮一些的地方，洪水已是一波一波地漫进城墙。

赵元侃断然道：“义简，快带百姓们撤。”

苏义简毫不犹豫地道：“殿下，你走，我守着。”

赵元侃一把抓住苏义简的胳膊：“我们方才不是说好……”

苏义简打断：“我没答应。”

"这是本王的命令。"

"那恕下官不能从命。"

一个大浪头打来，两人险些站立不稳。

四周惊呼声乍起。

"苏义简！"赵元侃怒道。

苏义简神色倒轻松坦然了开去："殿下，为了这些百姓的命，殿下快带他们走吧，下官在此替殿下守至最后一刻。"

"来人，"赵元侃一声断喝，"带苏大人下城楼，命所有的百姓立刻撤去北城。"

有水官迟疑地上前。

苏义简神色一滞。

"本王的命令也没人听了！"赵元侃厉声道。

顿时，两个水官上前一左一右地拽着苏义简，将他往城楼下拖。

赵元侃再次朗声下令，让百姓们马上离开。

百姓们皆踌躇，尤其是挡着城门的，怕自己一松手，城门便被冲开了。

"你们放开我！"苏义简这边厢是挣扎不断，"再不放手，休怪我不客气了。"

"轰隆！"

便在这时，一声犹如闷雷般的响声，自那暗沉的夜空震荡而来。

所有人皆是一怔。

"轰隆轰隆！"紧跟着，又是几声巨响传来，这下所有人都听清了，像是爆炸之声。

赵元侃眼神发亮："是寇准！定是寇准他们，炸开了寨墙！"

话音方落，脚下的洪流似涌动了几分。

赵元侃面色一紧，大吼："城楼上的所有人，能退的快退下去！来不及的注意寻找遮挡物抓住！洪水退却，注意不要被卷了去！"

已被拖至城楼台阶附近的苏义简，甩开两个水官，冲他们大声道："你们先去！"说着，已抬步朝赵元侃奔去："殿下，快过来！你也先下去！"

不过须臾的工夫，洪水骤然向西北方倾泻而去。

赵元侃本也欲寻一遮挡物攀住，哪知他刚好奔到城门正上方，靠外的城墙似受不住洪流猝然退却的吸力，一片城墙垮了去，而不知水底什么东西刚好绊了下他，赵元侃脚下一滑，竟被浪潮卷下了城楼。

"殿下！"苏义简心神一震，不假思索地跟着扑了下去。

城楼上慌乱惊恐的喊叫声不断。

水底，赵元侃瞬间被卷出去了好几丈，他虽会水，然洪流势猛，他根本借不了力，更无法与排山倒海般的冲力抗衡，脑海中的一丝清明，让他竭力地屏住呼吸。

忽而，有什么东西抱住了他的腿。

赵元侃猛地回头，洪流浑浊，且还是黑夜，他看不清对方的面目，只能感觉抱着他的手，如铁钳般地死死箍着。

不知过了多久，也许只是十几息，也许近半刻钟，赵元侃只觉得憋着的那口气快让胸膛炸裂，洪流冲击得脑袋昏沉疼痛，终于，下一刹那，那无处不在令人窒息的水没过去，露出了他的脖子。

旋即也便仅片刻，四周的洪水飞速流淌而去。

赵元侃和始终抱着他的人双双砸在了泥水里，城楼上的呼喊声此起彼伏，借着那火把映来的稀薄的光，他方看清救他的人是苏义简。

原来，苏义简跳下之时，机敏地扯了一条绳子，胡乱地缠在腰间，绳子的另一头本来是拴在墙头旗杆的，不甚牢固，好在上面的人及时发现，合几人之力，紧紧地拽着绳子，拖住了两人。

"义……简！"赵元侃艰难地想动动身子，却是一点气力也无，只能虚弱地喊了声。

苏义简死命地抱着赵元侃，拼着最后一口气，全身心地唯有一念，告知自己不要放手，此时迟钝地，缓缓回过一点神，睁开眼，看向赵元侃，终于一口气松了："殿下，你没事！"

赵元侃心中震撼，却也虚弱至极，隐隐地，他似看到那城门打开了，不少人朝他们冲了来，不过下一瞬，他和苏义简皆是支撑不住晕了过去。

第 26 章 信而见疑，忠而被谤

赵元侃和苏义简是在翌日晌午后醒来的，多日来连绵不断的暴雨，终于有了停歇的趋势，围困滑州的水患已解。此时，在城中抚慰灾民，主事的是许王赵元僖，他在赵元侃昏迷，泄洪至韩村后，站了出来。

赵元侃并不欲在这些事上，与赵元僖计较，亦没有想要拿回主事之权，他现下更关心的一事是，何时能见到刘娥。寇准带回的消息，让赵元侃和苏义简皆倍感意外，竟是刘娥协助寇准他们炸开了寨墙，且若没有刘娥提前将韩村村民疏散，滑州能否逃过一劫，尚是未知之数。

正如寇准所言，能解滑州水困之危，刘娥当居首功。

然，这位居首功，赵元侃日思夜想之人，竟莫名其妙地又消失了。

当日夜里，泄洪后，因宝儿不能与生人待得太久，是以刘娥并未跟着寇准他们回来，道是去接了宝儿，便来滑州见赵元侃，寇准还不放心地派了两个侍卫跟去。可一直到赵元侃他们醒来，也未见刘娥归来。赵元侃当即顾不得休养，拖着连日来疲惫的身子，亲去韩村寻人。

韩村已是一片汪洋，倾泻而来的洪水几乎淹至了附近的半山腰。

赵元侃带人将附近一带皆搜寻了一遍，然别说是刘娥，便是连韩村那五六十人，也一人未找到，所有人都觉得不可思议，那么多人怎会凭空消失。

从邻村再次失望出来，凌飞跟着久寻不见人，按捺不住地又一次问道："寇大人，你真的见到姑娘和韩村的人了？"

寇准看了眼纵马在前的赵元侃的背影，道："不是只有我一人一双眼。"

凌飞急道："那他们去了哪儿？周围便这些地方，我们都寻遍了啊！且姑娘不可能故意躲着殿下，难道……"望着四周的一片泽国，愈发乱了方寸，"莫非……不会是出事……"

"凌飞，"苏义简一口打断，"那么多人在一起，即便有甚，不会留不下丝毫踪迹。"

凌飞想也未想地接口道："可洪流这般大，且寇大人他们根本便没有看到韩村所有人啊！"

一语落，周围死寂。

苏义简无奈地瞪了眼凌飞。

凌飞自知言错，不安地看着前方倏地勒停了马匹的赵元侃。

赵元侃未回头，只那背影绷得笔直，片刻，略微喑哑的声音响起："既然莺儿言疏散了韩村的人，那便定是疏散了。"

凌飞连连应是。

赵元侃又道："人必定是在附近，这周围山头如此多，你们随本王再……"

便在此时，一骑自山道飞驰而来，向赵元侃禀报，临近的澶州有时疫发生，澶州知州陈康平遣人送信，来向两位王爷求救，赵元僖以要处置滑州的灾后事宜为由，将此事推给了赵元侃。

事态紧急，赵元侃只得留下苏义简和凌飞，继续带人找寻刘娥和韩村诸人，他则和寇准直接去了澶州。

路上，从送信人的口中，倒是又得知了一个奇怪的消息，那便是当时洪水围滑州，附近州府也纷纷将其城外灾民安置点迁入城中，有人看到楚王赵元佐随灾民入了澶州，不过那时情形混乱，待澶州知州闻讯后，想去拜谒，却未见到楚王其人。想来约莫是看错了，送信人最后如是说道。

赵元侃未多言甚，尽管心中有些道不上的感觉。不过等他们到了澶州，他再也没心思去想他行踪神秘的大哥究竟人在何处，因澶州的时疫暴发得相当严重，几乎半城的人都染上了。

赵元侃即刻下令划出了一片隔离疫区。同时，召集本城，及附近州府的名医，共同研讨救治之法，又上了奏疏入京，请官家调拨御医前来协助。此外，他还安排人到所有受水患影响的州府，做了疫情防治。

赵元侃的当机立断和精心调配，不只让澶州的疫情得到了有效控制，更及时遏制了其向周边蔓延。

五日之后，御医和当地的大夫，合力配制出了解时疫的药方，虽在此之前，有十几人没撑住而去世了，然澶州的疫情总算是看到了转机，有了救治之希冀。

赵元侃一直衣不解带地奔忙在各处，人明显地消瘦了下去，让寇准和跟着他的一众侍卫皆敬服不已。然只有赵元侃自己明白，他不敢停歇，一歇下来，他便止不住地思念刘娥，便想不顾一切地亲自去寻人。

这几日，苏义简他们一直有消息传回，不过没有一个是喜讯。而另一传闻，则悄无声息地在周边州府传开了，道是襄王当时派人炸开韩村寨墙，根本便没有疏散村民，整个人韩村全被淹没，无一人生还。

赵元侃忙于处置澶州的时疫，起初并未将此事放在心上，然而传闻愈演愈烈，待他反应过来时，已是大街小巷均在议论，便是连那茶楼之中的说书先生，都在讲襄王为了解滑州水困，舍弃了韩村的村民，以几十条人命换上千人生机，到底是大义之举，还是冷血博取功名。

御苑里，太宗由王继恩扶着，缓步穿过回廊。

王继恩道："官家今日心情不错，想来是又有好消息传回。"

太宗道："澶州的时疫得到了缓解，元侃做得不错。元僖也上报，滑州灾后民生的恢复有条不紊地进行着，"顿了顿，"倒是元佐有些日子没上奏疏了。"

王继恩状似无心地道："三位皇子同去治水，楚王不争功，倒是难得。"

太宗目光深了深，又很是感慨地道："黄河水患已有八百多年，历朝历代没人能根治，河水游荡无定，永远宁日。水去了，便是良田美宅，水来了，则是一片汪洋，反反复复没有穷尽，治水之难啊！他们兄弟三人能配合得当，为朕分忧，朕心甚慰。"

王继恩连连点头："官家所言极是，三位皇子个个出类拔萃，人中龙凤，官家之福，大宋之幸啊！"

太宗哈哈大笑，心情更是愉悦。

王继恩赔着笑，却露出有点犹疑，欲言又止的模样。

太宗眼神何等锐利："你还有话讲？"

"没，没有。"王继恩慌张地否认。

太宗不满地："在朕面前，你要隐瞒？！"

"奴婢，奴婢不敢，"王继恩一下跪了下去，"奴婢也是无，无意听到了些，一些……"

太宗不耐地道："吞吞吐吐，有话直言。"

"是。"王继恩小心地道，"前两日，奴婢去户部传旨，调拨赈灾的粮食，无意听到有去滑州办差的人回来在私下议论，言，言……"

太宗道："言甚？"

王继恩道："言，襄王为保滑州，炸开了附近韩村寨墙，不仅淹没了良田数千顷，更毁了整个村子，全村男女老少，无一人逃出来。"

太宗脸色沉了下去，眉头紧锁。

王继恩续道："据闻此事已在滑州一带，引起了民怨，且，且有些百姓不明真相，还以为是，是朝廷，是……官家下的旨……"

"朕何时下过那般的旨意？！"太宗怒道。

"是！是！"王继恩忙不迭地道，"皆是那些愚民，胡言乱语，平白地让官家担了骂名……"

太宗重重地一声冷哼，王继恩磕头在地，再不敢言语。

三日后，京城派了参知政事至澶州，接替赵元侃监管疫情处置。同时随行的还有钦差，官家有诏，皇子们完成治水，当回京复命。

只是赵元侃由专人随同，且钦差将他提出要多留几日寻人的请求，不软不硬地给驳斥了，官家有旨，襄王必须立刻启程回京。诸人心中猜疑，官家此举，怕是因韩村之事。

赵元侃他们离开那日，官道两旁挤满了滑、澶两州的百姓，大部是为了感激襄王解水患、治时疫，前来相送的，不过也有不少百姓，不满襄王淹毁韩村，指责诘难。有人跪拜，有人怒斥权贵从来视百姓之命如草芥，两方人不知怎的，一言不合吵嚷了起来，甚至还大打出手，场面一时极为混乱。

钦差几次喝止，都不见效，正欲让禁军侍卫上前。

这时，马车帘子一掀，赵元侃从马车里出了来，他长身而立，纵声冲所有人道："诸位乡亲，请大家莫要因本王而起了无谓的争执，关于韩村一事，朝廷自会查明真相，给乡亲们一个交代，亦还我赵元侃一个清白。"

"清白？襄王殿下现下是不是言之过早，毕竟韩村的几十人，至今可寻不到一人！"

"寻不到人，便定是淹死了吗？指不定躲在何处呢。"

"为何要躲……"

眼看着百姓们再次吵了起来。

"肃静！"赵元侃面色肃然，"若韩村的村民死于那场泄洪，本王以命相抵。"

剑光微闪，赵元侃拔出佩剑，在手掌上一抹，那鲜红的血珠顺着雪亮的剑刃淌下。

赵元侃声音铿然："本王以此为诺。"

百姓们霎时面面相觑，又有不少人缓缓拜了下去，还立着的人甚是尴尬。

一片沉肃之中，赵元僖打马自马车旁经过，轻嗤出声："襄王好生威风。"

赵元侃淡淡看了眼赵元僖，未置一词，折身回了马车。

钦差松了口气，终于能上路了。

马车之中，寇准为赵元侃处理手掌的伤口。

"殿下，你此举有些冲动了，毕竟……"寇准欲言又止。

毕竟如今刘娥和韩村村民皆未寻到，众目睽睽之下，做出如此承诺，风险太大。一旦真有意外，即便朝廷不会治赵元侃死罪，然今日之诺，他到底践不践呢？若逃避，襄王必失威望，失民心，那他该是再无缘储君之位。

赵元侃微合着眼，神色平静，开口话语笃定："本王信刘娥。"

赵元侃一行回到京城，却并未立刻得到太宗召见，分辨是非，只是赵元侃暂被禁足府中。

接下来连续两日，太宗辍了朝，甚至宫中禁严，引得朝廷上下猜疑不断。直到第三日，宫中传出旨意，皇后李氏被禁足中宫，楚王赵元佐突发癫痫，得了疯病，幽禁楚王府，非召不得出。

顿时，朝野震惊。

自然，有一些臣工上书为李氏求情，还有一些胆大地追问，圣旨中的"李氏失德"，如何失德？再者，楚王怎生便疯了呢？且三位皇子同去治水，楚王未与其余两位一道归京，他是何时回来的？但凡质疑者，但凡追根究底者，轻则怒斥，重则被赏了廷杖，太宗雷霆之怒下，再无人敢置喙，只是却止不住私下流言横生。

"据闻，楚王是在相国寺疯的，当时皇后，不，前皇后李氏也在。"襄王府花园，郭清漪和潘玉姝，相携自回廊行来，潘玉姝刻意压低了声音，"都在传，楚王早便从滑州偷回了京城，躲在相国寺与皇后……私会，被官家撞见，官家雷霆大怒，差点杀了两人，楚王当场给吓疯了……"

"玉姝。"郭清漪却没多少心思听，无奈地打断。

潘玉姝一愣："啊？"

郭清漪道："我让你，请你父兄设法探探官家的口风，到底对王爷之事，作何处置，谁让你打听这些了。"

潘玉姝道："楚王和咱们王爷同去治水，他的事指不定牵涉到王爷呢，多知晓些，也错不了啊，再者，现下东京城里，传得沸沸扬扬的，不就是楚王和前皇后出事吗……"

郭清漪目光瞥来，潘玉姝当即噤了声。

待郭清漪转过头去，她撇了撇嘴，小声咕哝了句："你不也找过郭太师了吗，官家正在气头上，还探口风，谁去谁触霉头。"

"你嘀咕甚呢？"郭清漪皱眉。

潘玉姝立刻扬起笑脸，摇头。

郭清漪道："王爷被禁足府中，你还笑得出来。"

潘玉姝的笑容一僵。

郭清漪叹了口气，不再理会她，带着贴身婢子晴仪径直走了："去看看王爷，还在书房呢。"

晴仪答道："是，已两日没出来了。"

潘玉姝看着走远的主仆两人的背影，气结不已："摆甚主母的架子，王爷的心思从来都不在这襄王府。"

贴身婢子月儿道："可是，夫人，若这次襄王爷获罪，你也会受牵连。"

潘玉姝烦躁地道："自我嫁入襄王府，王爷便没正眼瞧过我，他出事了，我们潘家还得为他鞍前马后地效力。"

月儿劝道："不管怎样，你毕竟是襄王侧妃啊，如今襄王府和潘家，是一荣俱荣，一损俱损。"

潘玉姝蹙了蹙眉："我再修书一封，你送去给我父兄。"

潘伯正和潘良收到潘玉姝的书信，还是没有轻举妄动，而是去与郭太师商议，他们如今是一般纠结。一则是不知此时为襄王说情，究竟会让太宗因已废了一个儿子，从宽处置襄王，还是会更为迁怒，严加惩处。二则对于韩村之事，真相不明，襄王被禁足见不到，而寇准得了赵元侃指示，也只是告知他们，黄河治水，襄王是绝对的有功无过，让他们且少安毋躁。

此时，赵元侃却书了一封奏疏，送入宫中，太宗无论因何事发怒处置了李皇后，都请念在李继隆将军还在边境血战辽人的分上，勿要牵连李氏一族。

"混账！"御书房内，太宗狠狠地将赵元侃的奏疏掷在了地上，"自己都还是戴罪之身，竟敢来干涉朕的决定，岂有此理！"

王继恩与众内侍吓得跪了一地，见状，膝行上前，欲拾起奏疏。

"不许捡。"太宗断喝。

王继恩一下俯身在地。

这时，有内侍进来禀报，赵普求见。

太宗沉着脸扫了眼内侍，骇得其一个哆嗦，半晌，方冷冷地开口允了。

赵普进来，施礼参拜，见地上赵元侃的奏疏，拾起来看了看，道："官家，襄王思虑得倒是周全……"

太宗沉声打断："你是来帮朕看奏疏的，还是来给襄王说情的？朕现下还没心思处置他的事，一个两个，没一个让朕省心！都要与朕作对！这便是朕养的儿子，全都是逆子！"

赵普道："官家息怒，龙生九子，各个不同，襄王……"

太宗冷哼，不善地瞪着赵普。

赵普识趣地转了话锋："老臣的确不是为襄王而来，"边说，边将手中的一封文书呈上，"是刚收到边境传回的战报，特来呈给官家。"

王继恩取了战报，递给太宗。

赵普续道："徐河之战大捷！辽将耶律休哥率八万精锐骑兵深入我大宋边境，尹继伦突袭其营，李继隆与范延召率军追逾徐河十余里，斩首数千级，俘获甚众。边境将士力挫辽人，当论功行赏，李继隆将军乃头功。"顿了顿，"是以方才老臣才言，襄王所奏顾全大局，李氏之过，当与李氏一族无关。"

太宗神色莫测地看着战报，未语。

"此时有这份捷报传回，李继隆将军也该有为李氏求情之意。"说着，赵普跪了下去，"还请官家念在其不顾生死，血战沙场之分儿上，饶过李氏一族。"

太宗睨了眼那跪伏在下，雪鬓霜鬟的老臣，目光幽深暗沉。

第27章　恩情中道绝

大殿几无装饰，显得尤为空旷萧瑟，明明还未入秋，一阵晚风袭过，却凉飕飕的，烛火摇曳，映着那悬垂的帷幔影影绰绰，如有魑魅魍魉张牙舞爪。

皇后李穆清一袭白衣，神色木然地坐于床榻边，许久不曾动一下，似凝滞入了四周死水般的孤寂。

忽而，外面檐下有脚步声轻响，须臾后，那纱窗上映出一道人影。

"皇后。"来人刻意压低声，变了嗓音，听上去有些尖细。

李穆清恍若未察。

一阵窸窸窣窣声，有纸条自纱窗的缝隙塞了进来。

"皇后娘娘？"来人复唤了声，紧跟着轻轻敲了三下窗棂。

终于，李穆清的眼珠动了动，似才回过神来，她无神的目光轻飘飘地落向那窗台。半晌，方面无表情地起身，似游魂般地上前，拿起纸条。

"吧嗒。"片刻，一滴清泪砸在纸条上。

李穆清眼眶通红，哽咽低喃出声："哥哥！"

来人在窗外低声道："李将军在边关打了胜仗，官家未因娘娘而牵累李家，还望娘娘好生珍重，以图来日。"

李穆清神色复杂地闭了闭眼："他，如何了？"

来人似默了一瞬，方道："楚王如今被关在府中，官家遣御医去瞧过，他好像真的……不正常了。"

李穆清身子晃了下，嘶哑道："本位不信。"

来人未置可否。

李穆清又道："还要麻烦你，多多照拂于他。"凄然地微扯了下僵硬的唇角，"若真如此，本位往后余生，将在悔恨中度过。"

"娘娘请放心，"来人应道，顿了顿，"娘娘可还有话要带给李将军？"

李穆清犹疑了下，终是淡淡地道："没有……本位无颜再面对哥哥，面对李氏一族。"

来人又等了片刻，见李穆清未再有吩咐，无声地行了个礼，悄无声息地离开了。

良久，李穆清望了望那人影已消失的纱窗，陡然间似被抽尽了气力，无力地跌坐到了榻上，她缓缓抬手将纸条凑近烛火，火光跳跃，看着那墨迹被寸寸烧成灰烬，烈焰穿透。李穆清好像又回到了几日前那个夜里，本是相谈甚欢，猝然雷霆风暴砸下，冰寒刺骨……

相国寺，佛门清净之地，却无意窥视了一桩秘事。

前些日子，黄河决堤，十余州府遭灾，成百上千的百姓被淹死，太宗下旨，京中禁宴乐半月，茹素三日，为死难的百姓举哀。李穆清不只在宫中带头捐出首饰私钱，以资赈灾，更向太宗请旨，她虽不能像臣工们那般为太宗分忧，然身为皇后，她也定要为百姓做些事，愿去相国寺吃斋念佛一月，以为大灾中的百姓祈福。太宗念其一片赤诚，允了。

于是，李穆清住进了相国寺。

半月后一日，太宗因一碗桂花羹，忽而思及李穆清，以往皆是李穆清隔三岔五亲手给太宗熬制桂花羹，那瞬间太宗才觉得，难怪近来吃到的桂花羹味道都不对，越是想着那味道，越是思念李穆清。再念及，金明池秦王叛乱后，他对李穆清的殷切是完全忽视，一直不冷不热，太宗更觉得有愧于李穆清。恰好那时，太宗收到襄王水淹韩村的确切消息，心情欠佳，便想去探望探望李穆清，他谁也没知会，只带了王继恩，微服出宫去了相国寺。

太宗到相国寺时，已入了夜。

敲开那佛门，住持甚惶恐，圣驾竟亲临，当即欲召集全寺上下恭迎，被太宗免了。住持又欲遣人告知皇后，太宗突然起了点少年人的心思，亦拦下了。于是，住持引圣驾至皇后所居小院外，便带着所有人退下了。太宗也没让王继恩跟着，独自一人进去了，准备给李穆清一个惊喜，哪知，李穆清反给了他一个惊吓。

是夜，佛门回廊风声紧，那一点明月窥人，似昭示着那不可告人的隐秘。

太宗方进小院，便发现内侍宫女一众全远远地守在廊下，一见圣驾，皆惊慌跪倒欲参见，被太宗抬手阻止了。他拾级而上，两侧跪伏的内侍发抖得厉害，待靠近厢房，太宗终于明白这满院的惊骇哆嗦究竟为何，门缝里那欢笑声不断，声声入耳，他霎时五雷轰顶。

一对男女相谈甚欢，仔细一看，竟豁然便是皇后李穆清和楚王赵元佐。虽然二人举止如常，言语间也未失分寸，但皇子在治水中临阵逃回，皇后知情却秘而不报，已足以让太宗震怒了。

"砰！"蓦地，一声巨响，那门扉被踹开。

两人俱是一震。

"大胆！谁……"赵元佐不悦地掀开纱帐，愤怒地呵斥，下一瞬，活生生卡在了喉间，脸色猝然雪白。

李穆清顺着他的目光看去，吓得失声尖叫，不禁瑟缩了身子。

那门口处，太宗一身肃杀，修罗般地背着月光而立，神情隐在阴影里，一时辨不分明，那一双眼却如暗夜里幽绿的狼眼，泛着凶光，浸着残忍，狠厉地紧紧盯着猎物。

赵元佐和李穆清刹那遍体生寒。

森冷的杀气逼近，"唰！"太宗一把抽出赵元佐悬挂在床头的佩剑。

"父，父皇……"赵元佐唇齿发颤。

剑刃寒光凛冽，直劈向两人。

两人大叫一声躲闪，慌乱中，赵元佐的发带被削断，头发披散开来。

一瞬间他魂飞魄散，两眼呆滞，竟再动弹不得。

太宗盛怒之下，劈砍之势未减，眼看着赵元佐便要血溅当场。

"官家！"李穆清不知从何处来的勇气，不顾一切地扑上去抱住了太宗的手臂，"官家饶命！"

"饶命？！"太宗咬牙切齿地，"饶谁的命？这个逆子的，还是你这个贱妇的？你们，你们敢背着朕，私下会面，朕恨不能生唉了你们！"

李穆清浑身哆嗦了下，却依旧紧抱着其手臂不放："臣妾罪该万死，任凭官家处置，只求官家能留楚王一命。"

"你！"太宗掐着李穆清的下巴，迫她抬起了头，"是你包庇了楚王？"

李穆清嘴唇发白颤抖，眼神却逐渐坚定："是！"

太宗眼神一厉，抬剑便要刺向李穆清。

李穆清猛地紧闭了双眼。

"哈哈哈！"赵元佐倏地发出一阵怪笑。

太宗动作一顿，瞥向赵元佐："逆子，你笑甚？"

"逆子，你笑甚？"赵元佐嘻嘻哈哈地回道。

太宗紧皱了眉头。

李穆清缓缓睁开眼，惊疑不定地朝赵元佐看去："元，元佐？"

"元，元佐？"赵元佐依旧傻乐着。

李穆清脸色顿变："元佐，你别吓我！"

赵元佐却只是重复李穆清的话。

李穆清扑上去抱住赵元佐，轻拍他的脸庞，绝望不已："元佐，你，你还认得我吗？！你醒醒，醒醒啊，你这到底是怎么了，元佐……"

太宗震惊地看着眼前一幕，忽而便没了气力。

"哐当！"他手中的剑掉到了地上，人跟着踉跄地后退了两步。

天阴沉沉的，尽管雨季已过去，湿气依旧浓重，尤其是在山林间，那薄雾弥漫始终不散。

绕山的官道上，一辆马车飞驰。

那驾车之人戴着大氅的风帽，几乎将整个脸庞遮了去，只能看见其握着马鞭的手背青筋突起，一鞭鞭地抽在马臀上，似奔袭逃命般。

林间惊鸟乍起，催得那马蹄声更急。

暮色四合。

马车终于绕出了连绵的山脉，虽没有赶至附近的城镇，到底是到达了山外的驿站。

马车停在那木阶前，车帘掀开，从里面鱼贯下来四人，人人披着大氅，戴风帽，看不清面目，只约莫可辨其中一微微佝偻着身子之人，该是位老人，还有一身披青色大氅的，其步履轻盈，想来是位女子，风微掀过大氅边沿，那女子怀中似抱了一襁褓。

驾车人将一块令牌扔给出来的驿卒。

驿卒忙不迭地将几人迎了进去，马车也有人拉去后院，好生照料马匹。

驿站大门半掩，几乎听不到任何人语声。

很快，天彻底暗了下来，驿站里有零星的几点烛火影影绰绰。再过半个多时辰，那些烛火一一无声地灭了，四周陷入一片黑暗和安静，唯有草丛里蛐蛐的叫声，和着远处山林间偶尔传来的几声猫头鹰夜啼，却更衬得这份静有些诡异。

那天幕暗淡，无月，无星子。

近子夜时分，七八条黑影悄无声息掠上驿站的屋顶，为首之人飞快地打了几个手势，黑影得令而动，渐渐聚拢将二楼西南角的两个房间围了起来。

夜风吹拂，剑铮鸣。

那乍起的雪亮剑光如一条条的银蛇白练，猛地破窗席卷入内。

电光石火间，屋内有人拔剑挡下了袭击，似早已恭候良久，反击之势针锋相对，强劲且不乱，其人数更不比刺客少。几乎同时，旁边屋子也以迅雷不及掩耳之势，冲出了持刀仗剑的数人，自后方攻了上去。

刺客陷入包围。

剑刃相交，"叮叮叮"声一片，双方混战至一处。

紧跟着，木质楼梯脚步声猝响，一队驿站的守卫冲了上来，将各个出口紧紧围住，张弓满弦，截断了刺客任何出逃之可能。

一刻钟不到，刺客便撑不下去了，节节败退。

有一人欲遁走，被弓箭射杀，有一人被利剑缴去了性命，剩下几人狼狈不堪，再几个交手回合，皆被拿下，除了那为首之人还在负隅顽抗。

一阵箭雨，配合双人双剑齐攻。

为首之人到底是不敌，被飞身一脚踢下了二楼，满口鲜血喷出，一前一后两柄剑，须臾间便架在了他的颈项间。

四周燃烧的熊熊火把，将驿站的小院照得通亮。

那风帽落下，一前一后持剑制住为首刺客的人，竟分别是苏义简和凌飞。

苏义简剑尖微挑，刺客面上的黑布巾落下。

"费斌？！"凌飞吃惊地脱口而出。

刺客不是别人，正是许王赵元僖的贴身侍卫，费斌。

费斌脸色阴沉，狠厉又不甘地瞪着苏义简和凌飞。

这时，"吱呀"一声，西北角一间房的门扉打开，那披着青色大氅的女子走了出来，火光下容颜清丽，正是刘娥。

刘娥道："义简，人抓住了？"

苏义简道："是许王的人。"

凌飞紧跟着补充道："唤作费斌，是许王的贴身侍卫。"

刘娥并没有何意外的表情，细看了眼费斌。

忽而，屋内似有婴儿的啼哭传来。

刘娥道："人便辛苦你们好生看着吧，明日带着，一道上路。"

苏义简和凌飞应了。

刘娥又冲上前的驿丞道了谢，旋即便回了屋。

驿丞依照苏义简的吩咐，将刺客纷纷关了起来，费斌由凌飞亲自看押。

驿卒们打扫干净战场，烛火熄去，片刻后，周遭又归于寂静。只是现下守卫皆守在了明处，五步一哨，刘娥的房间外，戒备森严。

那小院石桌旁，苏义简独自而坐，自斟自饮，佩剑微出鞘，便在他手边，警惕着周遭任何的动静。

第28章　相煎何太急

文德殿，官家常朝所御之处，殿内两侧耸立着八根蟠龙柱子，气势恢宏，那镏金龙椅高高在上，彰显着帝王的至尊与威严。

太宗一身红色龙袍端坐，浑身散发着冷冽的气息，睥睨着下方的众臣工。

赵普正在禀报治水结果："官家，今年水患之甚，多年未见。黄河于滑州附近决口，泛滥澶州、濮州、通利等地，毁民田数千顷，坏官民舍万余间，方圆数州，溺死者以万计，后水患还引发澶州一带饥馑和疫病。幸官家圣明，遣三，两位皇子前往治水，许王和襄王分坐镇滑州、澶州，指挥疏浚河道，分拨赈灾粮款，救治时疫，安抚百姓，防止了天灾生乱。如今二位皇子虽归京，灾后重建事宜各州府已有序进行。"

"赵相，"赵普话方落，赵元僖便站了出来，"水困滑州之时，小王虽在城内，然危机能解，却与小王无关，小王铭感赵相为小王请功，可若要言滑州一直由小王坐镇，却与事实不符。"

赵普微皱了下眉，明白赵元僖这是要与水淹韩村之事，彻底撇清干系。

其余臣工，如潘伯正、郭贤等拥护襄王的，皆是神色微妙。

"王钦若，"太宗直接点了名，"你身为钦差，当时也在滑州，水困危机，到底如何解除的，且详细禀来。"

"回官家，襄王那时吩咐臣于城中负责开仓分粮，臣一直未参与守城，更甚者，连城楼也未上，是以泄洪始末确实不清楚，"王钦若亦不动声色地摘除了自己，微顿了顿，"臣只是知晓，泗水出城，带人去炸韩村寨墙的，是寇准寇大人。"

赵元僖接口道："没有元侃的命令，寇准如何敢那般做？！"

王钦若圆滑地道："这，臣便不清楚了，臣非亲历者，不敢妄言。"

郭贤出班，道："官家，若襄王真有下令，想来必对韩村村民，有妥善安置。当此之时，滑州的百姓，加之涌入城中的灾民，洪水困住的乃是好几千人，而韩村村民不足百人……"

"太师言下之意是，以不足百人之性命，换取上千人生机，元侃做得对了？"赵元僖打断道。

"许王，你这是在故意曲解老臣之意！"郭贤怒道。

赵元僖道："是吗？！那太师方才刻意指出城中水困了上千人，韩村村民少之又少，又是何意呢？"

郭贤一噎："你……"

"许王殿下，"潘伯正又站了出来，"你与襄王同责治水，且同处滑州，水淹韩村的命令，究竟是谁下的，也不能仅听你一面之词。"

"是我下的。"蓦地，一道清淡的声音响起。

赵元侃和寇准由殿前都指挥使并四名禁军侍卫解送了进殿，二人先向上座的太宗行了礼，殿前都指挥使将寇准所持的尚方宝剑呈上，方带人退了下去。

赵元侃朝太宗复禀道："水淹韩村之令，确乃儿臣所下，若不下令炸开韩村寨墙，滑州难保。"

寇准接口道："官家，襄王的命令是疏散韩村村民，再炸寨墙，他从来都没有要以韩村全村人之性命，来保滑州无恙的想法。"

赵元僖道："那村民疏散了吗？"

寇准稍一犹疑。

"自然。"赵元侃肯定地道。

赵元僖追问："疏散去了何处？为何大半月过去，韩村的洪水都快退了，村民却一个人影也见不到？！"

赵元侃未答，而是冲太宗再次笃定地道："父皇，韩村的村民绝没有死于泄洪。"

太宗睨着下方针锋相对的一双皇子，缓缓地道："回答元僖所问。"

"儿臣……"赵元侃几不可见地蹙了下眉，"儿臣不知，不过儿臣一直让人在搜寻，相信很快会有消息。"

"在搜寻？"太宗研判地盯着赵元侃，"你下的令，你不知人在何处？！"声音陡然一沉，"真相究竟如何，还不如实道来。"

寇准担忧地看了眼赵元侃。

赵元侃神色微微绷紧，未立即开口。

太宗危险地眯了眯眼："寇准，是你出城执行的命令，你也不知村民在何处？！你和襄王到底在隐瞒甚？于朕面前，还敢企图蒙混过关？！"

寇准一下跪了下去："官家，臣不敢，臣……"

"父皇，此事与寇准无关，"赵元侃打断，深吸了口气，"疏散村民的，是……是刘娥。"

一语出，满殿震惊。

既然开口，便无再好遮掩的，于是赵元侃将刘娥在治水中的所作所为，一一详细呈禀。尽管心中也有忧虑，他却始终坚信当时刘娥护下了韩村村民，此举为解滑州之水困，立了功。

本来赵元侃是想等治水后时机合适，再将此事禀于太宗，以刘娥立功之举，换她回到京城，回到他身边，然没想到却发生了韩村村民和刘娥一道失踪，且流言四起，他被太宗强召回京等一系列事件。太宗素来忌讳提及刘娥，是以他没有一开始便道出真相，希冀能早日寻到刘娥和韩村村民，一切冤屈不言自申。只是直到太宗从李皇后与楚王之事中缓过来，终于复朝，金殿论及治水始末，滑州那边也未传回任何消息。

"你！"太宗怒瞪着赵元侃，又指了指寇准，几乎是带着几分难以置信，"你们是说，韩村村民是刘娥那个民女，疏散的！换言之，从始至终，你们都没见到韩村村民。"

赵元侃皱眉："父皇……"

太宗根本不听，愈发怒不可遏地道："还有寨墙，其实也是刘娥主使炸开的。"

赵元侃急道："不，是儿臣……"

"荒谬！"太宗狠狠地打断，"荒唐！一个村，数十条人命，竟由着一个贱民葬送！"

赵元侃忙分辩道："父皇，刘娥是救人，没有害人！若没有她的提醒，滑州不可能及时地防止了时疫发生！若没有她的当机立断，预先疏散村民，即便寇准赶去，洪水也有可能灌进滑州，造成损失！"

"三弟，你一再地强调是刘娥救了村民，可她和她所救之人呢？"赵元僖轻飘飘地道，"只怕这是你为了自己的女人，故意颠倒黑白吧，水淹韩村，几十条人命，她怕了，躲了，逃了吧！更或者，你们心意相通，此事早便是你们串通好的，你被困滑州，为了活命，只得和她想出了这么个法子。"

"二哥，很多事，我不与你计较，"赵元侃目光深邃地瞥了眼赵元僖，"你又何故为难、诋毁刘娥与我？"

赵元僖的神色有一瞬的不自然："我可没有为难、诋毁之意，父皇英明，你所禀之事，无凭无据，漏洞百出，可水淹韩村，却是铁一般的事实。"

赵元侃道："水淹韩村，并没有任何人因此丧命，刘娥她有功……"

"住口！"太宗咆哮道，"你一个亲王，当朝皇子，居然是非不辨，为一个胆大包天的女人，百般遮掩，千般狡辩，朕看你是昏了头！朕逐她出京城，你还与她藕断丝连，如今竟搅和进了百姓的性命，你为了一个女人，胡作非为，置黎民于不顾，对朕阳奉阴违，你还清楚自己的身份吗？！不忠不孝，逆子！来人，将襄王赵元侃除爵位，发配沧州！"

"官家息怒！"郭贤、潘伯正等人忙跪下欲求情。

"任何人不许为他求情！"太宗喝道，"求情者，同罪。"

满殿骇然。

"官家，"寇准却在一片寂然中平静地开了口，"韩村寨墙，乃臣炸开的，若襄王有罪，臣亦难逃其责，请官家降罪。"

"你以为朕会放过你？！传旨，寇准贬……"太宗冰寒地道。

"官家，"蓦地，一个内侍匆匆奔进殿来，"宫门外……"

"没规矩！"王继恩低声呵斥道，"金殿岂是你能乱闯的！"

内侍一惊，也后知后觉感知到殿上气氛的异常，顿时觳觫不已。

王继恩还待呵斥其退下，被太宗抬手阻止了。

太宗道："何事？"

内侍咽了咽口水，小心地道："苏义简苏大人带着三男一女，还押着一人，跪在宫门外，求见官家，引得百姓围观，副都指挥使大人让奴婢前来禀报，奴婢惊慌之下，忘了规矩，还望官家见谅。"

太宗疑道："苏义简？！"

"是，"内侍忙不迭地点头，"对了，那女人怀中还抱着一婴儿。"

满殿的臣工皆惊愕，赵元侃却是听得心中一动。

那巍峨宣德门前，禁军侍卫森严，百姓指指点点。

刘娥抱着一婴儿，无惧亦无畏地跪着，苏义简跪在她身侧。他们身后，竟豁然便是那韩村保正，以及河渠使王禾，还有凌飞押着费斌，跪在最后。

苏义简压低了声音，不无担忧地道："嫂嫂，此举是否过于冒险了？"

刘娥道："襄王水淹韩村，致全村人丧命，流言不只在黄河一带，甚至东京城里，已传得沸沸扬扬，今日当殿申述此事，襄王无凭无据，更何况韩村……"顿了顿，沉痛地闭了闭眼，"当今官家的脾气，你我都了解，且许王之流，不会放过这个大好时机，襄王他是百口莫辩。不管官家是否会因我此举而降罪，我都必须来，为了襄王，更为了那些百姓，"歉然地看向苏义简，"只是义简你……"

苏义简接口道："嫂嫂，祸福，义简都与你同担。"

刘娥深为感动。

这时，那内侍出来传旨，官家宣刘娥，苏义简进殿。

两人对视一眼，在彼此眼中看到了勉励。

刘娥在苏义简的扶持下，艰难地站了起来，跪得太久，双腿发麻，膝盖还有些疼，她在苏义简关切的注视下，浑不在意地笑着摇了摇头，率先朝宫门里坚定地行了去。

内侍将几人带至文德殿外，太宗只宣了刘娥和苏义简，因此其余人皆候在了殿外，他们两人入了殿。

大殿庄严肃穆，文武百官分列两侧，待刘娥一进殿，所有的目光齐齐投射到了她身上，一片鸦雀无声，无人私语议论，然各人神色却是精彩纷呈，错愕者有之，好奇者有之，恍然大悟者有之，而最为微妙的，则是立在最前的郭贤、潘伯正等人。

刘娥不自觉地微紧了紧抱着襁褓的手，面上却镇定如斯，她挺直了腰背，不卑不亢地一步步踏入了这大宋皇权至尊之地，冥冥之中，命运的齿轮有了新的转向。

至王阶前，刘娥和苏义简跪下，拜见太宗。

赵元侃跪于一侧，他眼中万千情绪，紧紧地盯着刘娥，自她进殿，目光便没有片刻移开，朝思暮想，辗转反复，她终于无恙地再次来到了他身边。

"莺儿！"所有的欢喜、激动、感动等等情绪，最终化为喑哑的两字。

刘娥微微转头，朝赵元侃弯了弯眉眼，多少缱绻，多少相思，皆融在那盈盈秋水中。

忽而，一阵"咿咿呀呀"的声音自刘娥怀中传出。

赵元侃一怔："这是……"

"是何声音？"上座的太宗自也是听到了，当即不悦地皱起眉，"刘娥，你居然……"看到襁褓中有婴儿小手挥舞，"抱着一婴孩上殿，有何用意？"

刘娥道："回官家，这是民女与襄王之子，自出生便没有离开过民女片刻，恕民女斗胆抱子上殿。"

满殿再次震惊。

赵元侃张了张口，心间满胀，一时竟哽塞得说不出话来，微微颤抖地如珍宝般地握住了那软若无骨的小手："他是，是我们的……孩儿？！"

刘娥重重地点头，潸然泪下。

"是，是元侃的儿子……"太宗很是出乎意料，却又有几分难掩的激动。

赵普适时地开口道："是啊，官家，是襄王的儿子，是您的皇孙啊！"

太宗反应过来，立刻道："快，把孩子抱上来，让朕瞧瞧。"

王继恩马上步下王阶，自刘娥怀中接过婴儿，抱给了太宗。

襁褓中那婴孩不似有些刚出生的孩子白白胖胖，看去倒有些孱弱，不过眉清目秀，透着一股灵气，甚是招人欢喜，他乌黑的眼珠滴溜溜地转了两圈，最后定定地瞧着太宗，下一瞬，竟咯咯笑开。

太宗怔了怔，旋即龙颜大悦："他笑了！他冲朕笑了！他知晓朕是他的皇爷爷，他在冲皇爷爷乐呢，好皇孙，好皇孙啊……"

龙椅上的太宗自顾沉浸在又得了皇孙的喜悦里，下方的臣工们却是神色各异，这是……认了皇孙？那换言之，便是认了襄王身边的女子？

赵元僖、郭贤、潘伯正、潘良，几人的脸色皆不好看。

潘良一皱眉，便要出班，却被潘伯正暗暗以眼神制止了。

潘伯正不动声色地瞅了瞅郭贤。

郭贤微垂了眼皮，很明显不愿做那个此时去扫太宗兴之人，且太宗若真高兴了，放过襄王，那便是放过了襄王府一众人，即便刘娥带子入府，郭清漪也是正妃，还可再图来日。

潘伯正显然也是一般的想法，眼下救襄王要紧，且郭家不出面，他潘家又何必在此事上招惹襄王，为日后埋下隐患。

赵元僖却没有任何的顾忌，似讽非讽地突兀开了口："三弟，这孩子真是你的？"

满殿的抽气声一瞬间清晰可闻。

上坐的太宗笑容一滞，那眉宇间陡然阴雨密布，如暴风雨濒临。

臣工们皆屏息敛声，神色各异地看着王阶前跪在一处的赵元侃和刘娥。

"二哥，"赵元侃强压着怒气，一字一顿地沉声道："孩子是不是我的，难道我能不清楚！"

"哧。"赵元僖轻嗤了一声，还欲再言。

刘娥倏地转身，跪对着殿门外，举起了右手，肃穆地朗声道："皇天在上，后土在下，八方神灵共见证，我刘娥若有半句妄言，此子身世若有半分不清白，我与此子定遭天打雷劈之祸，神鬼共戮，不得好死。"

"莺儿！"赵元侃一下握住了刘娥的手，疼惜又愧疚地看着她。

刘娥却弯唇笑了："我问心无愧。"

苏义简看着相对而视的两人，微微垂眸，敛去了眼底种种复杂的情绪，朝太宗磕头下去："恭贺官家，喜得皇孙。"

赵普、寇准、王钦若，跟着跪下大声道喜。

太宗的神色总算转霁，再见怀中的婴孩一直笑扯着他的衣领玩，喜悦不禁逐渐复爬上了眉梢。

其余臣工见状，也纷纷跪了下去，郭贤、潘伯正等人亦不例外，最后是赵元僖，众人高呼"官家万岁万岁万万岁"。

一时，大宋皇宫传出的恭贺之声，直入云霄。

第29章 东窗事发兑

众臣工在齐贺官家喜得皇孙，山呼万岁之时，心里亦皆在忖度，襄王水淹韩村之事到底如何处置？方才太宗下令对襄王夺爵位发配，如今襄王得子，对久盼皇孙的太宗而言，该是不会再那般严惩襄王，可若是就此揭过，朝廷的威严法度何在？又何以面对天下万民？

跪拜方止，赵元僖便带着几分迫不及待地问出了诸人心中所想，官家金口玉言，襄王之过，惩处是否依旧？！

众臣工屏息以待。

郭贤、潘伯正等几位襄王的拥趸者皆皱了皱眉，揣摩着如何开口才能让襄王避过此劫，且不触怒龙颜。

太宗逗弄着怀中的小皇孙，似乎对下方再次掀起的暗潮视若无睹。

赵元僖忍无可忍地重申道："父皇，韩村几十条人命，不能便这般算了！此事若不严惩罪魁祸首，必生民怨！水能载舟，亦能覆舟，我大宋立国不足五十载，岂能有如此失信于民之举！还请父皇为了苍生安稳，为了朝廷威严，也为了我赵氏皇族江山永固，切勿一时心软！"

说着，赵元僖重重磕头下去。

赵普和寇准不无凝重地对视一眼，许王一番话将韩村之事的严重度抬升到了立国之本上，逼着太宗不严惩都不行。

太宗不动声色地扫了眼下方各怀心思的诸人，最后目光落到了刘娥身上："刘娥，据闻韩村的村民是你疏散的，寨墙也是你主张炸开的。"

殿上之人皆听得心头一动，他们哪个不是心有七窍，电光石火间便明白了，太宗这竟是要用刘娥为襄王顶罪。

那稚儿仍旧在天真懵懂地嬉笑，却不知刚认下他的皇爷爷，转脸便要将十月怀胎生下他的亲娘推上断头台，这便是帝王的冷血，这便是帝王的杀伐。

莫名地，一股森冷的寒意，在诸人的心头蔓延开。

殿上一时鸦雀无声。

赵元侃心中一痛，挡在了刘娥身前，满腔的愤懑却又莫名地失望无力，终是退让了："父皇……韩村之事，皆是儿臣之过，与刘娥，与他人无关，儿臣愿一力承担，接受任何惩罚。"

"官家，"太宗还未开口，刘娥自赵元侃身后站了出来，丝毫未见慌乱，道，"您要惩处民女，抑或是襄王，皆是因韩村整村人的性命吧。"

太宗冷冷地觑着刘娥，不置可否。

刘娥续道："炸开韩村寨墙，解滑州水困，若韩村村民及时疏散，没有牵扯进人命，民女相信不管是下令的襄王，还是执行命令的寇大人等人，皆该是有功无过，对吗？"

"没有牵扯进人命？！"赵元僖一声冷哼，"一介无知妇人，言得倒轻巧，你这是想帮襄王脱罪呢，村民呢？韩村那几十口人呢？若真活着，总要见人吧！"

"许王殿下，你为何如此笃定，韩村村民便没有活着了呢？"刘娥目光清淡却又隐含着犀利，迫视着赵元僖。

赵元僖神色几不可见地滞了下，怒道："本王何时笃定了？村民自水淹韩村后，便消失了，这不是有目共睹之事吗？！"

"到底为何会消失，许王殿下该是比谁都清楚。"刘娥冷声道。

赵元僖脸色一下子沉到了极致："本王不知你在言甚……"

"官家，"刘娥未理会赵元僖，径直转身朝太宗道，"刘娥今日冒死上殿，觐见圣颜，只为请求官家为韩村死去的几十口村民做主，严惩凶手。"

刘娥的话让殿上诸人一时竟不知做何反应，韩村的村民原来真的死了？！那参与了炸寨墙的刘娥，为何又当殿要求惩凶？！

赵元侃和寇准却是着实惊愕了。

"韩村村民真的……"赵元侃看向刘娥，几乎有点难以置信。

刘娥凄然地叹了口气，点头。

"官家，还是由臣来详禀此事的始末吧。"苏义简不忍见刘娥被各种异样的目光逼视，出声道。

原来，当时刘娥告知寇准，疏散了韩村村民，并非虚言。寨墙被炸开，淹没的村里，的确没有一人了，村民们在刘娥和老保正的指挥下，已迁移到了附近山头的一个山洞里，山洞是天然形成的熔岩洞，以前还做过寺庙，有过一些加固措施，是以较为安全。他们本是想等泄洪后，再下山，哪知那夜雨太大，山体滑坡，压断了下山必经的一座木桥，这便是为何翌日就匆匆赶去的赵元侃等人遍寻无果。其实那时凌飞曾带人到过断桥处，不过他哪里能想到刘娥敢胆大地带村民们躲进了随时滑坡的山里。

后来，暴雨停了，便在大伙儿寻思如何下山之时，有人寻了来，却不是赵元侃留下的人，而是一群黑衣蒙面刺客，逼问出众人确乃韩村村民，当即痛下杀手。村民尖叫奔逃，终究躲不开那落下的森冷屠刀，鲜血飞溅，染红了那佛像慈悲的双目。韩村上下共六十三人，除了陪着刘娥去探察地形的老保正及其孙儿，其余六十一人全部遇害。萍儿和宝儿一直跟着刘娥，幸免于难。

当时，几人回到山洞，看到满地横七竖八的尸体，鲜血淋漓，那浓郁的血腥味让人作呕，老保正几欲癫狂。而黑衣刺客去而复返，竟要火烧山洞，几人仓皇从一条暗道遁走，却不幸还是被发现了，黑衣刺客穷追不舍，更雪上加霜的是，刘娥动了胎气，眼看着便要临产，不中之中的万幸，苏义简和凌飞终于带人及时寻到了他们。

刘娥产子后，苏义简实则派人给赵元侃送过信，请求支援，然被黑衣刺客劫了，双方几次交手，各有死伤。此时，赵元侃水淹韩村，致使整村人丧命的流言大肆传开了，想来是黑衣刺客背后之人得到韩村被灭的消息，故而散播。刘娥他们得知赵元侃被强召回京，便一边躲避追杀，一边往京城赶，直到此前在驿站，苏义简设计抓住了黑衣刺客，方知晓屠韩村，一路追杀他们的人是费斌，许王的贴身侍卫，自然，那幕后之人是呼之欲出。

"一派胡言！"赵元僖听了苏义简的呈禀后，当即厉声怒斥，"襄王水淹韩村，要了全村人的命，你！"狠狠地指着苏义简，又指了指刘娥，"你们，竟敢当殿推到本王身上！本王何时下令屠了韩村？！何时派人追杀你们？！证据呢？没有证据，便敢污蔑亲王吗？！"转身朝太宗断然道，"还请父皇为儿臣做主，还儿臣一个清白！"

"清白？！"刘娥嘲弄地微微摇了摇头，"许王，你污蔑襄王之时，怎没想到这两个字！你要证据，苏大人方才不是说了，我们抓住了费斌，你的人，此刻便押在殿外。"

苏义简道："请官家允许，带费斌上殿，与许王对质。"

赵元僖瞳孔猛地缩了下。

太宗扫了眼下方的几人，微抬下颌示意了下。

很快，凌飞押着费斌，进得殿来，后面还跟着王禾和老保正。

赵元僖看见被绑着的费斌那一瞬间，身子僵住了，眼底飞快地划过一丝慌乱和不置信。

凌飞、王禾几人向太宗跪拜行礼。

"费斌，这到底怎生一回事？"赵元僖先发制人，"本王何时派你去冒犯襄王的人了？！"

费斌自打进殿，便脸色雪白，此时更是深埋了头，不敢面对赵元僖。

刘娥道："许王何必做戏？！"

赵元僖冷哼："本王没下过这般的命令！"复冲太宗道，"父皇，儿臣从没让人追杀刘娥和苏义简，儿臣也可对着皇天后土，以身家性命起誓。"

刘娥闻言，倒是微愣了下。

其余臣工也是窃窃私语。

"许王殿下，"苏义简却不会被他几句话糊弄了过去，淡淡地道，"此事想来是费斌屠韩村屠得不干净，不敢向你汇报，自作主张在弥补，是以在这大殿之上，直到方才，你还是理直气壮，以为胜券在握。"

赵元僖那攥紧的拳头捏得手指轻响一声，狠厉的目光直直地射在跪伏在地的费斌背上，如同要将其洞穿。

费斌若有所感地抖了下，伏得更低了。

显然，苏义简猜中了。

苏义简续道："即便许王你没下对吾等之追杀令，然屠韩村一事，却是不争的事实，此事费斌交代了，确乃得你授意，为的便是将那几十条人命算在襄王水淹韩村之举上。"

刘娥接口道："老保正可做证，襄王下令炸开寨墙之时，村里的人确实全部疏散了，他们全是死在了你手中，许王殿下！"

"你们！你们胡言乱语！"赵元僖一下跪倒在王阶前，"父皇，他们串通起来，构陷儿臣！儿臣没做过！苏义简，刘娥，全是襄王的人，他们为了保下襄王，抓了儿臣的侍卫，屈打成招！还找了不知从何处弄来的刁民，合伙歪曲事实，这是污蔑！他们想蒙蔽圣聪，想众口铄金，毁了儿臣啊！请父皇明鉴！"

"许王殿下，欲蒙蔽圣聪的，是你！"王禾忍无可忍地开口斥道，"官家，许王与滑州前知州刘庸勾结，贪污赈灾款项，一到滑州，便要杀我等水官遮掩，幸而襄王及时赶到，救下了臣，却还是有不少水官被杀，后事情败露，许王当众杀了刘庸，这些事，两位钦差大人俱是知悉的。"

太宗锐利的目光落向寇准和王钦若，两人当即跪了下去。

"父皇，"赵元侃抢先开口道："此事与二位大人无关，刘庸死，他们查到的证据已没有了，是儿臣隐瞒下了王禾大人交予的证据。"

太宗徐徐眯起眼：“你想替你二哥遮瞒？！”

赵元侃看了眼赵元僖，神色复杂地道：“儿臣当时与二哥私下谈过，只要二哥自此安分，那案子便到刘庸止。”

太宗一声微哼：“你倒是会自作主张，还替朕做起了决定。”

“官家，可惜襄王的好意，许王并不领情，才会有了屠韩村嫁祸之事，”苏义简聪明地转回去了话锋，“更甚者，差点要了襄王之命。”

赵元侃闻言，倒是有些意外地看向苏义简：“此言何意？”

苏义简轻叹了口气：“殿下，当时滑州泄洪，你掉下城楼，并非意外，而是许王派人弄松了那段城墙，目的便是找机会推你下去。”

赵元侃猛地回头，看向赵元僖：“二哥，真有此事？！”

赵元僖胸膛微微起伏，面色已阴沉到了极致，目光狠毒，不语。

苏义简续道：“是王禾大人先有了怀疑，着人一番细查，方证实，”顿了顿，“费斌也招了。”

“弄松城墙，随时有水淹滑州之患！”赵元侃沉痛地道，“二哥，难道为了要我的命，你便能不顾及滑州上千百姓的命吗？！”

赵元僖不屑地瞥向赵元侃，不无嘲讽地道：“假仁假义。”

“襄王殿下，你当初便不该心慈手软，”寇准见状，不由摇了摇头，“这已是第二次……”

赵元侃目含制止，寇准微挑了下眉，噤了声。

上座的太宗却容不得他们如此当着他的面搞小动作，追问。

寇准便不顾赵元侃不悦的眼神，将宣德门刺客之事，说了出来。

众臣工不由深为震撼，许王竟做下了诸般恶事，多次欲置襄王于死地。

这便是皇权之争，为了那个储君之位，视黎庶如蝼蚁，性命随时可夺，可怜那些百姓，至死也未明白怎生就平白招来了杀身之祸。

“哧！”赵元僖忽而一声嗤笑，“赵元侃，说到做戏，你比我行。”一副无力反抗的模样，“父皇，三弟的这个局，我破不了！周密严谨，墙倒众人推，我认栽，但凭父皇圣裁。”

赵元僖一招以退为进，再次让大殿陷入一片寂静。

许王罪证凿凿，辩无可辩，然如此形势，襄王占尽了优势，得众臣拥护。若所有的事情，皆归于储位之争，襄王的风头是否过盛，打压得许王毫无还手之力。

这真的是多疑的太宗愿意看到的局面吗？！

帝王之术，从来都是平衡之术。

大殿之上，所有的人，都在屏息，等一个圣断。

"哐当。"一声脆响，太宗竟将之前殿前都指挥使呈上的尚方宝剑抽出，扔到了下跪的赵元僖和赵元侃的面前。

太宗沉声道："为君者，当以江山社稷为重，以天下黎庶为先。韩村六十一人之性命，到底亡于你兄弟二人谁人之手，若要调查，也能真相大白，然现下，此刻，你们身为赵氏子孙，身为坐拥这天下的大宋皇族一脉，自要有自己的担当，来对得起你们所拥有的血脉，我赵氏一族，没有一个怯懦之人！王子犯法，与庶民同罪，你们究竟谁是罪魁祸首，谁便拿这把剑，当众自刎，以谢天下吧。"

赵元侃和赵元僖四目相对，一沉稳坦然，一阴沉复杂略带一丝惊慌，又极力隐藏掩饰。

殿上之人，皆望着兄弟二人。

刘娥担忧不已，便欲上前，苏义简暗暗朝她摇了摇头。

"挺直了你们的腰背，"太宗一声断喝。

赵元僖不禁地微颤了下。

太宗语气冰寒："朕是在给你们机会，这般的死法，方才对得起你们的姓氏，"顿了顿，见两人还是一动不动，"若你们不愿，朕便……"

蓦地，赵元僖一把将剑抢到了手中。

赵元侃心一沉，以为赵元僖要自裁，本能地伸手欲阻止，下一瞬，那雪亮的剑尖却抵在了他的眉心处。

"三哥！"刘娥失声惊呼。

苏义简连忙扶住乱了方寸的刘娥。

"二哥，"赵元侃沉痛地，"收手吧。"

太宗面无表情地道："朕是要凶手自裁，不是要一个帮朕定夺的。"

"父皇！"赵元僖嘶吼一声，"你到底是不信我？"

太宗道："元僖，是你辜负了父皇……"

赵元僖进退两难，狠狠地闭了闭眼，仰头一声长啸，不顾一切地一剑刺出，苏义简和凌飞飞身上前，一人拽开了赵元侃，一人挡在了其身前。然赵元僖这一剑，却不是刺向赵元侃的，而是一剑将费斌毙了命。

鲜血喷溅了赵元僖一脸，看去尤为狰狞。

殿上有胆小的臣工惊呼出声。

禁军枪剑顿时将赵元僖包围。

太宗失望地摆摆手："带下去吧，传旨，将许王赵元僖褫夺爵位，贬为平民，发配沙门岛，非召永不得还。"

"父皇！"赵元僖苦涩一笑，甩开来拉他的禁军的手，抽出刺入费斌身体的长剑，反手毫不犹豫地一挥。

又一蓬血雨飞溅。

赵元僖当众自刎。

"二哥！"赵元侃扑上去接住赵元僖倒下的身体，他颈项间的血如注涌出，他最后看向赵元侃那眼神，倒似一丝解脱，未留下片语，断了气。

满殿震骇。

"元……僖……"太宗不可思议地瞪着下方一幕，虎目瞬间含泪。

第30章 结发为夫妻

《宋史·本纪》有载："（襄王）至道元年八月应为皇太子，改今伟……故事，殿庐幄次在宰相上，宫僚称臣，皆推让弗受。见宾客李至、李沆，必先拜，迎送降阶及门。开封政务填委，帝留心狱讼，裁决轻重，靡不称惬，故京狱屡空，太宗屡诏嘉美。"

是日，天朗气清，惠风和畅。

大宋皇宫里，礼乐共奏，韶乐泱泱，赵元侃正式被册封为皇太子。这是中原汉统，自唐哀帝天佑七年，近百年光阴中，第一次出现了皇太子册立之礼，自是得天下亿万子民瞩目期盼。

赵元侃，如今已得太宗赐名为恒，他自东宫常服乘马赴朝元门外幄次，改服远游冠、朱明衣，三师、三少导从入殿，受册宝，太尉率百官奉贺。后过御道，入太庙参拜列祖列宗，于京城百姓之前，博得万众欢呼。

苏义简府邸，后院，主人喜兰，故而开垦了一片兰花圃，里面种有墨兰、石斛兰、蝴蝶兰、君子兰等数十品种，有的枝叶舒展，迎风绽放着优雅与恬淡，有的已到了花期，暗紫的、鹅黄的、素白的等花色不一而足，那朵朵花蕊点缀，相映成趣，端的是好一偷得浮生半日闲之处。

花圃中有一条碎石小径，直通深处留出来的一块空地，那处置有石桌石凳。此时刘娥坐于那石凳上，轻晃着旁侧的摇篮，里面的小皇孙闭眼熟睡，他长长的睫毛如羽扇般地覆盖在眼睑上，肌肤吹弹可破，瞧去煞是玉雪可爱。

那午后暖阳，明媚和煦，洒落在刘娥身上，似给她镀了一层柔光，微风轻拂，吹动她耳畔几缕垂落的发丝，缠绕飘荡。

赵恒自廊下行来，便见到如斯温情缱绻之情景，不由放缓了脚步。

刘娥似若有所感转头，便见到赵恒革带束腰，瑜玉双佩，一身皇太子礼服，器宇轩昂地走了来，那风华举世无双。

笑意一点点地在刘娥唇边漾开，如碧波春水，那阳光融融，于她眸中碎成金光点点。

"莺儿！"

"三哥！"

十指紧握，眸光缠绵。

他和她终是再次重逢。

"我已是太子。"

是以，这一次，我想我有足够的能力护住你，这一次，我不会再放开你的手。

"我的太子殿下！"刘娥心中柔情蜜意满胀，指尖轻拂过眼前那清俊的眉宇，"我们有孩子了。"

是以，我不会再远离，不管前方艰难险阻，路有多崎岖坎坷，我也会守着你，和我们的孩子。

千般言语，万般情意。

无须明言，你我两心相知，唯愿从此相守。

陪同而来的苏义简见此一幕，眼中情绪万千，终是归于一声无声的长叹，却又含着几许欣慰，悄然地挥挥手，带着所有人退了下去，将一方天地，留给了重逢的有情人，留给了温情的一家人。

"哗啦啦。"

那仙露琼浆倾倒入玉盏，纤手执壶，广袖蹁跹，看着甚是赏心悦目。

刘娥在斟酒，赵恒凑近摇篮，看着熟睡的儿子，满眼的疼爱与欢喜。

"吉儿，爹爹来看你了，"赵恒轻声道，随即自袖中取出一只镂雕甚是精致的黄金长命锁，搁在了吉儿的小手边，"你娘亲给你取名吉儿，逢凶化吉，爹爹送你一只爹爹幼年戴过的长命锁，愿你一世长安。"

"吉儿谢过爹爹，"刘娥和赵恒相视一笑。

赵恒又凑近了稍许，好似怎生都看不够，他小心翼翼地伸出手指想碰一碰那软乎乎的小脸，却又怕弄疼了。

刘娥笑道："他一旦睡着，便睡得可沉了，你不必那般小心。"

"当真不会醒？"赵恒甚是犹疑。

"不会，"刘娥鼓励道，然见赵恒那谨慎的指头，又忽而起了顽皮的心思，"不过，他要是被弄醒了，脾气可大了，我都要哄许久呢。"

赵恒当即收回了手，正襟危坐："我还是看着他，等他醒来吧，总不能让他对我这个爹爹有了坏印象。"

"扑哧。"刘娥失笑，望着眼前的一对父子，心里软软的。

赵恒颇有点羞恼，故意沉了语气："从何处来的酒？"微顿了顿，还是忍不住加了句，"闻着很是香醇。"

刘娥道："此酒原名为松醪，我改了酿制之法，酿成后，窖藏半年再饮，方为上佳，是在房州时，与给义简的花雕酒一道酿制的。"

刘娥边说，边眸光轻柔地睇了赵恒一眼。

当初苏义简高中探花，刘娥亲酿花雕千里相贺。赵恒明里暗里地吃了些醋，还在给刘娥的书信中，特意提到那花雕酒他也尝了，倒是不知刘娥一手酿酒技艺也是出类拔萃。刘娥当时未多作回应，似根本没懂赵恒的心思。后来赵恒反思，觉得自己未免心胸狭窄了。

此时刘娥陡然提及，那眼角眉梢还含着一丝若有似无的调侃，顿时令赵恒更为窘迫，不由低咳一声，以做掩饰。

刘娥续道："前两日让凌飞去房州，本以为会赶不及，好在他日夜兼程，一个时辰前送酒回来了。"

赵恒道:"你让他去房州,他当然跑得快了。"

刘娥不自觉地扬唇:"萍儿带着宝儿回了房州,如今我不能再在他们身边照顾,日后怕是还得辛苦凌飞多替我去瞧瞧。"

赵恒道:"他求之不得。"

刘娥动作微顿了下,抬眸看着赵恒,忖度道:"三哥,依你之见,凌飞和萍儿有没有可能?"

赵恒一笑:"你不用试探我,此事皆看他们自己意愿,凌飞若真要去房州,我不会拦着。"

"那,我便在此,代凌飞和萍儿,谢过太子殿下了。"刘娥似模似样地行了个礼。

赵恒伸手轻扶,道:"夫人不必多礼。"

刘娥听得赵恒的称呼,脸上的笑意几不可见地滞了下,旋即飞快地掩去,似那不过是寻常一语。

"十分满盏黄金液,一尺中庭白玉尘。对此欲留君便宿,诗情酒分合相亲。"刘娥示意石桌上斟满的六盏酒,含笑吟道,"三哥,你正位东宫,莺儿无以为贺,便以此自酿的薄酒,六盏以贺你册封之仪。"

说着,刘娥便伸手要去取酒,却被赵恒轻捉住了手腕。

"莺儿。"赵恒目光深深地凝视着刘娥,神色复杂。

刘娥不由困惑:"嗯?"

赵恒缓缓道:"若没有你一路冒着生死进京,为我澄清,怕是我早已被发配去了沧州,若没有你抱着我们的孩子上殿,我……"

"三哥,"刘娥柔声打断,"你我之间,何分彼此啊,我能为你做的,你不也会为我做。"

"可是莺儿……"赵恒微苦涩道,"我这太子之位,的确是因你辛苦为我诞子所得。"

"不,三哥,"刘娥摇头,"你莫要妄自菲薄,官家立你为储,固然有我们孩子的原因,可你黄河治水立有大功,你得百官拥戴,你才干卓越,远胜于你那几个兄弟,你的仁心更是他们比不了的,储君之位,是因你当得起。"

"在你眼中,我有这般好?!"赵恒被刘娥一席话说得既感动又欢喜。

刘娥笃定地道:"那是自然,我的……"微顿了下,"你自然是了不起的。"

"我是你的甚?"赵恒却不放过刘娥,握着她的皓腕,微一使力,拉近了两人的距离。

刘娥轻抿了下唇角，脸颊有薄红浮现，故意嗔道："太子殿下，酒还喝不喝了？！"

"莺儿，"望着近在咫尺娇羞无限的玉人，赵恒心中情意悱恻，却又浸着丝丝缕缕的愧疚，"方才其实我是想言，你对我有情有恩，你十月怀胎为我诞下子嗣，我本该，也非常想，对你珍之重之！然，即便如今我贵为了储君，却，却依旧不知何时，才能给你十里红装！不知何时能让你，让你堂堂正正地站在我身边！"

刘娥心中一动，倒没有多少失望，平静地道："官家，还是不接受我？！"

赵恒眼中的惭愧宛若实质，爱怜不已地看着刘娥。

刘娥又道："不让我进襄王府，不，太子府？"

赵恒沉默。

"那，准许我留在京城吗？"这句话，刘娥倒问得有几分忐忑。

赵恒缓缓点了点头。

刘娥松了口气，甚至带着点庆幸地笑开："这便很好了！想来也是，吉儿还这般小，离不了亲娘，官家总不至于把他的亲皇孙赶出京城，看来我是沾了我们吉儿的光，也好啊。"

"莺儿！"赵恒心口发闷。

"笑一笑，太子殿下。"刘娥轻轻戳了戳赵恒的两颊，"我是真的觉得很好，能带着孩子，在离你最近之处，"顿了顿，神色慎重了些许，"不过，三哥，你应允我，以后切莫要再因我入不入太子府，有没有名分这些事，去与官家理论，与官家发生冲突，好吗？"

赵恒难受不已地道："可……可你便要一直受委屈。"

"我不在乎！"刘娥捧着赵恒的脸，"只要你好，我们的吉儿好，任何事，我都不在乎！再者，我很满意现下……"

刘娥话未说完，便把赵恒一下拉着手，双双并肩跪了下去。

"三哥？"刘娥一愣。

赵恒坚定地道："今日，你我便在此跪拜天地，结为夫妻。"

刘娥心神一震。

赵恒取过酒盏，一盏递给刘娥，眼中情深无限："莺儿，你可愿意？"

"我……"刘娥咬了下唇，瞬间红了眼眶，眸中水光潋潋，"我愿意！"

那双泪落君前，终是有情人成了眷属。

一拜天，许你我今生一段良缘。

二拜地，凤凰于飞，和鸣锵锵。

夫妻对拜，从此白首不相离。

青青子衿，悠悠我心。青青子佩，悠悠我思。

天为媒，地为证，没有凤冠霞帔，没有高朋满座，没有天下倾贺，然有你我彼此在，便足矣！你我相遇，相知相爱，便是此生最大的欢愉，我守你百岁无忧，你许我此生不弃，此情深不渝，恩爱应天长。

白云苍狗，倏忽已是七载。

那草原上的草枯荣几个轮回，岁月沉淀了一圈又一圈。

镇州，宋北方边境之重镇。

是夜，冷月残星，照得那边关苍凉。

城楼上，几个宋兵怀中抱着长枪，缩在城垛口，互相依靠着取暖，慢慢都睡了过去，鼾声渐起。

黑夜里，倏地"叮当"一声响。

一宋兵惊得睁了下眼睛，四周却安静下来，他没有再听到任何动静，便疲惫地又把眼睛闭上了。

片刻，又是"叮当"两三声。

另一年龄稍长的宋兵，像是一小头目，闭着眼嘟囔着下令。

"去看看。"

先前的宋兵被踹了一脚，强打精神起身，嘟嘟囔囔地一路巡视过去。

"甚也没有，看甚，自己吓自己……来镇州一年都没见着契丹人……"

很快，那宋兵走远，身影消失在蒙蒙夜色里。

其余的几名宋兵仍在睡觉。

"叮当"声又接着零星地响了起来。

宋兵小头目一下醒了："不对，有声音！"边说，边将其余人几把推醒，"都别睡了！起来！起来！"

另一宋兵抱怨道："牛二不是去看了吗，半天了，怎生还没回来？"

小头目握紧了手中的长枪，警惕道："都四下看看，我总觉得不对……"

197

他话未道完，猝然一只绳爪自城墙外飞上来，射入城垛口，"叮当"一声狠扣在了城墙上。

小头目猛地瞪大了眼："是敌袭，快……"

"刺啦！"一柄弯刀，将他穿胸而过。

其余宋兵皆一个激灵，还未反应过来，小头目便被一只手从城垛口推了下去。

一名彪悍的辽将出现。

宋兵们顿时如临大敌。

一身材敦实的宋兵率先持枪刺了过去，被那辽将抓着枪尖狠狠一拽，差点扑下城垛。

几乎同时，左右五六名辽兵借助绳爪翻上城墙，围了过来。

几名宋兵腹背受敌，他们拼命反抗，奈何实力相差悬殊，还是被凶悍的辽兵全部杀死。

城墙上人影幢幢，那兵刃相交声、惊呼惨叫声此起彼伏，想来更多的宋兵遭受了和他们一样的命运。

无数的绳爪如一群猛禽般飞上了城墙，"叮叮当当"响成了一片。

那城墙外壁，大批的辽兵，拉着绳爪迅速地向上攀登，如嗜血鬼魅，撕开了镇州的城防。

第31章 谁怜陛下最孤寒

宋皇宫，大清书院，臣工们候朝听宣之所。

此时，数十名士子聚集在阶下，个个翘首以盼，严肃的神色中不乏忐忑。

然有一士子却是例外，他远远地立在人群之后，神色间并没有其余人的焦灼，倒是坦然平和，再细瞧去，又似胸有成竹。许是等得久了，他干脆一撩衣摆，席地而坐，自袖中取出一卷竹简，慢慢地看着。

此士子三十岁出头，容貌清癯，一身湛蓝的布衣洗得发白，却掩不了那眉宇间隐隐的傲气，他这般于熙攘人群之中专注地看着书，更是有一股遗世独立的风流。

良久，王继恩在一小内侍的陪同下，自书院里走了出来，扫了眼满怀期待的众士子，朗声道："诸位士子的文章，官家和太子殿下，已于讲武殿批阅完毕，今日将择其优异者殿试。本次殿试由太子殿下主持，新科状元，将由太子殿下钦点。"

众士子顿时交头接耳，神色各异。

王继恩轻咳一声，示意众士子安静。

小内侍将一直端着的一紫檀托盘呈上，里面放有一竹签。

王继恩拿起竹签，宣布道："第一位，泰州府沈游，进殿。"

一蓄着短须，看去甚是斯文的士子，拨开人群走了上前："吾乃沈游。"

小内侍将沈游带了进去。

士子们一个个地被宣进殿，又陆续走了出来，有的垂头丧气，有的扼腕叹息，有的欣喜若狂，有的出来后还折身朝院内跪拜，喜极而泣。

周围的士子越来越少，剩下之人难免愈发紧张起来，便是那最为镇定，坐在外围的士子，也微微肃穆了神色。

便在这时，又一个内侍快步出来，将新的竹签呈给王继恩。

王继恩看了看，道："苏州府丁谓，进殿。"

那看竹简的士子立刻浑身一凛，将竹简收了起来，起身仔细地掸干净衣衫上的灰尘，整理装束，上前方正地施了一礼："学生烦请公公引路。"

王继恩看了丁谓一眼，淡淡点了点头，示意内侍为他引路。

丁谓跟着内侍，一路穿过大清书院前堂，来到了正殿。

殿内两侧各有四张桌案，每张桌案后坐着两位翰林学士，或翻阅考卷，或做着笔录，甚是忙碌，后面还围坐了十几名臣工。其上正中的龙案之后，太宗高坐，龙案左侧稍靠下的位置，还置有一张桌案，上面堆着厚厚的一叠考卷，一只骨节分明的手抽过最上面那份，翻阅一番，舒朗的眉眼微抬，其正是当朝太子，赵恒。

丁谓一步步走上前，当此情景，皇权至尊，更有天底下至高学府的饱学之士，他亦不免暗暗紧张，深吸了口气，他朗声参见官家和太子，撩袍拜倒。

赵恒让他起身，简洁地问了名姓和生平，便单刀直入就他的考卷问道："你文章之中论及我朝兵力不足，导致国弱，以你之见，何以至此？"

丁谓深施一礼，答道："殿下，当今朝廷招募新兵不已，然而仓之粟帛有限，百姓之膏血有限，臣请罢招禁军，以训练旧有之兵，自可备御。大国之所以自强者，究其根本在于兵。今我朝兵财不足，招募方新，调度转急。问之工部，工部无财，问之饷司，饷司无财。粮草饷银匮乏，将士何以自强？臣愿官家持不息之心，厘定节财之道，兵力或可强矣。国强则兵强，反之亦然，兵强则国强。"

太宗是武将出身，他一心要收复旧疆，素来主战，听得丁谓所言精兵之道，顿时精神了几分，颇为欣赏，不住点头。

赵恒道："辽国屡犯我大宋边境，已为中原之患，你既主张充实国库，苦练精兵，是否有戍疆强边，与辽人一战之意？"

太宗得闻赵恒如此发问，更是有了兴致，期待地盯着丁谓。

丁谓却道："非也。先贤有云：兵者，不祥之器，圣人不得已而用之，穷兵黩武之君，不可久得天下。"

太宗听了这两句，脸色立刻阴沉了下去，方发现丁谓真正的见解正好和自己相反，他开始不耐烦了。

赵恒却微微点了点头："愿闻其详。"

丁谓道："辽虏狼子野心，固不可以一战而止之。以臣之见，对付辽国，当以防御为上。辽国为北境之敌，我大宋视辽国，不可小觑、不可轻敌、不可自大，又不可置之不理，正因契丹兵强马壮，擅于征战，所以难以臣服、难以震慑、难以怀柔、难以颠覆、难以战而胜之。而契丹之视我大宋，亦复如此，同样不可小觑、不可轻敌、不可自大、不可臣服、不可震慑、不可怀柔、不可颠覆、不可置之不理，不可战而胜之。

"烽烟遍地，尸骨如山，非明君所愿见。将士屯戍边陲，与辽国开战，实乃不得已而为之。我大宋之国土可成为子民栖居之家园，亦可成为杀人之修罗场。辽国之庶民，与我大宋习性有别，然则去危就安，厌战喜逸，皆人之常情，无有分别。辽国天寒地冻，缺衣少食，便南下劫掠，不惜兵戈相见。若辽国之民衣食无虞，安居乐业，又何必苦苦征战。

"圣人以百姓之心为心，谕以祸福，示以恩威，议定边疆，永息征战。养民事天，济时利物，莫过于此。愚以为不动干戈，为万世之利，唯有明君能为之。近可以鉴唐太宗之降贵纡尊，礼让突厥，乃至称臣纳贡，与突厥结下'渭水之盟'，方才有大唐之盛。远则可以追慕古公亶父，避让戎狄之犯，举国上下，扶老携幼，率三千户聚落岐山脚下，务耕织、行地宜，民众皆感其德，遂有周朝之治。

"明君之道，理应苦练精兵，不可示人以弱，不战而屈人之兵！明君之道，理应虚心求治，屈己为民，常思息战以安天下，倘能如此，辽国之患又有何虑哉！唯有止战求和，方能抚育万民，唯有止战求和，方能休养生息，唯有止战求和，方能使大道行于天下，讲信修睦，使老有所终，壮有所用，幼有所长，鳏寡孤独皆有所养。愿官家外施仁义、内施教化，和谐万邦，百姓昭明，则天下幸甚、社稷幸甚！与辽国当止战求和、民间通商，才是大宋百年大计！"

太宗听着丁谓的长篇陈词，早已经昏昏欲睡。

丁谓言毕，赵恒却是兴奋地站了起来，击掌赞叹。

"好一个丁谓！"

太宗蓦地被惊醒过来，瞅了眼激动的赵恒，瞥了眼殿上长身而立的丁谓，更紧地皱了皱眉，愈发不悦。

殿上的翰林学士和臣工们，敏锐地察觉到了太宗的神色不对，屏息连声，哪里还敢附和太子鼓掌。

赵恒道："召天地之和气，敛天地之杀气，才能使国泰民安、协和万邦。丁谓言论至切，甚得本宫之心，本次殿试状元，非尔莫属，自今日起，你便是本宫的门生，授翰林院修撰！"

殿内一时寂静异常，诸人都在偷眼窥太宗。

"啪啪！"太宗面无表情地拍了两下手掌："恭喜新科状元丁谓。"

丁谓愣住，听了几乎不相信自己耳朵。

赵恒微微一笑："状元郎。"

丁谓反应过来，激动得一下跪倒在地，以头抢地，高呼："谢主隆恩，谢太子殿下，丁谓当肝脑涂地，鞠躬尽瘁以报皇恩！"

"恭喜新科状元。"

其余人这才纷纷道贺。

丁谓长揖一圈，努力地绷着神色，使自己不至于御前失态，内心却翻滚着难以抑制的兴奋，那是数年寒窗苦读，一朝得志踏青云的激动，更是从此前程似锦，接近王朝权力中心的激荡。

太宗看着下方的热闹，不发一言地起身，朝殿后走去。

臣工们的神色微妙起来，丁谓也后知后觉地意识到了殿内气氛的异常，却有些不明所以。

便在这时，潘良自殿外匆匆奔进来，急切地禀道："启禀官家，太子殿下，八百里军情急报，辽太后萧绰亲率军突袭我边境，镇州已失守，辽军大举南下，定州、关南、满城、府州告急。"

满殿皆惊。

不待赵恒接过军报，太宗已几步折回，一把夺去，打开一目十行地阅毕，面色阴沉似水，当即下旨，急召宰执、三司等重臣御书房议事。

丁谓作为新科状元，被特许了参与。

入了御书房，太宗先前的急怒倒是敛去了几分，依旧将主事之权，交予了赵恒。自从去岁入冬后，太宗旧伤又一次复发，龙体是一日不如一日，太子赵恒临朝听政，代君行事，已有四五月。

如今宋朝廷上众臣之首乃是吕端，赵普已于五年前去世，相较于赵相的精明老到，吕相则持重稳当，他将边境各州府送来的军报逐一比较，剖析。

"辽军此次南下，号称拥兵十万，然就其一路攻势来看，该是不足，至多有七八万。"吕端指着边境布防图，示意诸人道。

王钦若忧虑道："那也不少了。"

吕端点头："且他们的中军由萧绰亲自坐镇，辽军士气高涨，前锋是耶律休哥和耶律斜轸，皆是猛将，二人更是配合得宜！殿下，杨延昭将军曾与此二将数次交手，深知其人其道，是以臣奏请，速将杨将军调往前线督战。"

"允了。"赵恒道，微顿了顿，斟酌地道，"辽军来势凶猛，告知将士们，先要避其锋芒，挫其锐气。辽军以骑兵见长，长途奇袭常有奇效，然一旦陷入苦战，则于之不利，若一座城池久攻不下，他们的粮草必供给不足，再能征善战的士兵，也无用武之地……"

"一派胡言！"太宗倏地愤怒打断。

赵恒和众臣工皆是一惊，回头看去，只见太宗已怒发冲冠地从龙椅上站了起来，大步走来了布防图前。

太宗斥道："避其锋芒？挫其锐气？你在言甚？敌人都打到家门口了，你还要躲？！现下便该开城正面应敌，予其迎头之痛击。"

赵恒几不可见地皱了下眉："父皇……"

太宗根本不想听，火大地吼道："这两年辽人用兵高丽、女真，兵力大为损耗，不趁此良机再次北伐，收回幽云十六州，更待何时！"

赵恒道："父皇，萧绰既集结兵力南下，且她亲上战场督战，便表明辽国的兵力不容小觑，且是有备而来，我们何必要硬碰硬，他们骑兵深入，长途必定人困马乏，我们再以逸待劳……"

太宗再次厉声打断："你这是在为自己的怯战寻借口。"

"儿臣没有！"赵恒语气沉稳，"儿臣是不想前方的将士们做无谓之牺牲。"

"你！"太宗怒瞪着赵恒。

赵恒不退不避。

父子俩隐隐有对峙之势。

一众臣工皆沉默，最后是寇准站了出来。

寇准道："官家，臣素来痛恨辽人，恨不能哪一日持枪上阵，能与之杀个痛快。然以目下形势而论，太子殿下顾虑周全，不能被辽人的有心给算计了，以逸待劳方为上策。"

王钦若目光动了动，也开了口："官家，近年来天灾频发，我朝国力有所凋敝，国库所备也并不充盈。臣也以为太子殿下所言有理，现下应对辽军，当以防御为主，不宜出征啊！"

"你们！"太宗简直是怒火中烧，"你们都不敢打？！"

赵恒一撩袍角跪下："父皇，不是不打，只是，诚如王大人所奏，现下我们粮草、军械缺乏，兵力不足，收复幽云十六州时机未到，请父皇三思！"

其余臣工见状，亦纷纷跪倒，丁谓也跟着跪了下去。

"请官家三思。"

太宗胸膛剧烈起伏，显已是怒到了极点，然面对太子和众臣的反对，他不可能做到一意孤行。

"难道要将先帝打下的江山，拱手送给萧绰吗？！"

太宗怒哼一声，拂袖离去。

望着太宗那固执的微驼背影，赵恒无奈又难受。

长夜岑寂，那片月孤悬天际。

太庙，英烈祠内，烛火摇曳，映着一代帝王佝偻的身影。

太宗独坐在英烈灵牌之前，用棉布细细地擦拭着一块又一块的灵牌，专注肃穆，却又显得那般凄凉且孤独。

"当年，你们随朕跟着先帝打天下，北征南战，天下攘攘百岁间，英雄出世笑华山，南唐北汉归一统，朗月残星逐满天，何等英豪！何等壮怀激烈！你们都是朕过命的兄弟啊，如今，你们一个个追随先帝而去，午夜神鬼门开，尔等可与朕梦中相会乎……"

一道人影悄然走了进来，拈香肃然对着众灵位，俯身深拜。

太宗自顾地念叨着，待擦拭净最后一块灵牌，递给来人，赵恒。

赵恒接过，只见其上刻写的是"武威郡王武烈公石守信之灵位"。

太宗的语气里含着追思，缓缓道："朕第一次出征辽国，就是跟武烈公石守信将军一道。朕记得……那是一个深夜，我们在幽城外一个村落与辽军狭路相逢。当时人困马乏，我们本想在村里安营扎寨，次日再继续行军。不承想，辽军也入了村。那晚月黑风高，伸手不见五指，我们与辽军擦肩而过，皆没有觉察。却忽而有一辽兵开口说话，众人听出口音不对，瞬间人人都抽出了兵刃，紧张戒备，也不知是谁和谁的兵刃碰到了，厮杀一触即发……黑暗中敌我不辨，只能闭着眼拼命砍杀，只有，杀了身边的人，身边的任何一个人，才能有求生之希冀……"

赵恒听得神色剧震。

太宗似陷入了某种回忆，那眼底浮现深刻的惊惧，呼吸急促，却又拼力压抑着。

"父皇！"赵恒胆战心惊，小心翼翼地伸手按在了太宗手背上。

太宗直勾勾地盯着他，冷幽幽地道："触手不是黏糊糊的血，便是断肢残臂……整个村子成了修罗场，朕的耳边，全是鬼哭狼嚎般的哭喊、惨叫……朕，朕当时是真的怕了……"

赵恒握紧了太宗的手，欲把他从那恐怖的回想中拉出来，故而轻声问道："那父皇是如何逃生的？"

太宗看向赵恒手中的灵牌："是石将军，是他，拼得一身伤将朕找到，死死护在身下……"他闭了闭眼，似努力地从那些可怖可骇中挣脱，"若没有他，朕早便是那刀下亡魂，是那修罗场里孤魂野鬼。"

赵恒深深看了看灵牌，对着其跪地，磕头拜了三拜，再奉着放回了灵位，他没有转身，低沉慎重地道："父皇，先烈们的英迹，儿臣不会忘！您和先帝，带着众将士打下的天下，儿臣会好好守住！"

太宗抬眼，他这般坐着，赵恒立在众灵位之前，那身形显得格外颀长挺拔，强势了一辈子的帝王，忽而生了一股从未有过的疲惫，这疲惫里却又蕴含着欣慰。

"天下，朕便给你了，朝堂，终究是你做主。"

赵恒蓦地回头，有些难以置信，却更动容，太宗这是让步了。

赵恒无声地跪倒，磕头下去。

太宗望着这如今最成器的儿子，不由也难得地心慈软了几分："元侃，你所做每一件事，为父心明如镜，都看得清清楚楚，无论何人，对于你的非议，为父，从未信过。"

"父皇!"赵恒蓦然红了眼眶。

太宗续道:"你我父子总有争执,那是因为父对你寄予厚望,是以总是责备求全,有时为父故意给你设下障碍,不过是让你多一些磨砺而已。"

"父皇,儿臣明白。"赵恒终于止不住流下了眼泪。

"朝局如战场,宫廷多诡谲,你不是霸道的性子,没有狠辣的手段,为父总是怕你掌控不了这江山棋局。"太宗将赵恒拉了起来,父俩子坐到一处,看着即使坐着也比自己高出一截的儿子,太宗甚是感慨,伸手想像幼时那般拍拍其后脑勺,最后到底是落在了那宽阔的肩上,"然,谁又能说,仁慈便坐不好这天下呢⋯⋯守成之主,到底和开疆拓土之王不同。"

"父皇,"赵恒微皱眉,"燕云十六州,当归于我中原,儿臣一日不敢忘。"

太宗重重地拍了拍赵恒的肩膀,道:"你是我赵光义的儿子,是赵氏血脉,天下的担子,你必须担负起,为父也信你,可以做到!用你的仁心也好,用春风细雨般的手腕也罢,元侃,你要切记,你的身边要有忠于你的文臣,要有敢于为你而死的武将,你才能成为一国之君,执掌江山。"顿了顿,意有所指地续道,"切记,帝王可有情,却绝不能沉湎于儿女私情,帝王心里,永远只有天下。"

赵恒在太宗殷切的注视中,神色复杂地应道:"⋯⋯儿臣,记下了。"

太宗知晓赵恒心中定还有不服,他也不点破,只些许吃力地由赵恒扶了起来,父子俩缓缓朝殿外行去。他们身后,烛火明灭里那一排排灵牌庄严,祠内重归于寂静肃穆,只余下太宗意味深长地一句。

"高处孤寒,终有一日你会懂的。"

第32章 语自从容气自雄

苏义简府邸,膳厅。

桌上摆了几道样式简单的菜色,刘娥和李婉儿正在用膳。

刘娥的神色很淡,似有心事的模样。

李婉儿不时地偷眼看刘娥,欲言又止,想打破沉默,又不知如何开口方不显得突兀。

忽而，院墙外一阵喧嚣的锣鼓声，夹杂着人语喧哗。

刘娥抬头，朝外看了眼。

李婉儿趁机道："姐姐，是后巷尽头那户人家，他们把房子租给了一个书生，那书生高中了，左邻右舍抢着给他庆贺，道是要沾沾喜气，今日都好几拨了。对了，那书生的状元还是太子爷钦点的呢。"

刘娥道："三哥看中的人，想来不会错。"

"太子爷眼光好着呢，"李婉儿甚是与有荣焉，顺势问道，"姐姐，是在担心太子爷吗？说起来，太子爷这几日吃住都在宫里呢。"

刘娥道："边境有战事，他代君行事，定是忙得抽不开身，宫中应有内侍伺候他起居，"微顿了顿，"太子妃是个细致周到的人，必也会有安排。"

李婉儿道："那姐姐为何愁眉不展？"

"我也没有愁，"刘娥如实相告，"或许是我们两人用膳，有些冷清，我刚在想吉儿。"

李婉儿道："宫里不是传来话，官家留吉儿用晚膳吗。官家喜欢吉儿，姐姐该高兴啊。"

刘娥不置可否，李婉儿显然没明白她心中所想。

李婉儿继续宽慰："官家不是时常都会留吉儿在宫中多陪陪他吗，可能过会人便送回来了，姐姐且放宽心。"

刘娥笑了下，没再多言，她的确在挂心吉儿，却无关太宗对吉儿的态度，而是吉儿的安危。然若这般平白无故地说出来，不仅会吓到李婉儿，个中曲直，她一时也解释不清楚。

七年前，刘娥抱幼子上殿，为赵恒澄清冤屈，赵恒被册封为太子，太宗却依旧不接受刘娥，本来赵恒想以刘娥为他诞下了子嗣，吉儿是他的长子为由，纳娶刘娥入府，哪知那时太子妃竟正好有了身孕，九个月后也诞下了一子，太子府有了嫡子，刘娥母子便更不可能被准许入太子府了。

母子二人一直住在苏义简府上，赵恒派人将李婉儿从房州接了回来，与凌飞一道，随侍他们身侧，而赵恒一个月里，几乎有二十多日都宿在这边。太子府中自然有人不满，然太子妃却出奇地大度，尤其是她得子后，一门心思皆在自己的儿子身上，如此一来，太子妃不指摘太子，郭家也不出面，其他人自不好多置喙，更不愿做那个多事之人，得罪了太子。

这般的日子一过便是五年。

两年前，赵恒的嫡子，四岁的赵祐，在宫中启蒙开智入学堂，太宗不知怎的，想起了另一个皇孙，让赵恒把吉儿带入宫中，给他瞧瞧。当时，五岁的吉儿已认字读书一年多了，赵恒请了东京城里最好的夫子在给他讲学，吉儿冰雪聪明，且赵恒和刘娥从来也不过于地约束他，是以他见了太宗，也不怕生，对太宗的问话，是对答如流。相较于规行矩步、腼腆的祐儿，太宗似乎更喜欢吉儿。自那以后，吉儿便同祐儿一道，入了资善堂听学。

此事最高兴之人，莫过于太子爷，他借此试着旧话重提，欲接刘娥母子入府，哪知太宗还是不松口，父子俩又置气了许久。然刘娥倒觉得，吉儿能光明正大地以太子之子的身份出现在宫里，有更好的夫子教导，这已是一个很好的开端了，日久见人心，太宗对她的成见难消，不要紧，只要不厌恶吉儿便好。

事实上，太宗对吉儿，何止是不厌恶，这两年来，前朝后宫只要是明眼人，都能看出太宗是愈发地喜欢吉儿了。或许是因吉儿不只是文章做得好，小小年岁，骑马射箭都学得有模有样，文弱的祐儿却不擅长这些。也或许是太宗时常留两个皇孙陪着用膳，祐儿永远是规规矩矩的，吉儿却活泼机灵多了，会给太宗布菜，还会说些好听的话儿哄他皇爷爷开心。

总而言之，太宗喜欢吉儿，是不争的事实，而赵恒对刘娥用情至深，也是诸人皆心知肚明的。如今，太宗的龙体愈发差了，有油尽灯枯之象，一旦他山陵崩，赵恒继位，刘娥母子自不会是目前处境。那么，或许有心之人会迫不及待地在那之前对他们母子做些甚，也不一定。尤其是现下边境战事吃紧，局势混乱，若有人真浑水摸鱼，可能防不胜防。

是以，近来刘娥对吉儿看护得很紧，尽管今日知晓他又是被太宗留在了宫中，眼看着日暮黄昏，吉儿还未归来，刘娥不由有点坐立难安了，草草用过晚膳，便提出要去宫门口等吉儿。

李婉儿倒没多问，立即让管事备了马车。

两人方匆匆自府里走出，那长街马蹄声响，一辆马车迎着夕阳橘红的余晖驰来，停在了府门前，赶马车之人正是凌飞。

李婉儿当即喜道："姐姐，吉儿这不是回来了吗？"

刘娥松了口气，快步上前，却见凌飞撩开马车帘子，毕恭毕敬地退到了一侧，吉儿的小身影钻出了马车，他小手竟还牵着一人，是……太宗！

刘娥蓦地一惊，本来要伸手去抱吉儿，忙俯身欲行礼："官……"

"不必行礼，"太宗打断了她，"我只是送吉儿回来。"

"……是。"刘娥心中电光石火间，转过了无数个念头，不知太宗为何会亲送吉儿。几载未见，太宗的身姿更佝偻了，这般脱了龙袍，着一身常服，下马车时还得由便装跟着的王继恩小心搀扶，看去倒与一寻常老人无异。然刘娥知晓，年迈的头狼，那骨子里凶悍的狼性不会有丝毫的变化，依旧是那个握着天下人生杀予夺大权的帝王。

其余人除了凌飞，皆不识得太宗，然见刘娥恭谨的模样，也小心伺候着。

刘娥怀着几分忐忑，将太宗迎进了正堂。

吉儿年岁小，卯时便早起入宫去听学，晌午后又去靶场习箭术，此时已有些困倦，刘娥心疼，得了太宗允许，便让李婉儿带吉儿下去沐浴歇息。

"皇爷爷，那孙儿便先告退，去沐浴换一身干净的衣裳，再来陪皇爷爷。"吉儿端端正正地行了个礼，又不放心叮嘱道，"皇爷爷说过今日要陪孙儿玩象戏，可不许食言啊！"

"吉儿！"刘娥忙唤了声。

太宗却是哈哈大笑开："皇爷爷等你。"

吉儿得了承诺，便跟着被他一声皇爷爷吓得脸白腿软的李婉儿，往门外走，没行两步，又转身跑回太宗身边，勾着太宗的颈项，在其耳边低语。

"皇爷爷，孙儿的娘亲没进过宫，没见过官家，若是说错了话，做错了事，您千万不要骂她，"吉儿抿了下唇，看了眼那边不明所以的刘娥，又小声道，"孙儿可以在玩象戏之时，让皇爷爷几步。"

太宗倏地失笑，深深看了眼刘娥，轻轻揉了揉吉儿的脑袋："小机灵鬼，就你一天心眼多，皇爷爷需要你让？！"

吉儿紧张地眨巴了下眼睛："皇爷爷是不答应吗？！"

"答应，"太宗宠溺又无奈地："朕都听吉儿的。"

"皇爷爷最好了！"吉儿当即开心了，凑近在太宗的脸上重重亲了下，才彻底放心地离开。

太宗又是一阵开怀大笑。

只是愉悦轻松的气氛在吉儿走后，很快便悄然消散了。

太宗止了笑声，无甚表情地看了静立的刘娥一眼："听吉儿言，你会点茶？"

刘娥应了声，立即着人备了点茶的器具，跪坐到榻上为太宗点茶。

刘娥自银盅里取出几块碎好的茶饼，炙烤须臾后，置入那石转运，研磨成粉，细细过筛，静静地等待汤瓶里的水煮沸。

太宗边注意着刘娥的手势，边不着痕迹待打量了一番四周，发现案几旁放着一棋盒，拿过打开，里面正是一套玲珑玉石象棋。

刘娥见状，忍不住含笑道："吉儿学会象戏后，第一次赢了他爹爹，他爹爹找人定做了一套玉石象棋给他，以示嘉勉，可把他高兴了好一阵。"

太宗不咸不淡地睨了刘娥一眼，没有接话。

刘娥有些讪讪，恰好这时水沸了，她忙燀盏，专心点茶。

片刻，刘娥点好了一盏茶，恭敬地奉给太宗。

太宗接过，慢慢抿了口，目光微动，却没言好坏，只是一口接一口，不一会儿便饮下去了大半杯。

刘娥暗自微松了口气。

太宗放下茶盏，眼神示意，王继恩当即带着伺候的婢子们，退了下去。

堂上仅剩下了刘娥和太宗两人，看了眼神色喜怒难辨的太宗，刘娥刚放下的心不免又提了起来。

"你和元侃将吉儿教导得很好，"太宗倒似随意地开了口，捻起一枚棋子，把玩着。

刘娥道："是太子费了心思。"

太宗道："能看出来，他在你们母子身上，没少花心思。"微顿了顿，话锋微妙地一转，"祐儿只比吉儿小一岁，学问、骑射都差了一大截，学堂上时常要靠吉儿帮他，便连在宫中玩闹，也是吉儿带着。"突然想到甚，笑了下，"昨日里，两人在御苑爬树偷浆果，还砸了他们四皇叔，一身月白的袍子给染了好几个紫色痕迹，吉儿护着祐儿，被老四抓了，竟到朕面前来告御状，老四也够闲的。"

这一大段话信息量过于丰富，刘娥一时竟不知如何回应，或者说，该先回应哪一个。太宗口里的老四是赵恒的四弟，冀王赵元份，其生得文弱，甚是喜爱书画，常着月白的袍子，上面绣的不是青竹，便是花卉，比起作为皇子，他倒更像一介书生，对于铁血英武的太宗而言，并不太喜这第四子。

"吉儿顽皮，民妇会亲自绣一件青竹袍子，改日让太子带着吉儿，登门去给他四皇叔赔罪，"刘娥尽力地斟酌着语句，"也会对吉儿多加管教，以免带坏了祐儿。"

太宗没接刘娥的话茬，盯着指尖的棋子，缓缓地莫名道了句："其实吉儿并不像元侃。"

刘娥心头一跳，几乎是瞬间便想到了当年在大殿之上赵元僖的质疑，神色僵住。

太宗却似根本未察觉她的异常，自顾续道："祐儿像，性子温和，举止斯文优雅，"抬眼看着刘娥，意有所指地，"然骨子里也有一股犟劲儿，你见过祐儿吗？"

刘娥只觉自己的心怦怦直跳，摇摇头，勉强道："民妇很少出门。"

太宗眉梢微动了下，道："你可知吉儿像谁？"

刘娥已紧张到了极致，不敢开口，怕一开口便失态，只又摇了摇头。

"像朕的二哥，"太宗慢慢摸索着棋子上的那一个帅字。

刘娥反应了一瞬："先……先帝？！"

"没错，"太宗眼中划过一丝追思，"不只长相，便是脾性，偶尔的举止神态，吉儿都与幼时的先帝，极为相似，"微顿了顿，"还有他对骑射的擅长，浓烈的兴趣，都常让朕忆起先帝幼年教导我们兄弟几人武艺之事。"

这下刘娥是真不知作何表情了，万没料到太宗会说出这般一番话，待稍稍缓过来，却发现早已是汗湿重衫。她见太宗饮尽了一盏茶，正待取茶饼，再点一盏，哪知太宗神色又陡然急转直下，声音一厉。

"刘娥，你处心积虑，即便委曲求全，也要留在太子身边，费尽心思地教导你的儿子，你究竟意欲何为？"

刘娥一震，一下跪倒在地："官家，刘娥不敢！刘娥一介民妇，哪里会有甚心思！不离开，只因，刘娥虽知不配，却以太子为夫，刘娥不想离开自己的夫君，天下之大，除了太子身边，刘娥也无处可去！吉儿是我们的孩子，刘娥只盼着他能健康成长，别无他求！"微顿了下，"当初，官家允吉儿入宫接受教导，刘娥是高兴的，不是为了些甚争名分争地位之心思，仅高兴吉儿终于能在人前，名正言顺地唤太子一声爹爹，而不是只在这四方府院内！也高兴他不只多了官家这样一位皇爷爷疼他，也认识了祐儿、他四皇叔等人，上学堂、嬉闹，他能像个正常孩童那般去长大！"

说着，刘娥重重地磕头在地："刘娥所言，句句非虚，还请官家明鉴！"

太宗高深莫测地觑着下方卑微跪伏在地的女子，半晌未言，似在揣度其言辞有几分可信。

"若官家不信，"刘娥见太宗一直未言，决然道，"便请官家下旨，明令我们母子……此生不入宫，吉儿永不得……"

"你想让朕从此以后见不到吉儿？！"太宗阴恻恻打断，"还是说，你想用此威胁朕？！"

"刘娥不敢！"刘娥再次重重磕头，"刘娥绝无此意！"

太宗一声冷哼："吉儿是朕的……"

"喀喀喀！"太宗话未道完，陡然咳嗽起来，那咳嗽声越来越剧烈，似有止不住之趋势。

刘娥惊到，连忙起身，倒了一杯水给太宗。外面的王继恩听到动静，也急切地奔了进来，给太宗又是捶背又是抚胸口，好一会儿太宗才渐渐止住了咳嗽，缓过了气。

王继恩小心地询问太宗，是否要回宫歇息。

太宗却置若罔闻，他苍老的面色咳得雪白如纸，喘气粗重不匀，似下一瞬便再难支撑，这一刻让人清晰感知到，他已不过是一个风烛残年的老人，然那深陷的眼窝里一双眸子依旧如鹰隼般锐利，紧紧锁着刘娥。

"朕今日前来，是要赐你一死。"

刘娥双耳遽然轰鸣，浑身狠狠一抖，差点摔了手中茶杯，热水泼溅到了手上，有些烫，也就是那一点滚热的刺激，似乎须臾间点燃了她心中的怒火，她退让至斯，忍让至斯，为何还要遭受逼迫？！她不过爱上了一个人，不过想和自己的夫君自己的孩子在一起，过一些寻常的日子，她不过就是想要一个家，她没有伤天害理，没有谋财害命，为何就偏偏容不得她？！偏偏不给她一丝生机？！难道真是皇权天命，她卑贱如蝼蚁，便该任人践踏吗？！

然，事实便是如此，皇权至上，帝王天下在握，可翻手为云覆手为雨，生杀予夺于股掌之间。她何能反抗？！何敢反抗？！更何况她非子然一人，她有在乎的，有牵念的，有要保护的……闭了闭眼，刘娥的心中悲凉一片，她的神色出奇地平静了下去，轻轻地放下茶杯。她再次跪了下去，只是这一次她挺直了腰背。

"民妇死后，只求官家莫要牵连吉儿，他毕竟是赵氏血脉，"顿了顿，刘娥续道，"也请官家不要再责怪太子，他心怀天下，是一位好储君，将来也会是一位好官家。"

"你真的甘愿赴死？"太宗淡淡道。

刘娥不惧亦无畏："心甘情愿。"

第33章　白雨跳珠乱入船

太宗眯缝着双眼，细致端详刘娥许久："你知晓吉儿方才离开前，在朕耳边嘀咕了甚吗？"

刘娥已冻结的心颤了颤。

太宗续道："他言，他的娘亲没进过宫，没见过朕，若是说错了话，做错了事，让朕千万不要骂你。"

刘娥眼眶倏地红了，心口发紧，那僵封的一层寒冰裂开了一道口子，流出的是汩汩热血。

太宗又莫名地道："还有宫里那个，知晓朕来了，此刻估摸着正往回赶呢。"

刘娥知晓太宗说的是赵恒，想到有如此在乎她的夫君和儿子，她心中滚烫，即便此生短暂，也够了。

"你现下还甘愿吗？！"太宗问。

刘娥两行清泪垂落，那唇边却扬起了满足的笑意："正因如此，刘娥无惧，亦不悔。"

"刘娥，"太宗的神色陡然间整肃异常，话锋一转，沉声道，"朕要你现下立刻起一个誓言。"

刘娥一愣，困惑地道："誓，誓言？"

太宗道："朕要你起誓，此生不得干政。"

"啊？！"刘娥怀疑听错。

便是连一侧尽量降低存在感的王继恩都意外不已。

太宗冷冷地道："当年黄河治水，朕后来细问过寇准，你能从水系地形图看出堤坝必毁，事先预防瘟疫，断然炸开寨墙，刘娥，朕不怕女子心思玲珑，有手腕，只是……"危险地眯了眯眼，"元侃的性子温和，对你用情太深，一个帝王，对女人能宠，却绝不能爱甚，朕驾崩后，没人能再约束他，你和你的儿子迟早有一日会踏入皇权的旋涡。"

刘娥忙欲分辩："官家，我们并没有……"

太宗语气不善地打断："朕不想听你任何辩解，世事难料，刘娥，你要么立即起誓，要么自裁吧。"

刘娥望着太宗，他阴沉的眼睛如幽暗的深渊，深处泛着凛冽的杀机，她的心猝然紧缩。

"皇天在上，后土在下，我，刘娥，今日立誓，"刘娥举起右手，恍惚间让她想到了当年的金殿起誓自证，而这一次却莫名悲凉，又似乎有几分她此时难以理解的荒谬，"此生不得干涉大宋朝政，若违此誓……"

"你所爱，将一一离你而去，你所珍视的，将全部失去。"太宗接口道。

刘娥又是一颤，第一次难掩愤怒地瞪着太宗。

太宗冷冽地回视。

刘娥深吸了口气，艰难地一字一句续道："若违此誓，我，我所爱，将一一，离我而去，我所珍视的，将，全部失去。"

誓言落，刘娥如同霎时被抽干了气力，颓丧地跪坐在地。

太宗眸色深沉地看着刘娥，道："朕会择吉日，让吉儿入赵氏族谱。"

这一夜，刘娥睡得极不安稳，梦里不是大片大片的血迹，便是她被推入了无底的深渊……心悸惊醒，一场梦魇。

窗外淅淅沥沥，雨打芭蕉声声脆，那纱窗被吹开了一条缝，有丝丝缕缕的凉意钻入。刘娥起身下床去关窗，借着檐下稀薄的灯火朝外瞧了眼，青石台阶微湿，想来刚落雨没多久，远处隐隐有敲梆子的打更声传来，此时才四更天。

刘娥回到床榻，旁侧躺着的赵恒一直未醒，不过其似乎也睡得不太安稳，刘娥轻轻拉过被掀开的锦被，给赵恒盖好，望着那略显疲惫的睡颜，她心底一片酸软，以指腹轻轻揉开赵恒紧蹙的眉峰。

诚如太宗所言，赵恒在宫中得知太宗送吉儿来了苏府，当下便有些心神难宁。恰好前方送来战报，有杨延昭将军坐镇前线，辽军寸步难进，宋军收回了几座失去的城池，双方胶着于镇州，战局总算勉强回到了两邦相交之边境，连日来也不曾归府，精神紧绷的文武重臣们，和赵恒，皆稍稍松了口气。议出新的应对之策，赵恒命枢密院传往前线后，便让众人散去。

几乎是太宗刚离开苏府，赵恒便急匆匆地赶了回来，神色间俱是担忧，还有那来不及掩去的慌张。刘娥并未将与太宗所谈相告，只是说其就是送吉儿回来，想与吉儿玩象戏吧。赵恒并不信，然从刘娥脸上瞧不出甚破绽，更知晓也问不出，遂无奈作罢。

那个誓言，再想想，还是觉得荒谬，干政？！就因当年她让赵恒入滑州？！就因她也打算炸了韩村寨墙？！就因她的夫君爱她太甚？！谬妄！荒唐！是不是皇家的人，更确切该说，是不是处在那至尊之位的帝王，都这般多疑？！这般……未雨绸缪，如果可以如斯形容的话！后宫不干政，她如今可是连名分也没有，连太子府都入不了……刘娥不由自嘲地叹了口气，她是不是也该感到荣幸，至少她本一介孤女，竟被当今的大宋官家如此之抬爱。

忽而，外面长廊一阵急促的脚步声靠近，跟着敲门声伴着李婉儿的声音在房门外响起。

"夫人，太子殿下，快醒醒，夫人？"

刘娥忙起身，上前半打开门："婉儿，何事？"

李婉儿道："宫里来了人，道有紧急军情，官家让太子殿下立刻进宫。"

刘娥一怔："立刻？"

李婉儿点头："宫中马车便候在府门外呢。"

"让他们且稍等，本宫很快就来。"赵恒已醒了。

李婉儿应了声，出去传话了。

刘娥折身回到床前，伺候赵恒穿戴好，又取了件大氅给他披上："夜里落了雨，一直也未见停，这会出去，该是凉的时候。"

赵恒握住了刘娥给他系扣子的手："别担心，边境打仗，有军情往来，很正常。前几日住在宫里，夜里时常还好几道军情呢。"

刘娥牵唇笑了笑，努力掩去眼底那一抹忧色，她也不知为何，就是心里有些不安："我送你……"

"不用，"赵恒柔和地打断，"现下时辰尚早，你去再睡会，我进宫若能尽快处置妥当，赶回来和你，还有吉儿，一道用早膳。"

刘娥不愿多给赵恒添牵挂，是以点头应了。

赵恒离开后，刘娥却没有丝毫心思再睡了，待李婉儿送了人回来告知，马车朝皇宫的方向去了，她才稍稍放下了心。

"义简也一道进宫了吧，"刘娥于是动手收拾床榻，随口又道。

"没有啊，宫里来的人只道请太子爷。"李婉儿丝毫未觉有甚，上前抢过刘娥手中的被子，"夫人，说多少次了，这些事不用你亲自动手，吩咐一声，婢子来做就行。"

刘娥却是神色一滞："只有太子？！"

李婉儿见状，愣了愣："怎生了，夫人？有问题吗？"

刘娥未言，一时那种心慌的感觉又泛上了心头。

"夫人？"李婉儿被她的神色骇到，"夫人！要婢子去知会苏大人吗？"

刘娥有些犹疑不决，带着几分恍惚地在床榻边坐下，心跳得似乎更快了。

"夫……"李婉儿不由急了，方开口，便被刘娥抬手制止了。

刘娥拧眉忖度了片刻，道："你去苏大人那问问，看他，算了，还是让他……让他醒了便立即入宫看看。"

李婉儿忙应下，飞快地跑出去传话，却是须臾便又回来了，且神色明显慌张。

"夫人，宫里又来人了！"

不待刘娥开口，李婉儿很有些困惑地急切道。

刘娥一惊，随李婉儿匆匆来到堂上，见了那宫中来人，却不是宫中之人，而是同平章事吕端身边的小厮。据其述，太宗入夜前召了吕端进宫，入福宁殿后，吕相一直未出，直到半个时辰前，趁着出恭将一物交予小厮，嘱咐其立即避开人耳目，偷偷出宫，将物什交予太子。

刘娥接过小厮呈上的物什，其拿在手中，感觉似一片长木板，用像是衣袍上撕下来的碎布紧紧裹着，待拆开，竟是笏板一片。

刘娥疑惑，不知吕端给赵恒送来一片笏板，意欲何为？她反复细瞧，发现笏板的后面，最角落位置，有新墨迹，是两个一看便是匆忙写下的字：大渐。

刘娥心头一跳，大渐？谁大渐？吕端此时在宫中，在福宁殿，答案已呼之欲出！她攥紧了笏板，再问小厮，却也是问不出甚了，想来吕端只让其送笏板，并未透露任何内情。

山雨欲来风满楼！

刘娥的心揪到了一团，那之前……她浑身顿时不寒而栗，官家病危在床，又怎会因军情召太子入宫？！

刘娥当即让人去叫醒了苏义简。

待弄清了前因后果，苏义简也变了神色，与刘娥商议，由他去看太子是否入宫，再联络吕相，而刘娥则去太子府送信，毕竟不管发生何事，此时京中，郭、潘两家必定是要保太子的。

"可若真有人趁官家大渐作乱，该是没那般容易进入皇宫。"刘娥和苏义简并肩，疾步朝大门外走去，她还是有些不放心地道。

"无妨，此时已快卯时了，百官要入宫上朝，总不能皆拦着了。"苏义简边说，边掏出一块令牌，"且前些日子，太子为了让我出入宫方便，给了我一块他的令牌。"

两人出了府门，刘娥上了已备好的马车，苏义简接过院子递来的马缰，见刘娥神色惶然，上马车时差点摔倒，幸好跟着的李婉儿及时扶住。

"嫂嫂，"苏义简提马上前，"且不用过于忧虑，如今京中并没有能真正威胁太子之人，皇城的禁军由潘良掌管，即便太子没入宫，让潘良带禁军封锁搜查皇城，太子当无碍。而官家那边，"压低了些声音，"不管情况如何，太子是名正言顺的继位者，有吕相、郭太师、潘国公在，大局可稳。"

刘娥勉强点点头，再彼此叮嘱两句，两人不敢多耽误，当即分头行事。

一股刺鼻的味道袭来，迷糊中的赵恒皱了下眉，那紧合的眼帘艰难地掀了一道缝。

"醒了！太子殿下醒了！"立刻有惊喜的声音响起。

赵恒微微睁开眼，意识还有些混沌，脑袋也止不住地胀痛，他勉强看出眼前蹲着两个人，一个正拿着包草药让他嗅，其面部方阔、眉眼周正，竟是前些日子战场受伤、回京养伤的李继隆将军，旁边是个副将，方才欢呼的便是他。

"李将军，本宫这是在何处？"赵恒以手指紧压了压额角，"你为何会出现？"

"扑通。"李继隆猛地跪下，旁边的副将也立时收了喜色，跟着跪倒。

"请太子殿下恕罪！"李继隆道。

赵恒神色微顿，坐直了些身子，这才看清他们此刻该是身处一破庙，除了面前跪着的李继隆和副将，门口处跟着跪下的还有两个放哨的兵士，不远处角落，停着的正是他之前所乘坐的宫轿，而接他的那几个内侍和禁军侍卫不知是被敲晕，还是被杀死了，人叠人被扔在旁边。

赵恒瞳孔缩了缩，忆起自己是在坐上宫轿后不久闻到了一股异香，才失去知觉的，他不动神色地看向李继隆："说说吧，李将军，这到底怎生一回事。"

李继隆的神色很是不好看，犹疑片刻，终是坦诚交代。

原来，李继隆自从回京后，宫中的皇后李穆清便曾多次联络于他，让其助她成大事，李继隆一概拒绝，后来李穆清以死相逼，且言即使李继隆不相帮，也阻止不了她。便在李继隆犹豫，要不要向官家告发李穆清，以免李氏一族再次面临被她拖下水的危机时，官家大渐，李继隆得到消息，李穆清要对付太子，是以他干脆假意

表示此事交予他。哪知李穆清根本不再信任她这个哥哥，和王继恩设计以官家召见之名义骗走了赵恒，好在李继隆事先安插了一个宫婢在李穆清身边，才能及时找到赵恒，在千钧一发之际，救下了赵恒。

"太子殿下，皇后被冷落许久，对官家执念过甚，才一时糊涂犯下如此弥天大罪，臣，只求殿下看在臣的分儿上，饶她一命，勿要牵连李氏一族，臣愿受任何责罚。"李继隆重重磕头下去。

"将军请起，"赵恒伸手扶起李继隆，"若非将军，本宫恐是难逃此劫，皇后之举，本宫当没发生。"

"太子殿下仁义！多谢殿下！"李继隆感激涕零，又要跪谢。

赵恒及时伸手拦下："不过，皇后他们若是在宫中有何行动，被父皇抓住，绝不会轻饶。"

李继隆神色一变："那，那如何是好？！"

赵恒道："立即入宫吧，但愿还来得及。"

"有人，将军！"蓦地，门口的一兵士低声警惕地道。

几乎同时，外面响起了脚步声。

"保护太子殿下！"李继隆一打手势，几人便欲护着赵恒，躲去神像后。

赵恒起身，不经意间从那破窗户朝外瞧了眼，当即顿住了脚步："不用躲了。"

李继隆几人一愣，还未反应过来，赵恒已上前拉开了刚被那兵士虚掩上的庙门。

"潘良。"赵恒唤了声。

那群刚小心翼翼摸进院子的禁军，其为首之人正是潘良。

潘良乍见赵恒，惊喜不已，三步并两步地奔了上来："殿下！总算是找到你了！"随即看见了赵恒身后的李继隆几人，不由怔了怔，"李将军？！你，你怎会在此？"

李继隆神色有些尴尬。

赵恒道："此事且稍后详谈，你怎会寻来？"

潘良神色沉重了下去："殿下，官家大渐。"

赵恒神色一滞："立刻入宫！"

第34章　风骚不失，千载一时

天将分明，那皇宫的斗拱飞檐在晨雾里影影绰绰，辨不清掩藏其中的暗潮汹涌。

急促的脚步声踏破皇宫一夜的沉寂，一队禁军侍卫疾步穿过甬道，那行在头里的，乃是大内总管王继恩。

不消片刻，王继恩带着铠甲鲜明的禁军来到了中书省政事堂。

两个值班的执笔官吏，刚洗漱完自廊下转出，见此情景，不由惊得悄然退了回去。

"吕相何在？"王继恩在庭中，甚是趾高气扬地尖着嗓子喊了声。

无人回应。

"吕相？"王继恩复喊了声，还是没见人应，有些不耐烦地冲禁军挥了下手："进去找找。"

"何人在外喧哗？"这时，政事堂里传来吕端的声音，紧跟着他人走了出来，竟是脱了官袍，仅着中衣，官靴也只穿了一半，甚是邋遢的模样。

王继恩不由愣了下："相爷你这……你不是出恭去了吗？！"

"啊对！"吕端提了提靴子，没提上去，干脆一屁股坐到了台阶上，慢条斯理地穿着，"这不是想着在龙榻前待了一夜，染了药味，怕熏着官家，来换身备用的官服，再去伺候。"

"不用了，"王继恩淡淡地道，"官家驾崩了。"

吕端的动作一顿，那眼底神色变幻莫测，脸上却瞧不出甚。

"何，何时？"吕端不动声色地问道。

王继恩道："便在方才。"

吕端闭了闭眼，脸上涌现不加任何掩饰的沉痛，抢呼欲绝："官家！"旋即朝着福宁殿方向"扑通"一声，重重地跪了下去，长伏在地，号哭了起来，那双肩耸动，显然是悲恸得不能自已。

王继恩面无表情地看着："相爷，官家崩逝，天下举哀，然目前最紧要的，是新君登基，主持大局啊。"

吕端的哭声渐渐小了下去，人却还是跪伏在地上，好半晌才嘶哑地道："可派人，去请了太子？"

"相爷，皇后之意是要立皇长子，"王继恩边说，边朝身侧的禁军都指挥使李继勋使了个眼色。

李继勋挪动脚步，暗暗行到了吕端身侧，手悄无声息地按上了腰间佩剑。

王继恩见吕端没回应，又续道："相爷，昨夜你在官家身侧也看到了，皇后虽之前与官家闹了别扭，官家病危，还是召了皇后前去侍疾，皇后之意，当是官家之意，当然，这遗诏还得中书省拟定，诸臣工见证。相爷以为如何呢？"

吕端似无声地叹了口气，站了起来，素来祥和的面上无一丝表情，静静地看着王继恩，对周遭的威胁恍若未觉："继位之事，皇后说了不算，众臣工也无权定夺，自然，你王总管便更干涉不得，这可是杀头之罪。"

王继恩的脸色难看起来，却听吕端话锋一转。

"诚如你所言，一切必须以官家留下的遗制（遗诏）为准。"

王继恩的心情是好一个起伏："有，有遗制？！"

吕端点头。

王继恩顿时禁不住心中一阵欢喜，本来还在担忧让中书省拟诏书会麻烦，如今竟已有遗制，那如何宣读，宣读出的内容是甚，还不是尽随己愿。

"诏书在何处？"王继恩忙问道。

吕端道："自然是在诏书阁内，待本相去取……"

"奴婢去取！"王继恩已兴奋得有些忘形，挤开了吕端，几乎是一溜烟地朝诏书阁跑去。

吕端一副茫然样，拖着肥胖的身躯，气喘吁吁地去追："哎呀，王总管，你等等本相。"

李继勋和众禁军面面相觑。

诏书阁，王继恩一把推开殿门，冲了进去，直奔案头那一堆诏书，飞快地翻找。

"哐当。"殿门被追来的吕端自外面一把关了上。

落锁，干脆利落，也不知吕相爷何时竟在身上带了一把锁头。

王继恩大惊，冲过来使劲地拽了拽殿门，却哪里还能出得来。

"吕相，你这是做甚？还不快打开殿门！"王继恩怒不可遏。

这时，李继勋和一众禁军赶了过来。

"禁军听令，立刻将吕端拿下！"王继恩吼道。

"唰！"李继勋抽出了佩剑，其余禁军还有点迟疑。

"都指挥使大人，"吕端面无丝毫惧色地看向李继勋，"你莫不是以为帮着一个宦官总管，一个被禁足多年的皇后，能辅佐一个失常的皇子上位？！糊涂！愚蠢！"旋即自怀中取出一封诏书，高举，"官家遗制在此，太子即位，尔等身为皇宫守卫，难道真要助纣为虐，犯下谋逆之大罪不成？！"

众禁军愈发犹疑了，个个紧张地戒备着，一边是军令如山，他们的都指挥使此时可更是握紧了手中的剑，阁内的王总管还在不断地催促，许下好处，另一边则是当朝的宰相，虽势单力孤，可手中是官家的诏书，身后还有太子，一旦他们有任何行差踏错，丢掉的，可能不只是脑袋，还有九族。

"副都指挥使大人，"吕端实则心中也有些打鼓，不过面上瞧不出任何破绽，好整以暇地瞧向副都指挥使马麟，"你和兄弟们，也与都指挥使大人一般心思吗？他可是李皇后的远亲，你们呢？"

吕端此言的暗示意味已很重了，当即激怒了李继勋，他眼神一狠，挥剑向吕端砍去，却是方一动，颈项间便架上了剑刃，正是马麟抽剑抵住了他。

其余禁军见状，也纷纷将枪头掉转，对准了李继勋。

形势瞬间斗转。

吕端暗舒了口气，回头对上殿门缝里，一脸僵滞的王继恩那绝望的眼神，摇了摇头。

宣德门处，此时百官云集。

那宫门巍峨森严，持枪披甲的守卫禁军漠然如石像，拦着众臣工不让进。郭贤和潘伯正，正与值守的将领争论，早朝时辰已到，岂有拦着百官，不让入宫觐见官家之理。那将领一脸的冷漠，只道是宫中传下的旨意，不得官家允许，今日任何人不得进宫。气得潘伯正差点说漏了嘴，苏义简可是都溜进去了。

臣工们的火气愈发大了，尤其是那些武将。值守将领也渐渐镇定不在，几次派人入宫请旨，然却还是坚定地拦在宫门口。

气氛是越来越僵持，又有附近早起的百姓围了过来，眼看着场面难以控制，忽而，那长街马蹄声响。

赵恒当先一骑飞驰而来，后面跟着李继隆、潘良，以及众禁军侍卫，气势逼人。

"是太子殿下！"臣工中有人激动地高呼了一声。

所有人自动地为其让开了路。

赵恒纵马直奔宫门前，一提马缰，马前蹄高扬，堪堪停在了那值守将领跟前。

"开宫门。"赵恒掷地有声地扔下三个字。

值守将领强撑着，为难地道："殿，殿下，不是末将……"

赵恒冷冽的一眼瞥去，值守将领剩余的话卡在了喉头。

"……是，殿下。"

值守将领一挥手，两个守卫上前正欲动作，宫门缓缓自内开了，吕端双手高举着遗诏，与苏义简两人面色沉肃地站在里面。

他们身后，那甬道狭长，吹拂而出的风掀起了诸人的袍角，犹带有清晨侵骨的凉意，所有人禁不住打了个寒战。

"官家，驾崩了！"苏义简沉痛地高呼一声，跪伏在地。

宫门内外，所有人震骇。

当即有臣工忍不住悲恸地高声抢呼。

赵恒神色瞬间苍白，身子一晃，差点自马上摔下去。

"官家遗制在此，太子，众臣工接旨。"吕端朗声道。

赵恒几分恍惚，由着值守将领和奔上来的潘良将他扶下了马，他深吸口气，努力稳住心神，轻轻推开二人，挺直了腰背，上前两步，撩起袍角，跪了下去。

众臣工、百姓、禁军侍卫，还有放心不下刚赶来探情况的刘娥、太子妃郭清漪、侧妃潘玉姝等，统统跪了下去。

吕端开始宣读遗制。

"朕闻两曜丽天，不能逃亏昃之数，四时成岁，无以逾代谢之期。知冥运之有终，乃达人之大观。朕以凉德，君临万邦。二纪于兹，庶民咸乂。爰从春首，忧劳遘灾。虽药石之荐加，奈沉绵而愈剧。以至大渐，弗瘳弗兴。皇太子克茂温文，凤彰孝爱。自处前星之位，弥光主鬯之贤。嗣守丕图，必符昌运。宜于枢前即皇帝位。尔其任贤去邪，克遵于往诰。布德施惠，深念于黎民。更赖中外荩臣，文武多士，一心协佐。共致雍熙，诸军赏给，并取嗣君处分。丧纪以日易月，山陵制度，务从俭约。应在外臣寮不得擅离治所，只于本处举哀。于戏，有生必死，品物之大端。送往事居，前哲之明训。克慎洪业，吾无恨焉。"

赵恒耳边轰鸣，听见了，似乎又没听见……他心中剧痛，似难以置信，前几日还在御书房与他争执，在英烈祠教导他，朝局如战场，宫廷多诡谲，如何去做好一个帝王的父皇，父亲，便这般崩逝了，然太宗旧伤缠身、沉疴积弊，那日在英烈祠，是多年来难得的父子交心深谈，似一切早已注定……再天纵英才的雄主，再文治武功的帝王，终究没有一人能万岁。

两滴清泪落下，砸在了那冰冷的青石地板上，赵恒终于忍不住哽咽："父皇……"

《宋史·本纪》有载："至道三月壬辰，帝不视朝。癸巳，追班于万岁殿，宣诏令皇太子柩前即位。是日崩，年五十九。在位二十二年，殡于殿之西阶。群臣上尊谥曰神功圣德文武皇帝，庙号太宗。十月己酉，葬永熙陵。

赞曰：帝沈谋英断，慨然有削平天下之志。既即大位，陈洪进、钱俶相继纳土。未几，取太原，伐契丹，继有交州、西夏之役。干戈不息，天灾方行，俘馘日至，而民不知兵；水旱螟蝗，殆遍天下，而民不思乱。其故何也？帝以慈俭为宝，服浣濯之衣，毁奇巧之器，却女乐之献，悟畋游之非。绝远物，抑符瑞，闵农事，考治功。讲学以求多闻，不罪狂悖以劝谏士，哀矜恻怛，勤以自励，日晏忘食。至于欲自焚以答天谴，欲尽除天下之赋以纾民力，卒有五兵不试、禾稼荐登之效。是以青、齐耆耋之叟，愿率子弟治道请登禅者，接踵而至。君子曰：'得乎丘民而为天子'，帝之谓乎？故帝之功德，炳焕史牒，号称贤君。若夫太祖之崩不逾年而改元，涪陵县公之贬死，武功王之自杀，宋后之不成丧，则后世不能无议焉。"

大庆殿，位于宋皇宫中线之上，乃九开间之大殿，雄伟壮观。每遇大礼，帝车驾斋宿于此殿。

是日，朝霞如絮般地铺满了半边天，甚是瑰丽，一轮初阳跃出云层，洒下万缕金辉，映得那宫殿是富丽堂皇、气势宏大。

殿前广场之上，已搭起了一座高高的祭坛，坛高三层，七十二级，坛面方圆三丈许，有四踏道。周围有日、月旗一双，君王万岁旗、天下太平旗各一面，环绕在侧。

旗帜猎猎，迎风招展。

禁军侍卫五步一哨，那铠甲鲜明，凛凛然不可逼视。

广场中有朱红的织锦铺陈的御道一条，御道两侧宰相吕端率文武百官，具朝服，持笏板，班列有序。

各国使臣立于众臣工之后，神色恭敬却又难掩几分震撼，感于上朝大国帝王之登基典仪，如此之隆重宏伟。

内侍四人，手执那长长的"鸣鞭"，其鞭鞘用红丝而渍以蜡。

"鸣鞭"三响，礼乐同兴。

百官跪伏，迎新君。

宣徽使前引，文武侍从班伺候，信幡、龙旗飘扬，执大斧者、执锐牌者、胯剑者不一而足，那盛大的仪仗拥簇着銮驾，自大庆门缓缓而来。

銮驾至祭坛前，宣徽使扶赵恒自玉辂下来。

赵恒头戴流冕，具绛纱袍，其以织成云龙红金条纱为之，佩方心曲领，取天圆地方之意，以彰帝王之尊。

吕端上前，与宣徽使一左一右，陪同赵恒，登上祭坛。

祭坛之上，架有柴薪，熊熊燃烧，那金漆楠木龙案横陈，其上已备好了各种祭礼。

礼官长喝道："新皇祭天地，拜列祖列宗，告祀社稷。"

大乐作。

赵恒拈香三炷，跪浩浩苍天，拜列祖列宗之牌位。

礼毕。

宣徽使引赵恒向着北面大庆殿再拜，后下祭坛，向大庆殿行去。

文武臣工跟在其后，次序入殿。

赵元佐忽而不知从何处钻出来，向赵恒追了过去，疯疯癫癫地一边追一边大喊，被两名机敏的禁军拦下。

赵元佐甚是惶急的模样："元侃，别进去，别进去，有水，要发大水啦，元侃快出来……"

赵恒已入殿，那鼓瑟鼓琴声不绝，他根本未听到。

潘良负责值守，见状立即上前："快将楚王带下去，休得让他搅了官家之登基典仪。"

禁军不由分说地将赵元佐拉了下去。

大庆殿内，赵恒升御座。

百官行三跪九叩之礼。

赵恒神色肃然，朗声道："创业垂统，于以贻后昆，朕承皇天之眷命，奉先帝之遗诏，嗣位承祧。恭念先朝庶政，尽有成规。谨守奉行，不敢失坠。所宜开谏诤之路，拔茂异之材。庶几延宗社之鸿休，召天地之和气。更赖中外百执，左右荩臣，各罄乃诚，辅兹不逮。特颁布诏书，推恩雨施，大赦天下。"

文武百官再拜："官家仁德圣明，子爱海内，万岁万岁万万岁。"

那殿内外山呼万岁之声，响彻汉霄。

《宋史·本纪》有载："至道三年三月，太宗崩，奉遗制即皇帝位于枢前。"

第35章 一日二日万几

朝贺，封赏之后。

吕端走出列班，禀道："官家，先皇后李氏，与内侍总管王继恩、殿前都指挥使李继勋、知制诰胡旦等勾结，意图加害官家，谋立楚王，实乃罪大恶极，诸罪人该如何处置，还请官家明示。"

赵恒沉默着，未立即开口。

寇准随即也出了班，道："官家，谋逆之罪，乃十恶之首，依我朝之《刑统》，李氏当赐鸩酒，其余党羽皆应按其所犯罪之轻重，予以严惩。"

当即有不少臣工附和。

"官家！"李继隆怆然悲呼，以头抢地，"臣愿代臣妹受罚。"

赵恒道："将军起来吧，朕说过不追究，不会食言。"

"多谢官家！"李继隆感激涕零，"官家宽仁，李氏一族当尽心竭力，效忠官家。"

有臣工彼此看了看，还欲出班。

赵恒又朗声道："朕新即位，昭告以大赦天下，不宜大开杀戒。李继隆将军救驾于朕，且李氏侍奉先帝有功，死罪可免，责令其于宫中佛堂面壁思过，其余诸人的死罪亦一概免除，由大理寺议出判罚，报于朕。"微顿了顿，"朕执掌天下，不但要召天地之和气，还要敛天地之杀气。"

众臣工齐道："官家以德报怨，厚德载物，实乃仁君，臣等感佩之至。"

潘良犹豫了下，禀道："官家，典仪之时，楚王疯疯癫癫闯到大庆殿外，已被禁军拿下，不知该如何处置？"

赵恒一惊："大哥今日来过？！拿下？！现下他人在何处？"

潘良见赵恒的神色，便觉有些不妙，支吾："在，在……"

"带朕去，立刻。"赵恒微沉了脸色，旋即朝百官道，"退朝。"

不待百官恭送毕，赵恒已自龙椅起身，疾步朝殿外行去。

潘良忐忑地跟上。

众臣工有点面面相觑，不少人神色不由微妙起来。

潘良问了侍卫，带着赵恒直追到出皇宫的甬道，前面传来赵元佐惊恐的嘶吼声。

细瞧去，几个侍卫正将一只笼子朝宫外抬，里面竟关着赵元佐。

赵恒脸色一变。

潘良暗呼一声糟糕，立马喝停了那几个侍卫。

侍卫们见新君着大礼龙袍，面色不善地大步而来，不由慌了，忙跪拜。

"见过官……"

"把笼子打开！"赵恒斥道，看着笼子里骇得缩成一团的赵元佐，心中一痛，"谁让你们如此，如此对待楚王的？！"

一侍卫迟疑道："官，官家，楚王此时疯病发作，难以控制，只怕他会伤到官家。"

"打开！"赵恒厉声道。

"遵旨。"侍卫惶恐地应了声，连忙打开了笼子。

赵恒推开侍卫，亲自拉开了笼门，哪知已完全失去理智的赵元佐，从里面蹿了出来，直扑向他。潘良眼明手快地一把制住了赵元佐，其愈发疯狂，大喊大叫，挣扎不断。

赵元佐惊惧无比："你们是坏人！滚开！滚开！我不要被关起来！我不要死！不要死……"

"放开他。"赵恒道。

潘良皱眉："官家……"

潘良见赵恒坚持，只得尝试着将赵元佐松开了。

赵恒走上前，诚挚地看着赵元佐，四目相对，轻轻地拉住了他的手。

赵恒声音发涩："大哥……"

赵元佐忽而一下安静了下来，直勾勾地盯着赵恒。

"是我，元侃。"赵恒轻轻拢住了赵元佐的肩。

赵元佐不自在地动了下，到底是没再发狂，眼睛眨了眨，却依旧是一片茫然，瞥到了那只笼子，不禁瑟缩了下，低声碎碎念着："我不要进笼子，我不要进笼子，我不是狗，不是狗，不要进笼子，不要……"

赵恒心中酸涩，沉声道："把笼子立即拿走，不要再让朕瞧见。"

侍卫们忙跪地应了，抬起笼子就走。

赵恒又道："传朕口谕，自今日起，楚王可自由出入皇宫，任何人不得关押，或是伤害楚王，犯者重罚！另，再从宫里拨内侍、宫婢各十人，御厨两名，送往楚王府，好生照料楚王之起居。若有任何差池，朕决不轻饶。"

跟着的大内新总管张景宗忙领了旨意去传。

潘良暗暗擦了擦额角的汗。

赵元佐见笼子被抬走了，也感受到了赵恒的善意，当即心情平复了不少，小心翼翼地扯了扯赵恒的袖子："我，我要回家，回家，立刻回家……"

赵恒轻声哄道："大哥莫怕，走，元侃送你回家。"

赵元佐呆呆地盯着赵恒。

赵恒眼眶微红，努力温和地笑了笑，一手紧握着赵元佐的手，一手揽住他，两兄弟并肩，缓缓朝前方行去。

两日后，宫中再传谕旨，楚王赵元佐迁太师，加兴元牧，冀王赵元份册封雍王，授中书令。其余宗亲与诸臣工皆有封赏。

一时，新君仁德之名，广为传颂。

然，在恩赏天下百姓之时，赵恒却犯了难，因国库着实空虚。先帝在位之时，南征北讨，耗尽了钱粮，特别是在其晚年，西边、北边，四境是同时硝烟四起，国库早已是入不敷出。

便在此时，刚入了三司的王钦若呈上来了一份奏疏，里面是各州府历年积压下来没交足的田赋，数目甚巨。赵恒几乎是在看见的瞬间，便明白了，此简直就是解了他的燃眉之急！

这些积累的赋税，老百姓根本无力偿还，很多人为此获罪入了狱，甚至家破人亡。若将所有陈欠一笔勾销，老百姓得了恩惠，无债一身轻，而对于朝廷，本来此笔赋税便很难征收，何不施恩于民，得了百姓感激，朝廷还不用花一文钱，也无任何之损失。

"天下通负，自五代迄今，先帝难道不知？！"赵恒惊喜的同时，却又甚是疑惑，"蠲免田赋一事，为何先帝没做？！"

王钦若道："先帝固然是知晓的，其深谋远虑，此特留于官家，以加恩天下百姓，收复民心，四海咸服。"

此言不论真假，王钦若竟不居功，称是先帝为子计之深远。赵恒听在耳中，甚是舒坦，深深地睨着下方的王钦若。

王钦若是一脸的诚挚坦荡，似他真的便仅是为国为民，毫无私心。当然，若他能明奏想到要免陈年积累田赋的，实则是三司度支判官毋宾古，那他的诚挚或更为可信几分。可他到底是哄得赵恒龙颜大悦开，当即下旨，免除了那些陈欠一千余万贯，并释放因此而获罪的三千余人，得百姓感激涕零。

自此，王钦若日益受到了赵恒的器重，官家对他是宠信有加，此后的历史证明了这一点。

夕阳西下，那绯色的晚霞染透了半边天，倦鸟归巢，山色欲浓。

皇家马场，响起阵阵孩童的欢呼，只见一大一小两匹马，并络缓缓地跑着，那马上之人分别是凌飞和吉儿。吉儿胯下是一匹品相瞧去极佳，通体黝黑的小马驹，他显然是刚学会骑马，兴奋地不断催促，而旁侧的凌飞牵着那马络子，控制着快慢。

吉儿几次让凌飞放手，还放言要与其比试。凌飞见应付不过，便道是刘娥之命。于是，吉儿当即扭头冲远处挥手，朗声请求刘娥允他独自驾马。

马场边，刘娥一袭青裙，立在那斑驳树影之下，余晖星星点点揉碎在她眸中，化为温柔的涟漪，她自是笑着没应，知晓吉儿也是撒娇，更是怡悦。

"吉儿学会骑马了？！"忽而，一道略含意外的清朗声音响起。

刘娥转头，只见赵恒身着常服大步行了来，那瑰丽的晚霞横铺在他身后的苍穹，霞光洒满了他的袍角，身姿颀长，步伐稳健，看得刘娥微微恍了神。自赵恒登基，虽每日必有问候，更是赏赐了不少珠宝首饰送入苏义简府，可新即位的官家事务繁重，他们已有大半月未见。此时也不知是不是刘娥的错觉，坐上了龙椅之后的赵恒似乎有哪里不同了，或许便是多了人们常说的帝王之气，然那望着刘娥的双眼中，依然是熟悉的温存，还有那隐隐的思念和丝丝急切，撞得刘娥的心一悸。

刘娥眼睛一眨不眨地看着赵恒步步走近，左右皆跪下向官家见礼。

"看甚呢？看得这般着迷。"赵恒嘴角噙着促狭的笑意。

刘娥回过神来，那耳根悄然染了绯色，眼睛却还是不避不让地直视着赵恒："你，"答得坦然又直白，微顿了顿，"三哥。"

不管你是亲王还是天子，都是我的三哥。

一声三哥，一切都没变。

赵恒很满意这个回答，帝王之位高且孤，从皇子到官家，一步之遥，也是跨过了天堑，连日来，他看到的是芸芸众生跪伏，是君臣有别，而此时，他知晓，总有些事、有些人，未有改变。

他握住了刘娥的手，如珍如宝，那眸光更是温柔得如同要滴出水来，泛着浓稠的思念，也夹杂着丝丝缕缕的惭愧，因先帝当年的一道诏书，即便他贵为了天子，富有四海，仍旧无法立刻接刘娥母子进宫，如今却又要新添愧疚。

这时，凌飞带着吉儿跑了几圈回来，吉儿远远地瞧见赵恒，雀跃不已。

"爹爹！"吉儿被凌飞一抱下马，便飞扑了过来。

赵恒满脸都是宠溺，伸手接住那扑来的小身影，高举起转了两圈："吉儿变重了。"

"是长高了。"吉儿认真地纠正道。他累得小脸蛋儿红扑扑的，满头的大汗，连鼻尖都是汗珠，那小模样瞧着格外地惹人疼爱。

赵恒愉悦地大笑开，也不嫌弃地用鼻尖亲昵地蹭了蹭吉儿的小鼻尖，像吉儿从小到大，父子俩习惯做的那般，又掏出丝帕，一点一点地给吉儿擦拭净。

吉儿迫不及待地告知赵恒他会骑马了，引荐他的新朋友，刚得的小马驹给他爹爹。

望着亲密的父子俩，刘娥眼中尽是温情与满足。

"爹爹，有点热，"吉儿揩了把方拭净又冒出来的汗珠，"吉儿想把靴子脱了，"看向刘娥，"可以吗，娘亲？"

赵恒这才发现，孟夏的时节，吉儿竟穿了一双厚厚的毛毡靴。

"自是可以啊！"刘娥笑道。一旁的李婉儿忙将另一双单靴递上，刘娥接过，上前给吉儿换了。

吉儿道："娘亲，再练马时，我便重新换上毛毛靴。"

刘娥道："娘亲是让你适应适应，你若是穿着惯了，倒不必每次练习都换鞋。"

赵恒听得刘娥所言"适应适应"，神色便是一顿。

刘娥给吉儿换好靴子，起身，对上赵恒略微惊疑不定的目光，轻轻一笑："吉儿没穿过这种靴子，新奇劲儿正浓呢。"

赵恒面无表情地拿过靴子看了看："是辽人惯常穿的。"

刘娥只是柔柔地笑着。

"你……"赵恒目光动了下，却没有勇气抬眼看刘娥，声音嘶哑了几分，"你知晓了？"

刘娥低低地应了声。

赵恒瞳孔微缩了缩。

"爹爹？"吉儿敏锐地察觉到了爹娘之间的怪异氛围，尤其是攥着他靴子，紧盯着瞧的赵恒，于是有点怯怯地轻扯了扯其衣袖，唤了声。

赵恒勉强挤出一丝笑意："爹爹带吉儿再去骑马跑两圈，可好？"

吉儿当即兴奋得手舞足蹈。

赵恒无声地将手中的毛毡靴递给刘娥，抱起蹦蹦跳跳的吉儿，朝马匹走去，从始至终，他都有意无意地避开了刘娥的目光，似一种逃避，更像是缺些胆量。

赵恒没再让吉儿自己骑小马驹，父子俩同乘一骑，策马驰骋。

晚风习习，送来阵阵吉儿的欢呼声。

暮色四合，那绚烂的云霞褪去了色彩，昏光笼盖四野。

刘娥唇角那点点笑意转淡，化为一抹苦涩，眼角眉梢在渐浓的夜色掩盖下，肆无忌惮地流露出凄然与不舍。

李婉儿看得心中酸涩："姐姐，真的要将吉儿……送去辽朝做质子吗？"

刘娥心中一痛，若可以，她又何尝愿意！

十余日前，前线督战的杨延昭将军呈报入京，宋辽在边境战事胶着两个多月后，辽太后萧绰忽而提出谈判，两国各派一名皇子，作为质子互换，辽则退兵。

此议在大宋朝堂上掀起了不小的风波，有臣工以为我中原王朝，岂可将皇子换去那蛮荒之地，也有臣工觉得若质子互换，能换来边境安稳，亦未尝不可，还有消息灵通的臣工指出，萧绰之所以有如此提议，不过是因辽内部有麻烦，萧绰的二姐所嫁的赵王一脉再次作乱，辽军后方不稳，早已有了撤退之意，宋军应紧咬不放，趁机北伐……好一番唇枪舌剑、你来我往，经过两日的廷议，最终定下，质子可互换，然须得有期限，便以三年为限，期间双方互不侵犯，三年之后，双方质子分别还国，宋与辽则结下盟约，永不征战。

萧绰很痛快地便应下了，双方又经过反复磋商，于三日前定下了和议。

待和议落成，另一个问题便浮现了出来，送哪一位皇子入辽为质。按说皇宫里只住着一位皇子，正宫皇后所出的二皇子赵祐，然从最初便极力反对交换质子的郭太师等臣工，更是坚决不同意送二皇子入辽，至于要送谁去，他们却又三缄其口。赵恒不由愤怒，郭太师等人想让赵吉替赵祐去，却又不想承认赵吉和其母刘娥之地位，简直是虚伪卑劣，被赵恒当庭怒斥。

这些事，刘娥从一开始便知悉了，从苏义简告知她，宋辽有可能互换质子，她便有隐隐的不安，她便知晓，这一天迟早会来的。

"姐姐，你为何不求官家，不要选吉儿去做质子？"李婉儿见刘娥半晌未言，不由有些急了，"那宫里不是还有一个皇子吗？皇后生的，还是嫡子呢。"

"你觉得，我求，有用吗？！"刘娥涩然地道。

李婉儿道："自是有用啊！官家那般在意你，那般宠爱吉儿，他怎会舍得！"

刘娥道："祐儿也是他的孩子，他如何舍得，皇后如何舍得。"

李婉儿皱了皱眉，带着点埋怨地道："皇后和郭太师定是不愿的，"看了眼左右，压低了些声音，"听闻为了此事，郭太师和官家差点在朝廷上吵起来，皇后又在宫中哭诉呢，一个太师，一个皇后，便如此不顾大局吗？"

刘娥见李婉儿气呼呼的模样，一时有点好笑，更多的是窝心，还有那溢满了心间的酸酸胀胀，心情难得地好了些许，带着点调侃地道："你这般说，便是在顾大局吗？！"

"姐姐！"李婉儿急得跺脚，"到现下了，你还有心情说笑！"

刘娥轻叹了口气："方才他言甚了吗？！"

"啊？！"李婉儿没反应过来。

刘娥微微苦笑："官家看到我给吉儿做了辽人穿的毛毡靴，还让吉儿穿着练马，他可有言过甚？！"

李婉儿瞬间便明白了刘娥言下之意，难受地一下抓住了她的手，欲言又止。

天际的最后一丝光亮消失，夜色模糊了天与地的界线，那高大的骏马之上，挺拔的男子，拥着娇小的幼儿，披着天地间的苍茫向刘娥走来，那是她的夫与子，是她此生所归，是她虽万难，也要去成全的心之所系。

"官家已有了决定，"刘娥的语气有几分缥缈，"我作为他的……至少在这方寸之间，我是他的妻，自当勉力玉成。"

第 36 章 慈母倚门情

是夜，赵恒没有回宫，留宿在了刘娥处。

当他看到刘娥为吉儿已缝制了好几身胡服，还有那绣架上堆满了未绣完的衣裳和靴子，已是大宋官家的赵恒，朝廷之上君威令人不敢逼视，这一刻，他竟显得有些局促。

刘娥唇角轻漾起一抹柔软的笑意："也不知……出发的日子，定到了何时，这些衣裳靴子还能不能给吉儿做完。"

"莺儿……"赵恒喉间发紧,"我不想的……"

刘娥拿起一件做好的胡服,纤指缓缓划过:"当初,皇后的麟儿死在了我怀中,是我欠她的,只是,"难受地闭眼,两行清泪滑落,"不该让吉儿去还……"

望着那昏黄烛光里刘娥单薄的身影,赵恒心口骤缩,一横心:"你若不舍得,我也不舍得,那便罢了。"

刘娥一愣:"罢了?"

赵恒道:"我中原王朝的皇子,岂能去那蛮荒的北地吃苦?"

刘娥怔怔地望着赵恒,眼泪却是滚得更急了。

赵恒心疼,忙抬手替她拭泪:"不去便不去,莫要哭了。"

"三哥,有你这句话,我们母子便够了。"刘娥哽咽道,"君无戏言,妾身知晓,此次和议,关乎着战场上数千将士的性命,关乎着边境安稳、边境百姓的安危,吉儿作为大宋的皇子,有他必须去承担的,只是作为母亲,妾身总觉得自己对不住他……"

这时,吉儿悄悄从外面进了来,见刘娥垂泪不断,急道:"娘亲,你为何在哭?"

刘娥连忙擦去眼泪,蹲下半抱住吉儿:"吉儿怎生来了?不是去睡了吗?"

吉儿看了看刘娥,又看了看赵恒,道:"娘亲,你是不舍得吉儿离开,才哭的吗?"

刘娥怔住:"离,离开?甚离开?"

赵恒的神色也是一滞。

吉儿道:"前两日,吉儿在宫中听闻,为了不打仗,要送一位皇子去北边的辽朝,做,做,"努力地想了想,"做质子。"

刘娥惊疑不定地与赵恒对视一眼:"你,还听闻了甚?"

吉儿摇头:"不过吉儿在资善堂,问了夫子,何为质子,夫子说质子是给两朝带去和平的人,就是不打仗了,不死人了,"很是认真地看着赵恒,"爹爹,吉儿愿去做质子。"

刘娥和赵恒彻底地惊愣住,一时竟不知如何接话。

吉儿又补充道:"吉儿去了,爹爹您便不要让祐儿弟弟去了,他还小,他说要是去很远的地方,他会害怕。"

赵恒目光深邃且复杂:"吉儿,便不怕吗?"

吉儿轻蹙着小眉头,似相当慎重地思考了下:"怕,"伸出小手轻轻擦去刘娥再次不自觉滑落的泪珠,"还舍不得娘亲和爹爹,可吉儿是哥哥,夫子说定要有一位皇子去,那吉儿便该去。"

"吉儿！"赵恒动情地一把抱住了吉儿，"朕的儿！不愧是朕赵氏皇族血脉。"

刘娥再次不自觉地红了眼眶，既欣慰又难舍。吉儿趴在赵恒的肩头，懂事地伸出小手轻轻给刘娥擦去泪珠。

赵恒将刘娥也揽入怀中，字字似铁落地有声："朕绝不负了你们母子。"

翌日，赵恒于文德殿，当庭颁布旨意，册潘玉姝为淑妃，封刘娥为贵妃。

满朝哗然。

赵恒自登基后，仅立了太子妃郭清漪为皇后，其余后宫诸人，一直皆未册封，前朝臣工多有异议，尤其是潘家及其拥趸。直至此时，众臣工方反应过来，原来龙庭高坐的官家怀的是这份心思，想方设法地要册封刘娥，要接刘娥入宫。

此举自是遭到了以郭贤、潘伯正为首的一众臣工的反对，甚至是宰相吕端，都不赞同。先帝当年逐刘娥出京，有永不得返的诏命，后来刘娥回京，先帝虽视而不见，然到底是没让其入太子府，自然如今刘娥也不得入宫，岂非是新君登基，便罔顾先帝当年的谕旨。

反对的臣工你一言我一语，七嘴八舌，倒像是刘娥封妃入宫一事，有多么地有违体统，于赵恒君威有损，于社稷不利，完全不顾刘娥送子入辽为质之功劳，更有甚者，臆测刘娥是以此为要挟。

赵恒龙颜大怒，当庭斥责。

然，刘娥封妃入宫的圣旨，到底是搁置了。

御书房，赵恒一身冷厉地负手而立，道出的话语淬着一丝寒气。

"今日殿上，郭太师和潘国公带着一众臣工反对朕封刘娥为贵妃，平仲始终不言，难道是在看戏不成？！"

"官家，"寇准忙施了一礼，"臣自是赞同封刘夫人为贵妃，然审时度势，此事不宜操之过急。"

"审时度势？！"赵恒嘲道，"你倒是够坦率。"

寇准不疾不徐地道："官家，众臣工极力阻止，皆有各自缘由。郭太师是为了皇后，稳坐六宫之主，潘国公是为了淑妃，来日能晋身贵妃，他们一文一武，在朝堂上的话语俱有分量和影响。而吕相乃众臣之首，更是先帝之托孤重臣，为人刚正不阿，他一力维护先帝当年之诏命，莫说臣工们丝毫不敢言其有私心，纷纷支持，便是官家您，也不能全然置之不理啊！"

赵恒一声冷哼："朕身为一国之君，难道连给自己心爱的女人一个名分，都不行？！朕的家事，还要受制于朝堂众臣不成？！"

寇准道："官家的家事也是国事，"见赵恒又要发怒，忙续道，"官家初临朝堂，新君执政，前朝后宫皆须安抚人心，方能稳朝纲、固社稷，切忌心急仓促而乱了分寸。"

"分寸？！"赵恒不善地眯了眯眼，"你言下之意，便是朕不该册封刘娥了？！"

寇准道："非也。刘夫人愿送大皇子，代二皇子入辽为质，功莫大焉！臣也身为人父，骨肉分离之痛，牵肠挂肚之苦，自能感同身受，更何况慈母幼儿，最是难分离，其痛何如！刘夫人之深明大义，臣深为感佩。"

赵恒听得动容："这何尝……何尝又不是朕心头之痛！吉儿和祐儿，皆是朕之骨肉，送去哪一个，都让朕难以决断。"

寇准道："是以，于情于理，在公在私，刘夫人都该封妃。即便册封了贵妃，该是也不足以慰藉其所失。"

赵恒的神色总算是缓和了过来："方才平仲说此事不宜操之过急，是否已有了应对之策？"

寇准道："官家，据闻辽朝送来的质子，乃辽天辅帝之第七子，耶律康，其与大皇子年龄相仿，不知辽质子入京，官家打算交由何人抚养？"

赵恒怔了下，旋即恍然，眼前一亮："平仲之意是？"

寇准道："以臣之见，辽质子该交由刘夫人抚养，一则，可慰其与幼子分离之苦，二则，"意味深长地顿了顿，"三年之后，两国质子安然归国，宋辽缔结和平之盟约，两邦从此安稳，刘夫人前有送亲子为质之功，后有抚养辽质子之劳，其德昭天下，功在社稷，我大宋朝廷历来赏罚分明，至那时论功行赏，谁还能拦得住刘夫人入宫，谁又能再对刘夫人封妃，多加置喙！即便先帝在世，刘夫人有绝世之功德，又如何不能常伴官家左右！"

寇准一席话，说得赵恒是心绪激荡。

"平仲，还是你体察朕心，你思虑周全，朕自愧弗如。"

"官家折杀臣了。"

"来人，"赵恒难掩喜色地高呼一声，"传朕旨意，辽质子入京，直接送往刘夫人处。"

三日之后，大皇子赵吉上文德殿，接官家赵恒谕旨，携两邦互换质子盟书，启程前往辽朝。

　　这也是赵吉第一次出现在众臣工之前，虽不过始龀之年，然文武百官在侧，他也丝毫不怯场，一言一行甚有章法，加之其生得眉清目秀，举手投足间竟隐隐有了不凡风姿。

　　一众臣工看得神色各异，惊讶者有之，赞叹者有之，嫉妒者更有之，所有人都不得不承认，刘娥将大皇子教养得很好。

　　自然，有未雨绸缪者便想到了如此出众的大皇子，三年后归来又是何等风华，母子俩立下莫大的功劳，官家本就宠幸刘娥，至那时，后宫之中还有谁能与其争锋，而大皇子将来的前途更是不可估量。思及此，朝堂之上有多少人暗暗变了脸色。

　　一场看似寻常的朝会，陡然间是暗流涌动，有了风云再起之象。

　　而这些，等在城外十里长亭的刘娥，自是不知晓的，她无法入宫，便让苏义简陪同赵吉去上殿接旨。儿是娘的心头肉，这一刻，刘娥似乎才真正面对自出生便从未离开过她半步的幼子，即将远行，她所有的理智与坚强，皆在等待中一点点地消磨殆尽，她很想即刻见到儿子，又惧相见便是分别，能迟一刻是一刻。

　　便在刘娥这般忐忑、左右为难之际，那官道上数十禁军护卫着一辆马车缓缓而来，至长亭停下，马车帘子掀开，赵恒竟换了便装，亲送吉儿出城来了。

　　"娘亲！"吉儿飞扑进等候多时的刘娥怀中，再也没有了在御殿之上那镇定的小模样，不过是一个不舍离开娘亲的幼儿，眼泪一颗颗地滚落，砸在刘娥的颈项间，痛得她心如刀割。

　　"吉儿，婉儿姑姑会陪着你去，你不要怕，她会保护你，有任何事，你都和她讲。"刘娥努力地笑着，轻声宽慰道，"你要是想娘亲和爹爹了，便写信，娘亲也会给你写信，知晓了吗？！"

　　"吉儿记下了。"吉儿抬起头，眼泪汪汪地望着刘娥，"娘亲，只去三年，对不对？！三年后，吉儿便回来了，便可以见到娘亲和爹爹了，对不对？！"

　　刘娥的心颤了颤："是，便只三年，很，很快的……"

　　"到那时，爹爹和娘亲，亲自来接吉儿回家。"赵恒爱怜地摸了摸吉儿的小脑袋。

　　吉儿可怜巴巴地看了看赵恒，又看刘娥。

　　刘娥重重地点头。

　　吉儿吸了吸小鼻子，自刘娥怀中退出，脸上还带着泪珠，慎重地朝刘娥和赵恒跪了下去：“赵吉拜别娘亲，拜别爹爹。”

刘娥再也撑不住了，瞬间泪如雨下。

赵恒扶起吉儿，再细致叮嘱了一番护送的将军和随行的侍从。

千万般的不舍，吉儿到底是再次上了路。

仪仗鲜明，那护卫盔甲在日光下闪闪发光，小皇子稚嫩的肩膀担下了皇室子孙所应承担的责任。

那长亭萧索，仅剩一对目送儿远行的父母。

刘娥终于在赵恒的怀中痛哭出声，隐约间，听到赵恒言。

“吉儿比朕强，非生在罗绮丛中，非长在锦绣堆里，相信这天地广袤能让他成长得更茁壮，将来可堪大任。”

刘娥于是恍恍惚惚陡然忆起了太宗当初的那句吉儿像太祖，然她心中却是酸涩难当，作为母亲，自是盼儿成器，可更在乎的，是儿能一生平安顺遂。

半月之后，辽朝梁王耶律隆庆送辽皇七子，耶律康，以质子身份入京，当庭交换两国盟书。

虽赵恒早有下诏，辽质子该由何人抚养，还是在朝堂上引起了一番争论。巧合的是，辽太后萧绰指明要刘夫人照看耶律康，因送去辽朝的宋质子乃刘夫人所出，萧绰以为唯有其能尽心尽力。于是，此事便这般定了下来。

苏义简奉命将耶律康送去给刘娥时，刘娥正搬入渡云轩。

渡云轩是当年昭宪太后祈福修心之所，亭台楼阁，处处透着匠心雅致，且其临近皇宫。前些日子，郭皇后亲自向赵恒请旨，将此处赐予刘娥居住，不管是因刘娥送吉儿入辽，保下了郭皇后的祐儿，还是她所言的，为了赵恒来往方便，毕竟赵恒时常出宫探望刘娥，在前朝后宫早已不是甚秘密，郭皇后此举无疑有向赵恒示好之意，然其中到底也包含了几分对刘娥的感激，于是，刘娥接受了这份好意。

“嫂嫂，不是说过两日再搬吗？”苏义简自马车上跳下来，接过刘娥手中的一只花瓶，“你怎生也不等我帮你？！”

刘娥一笑：“听闻辽质子到了，我便想着早点搬过来，收拾收拾房间。”说着，注意到那马车窗帘子掀开一个小角，露出一双黑溜溜的眼睛，心头一动，“莫非……”

苏义简点头，转身道：“七王子，下来见过夫人吧。”

那车窗帘的一角当即被重重合上。

苏义简无奈地摇摇头，正欲上前，马车内陡然传来几声凶悍低沉的犬吠，紧跟着，有少女的呵斥声响起，旋即一道翠绿的身影扑了出来，狼狈得差点摔下马车。

"耶律康！"少女还没爬起来，便回头怒喝，"让你抱好你的狗，咬了姑奶奶，你担得起责吗？！"

车帘"唰"地拉开，一个八九岁，长得甚是壮实的孩子钻了出来，其浓眉大眼，髡发左衽，浑身上下透着股子彪悍的野性，正是那辽七皇子，耶律康。他身侧跟着一只体形巨大的獒犬，那乌黑的皮毛油亮发光，正朝着少女龇牙咧嘴，瞧去甚是骇人。

少女不禁连连后退，一手撑空，直直地栽下了马车，好在苏义简眼疾手快地及时奔上前扶住了。

"你！"少女脸色雪白，鬓发微散，那模样滑稽又令人心疼，已被气得道不出完整话来，怒发冲冠地颤抖着手指指着那一人一犬，"你……混账！大胆！"

"康勒。"耶律康冷冷地看着少女，吐出两个字。

"甚？！"少女皱眉。

耶律康道："它的名字叫康勒，不是狗。"

"康……"少女轻嗤，"怎就不是狗了？明明……"

"美人娘娘，"苏义简忙打断，"你还没见过刘夫人吧，容臣为你引荐。"

少女像是猛地反应过来还有更重要之事，转身一看，不待苏义简张口，便径直冲到刘娥面前，双眼发亮地瞅着刘娥。

"你便是刘夫人吧，总算见到你了。"

刘娥迟疑地："你是？"

少女忙施礼："璎珞见过夫人，以后还请夫人多多关照。"

"璎珞？！"刘娥感觉似乎没听过这名。

"嫂嫂，这是官家奶娘的女儿，姓杨，"苏义简介绍道，"也是官家新册封的美人。"

刘娥神色微顿："杨美人？！"

"是我，"杨璎珞喜滋滋地应了声，"不过，此美人非彼美人，夫人，我长得很美吧。"

刘娥嘴角抽了下，简直不知如何接这话，勉强笑了下。

杨璎珞叽叽喳喳地径自又道："襄王哥哥，不，如今是官家，官家要封我别的，我没要，美人这个封号，是我自己挑的。"

刘娥心中忽而划过一丝别扭，笑容淡了几分："还能挑封号？！"

杨璎珞总算瞧见了刘娥神色间那点点微妙，当即连连摆手："夫人，你可千万别误会，我就是官家后宫中充数的！哎呀，苏大人，都怪你，说甚我是官家册封的妃子。"

苏义简无奈得想扶额，心道难道你不是吗？！表面却是一言不发，只拱手赔了赔礼。

"我是来伺候你的！"杨璎珞急着剖白，更是语出惊人，甚至热切地握住了刘娥的手，"夫人，自此后，我便是你的婢子，你千万不要赶我走！"

第37章　野性难驯狎

杨璎珞，自小跟着其娘亲王氏在襄王府长大，赵恒素来与奶娘王氏亲厚，待她犹如妹妹，杨璎珞也视赵恒如兄，对他相当之亲近、依赖。尽管奶娘时常耳提面命，尊卑有别，杨璎珞还是会私下偷偷称赵恒一声哥哥，甚至小时候还立志长大要嫁给赵恒。

没想到她年少的一句戏言，被奶娘当了真，看着杨璎珞一天天长大，和赵恒的关系也是愈来愈好，在赵恒迎娶了正妃之后，奶娘竟自作主张，请求赵恒收了杨璎珞。赵恒一直以来是把杨璎珞当妹妹，却不好直接驳了奶娘的面子，便道此事还需杨璎珞同意，因他感觉杨璎珞对他也仅有兄妹之情。哪知奶娘误会赵恒不收杨璎珞，乃王妃之故，是以她又去恳求王妃，郭清漪刚入王府，不愿赵恒以为她善妒，也为了笼络赵恒尊敬的奶娘，便体贴地直接替赵恒纳了杨璎珞。

这下杨璎珞可急了，幼时的懵懂之言岂可当真，她怎能嫁给从来都当亲哥哥般的赵恒呢！然奶娘是一哭二闹三上吊，入王府是多少女子梦寐以求的，且名分上杨璎珞已是赵恒的人，如何能反悔？！赵恒夹在其中是左右为难，后来，杨璎珞干脆一不做二不休，从王府跑回了乡下老家，好几年不曾入京。

直到赵恒登基后，奶娘身子大不如前，自请留在了潜邸，照看原襄王府，不过她还有唯一的一个愿望，杨璎珞能入宫。为了其身子考虑，杨璎珞回来了，也稀里糊涂地入了宫，还在赵恒册封之时，自己挑选了个封号。然野惯了的杨璎珞如何能受得了宫里的拘束，且后宫之中，她和谁也不熟，而如今身为官家的赵恒，更是不可能和从前般与她嬉闹，是以，她成天尽琢磨着如何逃出宫了。

"其实，我也不是想逃，我娘在京城，身子还不好，我能逃去哪里呢，只是，夫人你知晓吧，宫里的人，实在是无趣得紧。"

渡云轩内，一众院子和婢子正搬抬家具，拾掇房间，摆弄花草，好不热闹，杨璎珞陪着刘娥穿过廊下，满脸委屈在诉着苦。

"官家的后宫也没几个嫔妃，她们啊，是见天地变着花样，绞尽脑汁地想着争宠，可官家不天天往夫人这处跑吗，她们使尽浑身解数，有用吗？"

刘娥嘴角又一次微微抽搐，不经意地转话锋："那你又是如何出得宫？为何要来渡云轩？"

杨璎珞嘻嘻一笑："我见官家天天来看夫人，我也想来瞅瞅啊。"

话锋还是绕了回去。

杨璎珞续道："我提了好几次，官家本来不允许，最近不是，"倏地想到甚，难得地看了看刘娥的神色，轻咳一声，还是尽量很随意地继续，"大皇子去了辽朝，官家说夫人身边一个亲近的婢子，唤着甚，甚婉儿的，也跟着去了，官家怕夫人闷着，正好我话多，便让我来陪夫人，给你解闷，伺候你，夫人有任何事，尽管吩咐我，吩咐婢子去做。"

刘娥头疼地道："你是宫里的娘娘，怎生能自称婢子呢？！我也不需人伺候。"

"反正我不走！"杨璎珞顿时急了，紧紧攀住了刘娥的胳膊，"我喜欢夫人你，一见面便喜欢，比宫里的那些甚假惺惺的皇后、淑妃好多了，我，我就不走！"

刘娥道："没人要赶你走，你喜欢留多久，便留多久。"

"我便知晓，夫人定也会喜欢我的。"杨璎珞亲热地将头靠在了刘娥肩上。

刘娥家中没甚兄弟姊妹，她也从未有过手帕之交，与李婉儿虽情同姐妹，然李婉儿对她，毕竟恭敬更多。杨璎珞这般如同妹妹般的亲近，让她觉得格外地温暖，又窝心，自然地伸手轻轻抚了抚杨璎珞的发丝，却听其又自顾地骄傲地道：

"毕竟我人美心善，还是一朵贴心的解语花。"

刘娥摇头失笑。

杨璎珞又道："那夫人，我以后不称你夫人，便唤你嫂嫂吧。"

"啊？！"刘娥一愣。

杨璎珞头头是道地解释："以前我称官家为哥哥，也一直把他当哥哥，只是如今这般唤，似乎不太妥当，我娘也不允许，不过我唤你作嫂嫂也没错呀，"见刘娥脸上的表情有点一言难尽，不由迟疑了，"还是……叫姐姐？！"

刘娥忙道："便叫姐姐。"

杨璎珞满面欣喜地应下了。

这时，两人转入庭院，只见几个院子和婢子战战兢兢地围在一处，有的手中还拿着棍棒和狗链，那辽质子耶律康抱着他的獒犬，坐在水井边，一颗颗地往里面投着石子玩，院子和婢子们想上前，又不敢。

"那蛮人皇子，苏大人不是说安置好了吗，怎生又跑出来了？！"杨璎珞一见到耶律康，便气不打一处来，"放狗咬我的账，还没和他算呢，我去看看。"

"欸璎珞……"刘娥唤都没唤住，杨璎珞便冲了过去，她忙跟上。

"都让让！"杨璎珞上前拨开人群。

院子和婢子们立即行礼退开。

"耶律康！"杨璎珞呼喝了一声。

耶律康黑沉沉的眸子转过来，杨璎珞不禁顿了下，众人面前，自不好退缩，扬了扬脖子。

"你，这都入伏天了，怎的还穿着皮袄？狼皮吗，还是甚动物的皮，脱下来，给我瞧瞧。"

耶律康无甚表情地收回目光，顺了顺獒犬的毛，根本便是懒得搭理。

杨璎珞更觉失了面子："你那个皇叔已经走了，你现下住在我们渡云轩，便得听我的，赶紧脱了，你不热吗，我也是为你好……"

话未道完，对面的耶律康忽而拍了下獒犬的脑袋，獒犬得了指示，冲杨璎珞狂吠，作势要扑上前。

杨璎珞吓得尖叫不止，抱头逃窜，院子和婢子们更是乱作一团。

耶律康得意地咧开嘴笑了起来。

"姐姐！"杨璎珞一头扎进奔上来的刘娥怀中，"狗！狗！"

"没事没事，没过来！"刘娥拍着她的背安慰，抬眼只见耶律康抱着獒犬，挑衅地睨着她。

"康儿！"刘娥无奈地，"跟我回屋子，换身衣裳，你的……獒犬，叫康勒对吗，让人带下去，也吃点东西，好不好？"

耶律康不置可否。

刘娥放开杨璎珞，缓步上前。

"姐姐，小心！"杨璎珞亦步亦趋地跟在刘娥身后，轻轻拽着她的衣袖，想放开，又怕刘娥有危险。

耶律康一动不动地看着刘娥，獒犬戒备地发出威慑声。

刘娥尽可能轻柔地道："康儿既来了，从今以后我们便是一家人，你喜欢吃甚玩甚，都可告知我。"

耶律康还是没动。

刘娥试探地再靠近了些，缓缓地伸出手，欲去拉耶律康。

蓦地，耶律康眼底划过一丝狡黠，猛地狠狠推了把刘娥。

刘娥毫无防备地向后摔倒，连带地紧跟着她的杨璎珞，也摔了。

院子和婢子们顿时慌了，有的上前扶刘娥她们，有的胆大地举着狗链和棍棒冲向耶律康和他的獒犬。

"把他们都抓了！给我关起来！"杨璎珞气急败坏地吼道。

"你们别伤着皇子……"刘娥欲阻止。

"姐姐！"杨璎珞打断，"他就是个小蛮子，没有长心的，不给点教训，这日子便没法过了。"

刘娥拗不过杨璎珞，只能眼看着院子们用捕猎的套圈将耶律康和獒犬制伏，往柴房拖去。

是夜，刘娥专门做了北地的吃食，还是将耶律康从柴房放了出来，毕竟是辽朝皇子，哪有第一日入渡云轩便被关起来之理，若是传出去，即便刘娥不惧担责，也怕给赵恒惹麻烦。

然，伏天里坚持穿狼皮袄的耶律康到底是中了暑。

刘娥亲自灌凉茶喂药，折腾半宿，耶律康总算是渐渐恢复神志，情况稳定了下来。

为了方便照看，刘娥吩咐将耶律康安置在了自己房中。

杨璎珞是极力反对："姐姐，他凶蛮得很，伤着你如何是好？"

刘娥道："他也不过是个孩子，去国离家，戒备心重了点而已，"顿了顿，"我的吉儿，或许和他一样呢。"

说着，刘娥不禁幽幽叹了口气，脸上浮现淡淡的忧伤。

"吉儿？！大皇子吧。"杨璎珞当即小心翼翼了几分。

刘娥道："前几日听官家说，他们已过了幽州，想来现下该到上京了，见了辽主和萧太后，也不知安顿好了没有。"

杨璎珞宽慰道："有婉儿跟着，姐姐尽可放心，料那些辽人也不敢薄待了咱们大皇子，再说了，大皇子乖巧懂事，定讨人喜欢，才不会像这个小蛮子。"

刘娥笑了笑，道："你都没见过吉儿，怎便知晓他是何模样了？！"

杨璎珞道："不用见啊，如今大皇子之名可是闻名遐迩，乖巧懂事只是他所有优点里最不值一提的了。"

刘娥顿时有点瞠目结舌："又在胡言甚呢？"

杨璎珞道："我可没有，姐姐你是不知，现下不只是宫中，听闻便是东京城里，都在议论，大皇子小小年岁，一个人上朝听宣，独自去北地，换得边境战火停息，多少人交口称赞啊！"

刘娥闻言，心里莫名地顿了顿。

杨璎珞又遗憾地嘟嘟嘴，自顾地续道："我便该早点出宫，就能见到他了，姐姐，大皇子长得像你，还是像官家啊？"

刘娥的思绪飞出去很远，一时没应声。

"姐姐？"杨璎珞凑近，"你在想甚呢？想大皇子吗？"

"像官家。"刘娥掩饰地笑了下，替榻上也不知睡没睡着的耶律康掖了掖被角，见杨璎珞似还要再问，她却已没了谈话的兴致，"好啦，夜已深了，你快去歇息。"

"那他……"杨璎珞不放心地看向耶律康。

"有事我会唤人的。"刘娥道。

杨璎珞复絮叨地细致叮嘱了一遍值夜的婢子，方一步三回头地离开。

后半夜，落了雨。

刘娥一直睡得不太安稳，似总有丝丝凉意侵袭，待迷迷糊糊醒来，隐约见那羽纱窗外还是一片黯淡的青灰色，天将未明，她感觉身下冰凉，稍一动，铁链的声音传来。

刘娥大惊，猛地清醒过来，一转眼，便对上一双恶狼般的眼睛，更是骇得直往后缩，却发现自己竟被铁链绑缚了手脚，锁在地上，动弹不得。

"康……"刘娥方一张口，一把匕首便抵在了她的颈项边。

"不许说话，不许喊人。"十分生硬的汉话，耶律康说了见刘娥后的第一句话，却是威胁意味十足。

刘娥点头，深吸了两口气，慢慢镇定了下来，平静地看着耶律康。

耶律康依旧恶狠狠地瞪着刘娥，匕首划过刘娥的脸和发丝，他仿佛戏弄猎物，稍一使力，刘娥的颈间的皮肤被划破，渗出了鲜血。

刘娥轻蹙眉，那血却让耶律康极度兴奋，她心头微跳，苦思脱身之策，忽而耶律康肚子咕咕叫了两声。刘娥终于找到了机会，她以眼神示意了下不远处案几上的漆木盒。耶律康想了想，走过去掀开一瞧，果然有吃的，一阵狼吞虎咽起来。

刘娥生怕那些糕点喂不饱这头狼，他又会向她扑来。于是，她又示意了下八宝柜上的瓷瓶。耶律康将它拿了来，打开倒了一地。那是刘娥医治失眠之症的药丸，只是外面有层甜味。

耶律康闻了闻，只当是糖果，全部抓起塞入口中。

片刻后，耶律康昏睡了去。

刘娥长舒了口气，高声呼救。

杨璎珞和婢子闻声进来，被眼前的景象吓呆了，手忙脚乱地给刘娥解开了铁链。

杨璎珞当即要让人再次将耶律康关起来，被刘娥阻止了，她还严令今日之事绝不可外传。

哪知杨璎珞还是在稍晚些时候，赵恒来后，将事情说漏了嘴。

赵恒惊怒不已，不顾刘娥的劝阻，将耶律康关押去了大理寺管教。

此事自是在朝堂上又引起了一番风波。

有臣工以为耶律康野性难驯，便应该一直关押着，直到他安生懂礼了再放出来。有臣工是极力反对，两邦互换质子，乃是为了议和休战，如何能将质子当作阶下之囚，那岂不更是挑动战火？！

又是一番唇枪舌剑，其间难免会有臣工提到许是刘夫人照看质子不力，若是质子在宫中，由皇后或是某位嫔妃负责，事情便不会发生了。到最后，除了苏义简和寇准，竟是满朝臣工奏请赵恒将质子，接入宫中，交由中宫皇后照看。

赵恒不欲应允，耶律康已有伤人先例，如何能保证皇后便会安然无恙？！然即便郭太师都主张该由皇后来教养质子，宫中守备森严，且内侍宫婢众多，哪有那般容易便让一个黄口小儿作了乱。

气结的赵恒准了。

郭太师如愿以偿，亲自带人去大理寺接了耶律康，给皇后送了去。此时的他不会知晓，不久后再思及今日之举，是怎生后悔不已。

第38章 以夷制夷，以汉制汉

咸平三年，时益州神卫卒赵延顺，因不堪上级符昭寿压迫，而故意设计将其杀害，拥兵造反，占领益州，后拥立都虞候王钧为帝。

消息传入京师，满朝哗然。

赵恒龙颜震怒，当庭下旨，封潘良为川陕招讨使，即刻征召兵马，入川讨伐叛军。郭太师又举荐了太傅曹鉴之子，也便是刚娶了当今皇后之妹，郭家小女儿郭玉娴的曹利用，为四川诸州都巡检使，襄助潘良。

廷议方止，便有内侍惊慌来报，二皇子赵祐被质子耶律康和他的獒犬追赶，自御苑春鸾阁二楼跌落，虽幸好被侍卫接住了，然惊吓过度，昏了过去。

郭太师闻言，当即一个趔趄，白了脸色。他跟着赵恒匆匆赶至皇后寝殿，赵祐还昏迷未醒，御医又被催着为其诊断了一遍，的确没有外伤，只能等着慢慢转醒。

郭太师内疚自责，几乎是老泪纵横地朝赵恒和郭皇后跪了下去。

其实，耶律康搬入皇宫这些时日，早将宫中闹得人仰马翻。

最初住在皇后寝殿，他的獒犬便咬了两个内侍，皇后那时便怕二皇子被伤到，在淑妃出面想照看质子时，立即顺水推舟，让耶律康带着獒犬住去了淑妃处。哪知不过两日，淑妃便哭哭啼啼去找了赵恒，她兄长潘良帮她从禁军处调拨了几名禁军，去驯服那只獒犬，哪知耶律康几乎为此发了狂，谁动他的獒犬，他便和谁拼命，几乎拆了淑妃的寝殿。赵恒头疼不已，宫中也再无其他嫔妃敢揽下照顾质子之责，是以赵恒只得拨了寝殿给耶律康，派专人负责其饮食起居。

那之后，耶律康和他的獒犬在宫中，如瘟神，人人避之不及。二皇子毕竟还是个孩童，性子又温和，几次见耶律康独自和獒犬在御苑玩，便有意亲近示好，一来二去，耶律康虽还是不怎生搭理二皇子，然到底是会吃二皇子拿给他的糕点，玩送给他的玩具。只是不知今日，为何会将二皇子追得掉下了楼，内侍和宫婢们的说法，自是质子又莫名狂性大发，放犬咬二皇子。

郭皇后将郭太师扶了起来，自己却复跪在了赵恒面前。

"官家，质子必须禁足，不能放任其在宫中随意游荡！"郭皇后切切地道，"即便伤着臣妾这个皇后都没甚，然祐儿年幼，好奇心又重，下一回不知碰上了质子，还会发生何事，臣妾冒不起这个险。还望官家体谅！"

在侧的淑妃潘玉姝见状，马上补充道："官家，还是应将那耶律康锁起来，单单禁足是关不住的，他性子野，随时能翻墙出来，还是会闹得宫中人心惶惶……"

"住口！"赵恒很是烦躁，不好冲着郭皇后，只能将火发在了潘玉姝身上，"你还嫌不够乱吗？！"

潘玉姝委屈得直撇嘴。

赵恒不再理会她，再次沉声问询御医："二皇子情形究竟如何？"

御医小心翼翼地道："回官家，就，就是昏迷，该是，很快会醒来。"

"很快是多久？！这都过去多久了？！啊？！"赵恒语气冰寒，"朕养你们有何用？！"

几名御医皆惶恐地跪伏了下去。

赵恒一声冷哼，伸手将郭皇后扶了起来，又冲一旁忐忑又颓丧的郭太师，问道："耶律康一事，太师有何建议？"

郭太师整个心思皆在躺着的赵祐身上，只是摇头："单凭官家安排。"

这时，殿门外似有争吵声传来，其中还夹杂着几声獒犬的嗥叫声。

"奴婢去瞧瞧。"伺候在侧的内侍总管张景宗忙道。

赵恒一挥手，紧皱着眉头，大步朝外走去。

庭院里，耶律康和獒犬一同被锁在了那铁笼子里，耶律康不断地大喊大叫，要出来。

苏义简正与殿前都指挥使高琼争论，让其至少将人放出来，两人见赵恒出来，立即俯身施礼。

赵恒冷冷地扫了二人一眼，径直走到那铁笼子前，微微眯了眯眼，眼底掠过一丝寒芒。

耶律康再凶蛮，到底还是个孩童，面对帝王威严，不由瑟缩了下。

"我，我没推他。"耶律康突兀地喊出这般一句，"康勒也没有。"

"官家，"苏义简上前解释道，"臣问清楚了，质子是带着康勒，便是他的这只獒犬，与二皇子闹着玩，相互躲藏、追逐，二皇子为了藏得更隐秘，爬出了春鸾阁二楼，不慎摔落，"微顿了顿，"此事倒也不全怪质子。"

赵恒道："将质子连同笼子抬去……"

蓦地，殿内响起郭皇后一声惊喜的呼唤，紧跟着，便有内侍激动地奔出来，向赵恒禀报，二皇子醒了。

赵恒暗松了口气。

苏义简见状，忙冲耶律康使眼色："康儿，还不向官家认错。"

耶律康梗着脖子，瞪着赵恒，嘴唇动了动，却蹦出一句："渡云轩。"

赵恒疑惑的目光微动了下。

"渡云轩？！"苏义简也甚是意外，"你，想去渡云轩？"

耶律康点了下头。

"不行，"赵恒不假思索地一口拒绝，"朕绝不会让你有机会再伤着刘夫人。"

耶律康顿时不满地抓着铁笼子使劲地晃，獒犬似也感知到了主人的暴躁，狂吠不止。

"官家，"苏义简看了眼不断有宫婢奔进奔出、端参侍药的寝殿，"如今只怕质子不适宜再待在宫中，不如还是送去给刘夫人吧，"顿了顿，语意深了几分，"大皇子不在刘夫人身边，有质子陪着，也聊以慰藉一二。"

赵恒睨了眼苏义简，目光沉沉地没有说话。

耶律康再次被送回了渡云轩，依照赵恒的吩咐，苏义简带着禁军，连同那铁笼子一道将人抬了来，这一幕着实让渡云轩众人吃了一惊。

待清楚了事情原委，刘娥无奈又心疼，着人立即将耶律康从铁笼子里放了出来，不过那只獒犬，赵恒下了严令，绝不可放了。

刘娥亲自下厨，做了契丹人正旦才食的糯米饭和白羊髓团子，耶律康一见之下，便两眼放光，吃得狼吞虎咽。膳后，他难得乖顺地听刘娥安排，让苏义简给他洗了个澡，换上了刘娥亲缝制的衣袍。

许是在一日之内如此一番折腾累了，刘娥带耶律康去瞧新给他准备的卧房，只转身的工夫，耶律康便呼呼大睡了过去。

"到底是个孩子。"刘娥温柔地笑了笑，给耶律康掖好被角，与苏义简轻手轻脚地退出了卧房。

刘娥道："今日辛苦你了，义简，我已让人备了晚膳，你用过之后，再回府吧。"

苏义简倒没推辞，点头应了，旋即自袖中掏出一个药瓶："嫂嫂颈项间伤未愈，要坚持敷药才好，这是京城里一位有名的医道圣手调的药膏，据闻祛疤有奇效。"

"义简有心了，"刘娥接过药瓶，"其实仅是个小伤痕，不碍事的，宫里，"顿了顿，"也送了不少药膏来。"状似细致地揭开药瓶闻了闻，掩饰神色间那一丝几不可见的微妙，"有草药的清香呢，我会试试的。"

苏义简道："出宫之前，官家还询问了嫂嫂的伤势。"

刘娥神色清淡，并未接话，自上次她与赵恒因是否要关押耶律康，而发生了些争执后，赵恒一直未再出宫来渡云轩，倒是派了好几拨御医来给刘娥瞧伤，还赏赐了不少名贵的药材。

"今日官家本想亲自送康儿过来，只是二皇子刚醒，需要官家陪着。"苏义简又道。

刘娥问道："二皇子没有大碍吧？！"

苏义简道："该只是受了些惊吓。"他见刘娥始终避谈赵恒，倒是不好再提及了。

"那便好。"刘娥点点头，随即话锋一转，"义简，我有一事相请。"

苏义简道："嫂嫂尽管吩咐。"

刘娥道："我想请你做康儿的老师，教他汉学和礼仪。原本我是想给他请夫子，"无奈地轻笑了下，"可看他这性子，没几个夫子能压得住，之前我见他对你没多少敌意和戒备，还愿意听你的，是以想来还是得劳烦于你。"

苏义简神色微顿，缓缓道："嫂嫂这是打算好生教养质子了？"

刘娥敏锐地察觉到了苏义简话语中的微妙，道："有何不妥吗？"

这时，二人穿过那庭院石径，来到了一座水榭前，刘娥看了看苏义简神色，挥手让跟着的婢子退去了一旁，仅他们两人步入了水榭。

刘娥道："义简有话不妨直言。"

苏义简斟酌了下，道："嫂嫂以为，辽萧太后为何会突然休战，提出交换质子？"

"一说是边境战事胶着，辽不想再耗下去了，还有一说是辽后方不稳，萧太后不得不退兵。"刘娥自不远处池中正捕鱼的两只白鹭身上收回目光，不动声色地看向苏义简，"然，这些只能成为息兵之原因，却无法解释为何要交换质子。"

苏义简道："嫂嫂可曾听过'以汉制汉'？"

"'以汉制汉'？！"刘娥微愣了下，"我听过'以夷制夷'，'以汉制汉'似乎没有……不对，我想起来了，在曾老夫子留给我的札记里，曾看到过辽统治者实行'以国制治契丹，以汉制待汉人'，你言下之意是……质子交换一事，其用意在此？！"

苏义简未直接回答，而是道："先帝驾崩之前，极力主张再次北伐，官家，当时的太子，与不少臣工皆有所顾虑，便是连素来主战的寇大人，都犹豫了，为何呢？那是因自石敬瑭献燕云十六州于辽，至今已五六十年，在辽朝'以汉制待汉人'的策略之下，尤其是萧太后当政后，更多的汉人做官参政，还开始实施科举，在整个辽国推行燕云地区的赋税之制，燕云十六州早已今非昔比，算是彻底地融入了辽朝，如今再取，难！"

刘娥蹙眉："可燕云十六州，我朝不会弃之不顾，而辽朝，也不会停止其扩张土地之野心。"心思转念间，陡然间想到了甚，"康儿，在辽主的众皇子之中，可是十分出色？得宠？"

苏义简眼底划过一抹赞赏："嫂嫂好玲珑的心思！康儿虽非辽主的皇后所出，在几个辽皇子中，却是最为出众，也得宠，不过不是得辽主的宠，而是，萧太后。"

"原来如此。"刘娥深深地望向耶律康卧房方向，"萧太后对康儿寄予厚望啊！"顿了顿，"这便是康儿来后，即使住进宫里，官家也对其放任不管的缘由吧。"

苏义简道："官家也一直在犹豫……如今的细心教导抚养，只怕将来有一日是养虎为患。"

刘娥未立即接话，目光深邃莫名，半晌后，肯定地开口道："义简，自明日起，你便来给康儿授业吧。"

苏义简一笑，似是早猜到刘娥会这般说，爽快地道："好，便依嫂嫂的吩咐。"

翌日起，苏义简每日会按时到渡云轩，给耶律康讲学，教习汉字、读史品诗，还会教其习音律、绘丹青，骑射也没有落下。

自然，骑射是耶律康最为喜爱的，对于其他课业，最初他很抵触，刘娥便做了各种契丹美食，以奖赏之形式，循循善诱，引导耶律康听话学习。

没过两日，宫中调拨了三名善契丹烹饪的御厨到渡云轩。刘娥知晓，赵恒这是默许了她让苏义简教导耶律康，只是其人却一直未来，刘娥心中有隐隐的怪异之感，按说即便两人置气，赵恒也不会这般久地对她不理不睬，难道她真的触怒了赵恒，可那场小争执该是不至于，或者赵恒确实事务缠身呢。

很快，刘娥便得到了一个不知是不是缘由的缘由。

潘国公六十大寿，宫中赏赐甚是丰厚，而最让潘家引为殊荣的是，官家竟准许淑妃潘玉姝，代君往潘府以贺。

"不就回趟府省亲嘛，至于又是仪仗，又是礼乐，一路吹吹打打地从皇宫门口到她家，弄得东京城里人尽皆知。"

渡云轩，那庭院凉亭里，杨璎珞一边剥着葡萄皮，一边抱怨潘玉姝高姿态地回

247

府行径。

"还在府门口当众宣读圣旨，官家赏了潘府多少金银，多少财宝，赐了潘府诸人何官爵，还潘府嫡女，世家贵女呢，我看那个潘淑妃，就是小家子气，上不得台面，总喜搞这些排场。"杨璎珞越说越气，狠狠地剥下葡萄皮，"官家也是，他不是素来不喜潘淑妃吗，怎生忽而如此宠幸于她，厚爱于潘家？"

刘娥坐在一旁，手中正缝制一件衣袍，听着杨璎珞絮絮叨叨地一番数落，神色间除了有些无奈，倒也没甚别的，轻笑了笑："潘国公和潘将军皆是朝廷重臣，如今潘将军又正在西蜀平叛，官家厚赐潘府，也理所应当。"

"可那个淑妃凭甚……"杨璎珞倏地想到甚，脱口便道，"姐姐，官家这些时日没来渡云轩，莫不是便在宫中与那潘淑妃郎情妾意呢？"

刘娥笑容几不可见地滞了下。

杨璎珞根本未察觉任何不妥，还自以为推断有理："对，肯定是这般！姐姐，你是不知那潘淑妃，为了得宠，任何事都做得出。"左右看了眼，压低了声音，神秘兮兮地续道，"我听我娘说过，当初官家还是襄王时，迫于先帝的旨意才纳娶了潘妃，新婚之夜都没在她房中歇息，后来她为了讨好官家，还穿了姐姐的衣服，假扮过你呢。"

刘娥这下倒着实错愕住："有……此等事？！"

"我娘说的，还能有误！"杨璎珞肯定地重重点头，旋即深沉地叹了口气，"当初官家那般厌恶于她，如今竟被宠幸至斯，若说官家的后宫里，谁最能妖媚惑主，潘淑妃称第二，只怕无人堪当首位呢。"

刘娥的笑容淡了下去，心中一阵烦躁。

杨璎珞又道："姐姐，我知晓你总觉得自己离官家的后宫很远，可旁人……"

"璎珞，"刘娥并不想再听下去，开口打断，"着人去看看苏大人今日可给康儿讲完学了，请他来一趟。"

杨璎珞看着刘娥放下针线，倒是轻易地便被转移了注意力："姐姐给苏大人的衣袍做好了？"

刘娥道："得让他再来试试尺寸，看还有没有需要修改之处。"

"姐姐又不是第一次给苏大人做，定是合身的。"杨璎珞帮着刘娥将衣袍展开，"真好看！"忽而眼珠子转了转，"姐姐，你对苏大人这般好，不怕官家吃醋吗？"

刘娥道："苏大人之于我，如同亲弟。"

刘娥的语调不见起伏，朝杨璎珞看来的眼神也是平静的，却莫名地令她心中一悸。

"还是我亲自去请苏大人吧，顺便看看耶律康那小蛮子。"杨璎珞有点讪讪地道完，转身便跑出了凉亭。

望着杨璎珞匆匆离开的身影，刘娥有点自嘲地失笑，她这是在怎生了……当初她答允跟着彼时还是王爷的赵恒，便知晓赵恒的身边绝不可能只有她一个女人，且那时赵恒本便有正妻。如今赵恒贵为大宋官家，后宫自是佳丽三千，只是自从前的竹屋，到苏府的后院，到眼前这渡云轩，一方天地，尺寸春秋里，总是她与他相对，让她往往也似刻意地忽略了外面的风云。

然，她和他注定做不了一对寻常夫妻，这四方城墙，总有一日会打破，她的吉儿，远赴辽朝，便是一个开始。

第39章 道之以德，齐之以礼

文德殿，文武臣工肃立。

那镏金龙椅之上，官家赵恒高坐，他面色沉厉，正翻阅着一封奏疏，浑身上下散发着丝丝冷意。

郭贤、潘伯正、曹鉴等一众重臣的脸色均甚是难看。

"啪！"少顷，赵恒重重合上了奏疏，冷冷地睨向下方臣工："潘良、曹利用，二人西蜀平乱，损兵折将，平乱不成，反助长叛军之气焰。实属无能！"

郭贤与曹鉴暗暗对视一眼，皆在对方眼中看到了忧虑，再看向潘伯正，其低垂了眉眼，神色紧绷。

"他们现在何处？"赵恒质问道。

潘伯正出了班，禀道："回官家，二人目下在益州城外十里驻军，"微顿了顿，"等待朝廷再增兵，以图……"

赵恒打断："他们还想折损朕多少兵马？！"

潘伯正一噎。

郭贤迟疑了下，出列道："官家，如今叛军之势力正向南延伸，沱江下游踞有蛮族众数，一旦归顺叛军，后果不堪设想，是以，朝廷还是须再派大军，尽快以平叛乱。"

赵恒沉吟了下："何人可再领兵？"

曹鉴道："官家，大军新往，若再派别的将领领军，还得重新熟悉地形和战况，既然曹利用和潘良已与叛军交过手，不如便再给二人一次机会，将功折罪……"

赵恒抬手，阻止了曹鉴说下去，冲别的臣工道："其他卿家可有人举荐？"

当即，有臣工推荐川陕附近驻军的节度使，有臣工保举军中的青年将领，也有臣工以为该从北方边境调去战场经验丰富的老将坐镇……一时，殿上争论不休。

"官家，臣愿一试。"

蓦地，一道清朗的声音在一众吵吵嚷嚷之中响起，格外地突兀且清晰，只见虽一身紫色官袍在身，却透着一股子倜傥的书生气息的丁谓出了班，向赵恒请命。

"你？！"赵恒颇为出乎意料地挑了下眉。

其余臣工也静了下来，侧目而视，诧异者有之，质疑者有之，鄙视者亦有之，谁都知晓，丁谓不过一介文臣，翰林院学士，如何又能领兵打仗。

赵恒显然也是这般心思："朕钦点的状元郎，不知你这执笔研磨的手，如何拿得动刀枪？"

丁谓道："官家，《孙子兵法》有曰，上兵伐谋。"

"荒唐！"郭贤斥道，"沙场征战岂容书生纸上谈兵！"

赵恒不动声色地看着丁谓："你欲伐谋？！需多少兵马？"

丁谓道："回官家，臣只需益州及周边州府的厢兵之指挥权，再不需其他一兵一卒。"

此言顿时又引起殿上一阵骚动。

赵恒微微眯眼："潘良的两万兵马几乎全军覆灭，地方厢兵一向只承担军中杂役，并无实战之力，你只凭厢兵，能有何胜算？！"

寇准也道："目下战况危急，岂容儿戏！"

王钦若看了看丁谓，却道："既然丁大人成竹在胸，官家不妨成全一试。"

赵恒犹豫。

丁谓一撩袍角，跪了下去："官家，臣愿立下军令状，不平西蜀王均之乱，臣愿以死谢罪。"

赵恒定定地看了丁谓须臾，断然道："好，朕信你一回。传朕口谕，命丁谓为西蜀安抚使，益州及附近州府之厢军，皆听从丁谓调遣，即日出征。"

"臣领旨。"丁谓拜倒。

殿上诸臣工神色各异。

这几日，渡云轩内的气氛是轻松愉悦的。

耶律康终于肯换上汉服，梳汉人发髻，且他的话也变多了，除了那双始终充满了野性的眼睛，及偶尔露出的，用杨璎珞的话说，那股子蛮劲儿，他倒与中原的孩童，瞧上去相差无几。而他对刘娥，慢慢有了亲近和依赖。

刘娥也逐渐了解到，耶律康的母亲出身并不高，在他小时候意外堕马而亡，他虽受萧太后的宠幸，却不得辽主喜欢，更时常被其他皇子和贵族子弟欺负，是以才与獒犬为伴，养成了比一般契丹孩子更桀骜的性子。如此一来，刘娥便理解了为何耶律康初来之时，那般叛逆，他并非自愿前来，在他心中，将他与獒犬单独留在宋朝，是一种抛弃。作为母亲，刘娥对这孤身在异国的草原皇子，是怜爱更甚，当然，她也反应过来，萧太后此举之深意，除了此前他们猜到的寄殷切希冀于耶律康，只怕还有对其的保护。

另一让刘娥高兴，让整个渡云轩充满了欢声笑语的事，便是她终于收到了第一封来自北地的书信，吉儿亲笔写予她的。

信中，吉儿事无巨细地，以他稚嫩的笔触，写了很多，刚到北地的不适应，喝不惯奶茶，吹不了凛冽的北风，不过有那香喷喷的烤全羊，还能在无垠广袤草原之上肆意策马奔腾，这一切在一个中原孩童的眼中，又是那般新鲜、新奇，有吸引力。他也讲述了，见到了辽朝的萧太后和皇帝，他们很威严，辽铁镜公主主动负责他的饮食起居，待他很不错，会在有人想欺负他时，保护他。此外，吉儿还特别提到遇见了一个中原马夫，名唤木易，功夫了得，他和铁镜公主一块儿拜其为师了，正习枪法。待学成，来日归宋，他定要给娘亲和爹爹演绎那套枪法。

那短短的一封信笺，刘娥反复看了数遍，时而欣喜，时而落泪，思子忆子，儿行千里母担忧，唯愿三年之期，快些过去，她的吉儿能平安顺利归来。

是夜，刘娥辗转难眠，将那一封藏于枕下的书信，又拿出来细细读了一番，好不容易迷迷糊糊睡了过去，梦中一会儿回到了吉儿出生之时，黄河泛滥，被困山林间，一会儿又到了那辽阔无边的草原，吉儿骑着他的小马驹，越跑越远，消失在天地交接处，刘娥茫然四顾，惊慌呼叫……一场梦魇惊醒，外面几声闷雷，随即便听见有雨滴"吧嗒吧嗒"砸落在那屋檐上。

刘娥起身，自床榻角落的衣架上，取过一件外袍披了，将一盏琉璃宫灯点燃，提着开门走了出去。她要去看看耶律康，那孩子看着凶蛮，可每每遇上雷雨天，便睡得不踏实，雷声密集了，还会怕。想到此处，刘娥的心更柔软了，脚步加快。

穿过长廊，绕进那雕花圆拱门，刘娥踏进耶律康所住的小院，方一抬眼便骇了一跳，院子里竟密密麻麻站满了禁卫军，庭院中央，放置着关獒犬铁笼子处，一人负手而立，肩头披着素白色的大氅，挺拔利落，四周雨滴渐密，已打湿了青石板，有内侍为其撑着伞，烛火稀雨雾薄，衬得那背影有几分孤峭。

拱门处的禁卫军，向刘娥行礼。

那人闻得动静，回过身来，正是与刘娥已大半月未见的官家赵恒。

刘娥几分恍惚，抬步上前，方发现赵恒身后地上，怀抱枕头，靠着铁笼子，睡得不怎生安稳的耶律康，那獒犬正隔着铁笼子栏杆，一下下地舔着耶律康的脸，同时警惕地瞪着赵恒。

"康儿？！"刘娥一愣，"他怎生睡在了此处？！"

说着，刘娥忙取下肩头的外袍，蹲下披到了耶律康身上。

赵恒本欲与刘娥说话，没想到刘娥看见耶律康，竟直接略过了他，忙着去查看，弄得赵恒是神色一滞。

撑伞的张景宗见状，机敏道："回夫人，我们入府之时，瞧见质子梦游般地从廊下行过，跟来便瞧见了这般情形。"

刘娥点点头："想来是雷雨天，他一人不敢睡，"边说，边将了将耶律康散开的头发，刚好铁笼子的獒犬伸出舌头。

"小心！"赵恒吓得一声断喝，伸手一把握住了刘娥的手。

獒犬当即大怒，龇牙咧嘴地吠叫，倒是刘娥一下将赵恒挡在了身后，不断地出声安慰獒犬。赵恒皱眉，单手解开大氅，裹住了刘娥。

如此一番动静，耶律康自是醒了，迷蒙地看向刘娥，开口唤道："娘。"

这一声再次让赵恒意外地神色一顿，便是连旁侧的内侍和禁卫军都侧目。

刘娥却显然已习惯了，柔声道："康儿害怕是不是？"

耶律康看了眼獒犬："我想和康勒一起睡。"

自再次入了渡云轩，獒犬一直被关在铁笼子里，其实刘娥见耶律康性子转了，早便想着把獒犬放出来，哪知看守獒犬的侍卫得了赵恒的严令，没有他的口谕，绝不能放。

耶律康是知晓这规矩的，刘娥朝他使了个眼色，他咬了咬嘴角，犹豫须臾，一横心，单膝朝赵恒跪了下去。

"请官家放了康勒。"耶律康还似模似样地行了个中原礼。

"你……"赵恒过于出乎意料了，有点瞠目结舌。

刘娥的手一直被赵恒紧握在掌中，此时她轻轻地捏了捏赵恒的手指。

赵恒看刘娥，刘娥朝耶律康微微努了努嘴。

赵恒沉吟了下："若是放了，你能看住你的犬，不伤人吗？！"

耶律康道："康勒很听话，不会咬人的，"微顿了顿，承诺道，"我会看住它。"

赵恒还是有些迟疑，与刘娥对视一眼，刘娥轻轻点头。

"那，"赵恒眯了眯眼，"还是需让侍卫跟着，直到确保其真的无害。"

耶律康怔了怔，有些没明白。

刘娥笑道："康儿，还不谢恩，官家答允放康勒出来了。"

耶律康当即喜形于色："耶律康谢过官家。"

赵恒微挑了下眉，与刘娥一道伸手，扶起了耶律康。

侍卫得了赵恒之命，打开那铁笼子放出了獒犬，耶律康激动地扑上去，一人一犬玩闹着抱成一团，兴奋地在地上打滚。

赵恒和刘娥并立于伞下，望着这一幕，赵恒脸上是难掩的新奇，刘娥则温柔地笑开。

"莺儿，你又给了朕一个惊喜！"赵恒不无感叹地道，"他为何会……唤你娘？"

刘娥轻声道："两邦互换质子，三年之约，吉儿与康儿已是命运相连，同生，"微顿了顿，"亦共亡，二人一体，康儿之于我，便是如同吉儿般的存在。"复轻柔地笑了笑，"他不过是一个被送往异国他乡的孩子，我以慈母之心，真诚以待，他自是尊我为母。"

"朕……"赵恒喉间有些发紧，"我曾怀疑过，质子之约或许，或许本是一个错误，看到他，我便会想起我们的吉儿，想到我，有愧于你们母子……"

刘娥心头一动，难道近些日子，赵恒未来渡云轩，还有这般隐秘的原因，却听赵恒自嘲且带着几分沉痛地续道。

"朕身为堂堂大宋官家，却要用自己的儿子，去换边境之安稳，朕，是不是真的做错了？！"

"不！"刘娥反握住他们一直没有松开的手，"三哥，为君者，征伐天下易，却要赔进去多少将士之性命，生灵涂炭，百姓流离失所，自唐末民变，天下动乱近百余载，黎庶思安，大宋立国虽经二帝，然四境多有战乱，一直不曾太平，若质子之约，能换得大宋与契丹相安，三哥所为，功在社稷，利在百姓。"

刘娥的一番话听得赵恒心头一阵激荡。

"你，你竟是这般理解，理解此事的吗？！"

刘娥温柔地看着赵恒的眼睛："三哥有此决断，不也是如此想法吗？！"

"可……"赵恒眉头微皱了下，"有人以为朕软弱，弃燕云十六州不顾。"

刘娥道："休养生息难道不是一种策略，萧太后亲征，能与我军在边境胶着数月，便说明目前不是能收复燕云十六州之最好时机，"微顿了顿，"且萧太后能'以汉制汉'，我朝为何不能'以夷制夷'？！"

赵恒激动得几乎抚掌击节，握着刘娥的手按在了胸口处："莺儿，得妻如你，夫复何求啊！我赵三幸甚！"

刘娥怔忪，赵三这个称谓，还是当年她与赵恒谷底相识时，他的自称，好多年没听过了……她凝眸望着赵恒依旧清俊的眉眼、温润的眼神，以及那眼神之中毫不掩饰的浓烈爱意，刘娥心头一荡，忽而又有些恍惚，这些日子以来，多多少少那些辗转的心思，似乎在赵恒这般的眼神之中，都微不足道了，她的唇角高扬了起来，眼中是如水的温柔，是无尽的欢喜。

"妾希冀，待康儿长大成人，三哥的明君之心，能招伏四方。"

"好！"赵恒豪迈地大笑开，"朕便与莺儿一道赌一回，且看契丹狼子，能否感恩父母仁心，为朕招伏四方！"

两日之后，大宋官家颁下圣旨，封辽质子耶律康为燕安王，取燕云以北，永和安平之意，赐汉名赵礼，愿其守礼尽节，安于本分。

第40章 攻人以谋不以力

半月之后，西蜀传来捷报，丁谓率八千厢兵，与蛮族合击，设伏于戎州，大破叛军。王均兵败身亡，宋军俘斩叛军数万。

赵恒龙颜大悦，当庭加封丁谓为枢密直学士。

同时，朝廷里又发生了两件大事，一是宰相吕端病逝，享年六十六岁，朝廷追赠司空，谥正惠。赵恒遵其生前谏言，拜中书侍郎李沆为同平章事。

《宋史·列传》有载："真宗之立，（吕端）闭王继恩于室，以折李后异谋，而定大计；既立，犹请去帘，升殿审视，然后下拜，太宗谓之'大事不糊涂'者，知臣莫过君矣。"

另一件则是西北党项之乱，定难军节度使李继迁起兵生事，劫了朝廷运往灵州的四十万石军粮，斩杀宋兵二百余人。

西蜀叛乱方止，党项之乱又生，赵恒是勃然大怒，然对于要不要出兵征讨李继迁，他却是犹豫了。

那御书房内，气压极低，一封军报被摔在下立的几位臣工面前。

寇准向来主战，开口道："官家，李继迁自先帝一朝，便频频劫掠作乱，先帝为招抚李继迁将陵阳公主下嫁，他不念皇恩，以怨报德，其罪一也！身为我大宋节度使，食我朝之俸禄，竟敢截杀朝廷兵马，其罪二也！若不出兵讨伐，则朝廷威严何在？！"

王钦若道："官家，李继迁与辽亦有姻亲干系，若我朝对李继迁用兵，北边的辽国必定发兵襄助，届时会惹来更大之祸患。"

寇准锵然道："党项之乱不平，我朝必深受其乱。如今李继迁敢劫军粮，来日他便敢攻陷城池！"

王钦若却道："寇大人言重了，李继迁反复小人，要的无非是利益，官家，以臣之见，不如派人安抚……"

"荒唐！"寇准打断，"李继迁狼子野心，根本不可能喂饱，王大人，你这是在姑息养奸！"

"够了！"赵恒怒道，"朕是让你们商议对策，不是在此做无谓之争吵。"看向一直未言的李沆，"李卿有何主意？"

李沆沉吟道："官家，李继迁存在一日，西北便一日不得安宁，"见赵恒更紧地皱眉，却是话锋微转，"当然，也可先不对其用兵，命灵州刺史守好城池，以防李继迁突袭，然靠近辽的麟州定要保住，此城若失，则党项与辽势必合兵一处。"

赵恒神色稍霁："何人可守麟州？"

李沆道："赵州刺史曹璨。"

赵恒道："武惠公之子？！"微顿了顿，"武惠公去世前，还向朕荐举过他的两个儿子。"

苏义简亦道："曹将军也是沙场宿将了，其遇事沉着，擅谋略，对西北更是熟悉，相信定能抵御住李继迁。"

赵恒忖量了下，道："传朕旨意，调任曹璨为麟州刺史，充任客省使，以策党项。"

咸平四年，曹璨率熟户（归顺的蕃落）兵在唐龙镇西之柳拨川邀击李继迁部，斩杀、俘获党项军颇多，生擒其大校四人。李继迁退走三十余里。

在此后长达一年的时间里，双方数次交手，各有胜败。李继迁滋扰成性，气焰愈发嚣张，接连攻陷了大宋的保静县、永州、清远军等地，孤立了灵州，率骑兵围攻麟州，终于彻底激怒了赵恒。

赵恒命并、代、石、隰四州宋军，前往麟州解围，灵州则交予了主动请缨的潘良。

然，不足半月，西北传回战报，李继迁破灵州，改名西平府。

赵恒龙颜震怒，欲严惩潘良，便在此时，后宫传来喜讯，淑妃潘玉姝身怀有孕，赵恒看在淑妃的面子上，仅将潘良召回，贬官三级，罚俸一年。

文德殿上，赵恒与诸臣工商议，何人可再御李继迁。众说纷纭之际，寇准献上一计，无须朝廷再动用一兵一卒，便可挡下李继迁。

"灵州位于蕃域和党项之间，他们本就时常互有攻伐，如今灵州被李继迁攻占，两蕃地界相连，必然会发生瓜葛。蕃域六谷部首领潘罗支对我朝素来恭顺。官家不如封潘罗支为王，让其遏制李继迁。"

赵恒有些质疑："潘罗支当真有此等本事？"

寇准道："自唐代以降，蕃域军事实力便在党项人之上，其必能敌得过李继迁。"

赵恒沉吟。

王钦若出班，不赞成："蕃域人烟稀少，岂能将潘罗支封王晋爵？！李继迁还仅是节度使，潘罗支只配受封一刺史。"

赵恒道："那便封潘罗支为朔方刺史，另赐粟两千石，硬弓一万张，长戟一万杆，义简带圣旨和赏赐往蕃域，"微顿了下，"请其出兵御李继迁。"

苏义简正要领旨。

"官家，"寇准却道："据闻潘罗支此人心高气傲，六谷蕃部骁勇善战，此时乃我朝有求于他，若只派苏大人前往，恐他心生不满，误以为受到了轻视。臣以为，官家应在京师和蕃域之间挑选一合适地点，亲自接见潘罗支，以表诚意，如此，潘罗支定会诚心归附。"

王钦若反对道："官家乃九五之尊，岂能轻易离京，去见甚番邦首领？！"

寇准道："王大人也说了，那是番邦首领，且还坐拥一支精锐骑兵，官家亲自前往招伏，以示求才之心，显我大宋上邦之礼贤下士。"

旋即，不少臣工站了出来，有的支持寇准，有的以为王钦若顾虑有理，一时，大殿之上，就赵恒到底该不该去见潘罗支，吵得不可开交。

赵恒也未拿定主意，呵斥了众臣工，暂且退了朝。

"嗖！嗖！"一支支羽箭不断地划过，箭箭正中靶心。

那破空声凌厉，足可见射箭人的力道……和情绪。

渡云轩，庭院内，支了一个箭靶，是平日里给耶律康练习箭术的。

此时，赵恒正绷着神色，挺直了腰背，张弓搭箭，一箭接着一箭，狠狠地射出。在侧奉着羽箭的张景宗敛声屏息，很是谨慎小心的模样，其余伺候的院子和婢子，皆远远地躲在廊下，不敢靠近。

倒是旁侧的石桌边，刘娥神色平和地在点茶，她不疾不徐地炙、碾、筛，煮水细听，抄粉注汤，茶筅击拂，每一个姿势都优美雅致，透着一股子赏心悦目。

那边厢，一袋羽箭射完，赵恒伸手摸了空，不由眉头一皱。张景宗心里打了个突，正要告罪，再命人去取箭。

"三哥，"刘娥起身，端着茶盏走了过来，"喝口茶，歇息会吧。"

赵恒接过，只见那青釉盏里，汤花堆堆叠叠、均匀细腻，其色泽鲜白，是为上乘也，赞赏地微挑了下眉，啜饮一口，醇厚回甘，齿颊留香，他面上的神色不禁缓和了不少。

张景宗示意内侍，去将那箭靶上的箭都拔了。

"留着吧，"刘娥轻笑道，"等康儿回来看看，他近来总是在府里拉着人与他比试箭术，连璎珞都没逃过，这回总该服气，安分几日了。"

"他又去马场了？"赵恒问道。

"璎珞和凌飞陪他去了，"刘娥陪着赵恒在石桌边坐下："这两日傻二不是病了，不怎生吃草料，若是康儿这个主人喂，倒是要好一点。"

赵恒倏地又皱了下眉："他可不是傻二的主人，不对，甚傻二，明明是小玄马，朕也仅是暂时准许他骑，"微顿了顿，强调般地道，"那是吉儿的小玄马。"

当初，耶律康第一次去皇家马场挑马，便看中了吉儿喜爱的那匹，名唤小玄的小马驹。赵恒原本是不允许他碰的，刘娥却觉得，似乎也是一种缘分，是以说服赵恒将小马驹给耶律康当了坐骑，不过赵恒也一再地重申，三年之后绝不许耶律康将马带走，弄得刘娥是哭笑不得。后来，耶律康擅自给小马驹改了名，傻二，气得赵恒差点将马收回，幸好刘娥在中间拦着。

本来赵恒对耶律康的态度已有所改善，然为了此事，隔三岔五便要发作一回，刘娥努力地、小心地平衡着二人之间的关系，时常是头疼不已。

刘娥这时自没接赵恒的话茬，又取了一小块碎茶饼，在火上慢慢地炙烤："小玄马都长大了。"

赵恒闻言，心情却更沉郁了："吉儿也该长大了不少，耶律康那小子都比刚来时，蹿高了好大一截。"

刘娥的神色几不可见地滞了滞："还有大半年，吉儿便该回来了。"

她说这话的语气很是寻常，倒似吉儿不过出门了一趟般。

"是啊！还有大半年！"赵恒叹了口气。

刘娥不着痕迹看了看赵恒的神色，轻轻笑道："但愿不再有任何节外生枝，我们一家三口能早日团聚。"

赵恒的神色微顿，看着刘娥复点一盏茶。

半晌，赵恒方缓缓问道："你有话要说？"

刘娥将那黄金汤瓶置于火炉上，抬眸看向赵恒，道："三哥，你该去见潘罗支。"

赵恒不料刘娥如此坦然直接，怔了下："你听闻了？！"

刘娥点头："我还记得三哥与我探讨过的'以夷制夷'。"

赵恒轻轻摩挲着那青釉盏的边沿："我又何尝不知蕃域的利害干系，封潘罗支为王，算不得甚，可一个王位，真的便能换得他甘心供朝廷驱使吗？！再者，他若顺利平定了李继迁，此消彼长，蕃域势大，潘罗支作为异性王，坐拥一方，又如何能断定他没有反骨，不会成为第二个李继迁？！"

刘娥道："既如此，三哥更应亲自去会一会潘罗支，见到其人，观其相，察其色，到时自然便会有一个决断。"

赵恒还是有些犹豫。

刘娥也不着急，听得那汤瓶的水沸了，提过倾注入茶盏："北有契丹，西有党项，都对东京虎视眈眈，已成掎角之势。质子之约三年将满，若辽南下之心不死，意欲反悔，这期间必定生事，如今蠢蠢欲动的李继迁可正好利用之，是以朝廷要是再次出兵党项，须得同时加强北边边境的防守，两方牵制，于我朝实为不利，"边说，边用手指沾了点水，在石桌上简单地画了几方的地形图，最后，那细白的指尖点在蕃域那一方上，对赵恒再说出的话，少了朝臣们那么多顾忌，"潘罗支，三哥用也得用，不用也得用，与其猜测犹疑，不如先示之以诚，三哥去见他，非纵容，而是恩宠嘉赏，给足了潘罗支面子，要知晓党项做大，对他蕃域并无好处，潘罗支既是能做六谷部首领之人，相信其会审时度势，也懂何为识时务。"

赵恒瞳孔微缩了缩。

三日之后，赵恒留下宰相李沆留守京师，带着寇准、王钦若等重臣，前往京兆府，与蕃域六谷部首领潘罗支会盟。

双方商谈顺利，潘罗支接受赵恒的封授，统治西凉，出兵攻打李继迁。

宋朝廷西北战局的压力骤减，赵恒带着臣工们在京兆府的行宫逗留了小半月，在收到捷报，得知李继迁的党项军节节败退后，终于安了心，准备起驾回京。

然，此时的东京城之中，却发生了一起大事，一起足以震惊朝野，让大宋官家措手不及之大事。

这日，刘娥与往常一样，在庭院凉亭里，做些绣活儿。

杨璎珞在侧，津津有味地吃着各种据说是东京城最好的酒楼里最好的厨子做的糕点，是赞不绝口，连连叫好，极尽夸张之能事。

刘娥觉得有点好笑，再好吃，该是也比不过宫里御厨做的，便说这渡云轩里，苏义简专程寻来的厨子，做的糕点也很美味，杨璎珞就是贪新鲜，不过嘛……刘娥上下打量了杨璎珞几眼。

"璎珞，你要是再这般吃下去，我这给你缝制的襦裙，还没完成，便得改尺寸了。"刘娥一脸心疼地道。

"啊？！"杨璎珞一瞬瞪大了眼，两颊塞得满满的，瞧去甚是滑稽，她眨巴了眨巴眼，方反应过来刘娥说了甚，"姐姐，你手里的，是，是缝给我的？"

刘娥故意叹道："或许不合身了，你不能……"

"我能！我能！"杨璎珞激动地打断，忙放下手里的糕点，"不吃了不吃了，我绝不能把自己吃成个胖子，穿不了姐姐做的衣裙，"兴奋地扑过去抱着刘娥的脖颈，"好久都没人专门给我缝制衣裳了，姐姐对我真好！"

刘娥也暖心地笑开，拍了拍杨璎珞的手背。

便在这时，廊下蓦地响起一阵凌乱的脚步声，两个院子架着一个浑身是血的侍卫，仓皇奔来。

刘娥和杨璎珞同时神色一滞。

"发生了何事？"杨璎珞急切地率先开口问道。

那侍卫扑跪到刘娥脚边，几乎支撑不住："夫人，质子在皇家猎场被人劫走了。"

第41章 螳螂捕蝉，黄雀在后

一只黑雕盘旋在苍茫的天空之下，大地辽阔，烈风呼啸。

那喊杀声震天，或飞锤击倒草人，或弯刀砍断木桩，或飞马连发数箭，正中靶心……一排排精甲辽兵正在操练。

马蹄声隆隆，震得地面轻颤，一队骑兵正绕着四周奔袭，领头的将领不断催促着士兵们提高速度。

此地位于炭山脚下，是辽建的操练营地。

当年契丹的开国皇帝阿保机在炭山一带兴起，是以便如汉人信风水，中原皇族讲究龙脉，辽人相信这一带是受到了天神的赐福。

忽而，那黑雕一声长鸣，俯冲直下，落在了一辆马车的车顶边沿。

那马车乃是汉制，车身与顶部雕刻了鹰隼与凤凰的图案，甚是精致，车帘是织锦，拉车马匹的马鞍和马蹄铁，均是上好的玄铁打造，数十披甲执锐的亲卫拥簇在周围，无一不显示着那马车里的人，身份贵不可言。

车队径直穿过营地的大门，至操练场边停下，四周值守的士兵皆按刀俯身，行大礼。

一着了一身深蓝色汉制常服的汉人，骑马紧跟在马车旁，其六十岁上下的模样，那面容清癯，精神矍铄，他微微侧首冲马车里轻声道了句："太后，到了。"

女官一左一右地掀开马车帘子，露出了里面安坐的人，辽之太后，萧绰，她年逾半百，瞧去却仅四十余岁，周身气度雍容华贵，不怒自威，有着浸淫权力多年的上位者之威严。

萧绰下得马车来，微抬了下手，士兵们起身。

那汉人也下了马，走上前来，萧绰与他对视一眼，眼底有不甚明显的一抹温和划过，他不是别人，正是辽之宰相，韩德让。

韩德让祖籍在中原，其祖父韩知古于唐末被掠至辽为奴，后官至中书令，父韩匡嗣官居南京留守，封燕王。韩德让自幼受汉、辽两种文化之熏陶，既有汉人的温文尔雅，又有辽人的豪迈爽快，智略过人，有治国之才。萧绰入宫前，与韩德让曾有过一段婚约，奈何被卷入权力旋涡的两人错过了，后辽景宗去世，传位于年仅 12 岁的耶律隆绪，萧绰之子，母寡子弱，宗室与各路诸侯觊觎皇位，韩德让以顾命大臣之身份，力保两母子，小皇帝顺利登基，萧绰稳坐了监国之位，韩德让自成了辽朝廷第一人。

这么多年，萧绰执政中的每一步，不管是推行汉制，还是平内乱外攻伐，都有着韩德让的影子，他亦一直是萧绰最为信任之人。

萧绰与韩德让立在操练场边，看了半晌，契丹儿郎英武，那操演阵容气势如虹，两人的脸上皆涌现一抹自豪的神色。

奔袭的骑兵绕场一个来回，那领头将领转首冲副将交代了几句，旋即提马朝这边飞驰而来，他身形异常魁梧，高鼻深目，长相硬朗犀利，手中持一根粗壮的狼牙棒，正是当年保州城外，悬崖边与赵恒交手的辽将，萧挞凛。

萧挞凛纵马驰近，利落地跳了下来，向萧绰和韩德让抚胸施礼。

萧绰道："攻防有序，大将军练兵颇有章法。"

萧挞凛道："太后过奖了。"

萧绰又道："只是这骑兵奔袭，似乎里面颇有玄机，哀家看得不甚明白。"

萧挞凛道："回太后，眼下奔袭提高速度，是为下一步这支骑兵入水洼练习做准备。"

萧绰微挑眉："水洼练骑兵？大将军好想法。"

萧挞凛道："宋人在关南地区贮水以建'水长城'，妄图挡我大辽南下，我大辽铁骑可纵横荒漠草原，岂惧小小水洼。"

萧绰赞道："大将军果然是难得的将才，骁勇善战，"微顿了顿，语气深了几分，"跟随哀家的大姐多次领兵出征，扫平北方蛮族，难怪她对你推崇备至。"

萧挞凛曾是萧绰的大姐齐王妃萧胡辇手下大将，颇得其信重。他自是明白萧绰此言背后的深意，当即锵然道："末将愿为太后身先士卒，上阵杀敌，誓死效忠。"

萧绰语调没多大变化，却透着一股笃定与信任："大将军既然像其他将士一样把命交托于哀家，你们皆是我契丹的好儿郎，哀家必不负你们。"

萧挞凛动容，按住胸口，单膝下跪，深深向萧绰行了一礼。

萧绰道："继续操练吧。"

萧挞凛应了声，翻身上马，驰回训练场那边，继续带着兵士们训练。

萧绰望着勇猛的萧挞凛与将士们，那眸色深邃坚定："我大辽与宋以'白沟'为界，若能取了关南二州，则边界防线可往南推至塘泊水洼南端，不再有'水长城'阻隔之险。"

韩德让道："是，如此一来，我大辽铁骑可长驱南下。"侧首看向萧绰，眼中划过一抹心疼，"只是，燕燕……战争本不属于女人，你殚精竭虑这么多年了，原该好好歇上一歇。"

萧绰自嘲地轻笑了笑："哀家早已不是那个在草原之上纵情歌舞的少女了，"深深地看了看韩德让，"那时年少，哀家也曾梦想过和自己的情人双宿双飞，为自己的丈夫，像你们汉人女子那般洗手做羹汤。可命运将哀家卷入了男人的战场，一步步走至了皇权之巅，哀家是摄政太后，更是我契丹将士们的祖母，哀家不得不像一个男人一样去战斗。"

萧绰那眉眼间俱是不可逼视之傲气，看得韩德让心折不已，愿为之臣服，驱策。

"德昌，宋人兵法中有一计为'以攻为守'吧。"

"兵法之道，有攻，有守，以攻为守，积极出击，兵之变也。"

萧绰微微颔首："我大辽表面上看似兵强马壮，然则却是内忧外患，宗室亲王势力雄厚，哀家孤儿寡母一路如履薄冰走来，哀家那个二姐夫谋反多次，如今更是明目张胆地寻种种名目，以打击哀家母子之威信，觊觎皇权。而宋廷从未放弃伺机将燕云十六州夺回之心，不断地暗中鼓动、支持我大辽境内汉人的反辽行径。哀家需要一场兵戈，让这些内忧外患，彻底消弭于无形！"说着，满面凛然地握紧了十指，"以稳固我大辽的政权，将一个扫清了障碍的大辽交予皇上，唯有那般，哀家才能真正无憾。"

"于德昌心中，你与年少之时那个有主见、热烈的少女并无变化。"韩德让温软地凝视着萧绰，"德昌能做的，便是尽全力助你无憾。"

两人相视一笑。

韩德让又有点遗憾地道："李继迁性子太急，否则他攻占灵州后，于我朝倒是一个出兵南下的契机，"顿了顿，"如今他被蕃域的潘罗支缠上，这一仗，胜负未知啊。"

"坐山观虎斗，宋皇帝这一招，高明，"萧绰微扬了下眉，"李继迁并不是一个值得并肩的盟友，让他去消耗蕃域的兵力，也好，免得将来战场之上，宋军还有这样一支助力。"

韩德让深以为然地颔首。

萧绰又道："眼下要确保的是康儿的安全，"转身望向南边的方向，感慨道，"快三年了，康儿也该长大了，"神色渐渐柔和了下来，眸中点点慈爱的笑意，"也不知他在宋朝都学了什么。"

韩德让欲言又止。

萧绰并未看他，似有所察觉，道："德昌有何话，不妨直说。"

韩德让道："皇上近来一直召幸仆隗氏，"微顿了顿，"据闻曾提过要立五皇子为皇太子，不过被皇后拦下来了，皇后该是属意大皇子。"

萧绰神色喜怒难辨，过了片刻才缓缓开口："老大宗真自小在菩萨哥身边长大，沉稳、识大体，是可堪重任，老五狗儿嘛，骑射功夫是众皇子之中，最为出众的，将来做个领兵打仗的将才，倒是不错。"

韩德让心领神会地一笑："太后心中，还是对七皇子寄予了厚望。"

萧绰也轻轻笑了笑，不置可否："此事不急，待康儿归朝，再做计较。"

韩德让赞同地点点头。

这时，远处一阵马蹄声急，有信使骑马奔来，在辕门处被守卫拦了下来，满面焦急地高声求见太后。韩德让着人去将信使带到近前。

信使呈上密报，韩德让打开一看，微微色变。

萧绰问道："何事？"

"七皇子……被人劫了。"韩德让边说，边将密报递了过去。

萧绰一目十行地阅完，那眸底冷厉得可怕，浑身上下散发着一股肃杀之气："可探知是何人所为？"

信使摇头："宋朝廷也一直在追查，不过是暗中进行，他们将此事隐瞒得极深，好在我们的人有些手段。"

萧绰微哼："就这点手段？！"

信使惭愧地低下了头，极力地想了想，道："七皇子失踪一事，似乎与党项有关，宋朝廷好像为了此事，求助过蕃域。"

"党项？！"萧绰微眯了眯眼，与韩德让对视一眼。

韩德让亦担忧地皱了皱眉。

"不管怎样，人是在宋朝丢的，宋皇帝就得负责。传哀家口谕，把赵吉和他的陪侍全都关进大牢，听候处置。"萧绰断然道，"让萧挞凛整顿兵马，"微顿了顿，"待命。"

虎狼之师秣马厉兵。

嗜血的兴奋染透那一双双豺狼般的眼睛，他们伺机而动。

萧绰和韩德让方回到上京，辽皇帝耶律隆绪便派人来请萧绰速速回宫，原来李继迁竟送来了一封书函，里面写道，为了让辽能再无后顾之忧，放心与党项联合攻宋，他已派人将辽质子从宋朝接了出来，只要辽与党项达成联盟，他将派亲信护送辽七皇子毫发无伤地回国。

"岂有此理！"议事殿里，耶律隆绪狠狠地一掌拍在桌案之上，"李继迁竟敢抓了康儿，威胁朕！"

下立的几位南北官中的重臣看了看彼此，皆斟酌着没有立即开口，倒是梁王耶律隆庆率先站了出来。

耶律隆庆道："皇兄，以臣弟之见，李继迁还没有这个胆，如今我朝兵力南下之实力已具备，不妨顺水推舟，先应下他所请，换得康儿平安归来再说。"

耶律隆绪依旧很是愤怒："朕要南下也是朕做主，如此这般，岂不是被他李继迁牵着鼻子走。"

耶律隆庆忧心道："可康儿……"

耶律隆绪打断："李继迁就是个反复小人，你敢确保我朝集结兵力南下，他便定能将康儿归还？！"

耶律隆庆皱眉道："要是不答应他，康儿势必会有危险！"旋即看向萧绰，"太后之意呢？"

耶律隆绪不满地瞪了眼耶律隆庆。

萧绰沉沉地看了眼兄弟二人，道："皇上，梁王所言有些道理，眼下如何让康儿平安顺利回来，是为首要。而宋廷弄丢了我朝王子，毁了三年质子之约，我朝自当要向其讨个说法。"微顿了顿，意味深长地，"这是两桩事，皇上可明白哀家之意？！"

辽朝早有南下攻宋之野心，质子之约不过是缓兵之策，更兼有为辽将来栽培继承人之意，原本三年之期安然度过，宋辽将结下互不侵犯之盟约，如此一来，辽则出师无名。李继迁所为，歪打正着，实则正中了辽之下怀，萧绰言下之意很明确，良机不可错失，而耶律康到了李继迁手中，则成了辽与党项之间的事。

"至于谁是棋子，谁是执子人，又岂是他李继迁说了算，"韩德让瞧出耶律隆绪还堵着一口气，不甘心对李继迁就此退让，亦有一丝微妙地与萧绰之间的僵持，故而轻描淡写开口化道，"且战场之上，多一个盟友，总比多一个敌人强。"

于是，辽朝应了李继迁的结盟之请，一边派人暗中前往党项去接回耶律康，一边任萧挞凛为主帅，向宋辽边境集结兵力，以宋廷看护质子不利为由，十万兵锋直指保、定二州。

宋仓促应战，因怀了皇嗣的淑妃潘玉姝之请，赵恒再派潘良为将，毫无意外地又一次战败，更是连累望都守将王继忠被俘，生死不明。消息传回京师，宋廷上下满朝哗然，便在赵恒大动肝火，为该再派谁为将，去挡辽兵南下之时，边境再传回战报，辽突然停止了进攻，后退十里驻军，双方陷入僵持对峙。

原来，萧绰派去党项的密使，并未接到耶律康，据李继迁称，有几拨人马，蕃域潘罗支的、大宋赵恒派去的，还有一路来历不明的，数次明里暗里地抢夺耶律康，到底他势单力孤，中了计，又把耶律康给弄丢了。

萧绰大怒，还未向李继迁追责清楚，哪知形势急转直下，党项败于蕃域，李继迁竟被潘罗支斩杀。这般一来，宋辽边境的辽军更是不敢轻举妄动，倒不是因失去了李继迁这个根本算不上同盟的盟军，而是萧绰怕耶律康又回到了宋廷手中，若大举进攻，惹恼了赵恒，陷耶律康于险境。

李继迁战败被杀的消息，几乎同时传回了宋朝廷，赵恒是龙颜大悦，自也猜到了辽兵后撤之缘由，想来耶律康也自李继迁手中夺了回来，当即再下圣谕给潘罗支，以及此前派去救人的苏义简，定要好生护送辽质子归京。

天际泛起一片鱼肚白，暗夜悄然退去，天光渐亮，穿透层层树叶洒下，映亮密林之中那一片混战后的狼藉。

此地位于灵州郊外，前一夜，苏义简带人追踪挟持耶律康遁走的李继迁亲信至此，双方发生交锋，后又有几拨人赶来，不由分说地加入战斗。

大半夜的激战，近破晓方止。

八百里加急的圣谕也终于传到了苏义简手中，而此时他面前的，是一具没了呼吸的尸体，阵阵的心悸袭上心头，宋辽的约定，终究是破了！

须臾间他想到了还在北国牢中的吉儿，想到了京城渡云轩里翘首以盼的刘娥，恍惚间他看到了狼烟四起，战火弥漫。

第42章 断魂一饷凝睇

四周都是横七竖八躺着的尸体，有着党项服饰的，蕃域服饰的，还有大宋服饰的，另有好几具黑衣蒙面的刺客，那断肢残臂、伤口狰狞，那渗进土里的、枯叶树干上的鲜血淋漓，已成了褐色，处处显示着前一夜打斗的激烈。

苏义简一身青袍上溅了不少斑驳的血点子，脸上也有两道血迹，额前一缕发丝垂落，那形容凌乱，却不显狼狈，他一手执剑，一手握着那道要好生护送质子回京的圣谕，剑眉紧蹙，目光沉滞。

他身前两步开外，已长大了不少的辽质子耶律康，四肢瘫软，毫无生气地半躺在一女子怀中，那女子着了党项平民的布裙，钗横鬓乱，却难掩一身的贵气，她正焦灼地极力想让耶律康醒过来，半晌终是颓丧地放弃，无力地自耶律康鼻前拿开手指，惶惶然地看向苏义简。

"苏大人，辽质子他，他真的已……这可如何是好啊？！"

苏义简缓慢地自那圣谕上移开目光，看向耶律康，过了须臾方沉重地抬步上前，蹲下，查看其死因。

耶律康浑身上下皆无明显的外伤，除了颈项处一个鲜明的手掌印。

女子难受地道："昨夜混乱，该是有人趁乱掐，掐死了他。"

"质子最后是在谁的手中？"苏义简低沉地开口，问的不是女子，而是仅剩的两名手下。

两人看了看彼此，皆茫然地摇头，月黑风高，若不是事先商议定了暗语，怕是连自己人都分不清，又如何知晓到底是谁暗中下了毒手。

苏义简神色更是沉了沉，未再多言，复细细查看了一遍那个手掌印，发现了在五根手指印靠近小指的旁边，还有一小段不太明显的红印，他瞳孔微微一缩，当即断然吩咐道："检查所有尸体，看谁的右手有异，"微顿了下，"或是手上戴的有指套之类的东西。"

两个手下立刻应了，快速地去一一查验。

女子自然也注意到了那多出来的一小截红印："大人是怀疑这红印乃……外物所致？！"

苏义简眯了眯眼，道："也有可能是，异生的第六根指头。"

女子诧异，细看之下，愈发觉得苏义简言之有理，脱口赞道："大人好敏锐的洞察力。"

苏义简道："公主过誉了。"

女子不是别人，正是大宋当今官家之妹，当初先帝将之下降于李继迁的陵阳公主。这次苏义简奉皇命，暗中潜入灵州，一则是寻找、营救耶律康，二则赵恒也嘱其伺机将陵阳公主带回，李继迁与大宋兵戎相见，夹在其中的陵阳必定受到牵连。

事实也的确如此，自双方开战后，陵阳便被李继迁软禁了，苏义简颇费了一番周折，才将其救出。后在陵阳的协助下，追查到了耶律康的踪迹，只是奈何到底是功亏一篑。

"若是能寻到凶手，"陵阳不无忧心地望了望正在翻看尸体的那两个手下，"至少能在质子被杀这事上弥补一二。"

苏义简不置可否，所能弥补的，也仅就是一二了，而这点希冀还得寄托于凶手是党项人，然那几个来路不明的黑衣刺客，明显便是中原人。

压着忐忑，苏义简亲自去验看了那几个刺客的尸体，没有找到任何能证明其身份的线索，他们的右手亦无特别之处。那两个手下也检查完了其余尸体，同样地，没有任何发现。这"一二"也不能弥补了。

陵阳脸色煞白，绝望不已地道："此事可如何……如何善了啊？"

苏义简眉间一道深深的折痕，闭了闭眼，沉声冲两个手下下令道："此事定要保密，绝不能外泄。"

十余日后，那喧嚣的汴梁城门口处，一队蕃域士兵护着两辆马车入了京，里面分别坐着归国的陵阳公主，以及潘罗支为表诚心归顺大宋，献给赵恒的美人——他的亲妹——文伽凌，引得东京城里的百姓是争相观看。

是日近黄昏，一辆车窗与车门皆紧闭的寻常马车，低调地穿过城门，在城中的巷子里七拐八绕了数圈，才悄然自渡云轩的后门进去了。

马车停在了后院，那马车门推开，跳下了风尘仆仆的苏义简，他吩咐开门迎他们进来的院子，立刻请刘娥前来。

此时刘娥正与杨璎珞在耶律康所住的寝房收拾整理。

刘娥小心翼翼地将一盏"孔明灯"挂到床头，道："康儿啊，快点回来吧，这是你亲手做的'孔明灯'，还等你回来放飞呢。"

杨璎珞悄悄抹了抹眼角："小蛮子就是不听话，这般久了，也不知晓回来，"上前，轻轻握住刘娥的手，"姐姐也别太担心，没有消息，便是好消息！不是已查得是党项人所为，官家便派了苏大人亲自带人去追，还联络了蕃域王帮忙，那般多的人，定能将小蛮子救回来，且那小蛮子凶得很，吃不了甚亏。"

　　"但愿如此吧！"刘娥叹了口气，"对了，听闻今日有蕃域人入了京，宫中可有何消息传出？"

　　"蕃域人？！"杨璎珞一怔，"我不知晓此事啊，今日我一直在后院照顾小蛮子的獒犬，那狗太有灵性了，自小蛮子失踪，便老是不吃不喝，都瘦好几斤了，这两日我调制出了一种狗食……"

　　杨璎珞话未道完，那院子便匆匆奔进来，禀告苏义简回来了，刘娥当即顾不上听杨璎珞念叨狗食，抬步就朝后院疾行而去。

　　"康儿！"刘娥方转过廊下，入得院子，便迫不及待地唤道，"是康儿回来了吗？"

　　那马车边，负手而立的苏义简回过身来，刘娥方一触到他的目光，心头便是猛地一悸。

　　"康儿呢，义简？"刘娥尽力忽略那一丝不祥的预感，还是难掩几分忐忑地问道，"康儿在何处？"

　　"在马车里吗？"跟着而来的杨璎珞接口问了句，继而冲马车高声道，"耶律康，都回府了你还藏甚，小蛮子，快下来。"

　　说着，杨璎珞几步上前，便要去推马车门，却被苏义简抬手虚拦了拦。

　　"苏大人？"杨璎珞不解地看向苏义简。

　　苏义简没看她，只是冲刘娥喑哑地道："嫂嫂，让人都退下吧。"

　　刘娥的心跳得更快了，她神色不自觉地绷了起来，直直地盯着苏义简，微挥了挥手，让跟着伺候的几个婢子和院子全退了下去。

　　"马车里到底是……"刘娥欲言又止，吸了口气，"他受伤了吗……"

　　"吱呀！"一声轻响，仿若点在刘娥心上，她语调尾音颤了颤，对面，苏义简已反手推开了那马车门，一具小小的棺椁静静地横陈车内。

　　刘娥的神情瞬间凝滞，微张了张口，喉头干涩地道不出一言。

　　"棺椁里是谁？"倒是杨璎珞惊惧不已地喊问了出来。

　　苏义简当即示意她小声。

　　杨璎珞一把捂住嘴，泪水夺眶而出，低低地呜咽道："不，不可能的！"

刘娥如泣如诉的目光紧紧地锁住那棺椁，欲上前，方一抬步，却是脚下一软，一个趔趄便跌了出去。

"嫂嫂！"苏义简及时地伸手扶住，才发现刘娥浑身都在轻颤，心中不由一酸。

刘娥缓缓抬头，脸色已如纸般苍白，那眼眶通红得可怕，艰涩地："是，是……"

苏义简沉痛地点头。

刘娥只觉眼前一黑，便晕了过去。

"康儿！"刘娥自梦魇中惊醒，猛地坐了起来，入眼是一片昏暗，神志犹自昏沉的她不由更为畏惧地缩了缩。

"莺儿！"

一声轻柔的低呼响起，紧跟着一双温暖的大手裹住了刘娥的手，阵阵甘洌的青竹气息萦绕在鼻尖。

"三哥？！"刘娥稍稍醒过神来，方意识到正身处自己寝房的床榻之上，外面的天色已暗了下来，屋内没有掌灯，只那羽纱窗朦朦胧胧地透了些月光进来，坐在床榻边的赵恒逆着光，瞧不太真切他的神色，然能感觉到他的温柔关切。

"我唤人来掌灯。"赵恒道。

"别！"刘娥紧握住赵恒的手，后怕而焦灼地飞快道，"三哥，我梦见康儿了，梦见他被人追，被人……好多好多的血，好多好多！我好像还看见了吉儿，他和康儿一样，他们，他们的命运是相连的，三哥，三哥我好怕……"恐惧无助地扑进了赵恒怀中，紧紧环住其腰身，"康儿，康儿真的……真的没了吗？！怎生会这般啊……"

"别怕！别怕！"赵恒轻轻地拍着刘娥单薄的背脊，柔声安慰，"有我在，我们的吉儿还好好的，他不会有事。"

刘娥却似乎根本未听进去，只是惶恐地摇着头，忽而想到甚，一下直起身子："康儿呢？我还没见到他，我不相信，我必须，必须亲自看一看，对，我要亲眼看到……"

说着，刘娥便要下床榻。

赵恒忙抱住她："义简已将康儿安置在了后院厢房，现下夜已深了，明日你再去看，可好？！"微顿了顿，声音涩然了下去，"莺儿，你不要这般，我看着心痛。"

刘娥激动的情绪到底是缓缓平复了几分，一动不动地任由赵恒将她紧紧搂在怀中，半晌，她格外冷静却透着丝丝凉意与锋利的声音幽幽响起："吉儿还回得来吗？"

赵恒闻言，便是一凛，脱口而道："自然！"仿若是为了强调，加重了语气，"我们的吉儿自然能回来！三年之约……"

"我要去辽朝。"刘娥自顾地又道了句，打断了赵恒的话。

"你言甚？"赵恒怀疑听错，"辽朝？！你如何能去？！去做甚？！"

刘娥轻轻挣开赵恒的手，自他怀中退出，抬首，与其平视，那稀薄的月光映着她眼中坚定的神色。

"我要去见我的吉儿，我要去将他接回来。"

赵恒心疼又无奈地，"莺儿，两国交换质子，又岂是你这般随随便便就能接人回来……"

"再不接回来，他便回不来了！"刘娥厉声打断，情绪差点再次失控，她深吸了口气，强迫自己冷静，"三哥，你我皆知晓，大宋的满朝文武皆知晓，宋辽两国的百姓皆知晓！吉儿和康儿的命运是相连的，一损俱损！如今康儿出了事，辽朝的皇帝、辽朝的萧太后，不会放过吉儿的。"

赵恒自是明白刘娥说得在理，不由心生烦躁："消息还未传开。"

"纸包不住火，消息传入辽朝那一日，"刘娥痛苦地闭了闭眼，"便是我吉儿殒命之日。"

"不得胡言！"赵恒脸色一变。

刘娥神色沉肃，跪在了床榻之上，双手交叠于额前，俯身拜了下去，笃然道："请官家允刘娥北上，接回亲儿。"

"你……"赵恒皱紧了双眉，"辽人见不到耶律康，如何肯放吉儿？！"

刘娥道："那刘娥便死生守着我儿。望官家成全。"

"莺儿……你这般所为，又置我于何地！吉儿难道不是我的亲儿？！你去了，非但不会对此事有益，还会让我尤加担心，你可懂？！"赵恒的声音沉了下去，"你起来，迎回吉儿之事，我们从长计议。"

刘娥却依旧一动不动地拜伏着，那身影瞧去异常坚持。

"你这是在逼朕！"赵恒气道。

刘娥还是没有动。

赵恒伸手，想直接拉起刘娥，手伸到一半，又是一顿，他心绪极度烦躁，有亲儿再难脱困的焦灼，有眼前人固执执拗的气恼："你顾儿子，有没有想过朕？！"

说罢，赵恒重重一拂衣袖，起身离去。

"砰。"那房门被甩上。

刘娥的背脊微颤了下，没有抬头，也没有动，良久，只那额头抵住的被褥被串串滚落的泪珠洇湿了开。

赵恒几乎是气急败坏地离开了渡云轩，跟着的内侍皆是噤若寒蝉，然才至宫门口，他便有些后悔了，眼前浮现当初那十里长亭里，小小的吉儿泪雨滂沱，又异常坚强拜别双亲的情景，还有方才他不忍卒看的一幕，刘娥身披惨淡的月光，跪伏祈求。

不自觉地，赵恒叫停了御撵，却在他踟蹰之际，有宰相府上的人来报，李相病危，赵恒当即诏御医珍视，并转道李府，驾往临问，赐白银五千两。

然，及至赵恒方还宫，一代圣相李沆还是病逝了，享年五十八岁。赵恒闻讯后，异常悲痛，去驾再往，临哭之恸，后为之废朝五日，追赠太尉、中书令，谥文靖。

《宋史·列传》有载："沆性直谅，内行修谨，言无枝叶，识大体。居位慎密，不求声誉，动遵条制，人莫能干以私。"

第43章 由来巾帼甘心受

这几日里，宫中送去渡云轩的所有赏赐，皆被退了回去，便连赵恒圣驾再次亲往，都被刘娥拒之门外。

垂拱殿里，赵恒一身怒气，负手来回踱了两步。

"她究竟想要如何？！"

下立的苏义简欲言又止。

赵恒凌厉的目光扫了过来："朕不是让你去劝慰，她怎生还是这般固执？！"

苏义简无声地叹了口气："官家，夫人的脾性，你应了解，臣劝不了。今日，臣也是连渡云轩的大门都进不去了，夫人还是那句……"

"朕不应允，她便自关在渡云轩，郁郁而终吗？！"赵恒火大地接口道，"她这是在威胁朕，是在逼朕！她何时变得这般不可理喻了？！"

苏义简暗自皱了下眉，嘴唇微动，本能地欲替刘娥辩解几句，到底是咽回去了，看了看赵恒的神色，斟酌着开口道："官家，康儿这事瞒不住的，自李继迁被斩杀，萧太后已几次来信询问，我们不可能一直含糊其词下去，辽迟早会发现端倪，到时萧太后兵临城下，我们更被动。"

"凶手查得如何了？"赵恒压了压胸中的烦躁。

苏义简摇摇头："那夜太乱了，几拨人马，不过，有理由下手的只有党项人，"微顿了顿，"还有那些黑衣刺客，原本臣以为会是辽人，是萧太后派去救人的，没承想全是汉人。"

赵恒微微眯缝了下眼："萧太后派去的，倒不用救了。"

苏义简自是明白赵恒言下之意，辽军此前兵犯保、定二州，虽打的是宋未能看护好质子的名义，然难保不是李继迁与辽暗通款曲，做了一场戏。宋那时正是有此顾虑，故而在查到李继迁的人带走了耶律康后，赵恒当即严令苏义简定要将人带回，并亲书书信于潘罗支，请求相助。

苏义简愧疚地道："黑衣刺客的身上查不到任何有用的东西，线索断得太干净了，幕后之人很小心。"

"这事你盯紧别放松，"赵恒沉声道，"至于杀害康儿的凶手，只能是党项人。"

不管李继迁与辽干系如何，是真合作，还是假同盟，事情因李继迁而起，责任必须他来负，即便其人已身亡，唯有如此，或许宋辽之间尚有商谈之可能。

苏义简心如明镜地点点头："臣明白，凶手之事会处置妥当。"

赵恒沉吟了片刻，又问道："凌飞可有消息传回？"

苏义简又是摇头："最近收到他的飞鸽传书还是半月之前，辽得知康儿被我们带回京师，便将吉儿与李婉儿等随侍从上京的牢城移往幽州。"

"混账！"赵恒气怒地一巴掌拍在龙案之上，"我大宋的皇子岂是他北蛮的阶下之囚！"深吸了口气，"此事，刘妃是否知晓？"

苏义简默认："凌飞的密报是传到渡云轩的，臣本想依官家之意，提前截下，以免有甚不好之消息再打击到夫人，奈何……"苦笑了下，"夫人想知晓的，臣拦不住。"

原来，此前耶律康出事后，刘娥料到辽不会善待吉儿，是她派了凌飞暗中前往辽朝，伺机而动，不说营救、带回吉儿，至少要确保其性命无虞。

赵恒闻言，好不容易压下去的烦躁又翻腾了上来："凌飞可能将人救出？"

苏义简掂量了下："难！辽得不到康儿确切的消息，对吉儿的看守甚严，由辽将萧挞凛手底的副将亲自负责，凌飞带人试过，没有成功，他们不敢打草惊蛇，一直是暗中监视，"

"如此……也好！"赵恒复来回踱了几步，高声唤道，"来人，去传毕士安、寇准、王钦若，入宫见朕。"

内侍总管张景宗应了声，当即小跑着去吩咐传旨了。

毕士安，字仁叟，太祖乾德四年的进士，太宗年间，拜监察御史，入为翰林学士、礼部侍郎，当今圣上即位后，迁吏部侍郎。原本李沆去世后，赵恒有意拜寇准为相，李沆临终谏言，寇准性刚，尚需磨砺，于是改拜了素来勤勉于政务的毕士安为同平章事，寇准升任参知政事。

寇准对于宰相正副之职，并不介怀，只是同任参知政事的还有王钦若，倒让他颇有几分微词。两人一个刚直、性烈矜傲，一个圆滑、善曲意逢迎，自当年他们同为钦差前往滑州办差一趟后，便彼此看不上了眼，寇准倒还好，道不同不相为谋，王钦若可是明里暗里地给寇准使了不少绊子，然他极会揣摩上意，很讨赵恒欢心。

赵恒自也能瞧出二人不对付，不过每每遇事，却总喜同二人商议，听他们各抒己见，针锋相对，倒是能兼听则明了。至于同任二人为参知政事，或许便是所谓帝王之平衡术吧。

赵恒继而又冲苏义简道："你且候他们前来，朕要与卿等，商议出使辽朝之事。"

"出使辽朝？"苏义简心中一动，"官家之意是？"

"三年质子之约本就仅余两三月，既然萧太后已将吉儿带到了幽州，那朕便书国书于辽，着人带，带康儿，去两国边界交涉，换回吉儿。"赵恒缓缓道，"即便不会顺利，临近我大宋疆土，有边境将士掠阵，凌飞带的暗卫里应外合，总能保下朕的吉儿。"

苏义简尽管心中仍是忧虑重重，还是道："官家思虑周全。"

话音方落，有内侍进来禀报，寇准求见。

赵恒微诧异："他来得倒快。"

然，寇准入得内来，赵恒和苏义简方知，其实传旨的太监还未出宫便在甬道遇上寇准了，而他之所以急着入宫，则是边境有急报送来。

"官家，杨延昭将军禀呈，辽将萧挞凛再次领兵逼近边城，萧太后亲自坐镇中军，要求见质子耶律康，否则便兵刃相见。"

赵恒一目十行地扫完急报，那脸色沉了下去，眼底划过一抹讽刺："萧太后倒是与朕，不谋而合了。"旋即扬声道，"来人，取北境边防图来，再传潘国公进宫。"

很快，毕士安和王钦若奉旨觐见，潘伯正却迟迟未至。赵恒很是不悦，复着了人去催促，也不耐烦再等，先与毕士安几人商议开。

君臣议了小半日，于萧太后此举，应对之策无非是一边加强边境各州府之防守，一边派人带耶律康尸首，去与之谈判，此亦是赵恒本来之意，只是对于这扶棺北上之人，难以决断。

毕士安和王钦若，各有举荐之人。

寇准是沉吟不语。

苏义简一番犹豫，慎重考量后，竟提议此事交予刘娥。

"夫人是辽质子在大宋的抚养之人，她亲自北上，最有可能在至边境前隐瞒住康儿的死讯，再者，辽等在边境的是萧太后，由夫人去交涉谈判，于身份也合，"苏义简微顿了顿，语意深了几分，"且夫人若知此事，无论如何她也会北上的。"

与其防着刘娥偷跑，不如公然派兵护送，这句话苏义简没言，赵恒看了他一眼，自是明了的。不过他还是迟疑难决，北上带去的，毕竟是耶律康的尸首，与辽能不能谈，可不可以换回吉儿，皆是未知之数，若是别生枝节，虽万千将士相护，刘娥和吉儿，又真能全身而退吗？！

便在这时，又一内侍惶急地进来禀告，淑妃潘玉姝小产了。

赵恒当即脸色一白，失手打碎了那手边的茶盏。

在场的几位臣工也反应过来，至此时，潘国公都未入宫，而淑妃今日正好回府省亲，竟发生了这般大事，又是值此需用兵之关键时刻，几人看了看彼此，神色各异。

奉华殿，淑妃潘玉姝的寝殿，除了中宫皇后郭清漪所住的慈元殿，后宫的寝殿之中，便数奉华殿规模最大，亭台楼阁，极尽精雕细琢之能事，垂纱幔帘，金丝银线钩织，处处奢华。

庭院之中，遍种了各品种牡丹，奈何正时值入秋，花期早过，秋风乍起摧枯叶，一地的残枝，满目的萧索。那半掩的殿门内，重重叠叠的纱幔深处，有绝望压抑的啜泣断断续续地传出，更添了无限悲凉。

殿门前，赵恒负在身后的双手紧握成拳，一袭褐色常服利落凛冽，那眉峰压得极低，目光冰寒。

内侍、宫婢，跪了满地。

那青石台阶之下，潘良身着白色单衣，其上横七竖八地遍布了数道血痕，几乎都是皮开肉绽、血肉模糊，瞧去甚是狰狞可怖，显然经历了一顿鞭刑，他背负荆条，直挺挺地跪在园中。

潘伯正老泪纵横地立在侧，"扑通"一声跪倒在地："官家，老臣教子无方，淑妃娘娘小产，全系我潘府之责，皇嗣有损，兹事体大，老臣罪该万死，请官家赐罪！"

"父亲！"潘良愧疚难当地低低唤了声。

潘伯正恍若未闻，续道："潘府上下亦单凭责罚，只是望官家怜娘娘刚痛失亲儿，能免其护龙胎不利之罪责。"

"官家，"潘良重重磕头下去，"娘娘滑胎，乃臣一人之过错，臣甘愿受任何责罚。"

赵恒冰冷地扫了眼潘良身上那些血淋淋的伤口，潘伯正是动了真怒，才能将素来宠爱的儿子打成这般，然滑掉的是龙胎，又岂是一顿鞭子便能抵消罪过的？

"你推了她？"半晌，赵恒终于寒声开了口，一字一句如同自齿缝中挤出。

潘良浑身一凛："臣，臣当时喝醉了……"

"官家！"倏地，殿内纱幔晃荡，一袭虚弱的身影在宫婢的搀扶之下，跟跟跄跄地奔了出来，跪在了赵恒脚边，潘玉姝长发落肩，未施粉黛的素白脸上无一丝血色，那形容甚是憔悴，抽噎道，"是臣妾，臣妾自己摔倒的，"神色复杂地瞥了眼下跪的潘良，"不关哥哥的事，父亲更是不知，都是臣妾，是臣妾无能，疏忽大意，没有保护好龙胎，是臣妾的错……"

潘良和潘伯正当即争着承担责任，为潘玉姝开脱。

赵恒面无表情地看着相互极力维护的三人，眼中神色变幻不定。

"你起来，"赵恒皱着眉道了句，见潘玉姝没动，伸手将她扶了起来，玉人那晶莹的泪珠串串滚落，眸色凄然，楚楚惹人怜，他神色不自觉柔和了几分，"娘亲与孩儿的缘分，皆是上天注定。"

潘玉姝微微一怔，看赵恒眸光温润，此言像是对她说的，却又似陷入了某种回忆，看到的眼前人不是她。

"官……家？！"潘玉姝迟疑地唤了声。

赵恒神色微敛，语气间倒依然尽是温和："龙胎虽失，你仍有孕育之功。来人，传旨，晋封淑妃潘氏为贵妃。"

潘玉姝，连同阶下跪着的潘良和潘伯正，皆是彻底愣住了。

赵恒又道："潘氏一族，忠心耿耿，廷前后宫，朕甚为倚重。皇嗣一事，天命难为，二位卿家，起来吧。"

潘良和潘伯正惊疑不定地暗暗对视一眼，潘玉姝有些僵硬地仍由赵恒半扶着，亦不知做何反应。

"朕让你们起来。"赵恒淡淡地重复了一句。

潘良和潘伯正连忙谢恩："官家宽厚！谢官家开恩！"

"谢官家隆恩！"潘玉姝也忙后知后觉地谢了恩。

"贵妃好生养身子。"赵恒宽慰了潘玉姝一句，又冲阶下的二人道："潘良回府换身衣裳吧，国公随朕去趟御书房，有关北边用兵之事，还得请国公参详。"

潘伯正和潘良闻言，不约而同地想道，该是因北边或有战事，赵恒才能如此轻易地处置了失龙胎之事，如此倒是安心了不少，皆暗暗松了口气，遂毕恭毕敬地领了圣意。

赵恒安抚地轻拍了拍潘玉姝的手背，随即带着潘伯正走了。

满园战战兢兢跪着的内侍、宫婢这才小心翼翼地起身。

潘玉姝的贴身宫婢月儿忙上前扶住她，喜道："恭喜贵妃娘娘。"

"喜从何来？！"潘玉姝凉凉的一眼瞥去。

月儿一噎，讨好地道："娘娘这般年轻，养好了身子，想要皇嗣还不容易吗，但贵妃的位分可不是这后宫之中，谁都能得到的，皇后之下，娘娘为尊。"

潘玉姝轻嗤："你也晓得言，是皇后之下。"

月儿撇嘴，咕哝了句："皇后矜傲，素来自持身份，与官家瞧着倒是一对相敬如宾的帝后，夫妻间又有几分宠幸可言。"

"官家对你主子我，难道便有宠幸了？"潘玉姝自嘲地勾了下唇角，转身缓缓朝殿内行去，"先前能怀上皇嗣，不过是侥幸，后宫中这些女人啊，日日都盼着渡云轩的那位与官家闹别扭，如此官家才能不出宫，可笑！可悲！侥幸得一两日欢愉又如何，官家所有的爱，所有的温柔，都给了渡云轩那个女人，在那世外桃源般的渡云轩里，才有一对恩爱夫妻。"

月儿转了转眼珠，悄声道："娘娘前些日子安心养胎，有所不知，渡云轩那位又和官家在闹呢。"

"哦，"潘玉姝语调微微一扬，眼中露出了兴味，"道来听听。"

此时的渡云轩，正堂之上，刘娥慎重地向寇准施了一礼。

寇准忙微微避开："夫人这是何意？"

刘娥恳挚地道："请寇大人劝谏官家，允刘娥扶棺北上。"

原来，苏义简自皇宫出来后，思量一番，还是前来渡云轩，将北上出使一事告知了刘娥。故而，寇准那边厢方一回府，便被刘娥着人请了来。

寇准自也能猜到刘娥为何这般快便知晓,不动声色地:"夫人,苏大人能劝谏官家的,也劝谏了,此事还得官家定夺,"顿了下,还是忍不住续道,"夫人可知扶棺北上,所要承担的风险?"

刘娥垂眸,唇角划过一丝若有若无的苦笑,将桌上的一盏茶推到寇准面前:"我不会以为,带去康儿的尸首,便能换回我的吉儿。"

"那夫人还……"寇准欲言又止。

"依寇大人之见,若是萧太后发现康儿已身亡,会如何?"刘娥不待寇准回答,续道,"她必不罢休,必兵犯我大宋疆土,或是杀了吉儿,当然,即便杀了吉儿,估计也会出兵,辽南下之野心从未消弭。"

刘娥语调很平,即使言及吉儿被杀,也无多大起伏,寇准却听得心惊。

"夫人既知其中凶险,还要坚持北上,恐怕不只是为了见大皇子一面吧。"寇准试探地开口道。

"不,我是为了我儿,即便带回他的机会渺茫,我也要尽力一试!"刘娥断然道,"何况现下还未到最绝望的时刻,我们与辽还有谈判、商榷之余地,只是此事,我必须亲自去。"

寇准目光隐含着打量地盯着刘娥,一横心:"若是功亏一篑?"

"若是……那般……"刘娥微吸了口气,话锋一转,"寇大人觉得官家好战吗?"

寇准眉心一跳,谨慎地道:"臣不知夫人此言何意?"

刘娥淡淡地看了寇准一眼,也不与他计较言辞间的试探规避,径直又道:"自官家登基以来,虽蜀地、西北、北境等疆域频有战事,然官家非好战嗜伐之人,他素来奉行'敛天地之杀气,召天地之和气',若能谈判,我想他绝不愿与辽开战,不过,"轻扬了下眉,眉眼间有不可逼视的风华一闪而过,"若真有一战,大宋绝不可避!"微顿了顿,似还欲再言甚,终只是锵然加了句,"那时,我与大皇子便候在辽营,等官家,等大宋的将士,大破辽虏,迎我们回家。"

寇准心神一震,刘娥言下之意很明显,若形势所逼,她是要去辽营与大皇子同做人质,虽给了辽挟持人质之机,然若两国开战,她与大皇子两人的分量,相信会激励大宋的将士勇猛杀敌,更重要的,会让赵恒放手倾力一战。

寇准望着慨然的刘娥,仿佛回到了当初炸韩村寨墙那个雨夜,眼前的女子一如当年般通透坚定,胸中沟壑堪比男儿,素手可拨乾坤。

难怪,当今官家痴恋至斯。

难怪，先帝一次次地压制打压。

尽管心绪复杂，心思百转，寇准终还是为眼前女子眉间眼底那凛然所折服，撩袍跪地，拜了下去。

"夫人大义，请受寇准一拜。"

第44章 去国迢迢路八千

幽州，牢城。

九月，北地天渐寒，草木摇落万物萧瑟，那鸿雁南飞，思乡的人，盼故人，望断来时路。

此地说是牢城，其实便是一座民居四合院改造，关押的大多是战俘，西南方有一角门，过去还连着一个小院，那门廊逼仄，里面的房间也如外面般，门板皆拆除了，换成了铁栅栏，只是囚室仅有一间，四周辽兵披甲执刀，守卫竟是严密了数倍。

那仅有的一间囚室里，有镣铐的碰撞声时断时续地传出。

一个约莫十岁的少年，穿着辽人的狼皮袄，却梳了个汉人发髻，正手执了一小截木棍，比画着，他力道稚嫩，又因手脚都戴了镣铐，伸展不开，一招一式却也像模像样。

半晌，他一套剑法演毕，旁侧一直关切望着他的一女子，忙上前以衣袖拭了拭其额间那一层细密的汗珠，女子的手脚也戴了镣铐，抬手间哐当直响。

"累不累？"女子问道。

少年摇头一笑，那黑漆漆的眼珠十分明亮，看得女子心中却是一酸，她垂了眸子，轻轻揉着少年腕间被镣铐勒出的红印。

"这剑法、拳法，少练一两日也没甚吧。"女子心疼地道。

少年认真地道："师父说了，功不可一日而怠，不进则退。"伸手抓住女子腕间的镣铐，给她减轻重量，"只有吉儿强大了，才能保护姑姑。"

女子窝心地道："吉儿长大了。"

这二人不是别人，正是三年前被送往辽国为质的宋朝大皇子赵吉，及随侍李婉儿。

光阴荏苒，赵吉已从一个幼弱的孩童长成了青涩的少年，他个子蹿得很快，几乎与李婉儿一般高了，小时候在繁华的东京城里滋养出来的娇贵不再，北地凛冽的风给了他一副结实的小身板，皮肤也变成了小麦色，那眉宇间稚气未脱，却已隐隐有了一股英气。

李婉儿倒与三年之前，没太大变化，只是身形瞧上去消瘦了许多，那面上也染了些风霜，她穿着契丹女子常着的袍裙，戴了顶厚厚的羊毛毡帽，更是添了几分形销骨立。

"姑姑，父皇会救我们的，对不对？！"到底不过总角之年，赵吉忍不住犹疑地问了出，旋即看了眼那森冷的铁栅栏，及外面肃杀的守卫。

李婉儿柔柔地笑了笑，尽力让那笑容看上去真切："那是自然，三年之期将至，我们不是从上京，来到了幽州城吗，离大宋的疆土更近了呢。"

"我们是被囚车押解来的。"赵吉接口道。

李婉儿唇边的笑容滞了滞，她也知形势严峻，处境危险，然她一个小小的随侍，力薄无势，若能奈何？！她爱怜地给赵吉整了整歪掉的发髻，唯有笃定地道："不日，你父皇，还有娘亲，会来接我们的。"

赵吉沉默了须臾，轻声道："那个耶律康出了事，我是不是便回不去了？！"

"不会的！"李婉儿一惊，断然道，"吉儿不许胡言！耶律康……"心绪起伏、激动难掩之下，便是一阵咳嗽。

"姑姑！"赵吉忙扶住李婉儿，轻抚其背，帮着顺气。

"我无碍，老，老毛病了……"李婉儿艰难地缓过一口气来。

她原本入冬就时常犯上一阵咳嗽，三年前来了北地，受不了风沙，这病又加重了，但凡遇上换季，或是天气转凉，便会咳嗽不止，药石不灵。

李婉儿紧握住赵吉的手："前两日我们不是打听到，耶律康已被救回了东京，只要喀喀喀……"

"姑姑，你且莫说了！"赵吉见状，喊道，"守卫，劳烦给碗水。"

那牢门外的守卫神色漠然，一动不动。

"守卫，拿碗水来好不好！我姑姑咳得厉害！"赵吉急了，冲到铁栅栏前，抓住使劲地晃了晃。

终于，右边那个黑壮的守卫转过脸来，面色很是不善。

赵吉却立刻软了语气，求道："请给碗水。"

黑壮守卫瞥了眼里面咳得撕心裂肺的李婉儿，冷冰冰地道："还未到放饭的时辰。"

"你！"赵吉气得脸色发白，"我是大宋的皇子，就算来你们辽朝为质……"

"你还敢提自己是皇子，"左边那个一直未开口的守卫恶狠狠地打断，"我们的七王子生死未卜，你这条小命都是暂时寄存，还想什么发号施令。"

"去取碗水来。"蓦地，一道低沉的声音响起。

两个守卫循声回头，只见来人身量甚高，腰背笔直，给人一股强烈的压迫感，然其着了一身灰扑扑的粗布长袍，头发随意地挽起一半，另一半披散着，下巴长满了密密匝匝的胡茬，又是一副落拓不羁的模样。

"见过驸马。"两个守卫忙按胸行礼。

被称为驸马的男子轻皱了下眉："没听见吗？！"

那黑壮守卫忙应了声，去取水。

"开门。"男子又道。

剩下的守卫迟疑了下，还是掏出钥匙，打开了牢门。

"师父！"赵吉激动地迎上来。

男子正是赵吉曾在给刘娥写的书信中提到的，他拜的中原师父，木易。

木易上下打量了眼赵吉，不轻不重地拍了拍他的肩，眼底有欣慰与如释重负划过，所有尽在不言中，他上前扶起咳倒在地的李婉儿，安置在那简陋的床榻边。

这时，黑壮守卫取了水来，木易喂李婉儿一点点地喝下。

好不容易地，李婉儿总算缓了过来，咳嗽渐止。

"多谢木易大哥。"李婉儿气息虚弱地道。

木易问道："可还要？"

李婉儿微微摇了摇头。

黑壮守卫接过碗去，与另一守卫站到旁侧，欲言又止，似对木易有几分忌惮。

赵吉见状，不由好奇地凑近木易，悄声问道："师父，你何时做了辽朝的驸马？娶了谁？铁镜姐姐吗？"

这几句话声音虽低，距离最近的李婉儿自是听见了，她本无神疲惫的眸子微微一震，几乎是猝不及防地盯向木易。

木易似没注意到李婉儿的目光，却也似不愿多谈，只简单地答了句："是铁镜，前些日子的事。"旋即冲两个守卫道，"把他们的镣铐都打开。"

两个守卫看了看彼此，再次犹豫起来。

黑壮守卫为难地道："驸马，萧将军有吩咐……"

木易皱眉打断："太后有旨，带宋质子去战场，宋已将七王子送往边境，难道你们要让我，像囚犯般地押解着宋朝的皇子，去践诺三年之约吗？！"

两个守卫顿时色变，连连称不敢，上前为赵吉和李婉儿开镣铐。

赵吉本还想问木易和铁镜的事，闻言，双眼倏地亮了起来："师父，你说真的吗，我，你要送我回宋朝？！"

木易心底一阵复杂，微微避开了赵吉饱含期待的目光，俯身亲自将开了锁的镣铐自他脚腕上取下："你父皇送来了七王子，两邦约定在边境相见，若是……"

"若是顺利，我便可以回家了，对不对！"赵吉激动地接口道。

木易见赵吉高兴的模样，再不忍心多言甚，道："是，只要你们两位质子见了面，三年之约完成，便可以各自归国了。"

赵吉开心地欢呼，一把抱住了李婉儿："姑姑，你听到了没？我们可以回去了，回大宋！回京城！见娘亲，还有父皇！"

李婉儿亦难以抑制地红了眼眶，只是在她触到木易的目光时，心中一顿，她自是没有忘记方才守卫那句七王子生死未卜，亦明了木易未道完的话绝不是如此简单，然那落在赵吉身上，隐含了丝丝怜悯和担忧的目光，也阻止了她此刻再深追。

"不知是何人送七王子前来？"李婉儿最后只是这般问了句。

"是刘夫人。"

李婉儿和赵吉几乎是同时错愕地转头看向木易。

木易肯定了他们的难以置信，颔首道："是吉儿的母亲。"

李婉儿和赵吉一震，四目相视，竟是双双潸然泪下。

定州，乃宋北方之边城重镇，其西临云代，东接沧瀛，北控幽燕之咽喉，南拊冀镇之肩背，宋辽若战，是为两国必争之地。

此时，高大巍峨的定州北城门紧闭，雄壮的城关之上，竟是甲士林立。

那刀枪鲜明，弩机里的弩箭头锃亮，高耸入云的敌楼亦露出狰狞的机栝，俨然严阵以待。

旌旗翻滚，城门正上方的一面旗帜上赫然绣着一个"王"字，一披甲挂刀，身量近九尺的将军立于旗下，那朱漆山文铠甲两肩的兽首映衬着过于明亮的天光，显得尤为凶煞，那凤翅兜鍪之下，浓眉深目、高鼻阔口，是一张甚为方正威严的脸，只是自其鬓角到左眼下，一条刀疤如充了血的蜈蚣般扭曲趴着，为这份威严平添了可怖，此人正是定州守将王超。

天际风云涌动，烈风呼啸。

蹄声骤然如雨落，默然矗立的王超那一直遥望着远方的目光微动。

须臾间，只见那天地交接处，数千青甲骑兵奔驰而来，如浪潮飞快地蔓延，铺天盖地地似要淹没整个旷野。在至定州北城门外百丈之距，陡然齐齐停了下来，竟是军阵严整，那杀气凛然，头髡发，腰悬弯刀，自然是辽兵。

骑兵旋即自中间分开，露出大军拥簇之中的玉辇。

距离隔得太远，王超看不清玉辇之中的人，但瞧那仪仗规制，他知晓那定是萧太后无疑。

一骑自军阵中驰出，直奔城门而来。

王超瞳孔微缩了下，那按在军刀刀柄上的手不由紧了紧。

那一骑在护城河前停下，双方都是老熟人了。

"王将军，我家太后来接七王子了。"萧挞凛抬首，冲城楼上的王超扬声道，继而自怀中取出一卷文书高举，"这是三年之前，两国互换质子的盟书，我家太后说了，若依盟书，质子平安归国，新盟约可达成。"

王超眯了眯眼，还未答话，倏尔一阵犬吠自城中响起。

萧挞凛睨向那紧闭的城门，心中一动，兀自嘀咕了句："七王子的康勒。"

王超回首，看向城内，一队披甲执锐的禁军护着一辆马车，候在通往城门的主道之上。苏义简换了一身轻便的劲装，单骑立于最前，他一手执缰，一手牵着的，正是耶律康那条名唤康勒的獒犬。

"夫人，萧太后已率军至城外。"王超遥遥地抱拳施了一礼，高声禀道。

"吱呀"一声，那马车门推开了一条缝隙，露出了刘娥半张脸，她神色清淡，微点了点头。

苏义简当即朗声道："夫人有令，开城门。"

城楼之上，王超抬手一挥。

在"嘎吱吱——"的声响中，那厚重的城门缓缓打开，同时，机栝声响，粗壮的铁链转动，吊桥一点点地落下。

獒犬似有所感，望见城门外马上的萧挞凛，吠叫得更是狂躁。

萧挞凛高举盟书，将方才那番话大声复述了一遍。

苏义简回首，望了刘娥一眼，肃然道："大宋皇妃，刘夫人在此，护辽七王子耶律康，"微顿了顿，"归国。"

他声音洪亮，传遍了城楼上下，继而当先一提马，朝那城门外驰去。马车辚辘辚辘跟上，碾过吊桥，在一队禁军的护卫下，出了城。

那獒犬靠近萧挞凛，急得差点挣脱了牵绳。

苏义简干脆将牵绳抛给了萧挞凛，两人抱拳见礼。

萧挞凛深深看了看那马车门紧闭，毫无动静的马车，倒也不好立刻相询，一扯马缰，引着他们朝对面的骑兵军阵行去。

一行人差不多走出一半，苏义简微抬手，护卫禁军连同马车皆停了下来。

"为何不走了？"萧挞凛些许诧异地问道。

苏义简淡淡地道："我们夫人要见大皇子。"

萧挞凛微动了下眉头，明白苏义简言下之意，便是要在此中间地带，换回质子，当即纵马奔回军阵，于玉辇之前，禀告了几句。

片刻之后，两匹马拉着一乘长毂，自军阵后方驰了出来。

萧挞凛将獒犬交予一副将，抬手打了个手势，有十几骑上前，随他护在了长毂周围。

随即，长毂在前，玉辇跟上，朝苏义简他们这方缓缓行进而来。

城楼上的宋兵和旷野上辽骑兵皆不约而同地凝神戒备开。

那马蹄碾碎枯草，双方的距离逐渐逼近。

长毂竟由木易带着一辽兵，亲自驾着，上面赵吉和李婉儿端坐，他们身侧还坐有一女子。

女子着了一身火红的袄裙，脚蹬长靴，腰间悬了一把嵌着七彩宝石的修长弯刀，瞧去倒不似仅用以装饰，她额前缀着由金细丝穿着一串的琥珀珍珠，洁白莹润，衬得她肌肤赛雪，眉眼间美艳又凌厉。

女子正是萧太后次女，辽之公主，铁镜。

"是舅舅！"赵吉看清了前方马上之人，激动地握住了李婉儿的手。

李婉儿眼眶早已通红，颤着手安抚地拍了拍赵吉的手背。

赵吉兴奋地还欲再说甚，一转头触到铁镜看来的复杂目光，生生咽回去了喉间的话，更是挺直了腰背，努力去维持一个王朝皇子应有的仪态，只是那微微前倾的身子，那盯着前方一动不动的炯炯有神的黑亮眸子，无不诉说着一个去国离家三年的幼子此刻内心的震荡与激越。

苏义简自也是瞧清了那长毂上的两人，不由心中一紧，侧首压低了些声音："夫人，来了。"

旷野有凛冽的风呼啸而过，那马车里似乎有一瞬的呼吸静止，诡异得安静得可怕，许是错觉般，下一瞬"吱呀"声响，马车门复推了开，这次倒是足容一人而过，刘娥自里面飞快钻了出来，反手又将马车门关上了。

她没有跳下马车，而是立在了辕座之上，一袭黑色大氅裹身，长风吹乱了鬓边的几缕发丝，她神情很淡，却几乎是迫不及待地越过前方那重重护卫远远望去。

只一眼，心口骤然紧缩。

三年寒暑轮回，曾经绕膝的幼儿已长成了一个小小少年，终究还是错过了他点点滴滴的成长，那眉眼间有了她这个娘亲乍瞧上去陌生的东西，然渴切的小眼神又是那般地熟悉，让她似乎又看到了当初长亭离别时那双依依不舍的稚嫩眼睛，那双一千多个日夜在她梦中反反复复出现的注视着她的眼睛。

这一路从东京到定州，穿千山过万水，所有的忐忑与不安都在那眼神里，都在那愈发清晰的小身影上，缓缓敛去了，然另一种忧惧却在心底滋生、蔓延。

"娘！"赵吉看见了刘娥，猛地一下站了起来，切切地呼喊出声，所有的矜持、仪态荡然无存，此刻，他不过是一个乍见分别几载娘亲的孩子。

心尖微颤，那大氅之下，刘娥握紧的十指，倏地陷入了掌心，风吹得眼角酸胀，她的目光里，再也容不下旁的，唯有那一点点靠近的亲儿。

令行禁止，烈马长嘶。

那长毂和玉辇停在了十步开外。

娘亲与亲儿终于能将彼此脸上的每一丝神情看清，儿已是泫然欲泣，娘亲的心如被寸寸凌迟，如有万千锋利的铁丝勒如皮肉，立时鲜血淋漓。

"娘！"赵吉拼力地憋着眼泪，"你，你来了。"

"姐姐！"旁侧的李婉儿禁不住哽咽。

刘娥张了张口，喉间发紧，根本难以道出片语，只怕是一说话，便忍不住那心中满胀的酸涩，唯能重重颔首，努力地冲两人温柔地牵了牵唇角，是的，她来了。

"你们的大皇子完好无损地在此，可请我们七王子出来相见。"萧挞凛提马上前，冲苏义简道。

苏义简几不可见地皱了下眉，回首望向刘娥。

刘娥收敛心神，费力地自赵吉身上挪开目光，望向那玉辇上一身金丝凤袍之人，她微微俯身，施了一礼："刘娥见过太后。"

萧绰不动声色地上下将她打量一番："你便是刘娥，吉儿的娘亲。"

"正是，"刘娥诚挚地道，"北地三年，吉儿承蒙太后的照拂了，刘娥感激不尽，铭记于心。"

"不必言谢，你不也看护了我们康儿三年吗？"萧绰扫了眼刘娥身后那一直紧闭的马车门，"两国互换质子，为的是边境平定，两邦邦交，"微妙地顿了顿，"让康儿出来吧，哀家倒是想看看，在贵朝几年，康儿长成了何种模样，我草原的小狼崽，在繁华的东京，是不是养出了几分娇贵，"与玉辇旁骑在马上的韩德让对视一眼，轻笑了笑，"那样的狼崽子，想来也是有趣。"

萧绰话落，萧挞凛以及其余的辽骑兵，皆好奇又期待地望向那马车门。

宋朝这方的护卫禁军，除了统领，其实也不知内情，于是亦纷纷看了过去，他们同样想见见那一路之上都未露面的辽质子。

苏义简与统领却不禁凝重了神色，尤其是后者，神色间涌上明显的不安，紧张地望着刘娥，悄然握紧了掌中长剑。

刘娥神色更淡了，她不避不退地与萧绰对视着，从那双凌厉的凤眼里，她看到了试探，也看到了隐含的一丝急迫与担忧。

"太后，刘娥可否先单独与吉儿叙几句话？"

"刘夫人，你请出我们七王子，质子换回来，你想怎么与你的皇子叙话都成，"萧挞凛率先接口道，"你眼下拖拖拉拉，本将怎么看着是，故意的？！"

"大将军少安毋躁，"韩德让开口，阻止了萧挞凛有更无礼的言行，继而冲刘娥拱手施礼，"刘夫人，还是先请七王子吧。"

萧绰的神色也淡了下去，她不言，显然亦是默认了。

刘娥微垂了下眼睑，一抹苦涩划过唇边。

"哗啦！"毫无征兆地，刘娥抬手扯下了身上的大氅，她里面竟着了一身素白的衣裙，浑身上下无一饰物。

萧绰的瞳孔微微一缩，她面无表情地盯着刘娥，那扶在玉辇一侧的手却暗暗紧了紧。

"请辽质子，耶律康。"刘娥锵然一声。

那护卫统领张了张口，欲言又止，看了看刘娥，又看苏义简。

苏义简微微点头。

护卫统领一提马缰，驰到了马车厢旁，复转首望了望刘娥迎风而立的凛然背影，一横心，抬掌拍在了马车厢旁的一处机栝上。

只听"吱嘎"声响，那原本严严实实的马车厢，其车顶车壁竟是能拆卸而开，紧跟着又是"砰砰"几声，车顶车壁木板落下，终于露出了马车里的……棺椁。

玉辇之上，萧绰豁然起身，那凤目里陡然间射出骇人的冷光。

第45章 虽九死其犹未悔

天际黑沉沉的，如要压下来般，头顶的天光又亮得刺眼。

朔风长啸，掠过那马车上格外醒目的薄棺，似引起一阵鬼魅啜泣。

辽骑兵与宋禁军护卫皆怔愣在了原地。

倒是萧挞凛反应极快，一把抽过马侧挂着的狼牙棒，直指那棺椁，厉声质问："那是……里面是谁？"

苏义简抬手按上了腰间佩剑的剑柄，到底是未再有动作，而那护卫统领却已是长剑出鞘，护在了刘娥身侧。

呵斥、剑鸣，犹如一点火星落入枯草，须臾间点燃了烈火。

两方的兵士纷纷拔出了兵器，相向，对峙。

那城楼之上本就一直戒备着的宋兵和远处的辽骑兵，更是闻风而动，进入了战备之状。

旷野之上，人人绷紧了心弦，气氛僵持，一触即发。

"是谁？"萧绰微微嘶哑地吐出两个字，听去冰寒刺骨。

刘娥微吸了口气："党项李继迁图谋不轨，有意挑拨宋辽之干系，暗派人自东京掳走康儿，致使其遇害。"

一句话，言明了那棺椁里不幸遇难的草原少年之身份。

辽质子，已亡。

许是太过于震惊，一时竟是无人再有任何反应，除了一张张难以置信的面容。

"好！好得很！"半晌，萧绰袖袍一甩，恨声道，"刘娥，康儿亡故，你竟敢来赴这三年之约！"

刘娥看向亦惊呆了的赵吉和李婉儿，神情稍稍柔和了些许："我的吉儿在此，我如何不敢来，"旋即复朝萧绰道，"太后，康儿在东京三年，我视他如己出，我们朝夕相处，情同母子，康儿之亡故，于刘娥，亦是痛彻心扉！只恨那李继迁狼子野心，竟欲用一孩子，算计天下。"

萧绰冷哼一声："李继迁固然可恨，然天子脚下，你身为一国之皇妃，竟连身边的一个孩子都护不住，妄图在此花言巧语，推卸你看护不利之责，推卸你宋廷害我大辽皇子之罪。"

刘娥眉心蹙了下："康儿被掳之事，刘娥负有不可推卸之责，并无任何逃避之意。只是宋辽三年质子之约，我能看到，吉儿在贵朝，并未受到薄待，同样地，我大宋上下对康儿的照看，亦是尽心竭力，贵朝每岁皆有使者去往东京，足可证实此一点。康儿出事，并非我大宋故意而为之，罪魁祸首李继迁已命丧于我朝与蕃域围攻之下，康儿的仇……"

"住口！"萧绰怒声打断，"李继迁本就是你宋廷节度使，你们自家的恩怨牵累了康儿，难不成哀家还应感激了？！三年质子之约，盟约里面书的是什么？！哀家还你一个活生生的皇子，你就给哀家一具冷冰冰的……尸体？！"那负在身后的双手骤然攥紧，一字一顿地自唇齿间愤恨地挤出，"刘娥，你宋廷毁约了。"

"唰！"雪亮的刀光倏尔一闪，那长毂之上，铁镜弯刀在手，堪堪架在了赵吉的颈项边。

"铁，铁镜姐姐！"赵吉猝不及防，脸色立时骇得雪白。

"铁镜！"木易飞快地回身站了起来，"放下刀。"

铁镜却是拽着赵吉的手臂一扯，将其更紧地制在了怀中，她并不看木易，只是冷冷地望向对面脸色大变的刘娥："血债便得血来偿！"微顿了顿，"吉儿，姐姐照顾你三年，从来都是真心的，我当你是弟弟，可康儿也是我的弟弟，一命换一命，公平。"

"你！"木易双眉拢紧，他知铁镜性子刚烈，愈是劝说，怕是适得其反。

"放开大皇子！"苏义简在铁镜拔刀之际，亦抽出了佩剑，催马急来，闪电地飞身立在了车辕之上，长剑横指，眼神犀利地迫紧了铁镜与她手中的弯刀。

一时，双方间的气氛更为僵持。

"太后，稚子何辜！"刘娥沉痛地大声道。

萧绰是满脸的悲愤："哀家的康儿又何辜？！"

"太后若以此为名，与我大宋再起冲突，岂不是正中李继迁下怀！"刘娥声声振聋发聩，"祸首既已伏诛，宋辽宜止戈修和啊，太后！质子之约在前，刘娥从未奢求以，以遗体，换我儿，刘娥只求太后，以大局为重，为宋辽的将士、百姓着想，勿要再兴兵戈！刘娥愿一命赔一命，望太后宽仁，放了我吉儿，他不过是个孩子，我是大宋官家的夫人，康儿是在我手中丢的，刘娥前来，便是来负责，但凭贵朝与太后处置。"

那边的苏义简闻言，心头猛地一跳，刘娥前来，竟是抱了必死之念。

萧绰凉凉地挑了下唇角："刘娥，母换子这种事，又岂是你说了算，"瞥了眼长毂上的对峙，"放心，吉儿乖巧，哀家眼下不会杀他，契丹人恩怨分明，你宋廷害了哀家的康儿，这仇哀家自己报，待哀家挥师南下，兵临东京城，再全你一个母子团聚。"

说着，萧绰朝萧挞凛挥了下手。

"去接，康儿回来。"

萧挞凛应了声，当即带着几个骑兵朝马车上的棺椁奔来。

"轰！"护卫统领突然从马车后抽出一支火把，点燃，悬在了棺椁上方，同时一个示意，禁军当即围拢，拦在了四周。

"刘娥，你此举何意？"萧绰怒叱。

刘娥微提裙摆，自马车上跳了下来，一步步朝对面行去，那面色凛然。

不管是禁军，还是辽骑兵，皆纷纷让开了道。

所有的目光皆投注在了那一袭白衣的单薄身影上，她经过长毂之时，微顿了顿脚步，抬首望向被制住的赵吉。

"别怕，娘在。"

她轻启唇，低低柔柔地道出几个字，却似蕴了一股坚定抚慰之力，安抚了赵吉的惶恐。

"孩儿不怕！"赵吉咬紧了牙关。

刘娥眼底漾起温柔的涟漪，旋即大步向前，至玉辇前停下。

"太后，刘娥愿把这条命赔给康儿，"刘娥恳声复道，"换太后息怒，换宋辽止戈，换吉儿之性命。"

萧绰望了眼那边近在棺椁咫尺的火把，冷笑："刘娥，你在威胁哀家？！哀家不要你的这条命，你便毁了康儿的遗体，玉石俱焚吗？！"

"刘娥只求太后一个成全。"

"好一个成全哪！刘娥，你口口声声说，你视康儿如己出，眼下却要以烧毁他的遗体，与哀家谈条件，这便是你们汉人的虚伪吧！康儿在天有灵，知你如此薄情寡义，如此蛇蝎心肠，也会为与你相处的那三年而后怕吧！"

刘娥低垂了眼眸，掩去了一切情绪，缓缓自袖袍里取出一摞似叠起来的宣纸，双手呈上。

萧绰不耐烦地瞥了眼："何物？"

"这是康儿亲手做的孔明灯，"刘娥的声音微微暗哑。

萧绰神色微微一动。

韩德让跳下马，亲自接过，抬手一抖，竟真是一盏孔明灯，不过许是里面竹篾抽去了，又折叠了许久，瞧去皱皱巴巴的，做工也甚是粗糙，上面歪歪扭扭地写了几个字，"宋辽止戈，天下太平。"

韩德让深深看了眼刘娥，将孔明灯拿给萧绰。

萧绰小心翼翼地捧着孙儿的遗物，细致端详一番，自也看见了那几个字。

刘娥轻声道："上面的字乃康儿亲书，他曾告诉我，那是他最大的心愿，他想把这个孔明灯带回家，与他的皇奶奶，一起放飞。"

"刘娥！"萧绰凤目一抬，那里面风起云涌，是痛，是伤，是悲，是恨，是骤雨前来的排山倒海之势，是千军万马席卷的铺天盖地之冲击，令人不敢逼视。

刘娥的目光却无半分回避，她看似平静无波的眼眸里是一般的悲痛。

"箭来。"

少顷，萧绰沉声地开了口。

周围人皆是一凛。

"太后……"韩德让欲言又止。

萧绰将孔明灯递给了他，却伸着手未收回，从始至终，一双雪亮的凤目都紧紧地盯着辇前不卑不亢的刘娥。

韩德让皱了下眉头，还是朝旁侧的女官微颔首。

女官很快取了弓箭来，奉给萧绰。

"夫人！"长毂之上的苏义简见萧绰拿起弓箭，当即不由惊慌了几分。

后方的一众禁军护卫亦然，皆是变了脸色，人人握紧了手中刀枪。

刘娥利落地一抬手，掷地有声地高声道："皆不可妄动。"

说罢，刘娥微微扬起下颌，直直地迎上了萧绰手中已拉开的弓箭。

那箭尖在明亮的天光下，泛着瘆人的寒光。

"刘娥殒命在此，望太后应了刘娥所求。"

289

刘娥轻轻闭上了眼。

"娘！"赵吉见状，疯狂地挣扎开，"不要！不要杀我娘！娘……"

刘娥听到赵吉的哭喊，眼睫轻颤了颤，然那神色是一片坦然平和，无惧。

顿时，所有人都揪紧了心，震撼于眼前的一幕。

有刘娥命令在前，宋的兵士是不敢妄动，可刘娥就这般被射杀，他们又如何向东京城里的官家交代，人人不由都慌了神，措手不及。而辽的兵士惊愕于他们的太后真要当场发难，箭前的，毕竟是大宋的皇妃。

那劲风急，健马不安地打着响鼻，胡乱地踢踏着马蹄。

那弓弦张满，如月。

猝然，一阵乍起的犬吠刺在每个人绷紧的心弦之上，竟是那獒犬趁副将走神，挣脱了犬绳，朝这边狂奔而来。

萧绰却是丝毫不为周遭动静所干扰，手中的弓已拉到了极致，她凤目沉如水，那杀意森森，眸光所凝视的是刘娥那张平静的脸。

獒犬速度很迅猛，转眼间便来到了双方对峙之地，直朝那棺椁跑去。

蓦地，一声凌厉的破空之声响起，羽箭飞了出去。

一声凄厉的惨嚎响在每个人的耳边，所有人皆是心神一震。

那预想之中的疼痛并未来到，倒是一蓬热热的东西猛地溅在了她脸上，刘娥抬手一抹，睁眼瞧去，竟是一手的鲜血，她缓缓转眸，只见耶律康的獒犬，便死在了她身侧，一剑穿喉。

刘娥的眸子微微睁大，倏地回首，朝玉辇之上长弓犹在手的萧绰望去。

"将他们母子带回去。"

萧绰神色冰寒地扔下几个字，抬手将弓箭掷了回去。

"即日点兵南下。"

【上部完】